10
18

12, AVENUE D'ITALIE. PARIS XIIIe

Sur l'auteur

Né à Dublin en 1966, Keith Ridgway, d'abord connu comme poète, est passé à la fiction avec éclat. Son premier roman, *Mauvaise pente*, salué par plusieurs de ses pairs, au premier rang desquels Colm Tóibín et Colum McCann, traduit dans une douzaine de pays, a été couronné en France par le prix Femina/Étranger 2001. Après *Puzzle* (Phébus, 2004), son dernier roman, *Animals*, a paru chez Phébus en 2007.

KEITH RIDGWAY

MAUVAISE PENTE

Traduit de l'anglais
par Philippe GERVAL

10
18

« Domaine étranger »

dirigé par Jean-Claude Zylberstein

PHÉBUS

Le traducteur tient à remercier Anne Kresser

Titre de l'ouvrage en anglais :
The Long Falling

ISBN 978-2-264-04681-9

À Oliver

I

GRACE

Il pleut sur Cavan et sur Monaghan ; il pleut sur les collines, sur les lacs et sur les routes ; sur les maisons, sur les fermes, sur les clôtures qui les divisent, sur les fossés et sur les champs, sur la terre qui soupire ; la pluie tombe sur toute cette géométrie biscornue et lui impose une forme.

Et puis il arrive un moment où la pluie cesse.

Et plus rien n'est pareil sous le soleil. Tout a l'air neuf. Rien n'est plus à sa place ; les éléments du paysage paraissent avoir été jetés là par les nuages comme des détritus abandonnés au petit bonheur, éparpillés avec leur nom : villages, petites fermes, maisons blanches ramassées autour du bleu profond des lacs. Un beau spectacle, certainement, vu de très haut – grappes de têtes d'épingle multicolores reliées entre elles par un réseau d'étroits rubans semblables à des nervures sur une feuille verte. Mais d'en bas l'ensemble est laid et malséant, c'est une insulte au regard. Une véritable insulte. Les bourgs ne sont plus que des taches souillant le ciel, les fermes des flaques informes de métal et de ciment, les maisons blanches ressemblent à des sacs en plastique accrochés aux branches des arbres. Il n'est que la pluie pour les dissimuler. Leur vraie place est sous la bruine grisâtre, dans l'absence de couleurs.

Il y a une église à Cootehill, juste à la sortie de la ville, sur la route de Shercock. Hautaine, silencieuse et lugubre, noire sur le ciel noir. Une église avec des yeux, qui projette ses ombres menaçantes sur le cimetière blotti à ses pieds et semble avoir tiré de ses flancs de pierre les stèles fichées en terre comme des couteaux émoussés quadrillant le sol détrempé de rangées irrégulières de noms et de dates. Elle a une telle puissance de suggestion qu'elle paraît plus grande qu'elle n'est en réalité. Meurtres et nuits d'orage, prêtres fous, statues renversées ; visages surgis des vitraux, voix étouffées sous les pierres. À jamais immobile et toujours différente, sévère ou aimable selon l'humeur du ciel en mouvement derrière elle.

Grace Quinn passe devant l'église dans la petite voiture rouge de son mari, une vieille chose délabrée qui bringuebale, à la carrosserie mangée de rouille. Elle jette un coup d'œil au clocher de pierre grise mais son regard est absent, c'est un réflexe, rien de plus. Il y a longtemps qu'elle a cessé de voir l'endroit où l'on a mis son fils.

Elle laisse l'église derrière elle, le centre commercial, prend la direction de Shercock et bifurque au panneau indiquant Ballibay pour prendre la route qui la ramène chez elle, celle qui croise la limite du Monaghan quelque part parmi les collines et les lacs.

Longtemps elle ne l'avait empruntée qu'à bicyclette ; ce n'est que lorsqu'elle avait appris à conduire qu'elle s'était rendu compte à quel point elle était mauvaise. Pleine de trous, aussi grêlée que la terre qu'elle traversait, une succession de creux et de bosses semée de virages impossibles. Des années durant, elle avait entendu les gens se plaindre, elle avait écouté des émissions à la radio entièrement consacrées aux nids-de-poule de la région de Cavan, mais sans jamais vraiment comprendre de quoi il s'agissait. À vélo on se débrouille, on les évite. À pied ça n'a aucune importance. À présent, elle savait.

Elle avait fini par s'y faire. Au début elle était morte de peur, la nuit surtout, avec les yeux verts qui surgissaient de derrière les haies ou les clôtures, les brusques mouvements dans les fossés, le choc sourd d'une roue passant sur une ornière, et la tête qui vacille, les yeux qui s'égarent, le volant qui vous glisse entre les mains.

Il y avait une portion de route tellement étroite qu'il lui fallait s'arrêter, parfois même rebrousser chemin, lorsqu'une voiture arrivait en sens inverse. La chaussée, à cet endroit, était étrangement lisse et plane, comme si l'on avait décidé d'y combler les fondrières pour compenser son étroitesse. La nuit, si elle ne voyait rien venir en face, elle pouvait quelquefois pousser jusqu'à cent à l'heure avant de ralentir brusquement là où la largeur redevenait normale, juste avant un virage à droite particulièrement raide.

C'est là que c'était arrivé, sur ce long tronçon resserré, l'année précédente, après la tombée du jour. Elle ne se rappelait plus la date, mais ça lui reviendrait certainement si elle faisait un effort.

Elle conduisait avec plaisir à présent. Elle aimait bien affronter des virages inconnus, se perdre dans le dédale des petites routes qui semblaient partir dans toutes les directions avant de revenir sans raison à leur point de départ. Elle aimait se concentrer sur la conduite, ne penser à rien d'autre : c'était nouveau pour elle, et elle pouvait s'y adonner sans réserve. Il lui arrivait de s'arrêter, de couper le moteur et de laisser d'autres préoccupations affleurer à son esprit – de loin, sans trop s'y attarder. La voiture était devenue son lieu de prédilection. Mais elle sentait bien qu'il y avait là quelque chose de très étrange, une espèce d'aberration, comme une noirceur à la lisière de sa pensée.

Tout le monde les connaissait, son mari et elle, mais personne ne les aimait. Elle, a priori, parce qu'elle venait d'Angleterre, lui à cause de ses manières. Cela n'avait pas beaucoup changé : on continuait de ne pas les aimer, lui à cause de ce qui s'était passé, elle parce qu'elle était sa femme.

Elle ne savait plus pourquoi elle l'avait épousé. Tout s'était effacé : les raisons, ce qu'elle avait bien pu penser alors, ou éprouver. Elle n'avait plus de souvenir de l'amour. Cela faisait trente-deux ans qu'ils s'étaient mariés, à Manchester, la ville où elle était née. Il avait vingt-neuf ans, elle dix-neuf. C'était le seul homme avec qui elle eût jamais couché. Toutes les semaines il lui donnait de l'argent, et chaque fois elle en mettait un peu de côté.

L'été précédent, en rentrant d'une beuverie, il avait écrasé une jeune fille. Il l'avait chargée sur le siège arrière et avait poursuivi son chemin. Arrivé à la maison il était resté debout dans l'entrée, il avait fait tomber le téléphone, l'avait ramassé, l'avait de nouveau laissé tomber, puis il avait demandé à Grace de venir pour qu'elle compose le numéro. Il n'avait pas eu un mot pour elle. À la femme qui avait pris la communication il avait commencé à raconter qu'il avait heurté quelque chose sur la route, qu'il y avait peut-être un blessé, mais il avait du mal à articuler, elle avait dû le faire répéter ; il avait été incapable d'indiquer son adresse ; les mots ne sortaient pas.

Grace était allée à la voiture en serrant sa robe de chambre autour d'elle, elle avait jeté un coup d'œil au ciel noir sans nuage. Elle avait vu une main collée contre la vitre. Il parlait toujours. Elle entendait sa voix pâteuse s'enrouler autour de la vérité comme une main qui aurait tenté de l'étouffer. Elle avait couru chez les Bolton, les voisins d'en face, et ils avaient appelé le docteur et la police. Quand elle était revenue on avait déjà emmené son mari au poste de police. Elle aurait tout de suite dû voir la tôle enfoncée à l'avant de la voiture lorsqu'elle était sortie dans la cour, mais elle n'avait rien vu. Elle n'avait vu que la main, immobile contre la vitre, d'une drôle de couleur, mais elle avait tout de suite su que c'était la main d'une jeune fille, et que la jeune fille était morte. Cela ne semblait pas très difficile à comprendre.

Au poste de police ils lui avaient trouvé un taux d'alcool beaucoup trop élevé. Ils l'avaient gardé toute la nuit, toute la journée du lendemain et encore le jour suivant pour l'interroger, tandis que Grace allait et venait dans la maison, ouvrant les yeux sur des choses qu'elle n'avait plus regardées depuis longtemps.

Quand il était rentré, il y avait eu les visites des journalistes, leurs questions, et des voix au téléphone qui les injuriaient en hurlant sans s'inquiéter de savoir si c'était Grace ou son mari qui répondait. Il avait fini par faire couper la ligne. Le téléphone le réveillait, il ne pouvait plus dormir avec cette menace permanente.

Au tribunal il fut condamné à six mois de prison et à un retrait de permis de cinq ans. L'affaire fit la une des journaux, il y eut des gens pour venir exprimer leurs récriminations à la radio. Cela dura quelques jours, et puis on oublia.

Il purgea sa peine. Il n'écrivit pas, elle n'alla pas le voir. Elle apprit à conduire. Il fallait bien, elle vivait si loin de tout. L'un des fils Bolton lui donna des leçons, patiemment, poliment, mais sans gentillesse, avec froideur. Elle lui avait offert de le payer pour sa peine, mais il avait refusé. Il traversait les champs au petit matin et l'attendait dehors, près de la voiture. Jamais il n'accepta d'entrer, pas même quand il pleuvait. Il fallut deux semaines, à raison d'une leçon par jour, pour que Grace se sente le courage de sortir seule. Elle avait essayé de lui donner quelque chose, de le remercier d'une façon ou d'une autre, mais il avait haussé les épaules : il ne voulait rien, il avait juste fait ça pour tuer le temps.

Il proposa de l'aider à la ferme, mais pour ce qu'il en restait – quatre génisses et un vieux taureau – elle pouvait bien s'en occuper elle-même. Tout le reste avait fondu : pas loin de trente hectares, cédés aux voisins parcelle après parcelle depuis le départ de Martin.

Grace ne pouvait pas se permettre de faire réparer la voiture. Elle continua à la conduire avec l'avant cabossé, et les gens lui en voulurent de les empêcher d'oublier.

Son mari rentra pour dîner et Grace lui servit une côtelette avec des pommes de terre et des petits pois, des tartines beurrées et un verre de lait. Il ne lui accorda pas un regard. Il mangeait toujours en se balançant légèrement d'avant en arrière et en agitant les genoux sous la table, comme s'il priait, se dit Grace. Elle se demanda si c'était comme ça qu'il priait, si même il lui arrivait de prier. Il n'était plus allé à la messe depuis qu'il avait tué la jeune fille. Ses cheveux étaient devenus presque uniformément gris, coupés si ras qu'on voyait la peau au travers. Il ne serait jamais chauve.

Il commença par les petits pois ; avala jusqu'à la dernière pomme de terre. Puis il attaqua la côtelette, qu'il termina avec les doigts afin de n'en rien perdre. Ensuite il prit son verre de lait et le but d'un trait, laissant une moustache blanche sur sa lèvre supérieure, comme un enfant. Grace mit l'eau à bouillir et remplit la théière tandis qu'il beurrait une tartine et se renversait sur sa chaise en attendant son thé. Au début elle mettait la théière sur la table avec le reste, mais il n'avait pas apprécié. Il avait dit qu'il aimait le boire brûlant, et qu'il détestait l'écume brune qui se formait à la surface pendant qu'il mangeait. Il la lui avait montrée, l'avait obligée à regarder dans sa tasse et lui avait demandé si ça lui plairait, à elle, de boire son thé avec des trucs marron qui flottaient dessus. Depuis, elle attendait qu'il ait presque fini sa viande avant de mettre la bouilloire à chauffer.

Elle posa la théière sur la table et la recouvrit d'un cosy.

— Tu crois qu'il va neiger ? lui demanda-t-elle.

— Ça m'étonnerait.

Elle débarrassa assiette et couverts.

— Laisse le couteau.

— N'empêche qu'il fait vraiment froid, tu ne trouves pas ?

— Si. Fait toujours vachement froid en janvier.

Elle enleva son verre, le porta dans l'évier. Par la fenêtre elle voyait le ciel gris virer au noir, la lumière disparaître en emportant le peu de couleur de la terre. Au loin on distinguait la pâle fumée d'une cheminée dérivant dans l'air glacial, si lentement qu'on aurait pu la croire peinte sur une toile. Le silence, seulement rompu par les petits bruits de bouche de son mari. Là-bas les collines. Son visage sur elles, reflété dans la vitre.

Elle vit des gouttes de pluie sur l'image de sa peau. La pluie. Liquide encore. Ne ferait-il donc jamais assez froid ?

Leurs enfants étaient partis.

Sean – ses mains glacées dans l'eau, son visage soudain plus gros, plus âgé, comme s'il avait grandi pendant qu'elle avait le dos tourné. Il n'avait que trois ans. Son père avait dit que c'était la faute de Grace, qu'elle aurait dû le surveiller. Il l'avait traitée d'idiote. Mais ce n'était pas sa faute. Un veau s'était noyé quelques jours auparavant dans le même fossé, et son mari n'avait toujours pas dressé de clôture. Elle avait emmené Sean regarder les étoiles, et elle s'était détournée un instant… Idiote.

Elle n'était pas allée à l'enterrement. Son mari n'avait pas voulu. Il lui avait dit que les gens comprendraient. Comprendraient qu'elle était malade de chagrin et de culpabilité. Les voisins n'étaient pas venus la voir. Quand elle l'avait dit à son mari, il avait fixé sur elle un regard dur, avait secoué la tête et avait rétorqué qu'en fait de voisins elle avait déjà de la chance de ne pas avoir eu la visite de la police, qu'elle était vraiment une idiote, une parfaite abrutie, pire qu'un animal.

Sean était enterré quelque part dans le cimetière près de la grande église. Elle ne savait pas exactement où. Ne tenait pas à le savoir. Elle préférait imaginer la tombe, petit monticule de terre avec des fleurs posées près de la pierre, des mots gentils. Quelquefois elle la voyait blanche, d'autres fois en marbre noir avec des lettres dorées. Parfois c'était juste une croix, une croix blanche sans rien d'écrit dessus.

Et puis il y avait Martin. Martin, son petit garçon, son amour. Autrefois il l'aidait dans la maison et la faisait rire, avec ses beaux yeux brun profond et ses cheveux aussi noirs que ceux de son père à elle. Il lui tenait la main quand ils allaient se promener, même plus grand, il lui souriait et lui racontait les bêtises qu'il faisait à l'école, et elle n'avait pas le courage de le gronder.

Martin avait peur de son père. Lorsqu'il avait eu dix-neuf ans il avait réuni ses parents et il leur avait confié son secret ; son père l'avait frappé et il avait saigné du nez. Il était parti pour Dublin. Il lui écrivait de longues lettres et lui manquait beaucoup. Il se débrouillait bien à Dublin, il habitait une belle maison. Il racontait que c'était un autre monde, un autre siècle. Elle avait entendu le fils Bolton dire la même chose de Galway. Elle se demandait si n'importe où n'était pas préférable à l'endroit où elle vivait.

Elle avait une envie folle de rendre visite à Martin, de savoir ce qu'était sa vie, ce qu'il était devenu. Cinq ans à présent qu'il était parti. Martin avait voulu venir quand son père était en prison mais elle l'en avait dissuadé. Il était parti, elle ne voulait pas qu'il revienne à cause d'elle.

Elle gardait ses lettres dans un tiroir de la cuisine, à l'insu de son mari. Parfois elle avait l'impression qu'on y avait touché, qu'il était tombé dessus, qu'il avait compris et qu'il avait lu les mots écrits par son fils. Mais elle n'en était pas sûre. Elle n'arrivait pas à savoir ce qu'elle aurait préféré.

Grace était étendue sur le lit et regardait par la fenêtre, cherchant à voir apparaître des oiseaux, un avion, n'importe quoi qui tranche sur tout ce gris. Il tombait une petite pluie fine dont les gouttes rebondissaient sans bruit contre la vitre comme des égratignures, de minuscules éraflures sans couleur. Elle avait beau tendre l'oreille, elle n'entendait rien, comme si elle était murée dans un silence qui eût émané d'elle, comme si c'était elle qui avait donné forme à ce monde gris, l'avait inventé et façonné. Elle regardait, elle écoutait, et elle avait l'impression qu'on attendait d'elle un signe, comme s'il lui appartenait de transformer ce ciel incolore, de le renouveler, de le disperser. Sean n'était plus là. Martin avait rompu les liens. Et elle sentait que toutes ces choses, ces séparations, étaient survenues parce qu'elle avait laissé ce silence gris s'installer sur elle, qu'elle avait tout fait pour le retenir, parce qu'elle le respirait, qu'elle l'avait accueilli en elle et ne connaissait rien d'autre.

Elle lança un bras vers les nuages, le laissa retomber, lentement, le long de son corps. Rien. Elle ferma les yeux. Derrière il y avait des couleurs. Des rouges intenses. Les veines d'autres existences.

Soudain elle entendit son mari racler le sol de la cuisine avec sa chaise et une rumeur se déclencha dans sa tête, qu'elle écouta sans la comprendre – des mouvements qu'elle reconnaissait sans parvenir à les nommer. Elle n'aurait pas su dire s'ils étaient rêves ou souvenirs. Elle ne savait pas où elle en était.

Lorsqu'il était revenu après ses six mois, il semblait vide, comme quelqu'un qui a cessé de s'intéresser à sa vie. Un soir sur deux il allait chez Matt Clancy et ils partaient boire à Cootehill ou à Rockcorry. Ils rentraient après minuit. Son mari revenait à pied de chez Matt, se faisait une tasse de thé et se couchait à côté de Grace. Il ne laissait jamais Matt le reconduire jusqu'à la maison. Grace se demandait pourquoi.

La partie étroite de la route, celle où il avait tué la fille, se trouvait entre leur maison et celle de Matt Clancy. Des fleurs y étaient toujours déposées, Grace les voyait tous les jours quand elle passait en voiture. Elle ne savait pas pourquoi ils déposaient des fleurs à cet endroit. Le docteur avait dit qu'il ne pouvait affirmer avec certitude si la jeune fille était morte sur les lieux de l'accident ou plus tard, à l'arrière de la voiture. Mais Grace savait qu'elle était morte dans la voiture. Elle avait vu la main contre la vitre. Quitte à mettre des fleurs quelque part, se disait Grace, qu'ils les mettent donc sur le siège arrière, elles recouvriraient au moins ces taches qu'elle n'arrivait pas à enlever.

Il faisait très froid. Elle conduisait prudemment, abordait les tournants le plus lentement possible. Il y avait eu un coup de gel pendant la nuit. À la radio ils avaient annoncé qu'il ne neigerait pas, mais en regardant le ciel Grace n'en était plus si sûre. Avec un froid pareil. Elle alla à Cootehill acheter du charbon et de l'épicerie et s'arrêta boire un verre au *White Horse*, ce qui n'était pas dans ses habitudes. En général elle avait droit à quelques signes de tête, mais personne ne lui adressait jamais la parole. Elle avait toujours été l'étrangère, l'Anglaise, une Anglaise assez cinglée pour être venue s'installer ici. Au début elle avait essayé de lier connaissance, mais ça n'avait pas donné grand-chose, ils étaient tous sur leurs gardes. Par la suite, quand Sean s'était noyé et que son mari avait balancé tout ce qu'il avait sur le cœur, des gens qu'elle ne connaissait même pas s'étaient mis à l'éviter ostensiblement. À la fixer. À faire des commentaires. Elle s'était entendu traiter de noms bizarres, dans leur jargon qu'elle ne comprenait pas. Elle en avait eu assez. S'était retirée du monde. À quoi bon ces vaines tentatives ? Elle avait Martin, est-ce que ça ne suffisait pas ?

Pendant de longues années on l'oublia. On l'ignora. À la longue certaines personnes, les plus jeunes en général, ou des nouveaux venus, recommencèrent à la saluer, à lui parler, à se montrer aimables. D'abord elle s'était méfiée, et puis elle avait fini par se rapprocher de quelques-uns, par envisager de nouveau l'idée de nouer des amitiés. C'est à ce moment-là que son mari avait tué la fille. Après, ce fut pire. Elle eut l'impression, sans savoir pourquoi exactement, qu'elle était responsable de l'accident. Elle sentit les regards glacés, entendit les remarques sur son passage. Peut-être parce que c'était elle qui conduisait à présent.

Elle entra au *White Horse* sans regarder autour d'elle. Le barman lui adressa un signe de tête et prit sa commande. Il n'y avait pas foule. On était au milieu de l'après-midi, l'heure creuse. Elle s'assit à une table près de la cheminée et attendit son verre avant d'entamer sa lecture.

Un moment passa avant qu'elle se rendît compte que quelqu'un venait de s'approcher et se tenait debout devant elle.

— Excusez-moi… Mrs. Quinn ?

C'était… Qui donc était-ce ? Elle lui jeta un regard de biais, et la mémoire lui revint. Un policier. L'un de ceux qui l'avaient interrogée l'été précédent.

— Ah, oui, bonjour.

Un petit homme au visage très rouge, presque entièrement chauve. Engoncé dans une chemise trop serrée. Parlant doucement mais avec un débit précipité qui semblait le mettre hors d'haleine. Grace l'avait trouvé plutôt sympathique, il avait été très poli, lui avait demandé s'il pouvait l'accompagner quelque part, chez des parents ou des amis, pendant le temps de la garde à vue. Il avait paru un peu triste quand elle avait refusé. C'était le seul qui lui avait demandé quel genre d'homme était son mari, comment il la traitait. Le seul aussi à ne pas l'avoir crue. Il n'en avait rien dit, mais elle le savait.

— Vous ne vous souvenez peut-être pas de moi. Je suis Vincent Brady, l'inspecteur.

— Si, si, je me souviens très bien.

Il s'installa sur un tabouret de l'autre côté du guéridon, près du feu. Il lui sourit. Brady…

— Quand j'ai vu que vous étiez là je me suis dit que j'allais venir vous dire un petit bonjour. Histoire de savoir comment vous alliez.

— C'est très gentil de votre part.

— La ferme, ça se passe bien ?

— Oh, pour ce qu'il en reste, vous savez… Mon mari s'en occupe.

— Et lui, comment va-t-il ?

— Ça va.

Il la considéra un moment.

— Et vous-même ?

— Ça va.

Il y avait un coin de peau sur son cou que le rasoir avait oublié. Il se leva.

— Eh bien, tant mieux. Si je peux faire quoi que ce soit pour vous, n'hésitez surtout pas.

— Où puis-je vous joindre ?

Il marqua un temps d'arrêt sans cesser de la regarder. Il sembla sur le point de se rasseoir mais se ravisa.

— Poste de police de Cavan.

— D'accord. Merci.

Il lui sourit et retourna s'asseoir au bar, à côté d'un homme que Grace reconnut également. Lui aussi était venu chez elle. Elle lui rendit son sourire et se replongea dans son journal.

Un petit lac avait gelé près de la maison. Grace tapait sur la glace avec un bâton, et cela produisait de petits cercles blancs, comme des nœuds sur une planche. Tout d'un coup la surface se fendit : Grace bondit en arrière tandis que la fissure se propageait à toute vitesse vers le centre avec un long craquement, si beau qu'elle retint son souffle avant de pousser une exclamation étouffée. Seigneur ! Elle ramassa son bâton pour élargir la crevasse et l'eau jaillit, noire comme de l'encre. Les morceaux de glace étaient trop froids, ils lui faisaient mal aux mains, impossible de les tenir longtemps. Elle porta ses doigts à sa bouche pour voir quel goût avait l'eau. Se dressa, tendit son visage vers le ciel, sentit l'air sur sa peau qui s'éveillait sous la morsure, et ses nerfs se mirent à vibrer et à vivre, sensibles à la transformation des choses autour d'elle avant que la vue, l'ouïe ou l'odorat eussent encore pu les saisir. Elle avait du mal à comprendre ce qui arrivait. Elle avait créé quelque chose en elle, une idée, qui la remplissait peu à peu, comme si elle avait été un gant.

Elle descendit la valise, qui n'avait pas quitté le haut de l'armoire depuis des années. La dépoussiéra, la posa sur le lit et l'ouvrit. À l'intérieur se trouvait un vieux magazine plein de photos de femmes nues, qu'elle feuilleta : pas un mot de texte, juste des photos, dont certaines lui arrachèrent un sourire. Les filles faisaient de ces têtes !

Elle ouvrit penderie et tiroirs et en sortit tous ses vêtements, qu'elle rangea dans la valise après les avoir pliés soigneusement. Au fond les vêtements d'été, par-dessus les vêtements d'hiver, les sous-vêtements, les foulards et les mouchoirs en dernier. Puis elle alla ramasser ses affaires de toilette dans la salle de bains, fourra le tout dans un sac en plastique et le sac en plastique dans la valise. Pas facile à fermer. Elle la souleva. Ce qu'elle était lourde ! Elle la soupesa d'une main, de l'autre, fit le tour de la chambre en changeant de côté à mesure que ses bras fatiguaient. Elle devrait y arriver.

Elle s'aperçut alors qu'elle avait oublié les chaussures. Elle alla chercher un autre sac en plastique dans la cuisine, retourna à l'armoire ; remplit le sac de chaussures. Enfila son manteau, mit son sac à main en bandoulière, attrapa valise et sac de chaussures et reprit le chemin du salon en retraversant la chambre et la cuisine. Repartit en sens inverse. Son bras lui faisait mal. Elle posa la valise, la fit passer dans l'autre main, traversa de nouveau la cuisine jusqu'au salon en s'efforçant de marcher droit, d'oublier le poids. Ça irait.

Elle vida la valise et remit tout en l'état. Le magazine dans la valise, la valise en haut de l'armoire. Effaça toute trace de son passage.

Les parents de la jeune fille habitaient à environ un mille de la maison. Ils étaient passés un soir et avaient demandé à parler à son mari. Il n'était pas là. Grace les avait priés d'entrer mais ils avaient répondu qu'ils n'y tenaient pas. Elle avait voulu leur dire quelque chose, mais ils l'avaient fait taire d'un signe de tête.

— Nous ne lui en voulons pas, nous aimerions simplement lui parler, dit la femme.

— Dites-lui seulement que nous sommes passés. Nous reviendrons, ajouta l'homme.

— Est-ce que vous ne pourriez pas faire quelque chose pour la voiture ? demanda la femme.

— C'est lui que ça regarde, pas elle, dit l'homme.

C'était un couple âgé, bien plus âgé que Grace. La fille était leur cadette, elle n'avait que dix-neuf ans, l'âge de Martin quand il était parti. Martin et elle avaient été à la même école. Grace pensa à ce que son mari avait fait. Séparer une mère de son enfant. C'était abominable d'avoir fait une chose pareille ; c'était un crime. Elle pleura.

Ça n'était plus arrivé depuis qu'il avait tué la fille.

Il rentra tard de Rockcorry, où il était allé boire avec Matt Clancy ; il était plus d'une heure du matin. Grace était couchée. Elle entendit d'abord un cliquetis de vaisselle et des jurons dans la cuisine, puis le bruit de quelque chose qui se brisait, une tasse ou une assiette, suivi d'un silence. Après quoi il se mit à hurler. Sa voix montait dans les aigus quand il criait, comme celle d'un petit garçon. Grace ferma les yeux en essayant de toutes ses forces de ne pas se crisper, de détendre ses muscles, de se relâcher complètement. Il s'approcha de la chambre à pas lents, comme s'il se cognait aux murs, s'y appuyait des épaules pour tenir debout ; le léger bruissement de ses cheveux effleurant le papier peint faisait écho à sa respiration. Il ne criait plus.

Il ouvrit la porte et Grace vit sa silhouette noire dans le couloir faiblement éclairé, silencieuse et immobile, puis il dit :

— C'est toi qui as cassé ça ?

— Non.

— C'est toi qui as cassé ce foutu truc ?

Il lui lança quelque chose qui l'atteignit au front. Un morceau de tasse. Grace porta la main à sa tête, sentit une petite coupure et une vive douleur là où elle posait ses doigts. Elle remonta les jambes et ramena ses genoux contre sa poitrine pendant qu'il traversait la chambre pour s'approcher du lit.

Elle était en position maintenant, jambes relevées et mains sur la tête, les doigts croisés sur le sommet du crâne, les avant-bras protégeant les côtés du visage. Il la frappa du dos de la main, mais le coup atterrit sur son bras gauche et ne lui fit pas mal.

— Salope ! hurla-t-il.

Il tira sur ses bras pour tenter de découvrir son visage.

— Enlève tes mains, nom de Dieu ! Enlève tes saloperies de mains !

Elle ne retira pas ses mains mais ne fit rien pour garder l'équilibre et se mit à rouler d'avant en arrière. Il la frappa de la main gauche, s'efforçant de l'atteindre à la figure, mais elle rentra encore plus la tête et les coups tombèrent sur ses genoux et sur ses mains.

Il se releva légèrement et la tira de toutes ses forces. Elle tomba du lit et fut obligée de tendre les bras pour amortir la chute. Elle poussa un cri lorsque son dos heurta la table de nuit. Il se pencha sur elle, l'attrapa par les poignets et essaya de la mettre debout. Elle se laissa aller de tout son poids.

— Qu'est-ce qui te prend ? demanda-t-il plus calmement, un peu incertain. Lève-toi. Lève-toi, bordel !

Elle se fit lourde, comme un enfant, et il ne put la soulever. Il lui lâcha les poignets et elle tomba à la renverse, essayant de reprendre sa position, ramassée en boule sur le côté, tâchant désespérément de relâcher ses muscles. Elle l'entendit cracher et sentit quelque chose de mouillé sur sa cuisse.

Il s'éloigna vers la porte en grommelant. Grace ouvrit un œil et, entre ses bras, le regarda s'éloigner d'une démarche mal assurée. Il s'arrêta. Elle le vit se retourner.

— T'es qu'une vieille salope !

Elle le vit qui revenait rapidement sur ses pas et ferma les yeux. Il lui donna un grand coup de pied dans les tibias et la douleur fut telle qu'elle ne put retenir un hurlement. Il recommença en visant le ventre, mais le coup atterrit sur les coudes et les genoux. Grace poussa un nouveau hurlement.

Elle se mit à pleurer. Elle ferma les yeux aussi fort qu'elle le put, jusqu'à s'imaginer qu'ils allaient lui rentrer dans le crâne, et se mordit les lèvres au sang pour ne pas penser aux autres douleurs. Elle ne voulait pas crier. Mais elle fut incapable de retenir les sanglots qui montaient du tréfonds d'elle-même et envahissaient sa poitrine, sa gorge puis sa bouche. Elle sentit les larmes ruisseler sur ses joues sans comprendre comment elles forçaient le barrage de ses yeux, la salive couler de sa bouche sans comprendre comment elle franchissait ses lèvres. Les hoquets la secouaient au point qu'elle pensa se fendre en deux.

Elle entendit la porte claquer. Elle ouvrit les yeux et s'aperçut que la chambre était vide et qu'elle était seule. Alors elle laissa les sanglots la submerger, exploser en une plainte immense qui lui déchira la gorge et la laissa pantelante, épuisée, palpitante de douleur, étendue seule sur le sol dans l'obscurité de la chambre.

Elle demeura longtemps sans bouger, redoutant les nouvelles douleurs que le moindre mouvement ne manquerait pas de déclencher, luttant pour retrouver le contrôle de sa respiration. Elle n'entendait plus aucun bruit. Le silence était retombé sur la maison.

C'était la première fois qu'il lui donnait des coups de pied.

Imaginer que l'on tombe de très haut. Sans affolement. Imaginer que l'on contemple la vue en tombant, pendant que le corps tournoie doucement dans l'air. On n'entend que le son de sa progression. Sa propre progression. Imaginer que tomber de très haut est une progression. Une chose qui en vaut la peine.

Même si ce n'est pas une chose à conseiller. On ne fait rien, on se contente de laisser faire. Imaginer le sol tout à coup, la détente. L'arrêt.

L'église est silencieuse tandis que les ténèbres autour d'elle s'épaississent et que la pluie légère qui tombe sur ses murs et sur son toit incliné la baigne comme l'écume marine envelopperait un navire. La lune à moitié pleine dessine un croissant de lumière froide. Dans l'herbe mouillée rien ne bouge. Non loin du bloc de silence noir émergent des îlots de bruit : ce sont les pubs qui se vident et les portières qui claquent. L'église cependant demeure solitaire, ignorée. Il est facile d'imaginer qu'elle prête l'oreille, quoiqu'elle n'en laisse rien paraître. On ne peut l'appréhender que de loin, comme une structure étrange à la lisière de l'œil.

C'est là qu'il repose, sous la terre humide, dérobé aux regards. Elle voit les fleurs, leurs pétales arrachés par l'averse éparpillés sur l'herbe. Elle voit la pierre, plus petite que les autres, plus sobre. Elle se voit devant, elle a l'impression d'être tombée là avec la pluie. Elle voit sa bouche former des mots, ses genoux écraser les pétales dans la boue, ses mains creuser la terre autour de lui jusqu'à ce qu'elle puisse le tenir dans ses bras et savoir à quoi il ressemble et le contempler longuement pour bien se rappeler à quoi il ressemble.

Elle se réveille à l'aube et le ciel est vide.

Son mari rentra à six heures et demie et avala son dîner en écoutant les nouvelles à la radio. Grace se fit un sandwich et une tasse de thé ; elle était tendue, attentive à chacun de ses gestes. La façon dont il maniait son couteau, dont il aspirait l'air pour refroidir la nourriture, la façon dont il se frottait les mains sur les cuisses comme pour les réchauffer. Il ne lui accorda pas un regard, et elle aurait été incapable de dire à quoi il pouvait bien penser. Si toutefois il pensait à quoi que ce soit. Son visage était sans expression.

Grace brûlait de lui dire quelque chose, tout en sachant qu'elle n'en ferait rien. Elle avait renoncé, voilà tout. Elle se contenta de le regarder fixement, mais il ne s'en rendit même pas compte. Elle eut envie d'essayer la transmission de pensée, mais non, elle ne savait rien de ces choses.

— Tu as mis l'eau à chauffer ? demanda-t-il tout à coup.

Elle sursauta. Puis elle vit qu'il avait fini de manger : il avait repoussé son assiette et son verre était vide.

— Oui.

Ce n'était pas vrai. Elle se retourna pour appuyer sur l'interrupteur.

Il la fixait, les lèvres gonflées par sa langue qui explorait ses dents de devant pour en déloger des particules de nourriture. Elle lui rendit son regard.

— Quoi ? aboya-t-il.

Elle secoua doucement la tête et se détourna pour vérifier si la théière était chaude. Derrière elle il y eut le froissement du journal qu'il dépliait, accompagné des bruits de son estomac.

Quand le thé fut prêt, il s'en versa une pleine tasse et disparut au salon avec son journal. Grace débarrassa avant de se servir et s'assit à la table de la cuisine. Elle ne s'était toujours pas détendue.

Plus tard elle l'entendit qui se levait pour se rendre à la salle de bains. Ensuite ce fut la porte du placard de l'entrée qui cognait, des clés que l'on agitait. Un moment de silence : il enfilait son manteau et comptait sa monnaie.

— Je sors, brailla-t-il.

Elle ne répondit rien. Elle entendit la porte d'entrée qui s'ouvrait et se refermait à la volée, et attendit un moment avant d'aller dans la chambre regarder par la fenêtre, soulevant à peine le rideau pour appuyer sa joue sur le bois blanc du chambranle. Elle vit la silhouette de son mari disparaître dans l'obscurité.

Grace resta longtemps assise dans la cuisine à jeter des coups d'œil anxieux à l'horloge, incapable de décider comment occuper le temps. Elle alluma la radio, écouta quelques chansons entrecoupées par la voix du DJ qui égrenait des listes de noms entre les morceaux. Il parlait vite. La lune était claire derrière la vitre et un chaos d'étoiles scintillait ; elle sut qu'il ne pleuvrait pas, ce qui lui fut confirmé par le bulletin météo. Elle se refit un thé qu'elle n'arriva pas à boire. Elle pensait à la musique, à la neige, à l'eau. Elle attendait, rivée à l'horloge.

Il était plus de onze heures quand elle éteignit le poste. Elle eut peur de céder à la panique. Elle ne tenait pas en place, ne pouvait empêcher ses mains ni ses yeux de bouger. Elle sentit les signes avant-coureurs d'une migraine et prit deux cachets. Elle se regarda dans la glace de la salle de bains. Elle était pâle mais se sentait fiévreuse. Elle remplit le lavabo d'eau froide et y plongea lentement son visage en retenant ses cheveux. Elle demeura ainsi jusqu'au bord de l'asphyxie. En levant la tête elle se cogna au robinet, jura et appuya sa paume sur l'endroit douloureux. Lorsqu'elle l'en retira elle était pleine de sang, qu'elle resta à contempler un long moment, un peu étourdie. Elle s'assit précautionneusement sur le siège des toilettes et pressa une serviette contre son front. La coupure n'était pas bien profonde, et le sang cessa presque immédiatement de couler. Elle se lava les mains et retourna dans la cuisine.

Elle attendit jusqu'à minuit, plus calme à présent, occupée par la petite bosse qui s'était formée sur son front. Puis elle enfila son manteau, prit les clés de la voiture et sortit dans la nuit froide et tranquille. Il avait gelé. Le ciel était éclairé par un fouillis d'étoiles répandu sur les ténèbres et une lune tronquée et meurtrie. Grace frissonna. Il faisait encore plus froid à l'intérieur de la voiture que dehors. Elle démarra, mit le chauffage à fond et resta un moment sans bouger à attendre que les vitres dégivrent, en se disant qu'il était encore temps de tout arrêter si elle le souhaitait.

Elle conduisit lentement, courbée sur le volant, scrutant les ténèbres. Elle ne croisa ni véhicules ni piétons. La route était déserte. Il lui fallut à peine cinq minutes pour atteindre le long segment étroit, impeccablement goudronné. Elle se rangea sur le côté et arrêta la voiture. Les phares éclairaient loin, jusqu'au tournant suivant. Tout était immobile. Elle savait, bien qu'il lui fût invisible, qu'à mi-chemin se trouvait l'endroit, marqué par un bouquet de fleurs, où il avait renversé la jeune fille. Grace éteignit les phares, coupa le moteur, et laissa l'obscurité et le silence retomber autour d'elle.

Des formes lui apparaissaient peu à peu, sortant de la nuit à mesure que ses yeux accommodaient. De chaque côté de la route s'élevaient des haies aussi hautes que la voiture, au-dessus desquelles elle ne voyait rien. Elle avait l'impression d'être à l'orée d'un tunnel. Un arbre dépassait de la haie sur la gauche, ses branches dénudées pointées vers le ciel, les étoiles visibles au travers comme de petites feuilles ou des bourgeons lumineux. Grace n'aimait pas cette obscurité, elle n'avait jamais réussi à s'y habituer ;

elle avait peur, comme un enfant. Elle baissa la vitre, mais la releva dès qu'elle commença à entendre des bruits, des bruissements plutôt, qu'elle ne put s'expliquer ; quelque chose bougeait dans les broussailles, qui la surveillait en humant l'air. Elle frissonna et commença à perdre patience.

Elle n'avait pas envie de réfléchir.

Elle pensa à Sean et à Martin et tenta de se les représenter. Se raccrocha à l'image qu'elle avait gardée de Sean et s'efforça de la projeter, d'imaginer comment il aurait pu être à l'âge adulte. Elle savait à quoi ressemblait Martin aujourd'hui grâce aux deux ou trois photos qu'il avait envoyées, mais elle ne savait pas comment il bougeait, comment elle aurait ressenti sa présence. Elle se les représenta tous les deux dans la voiture avec elle. Ses garçons. Elle essaya d'entendre leurs voix. Celle de Martin, vive et légère comme à l'époque où il était parti. Elle savait pourtant bien qu'elle avait changé. Elle l'avait entendue au téléphone, bizarre, étrangère. Mais dans sa tête elle restait la même. Pour Sean, elle ne parvenait pas à s'éloigner de l'enfance, si bien qu'elle continuait à le voir plus jeune que Martin. Il aurait grandi dans cette obscurité, comme son frère, serait rentré tard le soir à bicyclette sur cette même route. Elle les sentait dans la voiture avec elle, détendus, bavardant librement à haute voix sans le moindre égard pour le silence qui les entourait. Et puis ils s'arrêtaient tout à coup au milieu d'une phrase, immobiles et muets.

Leur père venait d'apparaître au loin ; il marchait lentement, la tête baissée, les mains dans les poches. C'était bien lui. Ses brèves enjambées, ses cheveux ras, ce quelque chose de mort dans la démarche. Grace l'observa attentivement et elle se sentit soudain très calme.

— Le voilà, murmura-t-elle comme si Sean et Martin étaient vraiment dans la voiture.

Elle ne le quittait pas du regard et ce qu'elle éprouvait était tout à fait étrange. Elle ne connaissait pas cet homme-là, cette silhouette de soixante-deux ans au dos voûté, courbée sous les étoiles, aveugle au monde qui l'entourait. Il n'était qu'un obstacle sur son chemin. Sa détermination se fit plus ferme et plus nette, comme si une lumière venait d'éclairer son esprit. Tout semblait très simple.

Elle baissa brièvement les yeux pour trouver la clé de contact. Quand elle releva la tête il avait disparu. Elle eut beau écarquiller les yeux, se pencher en avant, elle ne voyait plus personne. Elle fut prise d'angoisse. Elle alluma les phares. Toujours rien. Elle démarra et avança très lentement le long de la haie, un mètre après l'autre. Il n'était nulle part. Elle pensa qu'il l'avait peut-être vue et qu'il se cachait. Mais non, c'était impossible. Elle déplaça la voiture au milieu de la chaussée. Elle était désorientée. Elle n'arrivait pas à comprendre où il était passé. Elle sentit monter la panique. Il ne pouvait pas l'avoir vue. C'est alors qu'il apparut dans la lumière des phares, à deux cents mètres de là où elle se trouvait. Elle freina sans réfléchir.

Il était agenouillé sur le bord de la route, là où l'on avait posé des fleurs enrubannées contre la haie. Il avait les mains jointes et sa tête était inclinée. Il semblait tout petit, comme un enfant. Seules les semelles de ses chaussures qui dépassaient de son manteau trahissaient le fait qu'il s'agissait d'un homme adulte. À genoux. En prière. À l'endroit même où il avait tué une jeune fille.

Elle ne put supporter de le regarder. Elle baissa la tête, les jointures blanches sur le volant. La colère monta en elle. Elle pensa au magazine dans la valise et eut l'impression qu'elle avait surpris son mari en train de commettre un acte obscène, dégoûtant, quelque chose d'innommable. Elle enfonça l'accélérateur et la voiture partit en avant.

Il leva le regard au même moment qu'elle. Le dirigea d'abord sur les phares puis plus haut, droit sur elle. Son visage était sans expression, il ne comprenait rien, il ne voyait pas ce qui était en train d'arriver. Grace mit le pied au plancher et étendit les bras droit devant elle, le volant bien en mains. Elle gardait les yeux fixés sur les siens, s'attendant à y voir apparaître quelque chose, un signe d'intelligence. Il n'y eut rien.

Au dernier moment elle dut détourner le regard et tout se brouilla. Il y eut un bruit, comme un effondrement, il lui sembla que la voiture se soulevait et retombait brutalement, un coup, puis un autre, comme si elle s'y reprenait à deux fois. Le volant lui échappa des mains et la carrosserie racla la haie jusqu'à ce qu'elle parvînt à reprendre le contrôle et à freiner. Elle ne s'arrêta pas tout de suite. Elle suffoquait, et c'est alors seulement qu'elle se rendit compte qu'elle avait bloqué sa respiration pendant tout ce temps. Elle tremblait, les larmes inondaient son visage et le moteur faisait un bruit bizarre.

Elle eut du mal à faire demi-tour à cause de l'étroitesse de la chaussée, de ses mains et de ses pieds qui n'arrêtaient pas de glisser, et la voiture qui ne voulait plus répondre. Elle repartit lentement en sens inverse, scrutant la route, les nerfs à fleur de peau. Elle était allée beaucoup plus loin qu'elle n'aurait cru. Un bon moment lui parut s'écouler avant qu'elle distingue la forme sombre sur le bas-côté. Ça ne ressemblait à rien. Un tas de vieilles nippes. Les jambes semblaient avoir disparu. Seul un bras dépassait, bizarrement tordu, la main toute blanche posée sur le sol. Elle ne s'arrêta pas. Il était mort. Les fleurs gisaient toujours un peu plus loin, intactes.

Rentrée chez elle, Grace examina la voiture. L'avant ne lui parut guère plus abîmé, mais le tuyau d'échappement avait subi des dégâts : il pendait jusqu'à toucher la roue. Elle trouva de la ficelle et l'attacha du mieux qu'elle put en se glissant sous la voiture, allongée sur le dos. Elle n'y voyait pas grand-chose mais c'était mieux comme ça. Elle nettoya l'avant, l'arrière et les côtés avec une éponge et de l'eau chaude. Puis elle prit un journal qu'elle trempa dans la boue pour en barbouiller le pare-chocs enfoncé.

Lorsqu'elle se retrouva dans la maison, elle eut un moment de flottement. Elle commença par allumer la bouilloire pour se faire une tasse de thé, mais se dit que finalement elle ferait mieux de prendre un bain. Elle ouvrit les robinets et se déshabilla avec des gestes très lents, comme si elle était sur le point de s'évanouir, ou comme un convalescent qui commence seulement à retrouver la force de se lever après une longue période passée au lit. Elle n'était pas engourdie, contrairement à ce qu'elle aurait cru : elle avait l'impression que tous ses muscles réclamaient son attention, non qu'ils fussent douloureux, plutôt pour lui rappeler la manière dont son corps fonctionnait. Elle avait pleine conscience de chacun de ses mouvements, de chacune de ses sensations.

Elle pleura un peu dans son bain. Ce n'était pas l'émotion, c'était une détente purement physique, l'épuisement, toute l'adrénaline qui se retirait de ses veines. Lorsque les larmes eurent cessé de couler elle se sentit une envie de chanter, mais ça ne vint pas.

Elle ne cessait de se dire qu'un jour ou l'autre il faudrait qu'elle raconte tout ça à quelqu'un, et elle ne se voyait pas en train de raconter à quiconque qu'elle était rentrée chez elle, qu'elle s'était fait couler un bain et qu'elle s'était mise à chanter. On la prendrait pour une folle.

MARTIN

Martin remontait O'Connell Street sous la pluie, et toute son attention était accaparée par les arbres. Il plissait les yeux et avançait lentement, les mains dans les poches, la tête tournée de biais. Les arbres se dressaient au milieu de la chaussée, sur le large terre-plein qui séparait en deux le flot des véhicules. Rabougris, nus, dépourvus du moindre signe de vie, l'écorce luisante comme du cuir. D'innombrables ampoules mortes et grises serpentaient parmi les branches à intervalles réguliers, de part et d'autre d'un long câble vert suintant qui pénétrait le bois comme pour l'étrangler. On aurait dit des tumeurs. Des cloques, ou des verrues. Sans doute des décorations de Noël qu'on n'avait pas pris la peine d'enlever, pensa Martin. Il ne les avait encore jamais remarquées, et il se surprit à se demander si elles restaient là toute l'année. Peut-être qu'au printemps elles étaient cachées par les feuilles et puis disparaissaient sous l'épaisse verdure d'été qu'on aurait eu peine à imaginer en cette saison. D'ailleurs quelle importance ? Il ne les aimait pas. Il les trouvait infectes. Il s'attendait presque à les voir éclater et laisser échapper un liquide jaunâtre qui se serait mis à dégouliner le long des troncs.

Il avait froid dans la veste de Henry, quant à l'écharpe que Philip avait oubliée à la maison le soir précédent, elle était humide et ne cessait de lui glisser dans le cou. Il n'était pas content de sa coupe de cheveux. Ils y avaient été un peu fort. Il portait la casquette noire de Henry qui le serrait et lui laissait une marque rouge sur le front chaque fois qu'il l'enlevait. Quand il l'avait sur la tête on aurait cru qu'il cherchait à dissimuler une calvitie – comme s'il sortait de chimio. Il n'avait pas emporté de parapluie et il commençait à se sentir transpercé de part en part, avec les gouttes qui atterrissaient sur sa casquette et lui ruisselaient sur la figure. Il aurait pu prendre le bus, mais il ne pleuvait pas quand il avait quitté la maison, et il avait décidé de faire le chemin à pied. Ça s'était mis à tomber au milieu de Grafton Street, une pluie fine mais tenace, le genre qui ne vous rate pas. Du coup il s'était dépêché, et maintenant il était en avance et il transpirait.

Il baissait la tête pour esquiver les pointes des parapluies qui arrivaient en sens inverse tout en se demandant où il pourrait bien aller s'abriter quelques instants. Il suivait le bord du trottoir, épiant les arbres, fermant les yeux chaque fois qu'un bus le dépassait dans un rugissement et laissait dans son sillage des traînées noires sur ses chaussures en daim.

À quelques mètres devant lui se tenait un vieux mendiant emmitouflé dans un immonde duffle-coat grisâtre, pourvu d'une énorme barbe en bataille, la peau quasiment noire de crasse, les yeux blancs étincelants comme des phares. Il tournait le dos à la circulation et contemplait la cohue des piétons en hochant la tête d'un air malicieux, bras étendus, paumes ouvertes, et semblait marmonner quelque chose. Martin bifurqua et prit en diagonale vers les devantures, mais l'homme perçut la manœuvre et s'avança pour lui barrer le chemin. Martin tenta une nouvelle esquive et retourna vers le trottoir. L'autre eut un sourire et le suivit en boitant fortement. Martin jura et dut affronter le visage hirsute et le rictus édenté.

— Hé, m'sieur, z'auriez pas une p'tite pièce pour une tasse de thé ?

— Excusez-moi, dit Martin en essayant de le contourner.

L'homme recula et fit un pas de côté de façon à se trouver de nouveau face à lui.

— Juste une p'tite pièce, s'il vous plaît, m'sieur, que j'm'achète une casquette pour la pluie. Une chouette casquette comme la vôtre…

— Va te faire foutre, siffla Martin.

Il le repoussa pour se dégager et accéléra l'allure sans relever la tête. Il avait à peine fait quelques mètres qu'il entendit un mugissement derrière lui.

— Ho l'enculé, là ! Tu crois qu'tu vas m'pousser comme ça ? Tu trouves qu'c'est des manières, ça ? Tu t'crois malin, c'est ça, avec ton blouson de cuir de merde ? Viens voir un peu là, viens !

Martin jeta un coup d'œil en arrière et vit que l'homme s'était dressé sur la pointe des pieds, les poings levés comme un boxeur. Il tanguait légèrement.

— T'as la trouille, hein ? Allez, viens, viens ici et redis-moi ça !

Martin se retourna et continua à marcher aussi vite qu'il pouvait sans courir. Un court instant il n'entendit plus rien et se crut tiré d'affaire. Puis la voix reprit, grinçante, éraillée, et il comprit que l'homme ne le lâcherait pas. Les gens commençaient à s'arrêter.

— C'est quoi ton problème, gros connard ? T'as vu comment tu marches, on dirait une gonzesse ! Viens là, j'te dis !

Martin sentit la main de l'homme sur son épaule ; il s'en débarrassa d'une secousse et s'éloigna en courant avec un affreux sourire niais à l'adresse des badauds. L'homme recula légèrement sans pour autant cesser de brailler, et Martin se demanda ce qu'il devait faire. Il jeta un bref coup d'œil derrière lui et vit que l'autre s'était remis à sa poursuite en clopinant, les poings serrés. Un filet de bave lui coulait sur le menton. Il lançait sans discontinuer des invectives d'une voix râpeuse entrecoupée de reniflements et de quintes de toux.

— J'te lâcherai pas, fais-moi confiance ! Je t'aurai, p'tite salope ! Tu crois que tu peux m'envoyer balader comme un putain de clébard, c'est ça, comme si j'étais un animal ? Bande de salauds ! Z'êtes tous des salauds, tous autant qu'vous êtes ! Viens voir un peu !

Il agitait la tête d'avant en arrière et son bras désignait clairement Martin. Sa claudication s'était accentuée : il traînait péniblement la jambe gauche et l'effort lui arrachait un halètement rauque. Chaque fois qu'il regardait par-dessus son épaule, Martin voyait une sorte de tableau vivant : les passants, perplexes, se figeaient dans leur élan et se retournaient sur lui pour l'examiner, le jauger. Il réfléchit rapidement : la circulation était trop dense pour qu'il tentât une échappée de l'autre côté de la rue. S'il se contentait de poursuivre droit devant lui, le type le suivrait immanquablement et ils arriveraient ensemble à l'arrêt des cars. Il préférait ne pas y penser.

Martin rentra la tête dans les épaules et pressa le pas. Arrivé à la hauteur de l'hôtel *Gresham* il monta quatre à quatre les marches du perron. Derrière la porte vitrée un portier regardait la pluie tomber, la visière de sa casquette rabattue sur les yeux. Il ouvrit le battant et recula pour laisser entrer Martin.

— Sale temps, lâcha-t-il.

— Un vrai temps de cochon ! fit Martin avec un hochement de tête.

Il se découvrit, se frotta le front et s'éloigna rapidement de la porte, s'attendant à entendre les injures l'accompagner. Il passa devant la réception, conscient du bruit de ventouse que faisaient ses chaussures, aperçut le bar. Dans l'entrée le portier lui tournait le dos, les mains jointes, et jouait avec ses pouces. Derrière la vitre se profilait la crinière grise du mendiant, qui agitait son poing dressé en direction de l'uniforme bleu et de la casquette et proférait des paroles inaudibles. Il se surprit à penser à la pluie qui tombait dans la bouche ouverte, à combien ce devait être frais et apaisant.

Dans le bar quasi désert il commanda une bière et s'assit près du feu pour se sécher un peu tout en buvant.

Le souvenir. Il pouvait le harceler jour et nuit sans discontinuer avant de disparaître, parfois pendant des mois. Et puis il revenait sans crier gare pour se dresser devant lui comme son propre fantôme.

Sa mère avait téléphoné et il avait cessé de respirer ; il avait tout de suite compris. Il avait vu le visage de son père dans l'obscurité de ses yeux fermés, entendu sa voix dans le silence de sa tête, senti ses mains l'empoigner. Son père. Mort sur la route. Parti. Comme ça.

Il ne se rappelait pas exactement les mots qu'elle avait employés. « Il est mort », ou bien « Il est parti ». Ils ne s'étaient pas dit grand-chose cette fois-là. Il se la représentait debout dans l'entrée des Bolton, au pied de l'escalier, le téléphone à côté du miroir. Le souvenir. Elle était dans son souvenir, et c'est de là qu'elle lui parlait. Elle lui avait demandé de venir le lendemain matin, pour l'enterrement. Il s'étonnait qu'elle ne lui eût pas demandé de venir immédiatement, et aussi qu'elle eût tant attendu pour l'appeler. Une journée entière après la mort de son père.

Il avait raccroché et il était parti travailler.

Le souvenir. Depuis le départ de Henry il avait gagné en virulence et revenait l'assaillir presque toutes les nuits. La voix de son père. Ses mots. Son odeur – une odeur de bétail et d'herbe et de linge humide et sale. Son rire en plein air et son rire dans la maison. Et sa mère. Ses longues mains. Ses cheveux fins, presque cassants. Sa voix. Ses mots. Le souvenir s'était dilaté à la faveur de l'absence ; il englobait désormais Henry, Henry qui apparaissait à Martin tel qu'il le connaissait, tel qu'il l'imaginait, tel qu'il le craignait. Sur le calendrier de la cuisine, Martin avait barré les jours qui le séparaient du retour de Henry : une grosse tache d'encre noire masquant les jours et les semaines d'une période dont Martin savait qu'elle serait creuse. Une période difficile. Le temps du souvenir.

Et puis son père mort. Comme ça.

Retour en arrière. Réminiscences. Cela ne remontait qu'à quelques jours, mais c'était là en permanence, comme si c'était déjà arrivé avant, comme si c'était perpétuellement en train de se produire et qu'il n'eût fait que s'y glisser pour y jouer un petit rôle. Comme si c'était un lieu.

Au cimetière il avait soutenu sa mère bien qu'elle n'eût aucun besoin de son soutien. Elle avait posé son poignet au creux de son bras et foulé l'herbe à son côté. La matinée était froide, mouillée de crachin.

Il n'y avait pas foule. Un frère du défunt qui parlait avec l'accent de Cork, sorti on ne savait d'où, se présenta sous le nom de William. Il avait l'air perdu, comme s'il n'était pas sûr d'avoir rejoint le bon cortège, ni que ce fût bien le Michael Quinn qu'on enterrait là qui avait été son frère. Il avait posé à Martin des tas de questions, il voulait des détails chronologiques, historiques : il lui avait lancé des noms que Martin n'avait jamais entendus auparavant.

— J'ai vu l'annonce dans le journal. Encore heureux d'ailleurs. Il avait toujours sa cicatrice ?

— Quelle cicatrice ?

— Un gros truc affreux sur la cuisse, la cuisse droite. Il se l'était ouverte avec une fourche en rentrant les foins quand on était petits.

Martin n'arrivait pas à imaginer son père petit.

— Je ne sais pas. Il faudrait demander à ma mère.

Ces yeux sombres. Martin avait l'impression de les avoir déjà vus quelque part.

— C'est peut-être pas le moment, croyez pas ?

— Non, vous avez raison.

Il y avait des gens de Cootehill. Martin en connaissait quelques-uns, mais il ne savait pas pourquoi ils étaient là. C'était peut-être ça un enterrement, un moment neutre, sans aucun lien avec la vie passée, une chose qui ne renvoyait qu'à elle-même. Un événement. Certains étaient des amis de son père. Matt Clancy, accompagné de sa femme, un immense parapluie jaune à la main. Les Bolton, mais sans Pat. Pat n'était pas venu. Et puis deux personnes que Martin ne connaissait pas. Deux gros types en costume noir et imperméable gris. Pas très soignés. Le chauve sourit à Martin, et Martin lui rendit son sourire.

De tout le temps qu'ils passèrent à cheminer entre les tombes, eux les vivants, Martin ne put détacher ses yeux du cercueil. Une malle d'illusionniste en bois teinté, luisante, qui accrochait la pluie sur ses bords en gouttes minuscules. Il s'avançait entre les stèles sur des épaules étrangères, celles des croque-morts vraisemblablement. Le prêtre ouvrait la marche, grand, maigre, maussade. Et le cercueil marchait derrière lui, insecte sans tête à huit pattes, à la carapace dure, aux ailes arrachées. Puis venait la famille. « La famille » : Martin et sa mère, et William Quinn.

Ils s'étaient rassemblés autour de la tombe. Le prêtre était le seul qui semblât à l'aise : debout devant le trou noir creusé dans la terre, un livre de prières à la main, il s'était mis à lire. Martin n'écoutait pas les mots. Il concentrait son attention sur le cercueil. Regardait fixement le bois en se demandant si le bois pourrissait plus ou moins vite que la chair. La chair paternelle. La chair d'un père pourrissait-elle plus ou moins vite que la chair d'un fils ? Il n'était pas question de poussière. Seulement de feuilles mortes sous la pluie. D'humus.

Il ne parvenait pas à comprendre comment le couvercle était fixé. On ne voyait pas de clous. Il se demanda s'il était simplement posé ; peut-être qu'il glisserait si on y donnait un coup de pied. Il fut pris d'une envie terrible de s'approcher et d'essayer, pour voir. Vraiment terrible. Comme un enfant qui aurait envie de donner un coup de pied dans un jouet. Son pied se mit à s'agiter. Il sentait la pluie couler sur ses mains jointes devant son entrejambe comme un footballeur qui attend la ruée au moment du coup franc. Son pied tressauta de nouveau. Il enfonça ses orteils dans le sol.

Ils tripotèrent les cordes ; le cercueil s'éleva, fut hissé dans les airs puis redescendit en oscillant tous les dix centimètres, comme s'il hésitait. Martin s'efforçait d'élargir sa conscience au maximum, de graver chaque instant dans sa mémoire, de tout enregistrer. Tout. Comme une caméra. Le faire à tout prix. Se concentrer. Il sentit que sa mère le regardait de côté, et il jeta un coup d'œil dans sa direction. Ce n'était pas du tout lui qu'elle regardait, mais quelque chose au-delà de lui. Il reporta son attention sur le cercueil au moment où le couvercle se trouvait au niveau du sol, de la terre plane – le reste était déjà sous la surface. Il devait absolument le voir disparaître. Filmer la scène. Il en fut incapable. Il revint à sa mère. Elle fixait toujours un point derrière lui. Qu'était-ce donc ? Il ne put s'empêcher de tourner la tête pour suivre son regard, mais ne vit que les pierres tombales dispersées sur le gazon et le terre-plein gris qui montait jusqu'à l'église. Les hauts murs gris de l'église lui semblèrent se distendre et s'élever vers le ciel vide et mort. Il vit le ciel, de la même couleur que la pierre, la pluie qui en tombait négligemment, à peine un voile. Il ne comprenait pas ce qu'il y avait là qui pût retenir si longtemps le regard de sa mère.

Lorsqu'il porta de nouveau les yeux sur la tombe, le cercueil de son père avait disparu dans la terre, seules les cordes étaient encore visibles, tendues par le poids de son corps, puis elles se détendirent soudain quand leur charge vint reposer sur le fond noir et humide avec un bruit d'éclaboussure à peine perceptible, comme un soupir. Comme le soupir que sa mère laissa échapper à côté de lui. Un soupir si gros de soulagement que toutes les personnes présentes levèrent la tête vers elle avant de se détourner l'une après l'autre.

Seuls les Clancy et le frère les suivirent à la maison. Martin prépara du thé et des sandwichs, ils mangèrent et burent, parlèrent peu et s'en allèrent au bout d'une heure. À la porte, le nouvel oncle de Martin lui serra la main et le saisit par le coude.

— C'était un homme bien. Mes condoléances.

Martin le regarda fixement.

— Il y a longtemps que vous habitez Cork ?

— Mon Dieu ! Ça doit faire quarante ans ! J'ai épousé une fille de Kinsale. On a perdu le contact, Michael et moi. Nos parents sont morts quand nous étions encore très jeunes. C'est les grands-parents qui nous ont élevés, du côté de Scotstown.

Martin hocha la tête. Il hésitait.

— Bon, eh bien… merci d'être venu.

Il demanda à sa mère si elle avait déjà entendu parler de lui.

— À mon avis il s'est trompé, dit-elle. Il y avait un Michael Quinn à Tullyvin qui est mort il y a une dizaine d'années, un cousin de ton père. Ce type lui ressemble comme deux gouttes d'eau.

Martin débarrassa. Il s'apprêtait à rester dormir mais sa mère lui dit que non, qu'il valait mieux qu'il rentre à Dublin par le bus du soir. Qu'il ne faudrait pas qu'il manque son travail le lendemain. Il lui expliqua qu'on lui avait donné congé pour le reste de la semaine.

— Pourquoi cela ? fit-elle sans comprendre.

— Je n'ai rien demandé. On m'a juste dit de ne revenir que lundi.

Elle hocha la tête.

— Je n'ai pas très envie que tu restes.

Il tenta de discuter, mais elle ne voulut rien entendre. Elle était assise dans la cuisine, un demi-sourire sur les lèvres, les yeux un peu égarés. Il avait l'impression qu'elle essayait de le convaincre qu'elle allait bien. Elle avait vieilli, mais comme de façon détournée, comme si ses jours à elle étaient plus longs que ses jours à lui. Comme si pour elle les heures, les minutes, les secondes passaient plus lentement. Elle était épuisée. Quoi de plus normal ? pensa-t-il. En tout cas en cet instant… Ses mains étaient blêmes, deux rayons de lune reposant l'un sur l'autre. Ses épaules frêles. Son air fragile.

Elle l'accompagna à l'arrêt des cars de Cootehill sans dire un mot. Ils attendirent dans la voiture, devant le *White Horse*. Au moment où le car arrivait, elle se tourna vers lui et lui demanda s'il accepterait qu'elle vienne à Dublin et qu'elle habite quelque temps chez lui.

— Mon Dieu, évidemment ! Je voulais te le proposer. Tu peux venir quand tu veux.

— Ça ne t'ennuierait pas ?

— Bien sûr que non. J'aurais dû te le dire.

Il en avait bien eu l'intention, n'est-ce pas ? Son regard alla se poser sur le pare-brise maculé.

— Avec Henry qui n'est pas là et tout ça, ce serait super ! On se tiendrait compagnie. C'est quand tu veux.

Il jeta un œil au car.

— Il faut que j'y aille. Je t'appellerai. On va organiser ça.

Il l'embrassa sur la joue et s'éloigna. Traversa la route gelée et grimpa dans le bus en se disant qu'il ne reviendrait pas. Paya le chauffeur et s'installa sur un siège. Quand il regarda par la vitre, il vit que sa mère n'avait pas bougé : elle n'arrivait pas à démarrer. Il resta un moment à contempler la scène. Elle grimaçait chaque fois qu'elle tournait la clé de contact mais rien ne se passait. Martin se leva et s'avança dans le couloir ; il ne savait pas trop comment l'aider mais il pensait que le chauffeur du car pourrait peut-être faire quelque chose. C'est alors que retentit un vrombissement accompagné d'un bruit de ferraille ; il se retourna : un panache de fumée noire s'élevait du pot d'échappement. La voiture bondit en avant. Il crut tout d'abord qu'elle allait de nouveau caler, mais le moteur prit du régime et elle finit par s'ébranler, sa mère arc-boutée sur le volant. Il se rassit et la regarda s'éloigner en bringuebalant dans la lumière du couchant jusqu'au tournant près de l'église où elle disparut.

Il décida qu'il n'était pas question qu'elle vienne à Dublin en voiture. Pas avec cette épave. Elle prendrait le car.

Pas trace du clochard. Martin regarda attentivement de chaque côté, cherchant à apercevoir la tignasse grise parmi les parapluies multicolores et les têtes mouillées qui se hâtaient en quête d'un abri. La pluie tombait plus dru à présent, elle rebondissait sur l'asphalte avec un léger chuintement ; des mares se formaient au bord des trottoirs, les voitures roulaient au pas, tout semblait un peu moins efficace. Il ne vit son homme nulle part.

Il coiffa la casquette de Henry, la rabattit sur ses yeux et remonta la fermeture du blouson de Henry en prenant soin de rentrer l'écharpe de Philip dans le col. Puis il s'élança sous la pluie et se dirigea vers Parnell Street dans ses vêtements d'emprunt.

Il s'arrêta un instant avant de tourner l'angle. Deux grands autocars blancs étaient garés un peu plus bas. Il était en retard. Les passagers, encore à l'heure de la campagne, sautaient sur le marchepied et s'extirpaient gauchement des portières avant d'empoigner leurs bagages à la hâte pour tenter de se fondre dans l'anonymat de la rue.

Martin aperçut sa mère dans la foule. D'une main, elle traînait une énorme valise, de l'autre elle tenait un sac en plastique rempli de ce qui ne pouvait être que des chaussures. Un parapluie dépassait dangereusement de sous son bras. Elle parvint jusque devant chez *Fibber McGee*, déposa son fardeau, releva la tête et ouvrit son parapluie. Il lui sourit et elle le reconnut presque aussitôt. Elle voulut ramasser sa valise et venir à sa rencontre, mais il se mit à courir et la rejoignit avant qu'elle ait pu faire un pas.

— Laisse-moi porter ça.

Elle se redressa et le regarda. Elle souriait. Ses cheveux, presque entièrement gris à présent, pendaient sur son front en mèches légères. Elle était un peu pâle, mais c'est son regard vif et brillant qu'il remarqua surtout. Elle n'était déjà plus la même. Un peu agitée. Inquiète. Elle l'embrassa sur la joue.

— Je suis tellement contente de te voir !

— Ça ne fait jamais que deux jours…

— Ici c'est différent.

Il hocha la tête, ramassa la valise et attrapa sa mère par le bras. Ils prirent la direction d'O'Connell Street.

— Comment ça va ? demanda-t-elle.

— Ça va. Un peu mouillé.

— Tiens, viens sous le parapluie. J'aime bien ta casquette.

— Elle est à Henry.

— Ah, bon.

Il espéra qu'elle n'allait pas lui faire de compliments sur le blouson ou sur l'écharpe. Il lui demanda si son voyage s'était bien passé et quel temps il faisait dans le Monaghan. Elle répondait à peine, absorbée par le bruit de la ville, les yeux écarquillés comme ceux d'une enfant. Quand ils eurent atteint le bout d'O'Connell Street, elle s'arrêta pour embrasser la perspective qui s'étendait jusqu'au fleuve. Les lumières des magasins et les phares des voitures scintillaient dans la grisaille humide et donnaient à la rue une atmosphère chaleureuse qui surprit Martin.

— C'est joli, murmura-t-elle. Tout est si différent. Les autobus n'étaient pas comme ça à l'époque.

— On voit que ça fait un sacré bout de temps que tu n'es pas venue ! Moi je n'en ai jamais connu d'autres.

— Avant ils étaient orange. Ceux-là sont bien plus beaux. C'est lequel le nôtre ?

— On va prendre un taxi. L'arrêt n'est pas tout près, et on s'embêterait trop avec la valise.

Il alla se poster au bord du trottoir en espérant qu'un taxi ne tarderait pas à arriver de Parnell Square. Il inspecta les environs, regarda derrière lui.

Une silhouette grise et informe s'avançait d'un pas mal assuré, flottant dans la lumière grise.

L'homme tanguait dans leur direction, une petite bouteille à la main, mais ne semblait pas avoir vu Martin. Avec un peu de chance il aurait oublié. Il était assez soûl pour cela. Assez soûl aussi pour se rappeler. Martin pivota pour se réfugier devant sa mère. Elle était si transparente. Un taxi tourna le coin de Parnell Street et ralentit. Martin ferma les yeux et avala sa salive.

— Le voilà, fit-il.

Il sortit précautionneusement la tête de sous le parapluie. L'homme n'était plus qu'à quelques pas. Il ne paraissait pas se souvenir de l'existence de Martin mais n'en obliquait pas moins vers l'endroit où il se trouvait avec sa mère. Le taxi s'arrêta à leur hauteur et le coffre s'ouvrit.

Martin y jeta la valise et le referma sans relever la tête, en essayant de faire le moins de bruit possible. Il se cogna contre sa mère en reculant et lui ouvrit la portière. Elle abaissa son parapluie et mit un temps qui lui parut interminable à se glisser à l'intérieur. Il sentit une présence dans son dos, toute proche à présent, il en était certain, et fut pris d'un nouvel accès de panique. Sa mère avait fini par se caser.

— Hé, toi, mon salaud ! Viens voir un peu par là, viens, j'te dis !

Martin s'engouffra dans le taxi et claqua la portière.

— Mon Dieu, s'écria sa mère, mais qu'est-ce qui se passe ?

Le clochard était appuyé contre la voiture, une main sur le toit, le visage distordu par la vitre. Martin essayait de ne pas tourner la tête, de faire comme s'il n'existait pas. La voix continuait de leur parvenir, tonitruante malgré l'épaisseur du verre.

— Espèce d'enfoiré ! Amène-toi et pousse-moi un peu, pour voir, gros connard ! J'suis pas une bête, moi ! J'suis pas une bête !

— Sacré Elephant Man, va, dit le chauffeur en appuyant sur l'accélérateur.

Il se dégagea brusquement du trottoir, et l'homme soudain privé de point d'appui resta à chanceler dans le vide. Grace se retourna pour regarder par la lunette arrière tandis que son fils fixait un point droit devant lui.

— Mon Dieu, souffla-t-elle, mais qu'est-ce qu'il racontait ?

— Aucune idée, répondit Martin, conscient d'un léger tremblement dans sa voix et du regard que lui lançait alors sa mère.

Il se retourna et vit le crachat de l'ivrogne sur la vitre disparaître peu à peu, emporté par la pluie.

GRACE

Ça lui collait à la peau. Dans la pâle lumière de Dublin, sous la pluie battante, au milieu des voitures qui jetaient leurs éclairs et des gens agglutinés sur les trottoirs, c'était toujours avec elle. Il ne servait à rien de fermer les yeux pour ne plus le voir, de chantonner pour ne plus l'entendre ni d'enfoncer ses ongles dans les paumes de ses mains pour ne plus le sentir. Elle en était imprégnée.

Dans le taxi elle se retrouva avec sa propre odeur, ses vêtements humides, sa peau qu'elle sentait flotter sur elle, ses lèvres glacées. Cela l'enveloppait tout entière.

Ça lui était tombé dessus au cimetière et ne l'avait plus quittée. Elle avait espéré que la ville l'en délivrerait, mais c'était revenu avec une puissance renouvelée, ça avait pris possession d'elle et ça ne voulait plus la lâcher.

Ce n'était pas la culpabilité. Ça, encore, elle aurait pu s'en accommoder.

La confusion, plutôt. Le doute. Le naufrage de son esprit. Comme une entrave, un mécanisme plein de pinces, de leviers et de crémaillères, de ressorts et de roues dentées, rongé par la rouille depuis la nuit des temps. Cramponné à ses épaules et à son dos, se livrant à une chirurgie invisible qui subvertissait son équilibre et minait sa vie.

Elle regarda devant elle et vit sa main qui s'était levée sans qu'elle lui eût rien demandé. Elle la considéra un moment, puis s'en servit pour se gratter le sourcil.

Martin parlait, lui expliquait où ils étaient. Comment était-il possible qu'il ne se rendît compte de rien ? Qu'il ne se détournât pas avec horreur ? Des visages indistincts traversaient son champ de vision, elle hochait la tête lorsque son fils prononçait des mots qu'elle reconnaissait. Le taxi roulait au pas, bloqué par la pluie.

— Il y a surtout des appartements dans le quartier, sauf dans notre rue, où ce sont plutôt des maisons. Il y en a qui prétendent être installés là depuis des générations, mais j'ai des doutes. En général ce sont des couples, comme nous… Enfin, presque.

Grace fit signe qu'elle l'entendait. Les rues défilaient, incolores, aspergées de bruine. Elle aurait voulu voir briller quelque chose, un signe qui lui eût indiqué qu'elle était enfin ailleurs.

— C'est là, annonça-t-il.

Grace leva les yeux et poussa un long soupir : l'endroit lui plaisait, elle était contente qu'il soit ce qu'il était, différent, inconnu. C'était une vieille maison étroite, de style victorien, avec des fenêtres en bois peintes en jaune, une porte jaune et un tuyau de descente couleur moutarde.

— Jaune, dit-elle.

Martin se mit à rire, et Grace trouva son rire incongru.

— Eh bien quoi, c'est vrai, non ? Jaune.

Elle resta debout sous la pluie à contempler les briques et le rideau en dentelle de la fenêtre du rez-de-chaussée tandis que Martin réglait le chauffeur. La vitre lui adressa un reflet lorsqu'elle releva la tête, il lui sembla que la gouttière fredonnait un air, la pluie tomba dans ses yeux grands ouverts et elle s'inclina pour les essuyer. À ses pieds l'eau bouillonnait furieusement en sortant de la conduite et jaillissait sur le trottoir avec le bruit rafraîchissant que fait la pluie dans les villes et qu'elle avait oublié.

Martin ouvrit la porte et monta sa valise pendant qu'elle traversait le couloir exigu menant à la cuisine, qui donnait sur une petite cour pavée entourée de murs blanchis à la chaux. Malgré la lumière déclinante et la grisaille de la pluie ils lui apparurent lumineux et sa respiration s'apaisa. Elle eut faim.

Elle ouvrit des placards, farfouilla dans le frigidaire, mit la main sur quelques tomates qu'elle découpa sur l'égouttoir à l'aide d'un couteau effilé déniché dans le tiroir à couverts. Elle se lécha les doigts et retourna au frigidaire, où elle découvrit encore un morceau de fromage, du beurre et la moitié d'un oignon dans un sac en plastique. Le pain se trouvait dans une huche en bois surmontée d'un porte-tasses derrière lequel était suspendu un petit tableau d'affichage où figuraient, au milieu de diverses paperasses, la photo de quelqu'un qu'elle ne connaissait pas, Henry peut-être, ainsi qu'une carte postale représentant un homme nu à la peau luisante à plat ventre sur une serviette de plage.

Quand Martin revint, il la trouva à table en train de mordre dans son sandwich tandis que l'eau frémissait dans la bouilloire posée sur le buffet.

— Je suis désolée, marmonna-t-elle. J'avais faim.

Il la regarda sans bouger, et elle craignit un instant qu'il ne remarquât le mécanisme accroché à son dos, qu'elle avait momentanément oublié mais qui pénétrait de nouveau sa chair comme un étau et lui vrillait le crâne. Elle posa son sandwich.

Martin éclata de rire, il rit et il alla surveiller la bouilloire pour s'occuper du thé.

— Je pensais t'emmener manger un morceau quelque part. On aurait pu aller du côté de Rathmines.

Grace ferma les yeux et chercha des mots.

— Ce n'est pas nécessaire. Je te préparerai quelque chose tout à l'heure. Grignote un petit truc en attendant. Je te préparerai quelque chose tout à l'heure.

— Tu n'es pas obligée.

— J'ai envie.

Il y avait des années qu'elle n'avait pas fait la cuisine rien que pour lui.

Il mit le thé à infuser et s'assit en face d'elle, et ils restèrent ainsi à boire et à échanger des propos sans se quitter des yeux. Il fuma une cigarette. Elle l'observait. La profondeur de son regard. Ses cheveux, si noirs. Il s'était changé. Il avait mis un jean et un pull en laine grise sur une chemise bleue. Elle retrouvait en lui quelque chose de son père jeune. Le teint mat, l'éclat de la peau. La différence, c'est qu'elle se retrouvait aussi elle-même.

Il l'emmena visiter la maison, en commençant par la salle de bains, rajoutée sur l'arrière, à laquelle on accédait de la cuisine par un couloir bas de plafond. Puis la pièce de devant, son désordre rassurant. L'étage enfin.

La chambre d'amis, celle qu'elle allait occuper, était chaude et lumineuse. Elle donnait aussi sur l'arrière, et Grace regarda les toits, la pluie, la cour toute blanche.

— Il y avait un jardin, avant ? demanda-t-elle.

— C'était déjà pavé quand on est arrivés. J'imagine qu'il a dû y en avoir un à une époque. À côté ils en ont un.

Elle tendit le cou mais n'aperçut qu'un carré de gazon.

— On a refait les murs nous-mêmes. L'été dernier. Jusqu'à ce que Henry se prenne un truc dans l'œil et qu'il faille l'emmener chez le médecin. Ça nous a un peu refroidis. J'ai terminé tout seul, avec masque de protection et tout.

Grace regarda les fenêtres de la maison d'en face. Il y en avait deux, tellement noircies par la fumée qu'on les eût dites teintes artificiellement. Des ardoises avaient glissé dans la gouttière, où elles s'étaient assemblées comme des cartes à jouer.

— C'est bizarre d'être aussi proche des autres, remarqua-t-elle.

Elle se tourna vers lui et lui sourit. Il acquiesça.

— J'avoue que j'ai encore du mal à m'y faire.

Ils sortirent sur le petit palier et Martin marqua un temps d'arrêt devant la porte de l'autre pièce. Le regard de Grace balaya l'escalier, remonta vers lui.

— C'est ta chambre ?

— Oui, répondit-il gaiement en poussant la porte.

Grace ne bougea pas et se contenta de regarder l'intérieur, le sol principalement.

— C'est joli.

Elle resta un moment sans rien dire, tourna les talons et redescendit. Elle entendit le pas rapide et léger de son fils derrière elle, sentit ses joues s'empourprer.

— Eh bien, voilà, fit-il. Petit mais confortable.

— Oui.

Grace se dirigea vers la cuisine et débarrassa tasses et assiettes en s'efforçant de garder le dos tourné, puis elle alla à l'évier et ouvrit les robinets.

— Ça va ?

— Très bien. La maison est charmante.

— Laisse la vaisselle. Tu veux défaire tes bagages ?

— Oui – elle lui fit brièvement face, à la recherche d'un essuie-mains. Il faudrait.

— Ce n'est pas une obligation. Je veux dire, fais comme tu voudras.

Il la regarda. Son visage était limpide. Elle eut envie de le toucher. Elle eut envie qu'il vienne dans ses bras et qu'il pose sa tête sur son épaule. Elle fit un pas vers lui. Sa main se leva et s'arrêta à mi-parcours.

— Je suis déroutée, lâcha-t-elle.

Martin tourna légèrement la tête.

— Quoi ?

— Désorientée, je veux dire. Rien de plus. Je ne sais pas trop où j'en suis.

Il acquiesça.

— Tu es sûre que ça va ? Tu n'es pas malade, au moins ?

— Mais non.

Elle s'assit. Une bouffée d'air froid s'engouffra dans son esprit, comme si une porte s'était ouverte quelque part. Elle l'entendit battre sur ses gonds et porta la main à sa tempe.

— Les Bolton passeront voir les bêtes de temps en temps. De toute façon, il n'y a plus que les quatre génisses. Trois blanches et une frisonne. La frisonne ne devrait pas tarder à vêler, la semaine prochaine peut-être. Il faudra qu'il soit là. Le fils Bolton, son nom m'échappe, il a dit qu'il s'en occuperait. Les nourrir, leur changer l'eau, voir si tout va bien.

— D'accord.

Il s'assit auprès d'elle.

— J'ai fermé la maison. Ce sont des gens sur qui on peut compter. Mrs. Bolton est très gentille. Ils sont passés lundi, on venait juste de m'apprendre la nouvelle. Mrs. Bolton m'a dit de ne me soucier de rien. Qu'ils étaient là. Elle a dit que j'allais avoir besoin de tout mon temps.

— Elle n'avait pas tort.

— Si.

Elle contempla la main de Martin posée sur son bras.

— Je veux dire… Je pense qu'il aurait mieux valu que j'aie des choses à faire.

Martin hocha la tête.

— Ils étaient d'accord pour s'occuper des bêtes pendant ton absence ?

— Je ne leur en ai jamais parlé.

Il demeura bouche bée, et elle eut l'impression de retrouver l'une de ses expressions d'enfant. Les moments où elle le faisait enrager, où il ne comprenait plus rien. Elle sourit.

— Mais pourquoi ? demanda-t-il.

Il lui rendit son sourire

— Je ne sais pas. Je ne leur en ai pas parlé, voilà tout.

Elle rit.

— Qu'est-ce qu'il y a de drôle ?

— Rien. Je ne sais pas. Excuse-moi. C'est juste la tête que tu fais. On dirait qu'on t'a mangé ta soupe.

MARTIN

Elle lui prépara un repas comme il n'en avait plus mangé depuis des années : des côtelettes avec des pommes de terre, des carottes et des petits pois. Il se demanda par quel processus la mémoire enregistre les goûts, et il se dit que ce devait être le même que pour les voix, car il crut soudain entendre celle de son père, sa voix épaisse quand il parlait la bouche pleine.

Elle s'était requinquée. Au début elle lui avait paru un peu bizarre. Désorientée. Il avait eu peur qu'elle ne craque, qu'elle ne se mette à pleurer ou à vouloir se confier. Mais ça avait l'air d'aller mieux.

Après le dîner ils regardèrent la télévision sans se dire grand-chose. Albert Reynolds, le nouveau Premier ministre récemment élu à la tête du Fianna Fail[1], évoquait pour la première fois ce qu'il envisageait d'entreprendre en remplaçant Charlie Haughey ; il paraissait presque effrayé, souriait sous les projecteurs, opinait du chef.

— Tout change, dit Grace.

Martin l'observa du coin de l'œil, cherchant à deviner son humeur.

1. « Guerriers de la Destinée » en gaélique. L'un des principaux partis politiques irlandais, né en 1926 de la partition de l'île.

— Je connais ce type, hasarda-t-il.

— Albert Reynolds ?

— Non – il rit : Celui qui a posé la question, le journaliste. C'est un ami.

— Est-ce qu'on l'a vu ?

— Non, j'ai juste reconnu sa voix.

— Qu'est-ce qu'il a demandé ?

— Une histoire de remaniement.

— Et c'était une bonne question ?

Elle sourit sans le regarder. Elle avait l'air en forme.

— Une excellente question.

Elle avait pris la place de Henry sur le canapé. Elle était différente, pas vraiment changée, mais différente. Il ne comprenait pas en quoi. C'était comme si elle lui apparaissait au travers d'un verre grossissant ; elle était plus grande. À moins que ce ne fût l'atmosphère qui l'entourait. Comme si elle emplissait l'espace à la manière d'un son ; d'un son ou d'une lumière.

Martin fit du thé. Elle y trempa un biscuit et ramena ses pieds nus sous elle.

Un peu après onze heures, elle annonça qu'elle allait se coucher. Resta encore un peu, répéta qu'elle allait se coucher et se leva. Elle l'embrassa sur le front et monta. Il écouta le bruit de ses pas, ses allées et venues à l'étage. Il pensa à Henry.

Il traîna un moment, les yeux fixés sur l'écran animé dont aucune image ne s'imprimait en lui. Il se remémora la réaction de Henry quand il lui avait appris que son père était mort. Le silence choqué, la gêne, et puis les mots de condoléances bafouillés qui avaient fait sourire Martin, l'avaient presque fait rire : Henry à Paris en train d'essayer de se rappeler ce que pensait Martin, d'imaginer la façon dont il pouvait bien avoir accueilli la nouvelle.

Il était une heure quand il monta à son tour, en faisant le moins de bruit possible dans l'escalier ; il s'arrêta devant la chambre de sa mère pour écouter, mais n'entendit rien. Il entra dans sa chambre et tira les rideaux avant d'allumer, se déshabilla rapidement, s'arrêta un instant devant le miroir, passa la main sur son torse et ses épaules pour éprouver la douceur de sa peau. Puis il enfila un T-shirt et un caleçon, éteignit, grimpa dans le grand lit, savourant le contact des draps et des oreillers, allant chercher en frissonnant la fraîcheur dans leurs moindres replis.

Sa mère dans la pièce à côté. Souvenirs. Il se rappela ce qu'il éprouvait à l'époque où il occupait la chambre voisine de celle de ses parents et se demandait s'ils pouvaient l'entendre, l'estomac noué lorsque son père traversait le couloir, l'angoisse diffuse d'être enfermé à l'intérieur de cet espace réduit et inhospitalier, la sensation du mur froid où il appuyait sa tête, recroquevillé au creux de son lit pour se protéger de la lumière sous la porte. Il retrouva les mêmes émotions.

Il se souvint qu'il essayait de se masturber le plus silencieusement possible. Il avait un truc. Un éclatement de la concentration, un dédoublement : faire et surveiller. Gémir et écouter. En même temps. Il y était tellement bien arrivé que par la suite il lui avait fallu tout oublier, perdre l'habitude. Cela n'avait pas été sans mal. Il faut que tu te détendes, ils le lui avaient tous dit. Allons, ne sois pas aussi crispé.

Tandis qu'il retrouvait les gestes, les souvenirs se mirent à défiler à une vitesse stupéfiante ; il s'arrêtait de temps à autre sur une image qui lui faisait fermer les yeux un peu plus fort ou remuer la tête sur l'oreiller, comme en rêve. Il avait beau essayer de trier, son esprit lui envoyait au hasard des images qu'il ne pouvait anticiper. Son père, trop souvent. Sa mère. Lui plus jeune. Il ouvrit les yeux et retrouva l'obscurité de la chambre, le lit, les souvenirs du corps de Henry enfouis au creux du lit, les plus récents, ceux qui le lui restituaient intact. Des souvenirs de peau, la peau de Henry, l'absence de Henry qui remplissait à présent les draps. Les mains de Martin allaient et venaient, la peau de ses bras caressait la peau de ses cuisses, il ferma de nouveau les yeux, appelant de toutes ses forces un espace grand ouvert rempli d'images – pas des souvenirs mais des images, de toutes petites images vivantes, palpitantes, toute une suite d'images reliées par le toucher, une communion entre la vue et le toucher, sans paroles, juste la respiration, juste la peau… Le souffle de Martin s'altéra comme si l'oxygène de la chambre se raréfiait soudain, comme s'il était étendu très haut, à une hauteur vertigineuse, terrifié à l'idée de regarder autour de lui, à la simple idée d'ouvrir les yeux. Il garda l'équilibre le plus longtemps possible, encore un instant, jusqu'à l'extrême limite, puis il bascula, glissa, culbuta, et il tomba comme s'il s'enfonçait dans l'eau, comme si sa peau devenait l'univers et que l'univers se dérobât, s'effondrât, s'abîmât dans l'eau comme une pierre.

Il se mit à rire à haute voix d'avoir joui si vite, referma vivement la bouche en pensant à sa mère. Les draps étaient repoussés, le caleçon baissé sur ses chevilles, le T-shirt autour de son cou. Le rire le parcourut encore un moment, puis il parvint à se calmer et contempla la flaque qui s'étalait sur son ventre et qui avait giclé jusqu'en haut de sa poitrine. Impressionnant ! Tandis qu'il reprenait son souffle dans un état de relaxation extraordinaire, il se rendit compte que c'était la première fois qu'il jouissait depuis plus d'une semaine. Il chercha un mouchoir en papier et se détendit dans le silence glacial, bercé par le son de sa respiration.

Une idée étrange lui vint alors, une pensée qui lui fit ouvrir les yeux et prendre conscience des ombres de la chambre, de la lumière qui filtrait à travers les rideaux. C'était la première fois qu'il jouissait depuis que son père était mort. La toute première fois, de sa vie entière, alors que son père n'était plus de ce monde. Son père n'existait pas. C'était la première fois qu'il pouvait le dire. Il n'avait plus de père.

Il écouta la quiétude de la chambre et les bruits légers de la rue, imagina qu'il pouvait entendre sa mère respirer, entendre son cœur battre, sa poitrine se soulever et s'abaisser doucement, la tête abandonnée sur l'oreiller. Il pensa : ma mère respire, je respire, et mon père, pour la première fois de nos deux vies, ne respire pas.

GRACE

Grace fut éveillée par la lumière sur son visage et se demanda où elle était. Une clarté inhabituelle transperçait les rideaux et mouchetait de taches poussiéreuses les surfaces d'une pièce que tout d'abord elle ne reconnut pas.

Puis un voile se leva dans son esprit, et les choses reprirent leur place.

Elle sentit la chaleur du soleil qui l'enveloppait, la caressait, taquinait ses yeux. Elle rejeta les couvertures et prit une profonde inspiration ; l'air était pur et frais. La douleur dans ses os était moins vive que d'habitude, et elle put se lever sans peine et traverser la moquette pour aller tirer les rideaux. Elle plissa les yeux, bâilla et se remit au lit.

Elle resta étendue comme une enfant dans la chaleur douillette et regarda par la fenêtre l'espace entre les maisons, le ciel, un morceau de ciel d'un bleu immaculé qui s'étendait depuis les toits jusqu'au sommet de la fenêtre, comme si on y avait mis la mer à sécher. Un ciel tendu à se déchirer, vierge de toute trace. Plus bas, les ardoises gris-noir des toits et les briques rugueuses des murs lui rappelèrent Manchester et son père.

Elle pensa à la distance qu'elle avait parcourue : Manchester, Monaghan, Dublin. Un triangle dont elle n'avait jamais dépassé les frontières et qui délimitait sa vie. Trois lieux, trois êtres.

Au bout d'un moment, n'ayant plus rien à regarder par la fenêtre, Grace sortit du lit et s'habilla. Aucun son ne lui parvenait de l'autre chambre. La maison était tranquille et silencieuse.

Il y avait un trousseau de clés pendu à un clou au mur de la cuisine. Grace les contempla un moment puis les décrocha, se dirigea vers la porte d'entrée, l'ouvrit et regarda dehors. Il faisait froid. Elle essaya différentes clés dans la serrure, finit par trouver la bonne. Elle se demanda quelle heure il était : tout était si calme !

Elle prit son manteau et s'apprêta à laisser un mot, mais elle se dit qu'elle serait rentrée avant que Martin soit levé. Elle ferma doucement la porte d'entrée derrière elle et descendit sur le trottoir, jeta un coup d'œil à la fenêtre aux rideaux encore tirés. Elle sourit pour elle-même et pensa que si elle pouvait trouver une épicerie elle lui préparerait un petit déjeuner et le lui monterait au lit. Elle tourna à droite et s'éloigna lentement. Peut-être ferait-elle mieux de ne pas le déranger, après tout ; il risquait d'être gêné : elle ne savait pas ce qu'il portait pour dormir.

Elle déambula dans les rues mal entretenues bordées de vieilles maisons, remonta lentement Lennox Street, tourna dans Stamer Street, croisant des voitures et des piétons indifférents. Elle appréciait la rumeur encore ténue de la ville, l'éclat de la lumière matinale. Elle s'interrogeait sur les notions de lieu et d'espace. N'avait-elle pas eu tort de venir ici ? Quand donc avait-elle commencé d'accumuler les erreurs, quand tout cela avait-il commencé ? Monaghan lui paraissait très loin, et en même temps elle avait l'impression de ne jamais l'avoir quitté. Il y avait là quelque chose qu'elle ne comprenait pas. Elle reprit son raisonnement. Quelque chose clochait, comme s'il lui manquait un élément.

Elle s'arrêta aux feux pour lire les noms des rues : Harrington Street, Heytesbury Street. C'étaient des noms anglais. South Circular Road, Stamer Street. Des noms décevants, qui ne lui évoquaient rien. Elle n'arriverait jamais à les retenir.

À l'angle opposé s'élevait une église qu'elle avait à peine remarquée auparavant. Une grosse église, que cachaient en partie de grands arbres mais dont le clocher carré de pierre grise noircie par la fumée de la ville s'élevait bien plus haut encore. Son regard se posa sur la haute tour de granit couleur de suie qui se dressait devant elle, menaçante. Grace se surprit à la regarder fixement, bouleversée par ce qui lui revenait en mémoire. Quelque chose se cramponna à ses épaules, lui étreignit le dos, comme si le clocher se penchait et s'emparait d'elle pour lui rappeler tout à coup, aussi froidement qu'un glaçon glissé sous la peau de son crâne, l'endroit où était enterré son mari. Une image apparut dans son esprit, comme si on l'y eût gravée à coups de burin : l'église à la sortie de Cootehill, l'air glacé qu'elle avait respiré au-dessus de sa tombe. L'église devant elle et l'église où il reposait. C'était le même ciel qui les recouvrait. Le même air, saturé de sa présence.

Grace se retourna et s'enfuit.

Elle redescendit Stamer Street en toute hâte, la tête baissée, les yeux fixés sur le trottoir sale et fissuré. Ce n'était pas la culpabilité. Décidément pas. C'était de nouveau une peur panique, mais cette fois elle avait une forme, celle d'une pensée aussi brutale qu'irrationnelle : elle avait expédié son mari là où se trouvait son fils, elle l'avait envoyé rejoindre Sean, afin que l'un recouvrît l'autre, comme une couverture, ou comme un drap. Pourquoi avait-elle fait une chose pareille ?

Elle avait eu envie de savoir où était la tombe de son fils, la petite tombe où il était caché, de lire les mots qu'on y avait inscrits. Mais elle n'avait pas su par où commencer, ni auprès de qui se renseigner.

Elle s'était éloignée lentement de son mari et avait erré parmi les pierres à la recherche du nom de Sean Quinn. Elle pensait qu'il ne serait pas loin, mais elle se trompait. Martin l'avait suivie, et elle s'était demandé s'il savait où il était. Comme il se taisait, elle avait eu envie de lui poser la question, de suggérer, l'air de rien : « On pourrait peut-être aller voir la tombe de ton frère ? » mais elle avait eu honte et elle s'était tue. Les policiers l'attendaient à la sortie du cimetière, et elle s'était dit que c'était dans l'ordre des choses.

Le souci d'une possible arrestation ne l'avait jamais effleurée jusqu'à cet instant de honte près de cette église étrange : une mère qui ne savait même pas où son fils était enterré, voilà ce qu'elle était. Les policiers, l'inspecteur Brady accompagné d'un autre homme, attendaient au portail et la regardaient approcher. Ils étaient là pour l'arrêter, elle en avait été quasi certaine. Ils allaient lui lire ses droits, lui passer les menottes, la conduire poliment à une voiture et l'emmener sous les regards stupéfaits de l'assistance. Mais ils ne l'avaient pas fait. Ils s'étaient inclinés respectueusement, lui avaient serré la main, Brady lui avait dit : « Si je peux faire quelque chose… » et lui avait répété de ne pas hésiter à l'appeler.

La manière dont il l'avait regardée. Dont il avait marqué un temps d'arrêt en la regardant. Il savait. Elle avait senti qu'il savait.

Ils étaient venus la voir le lendemain de l'enterrement. Grace était dans la chambre en train de trier des vêtements et de préparer tranquillement sa valise quand elle les avait vus tous les deux dehors occupés à examiner la voiture. Elle avait vu Brady s'accroupir, regarder sous le pare-chocs puis faire le tour de la voiture à la recherche d'un indice, penché en avant, retenant sa cravate contre sa poitrine. Il s'était relevé le souffle court, puis il avait parlé un moment à son collègue, l'homme qu'elle avait vu avec lui au *White Horse*, celui qui l'accompagnait au cimetière. Ils avaient discuté à voix basse, tête contre tête. Deux policiers qui chuchotaient devant la maison de Grace.

Ils lui avaient demandé si elle connaissait quelqu'un qui aurait éventuellement menacé son mari. Elle leur avait parlé de la visite des parents de la jeune fille, le jour où ils avaient cherché à le rencontrer. « Tiens, tiens », avait dit l'inspecteur Brady en hochant lentement sa grosse figure rouge, la peau tellement tendue sur son crâne qu'elle semblait prête à se déchirer. Ils étaient allés voir les Killeen.

Plus tard, l'inspecteur Brady était revenu, seul, pour bavarder un moment, il transpirait en buvant sa tasse de thé bien qu'il ne fît pas particulièrement chaud dans la cuisine.

— Alors, ça a donné quelque chose ?

— Non, madame Quinn.

Il avait dit cela d'un drôle de ton, presque tristement, puis il était resté silencieux. Elle était sûre qu'il savait.

Martin voulut l'emmener pour la présenter à un ami qui travaillait dans un café du centre-ville. Grace aurait préféré rester à la maison, pour essayer de se ressaisir. Elle fut sur le point de le lui dire mais elle pensa que les rues, l'agitation, la rencontre de nouvelles têtes la distrairaient peut-être. Elle accepta. Ils prirent leur petit déjeuner, Martin se doucha et ils partirent en fin de matinée dans l'air vif, le froid, la foule.

Il la traînait littéralement. Il avait l'art de se couler entre les gens sans jamais heurter personne, de presser le pas pour les dépasser ; elle le suivait en s'excusant sans cesse, en nage, mal à l'aise. Martin lui montrait une chose après l'autre, puis attendait d'elle un signe d'assentiment, un commentaire. On aurait dit un représentant de commerce. Il n'arrêtait pas de parler. Il l'emmena dans des boutiques où il semblait espérer une initiative de sa part, comme si elle devait forcément avoir envie de faire des courses ; quand son manque d'enthousiasme était par trop manifeste il l'entraînait aussitôt ailleurs, désignant un objet ici ou là, donnant des explications qu'elle ne comprenait pas, citant des noms, des anecdotes ou des commérages qui l'embrouillaient, faisant des plaisanteries qu'elle ne saisissait pas, sortant des références qui ne lui disaient rien. Elle trouvait tout cela déroutant, assommant. La foule tourbillonnante et bruyante la rendait muette ; elle était tendue. Elle avait envie d'être ailleurs.

Enfin Martin ralentit légèrement le pas et commença à regarder sa montre : ils arrivaient dans le quartier de Trinity College et de la Bank of Ireland, qu'elle fut cordialement invitée à admirer. Les bâtiments étaient noircis par les gaz d'échappement, sauf les côtés des piliers de la banque et le fronton de l'université, qui resplendissaient au soleil comme si on venait d'en nettoyer la vieille pierre couleur champignon. Martin la regardait ; elle sourit, hocha la tête, reprit son souffle.

Une jeune fille était accroupie sur le trottoir au-dessus d'un rouleau de papier maintenu à plat par des cailloux. À côté d'elle, un livre ouvert : elle était en train de copier un tableau avec des bâtons de craie sales. Grace aperçut le sujet et vacilla. Deux femmes maintenaient un homme à demi nu sur une table ressemblant à un établi ou à une table de cuisine. Sa tête pendait, le visage barbu renversé, les yeux ouverts. Au premier plan, l'une des femmes appuyait une main sur son cou et de l'autre brandissait un couteau. Elle grimaçait et s'apprêtait à lui transpercer la gorge pour la deuxième fois. Il avait les yeux exorbités, le visage distendu par la terreur, ses bras battaient l'air. Son sang coulait, éclaboussant le sol et le vêtement qui lui couvrait les épaules.

Grace était fascinée. Elle fit un effort et reprit lentement ses esprits : ce n'était pas elle qui était visée. Cela n'avait rien à voir. C'était seulement une image sur un coin de trottoir, le trottoir où elle passait par hasard. Une coïncidence malencontreuse. Une maladresse.

Il y avait quelque chose de merveilleusement direct dans l'expression de la femme au couteau, quelque chose de très digne. On aurait dit qu'elle égorgeait une poule ou un cochon, ou qu'elle vidait un poisson. C'était un travail. Elle avait une famille à nourrir. Une femme qui émincait des oignons. Rien de plus.

— On devrait y aller, dit Martin en désignant sa montre.

Grace sortit une pièce de son porte-monnaie, s'avança et la laissa tomber dans la boîte posée à côté du livre. Elle jeta un coup d'œil à la fille et lui sourit, mais la fille ne s'en aperçut pas.

Le café se trouvait dans une petite rue près de la rivière. Des drapeaux claquaient sur des mâts argentés. L'eau glauque clapotait et filait vers la mer.

C'était un endroit minuscule, avec des vitres grises de condensation, une atmosphère chaude et confinée. La fumée flottait en nappes dans la lumière jaune. Les conversations, les rires et la musique de fond résonnaient comme un écho venu de vastes lointains. Grace et Martin se tassèrent sur des chaises en bois fatiguées autour d'une petite table dressée dans un coin.

Martin alluma immédiatement une cigarette et se mit à surveiller les portes donnant sur les cuisines. Serveurs et serveuses entraient et sortaient, les bras chargés d'assiettes, de tasses et de soucoupes. Ils semblaient ignorer l'usage du plateau. Après avoir observé quelques allées et venues et souri à sa mère d'un air rassurant, Martin agita tout à coup la main en direction des portes : un garçon blond et mince venait d'apparaître, qui entreprit de se frayer un chemin entre les tables pour parvenir jusqu'à eux, un large sourire sur les lèvres.

— Salut ! lança-t-il joyeusement.

Il se pencha vers Martin, puis se ravisa en voyant Grace.

— Salut, répondit Martin, comment tu vas ?

— Bien. Super. Et toi, ça va ?

Sa main se posa sur l'épaule de Martin. Sous le regard de Grace, elle disparut comme par enchantement et retomba à son côté.

— Très bien. Je te présente ma mère. Maman, c'est Philip.

Le garçon la regarda en souriant : il avait un visage soigné, très beau et très jeune ; ses yeux bleus s'arrêtèrent un instant sur ceux de Grace ; il demeura silencieux l'espace d'une seconde et lui sourit.

— Ravi de vous connaître, dit-il.

— Bonjour.

Ils se regardèrent un moment. Grace ne savait pas quoi dire.

— C'est fou ce que vous vous ressemblez, remarqua Philip. On vous l'a déjà dit ?

— C'est vrai ?

— Martin a votre bouche. À moins que ce ne soient vos yeux… – son regard allait de l'un à l'autre : Je ne sais pas trop ce que c'est, mais c'est extraordinaire.

Ils commandèrent la même chose – Grace, qui ne comprenait pas la moitié de ce qui figurait sur le menu, avait suivi l'exemple de son fils. Philip leur dit qu'il commençait à y avoir un peu moins de monde et qu'il les rejoindrait pour le café quand ils auraient fini de manger. Il sourit à Grace. Il leur apporta leur commande et leur souhaita bon appétit ; elle s'aperçut peu après qu'il les observait de l'autre bout de la salle. Il sourit de nouveau.

— Il a l'air très gentil, dit-elle.

— Ouais, il est sympa.

Elle examina ses pâtes et ses légumes avec circonspection avant d'en porter une bouchée à ses lèvres. Elle reconnut certains goûts, mais les autres la laissèrent perplexe. Une chose était sûre, c'est qu'elle n'aimait pas les poivrons, qu'elle repoussa en un petit tas au bord de son assiette. Elle s'efforça de faire honneur au reste, sans pouvoir s'empêcher, à un moment donné, de recracher quelque chose de dur et d'amer. Martin engloutit son plat d'un trait.

Lorsqu'il eut terminé, il alluma une nouvelle cigarette et regarda sa mère.

— Tout va bien ?

— Parfaitement bien.

Il jouait avec sa boîte d'allumettes.

— Tu n'es pas obligée de finir si tu n'en veux plus.

Exactement le genre de remarque qu'elle lui faisait autrefois. Elle acquiesça, but un peu d'eau pour se rafraîchir la bouche.

— Tu étais un peu tendue hier… Je veux dire quand tu es arrivée.

— Oui.

— N'oublie pas que tu es en vacances. Tu peux te détendre. Tu n'as à te soucier de rien.

— Je sais.

Il pinça les lèvres.

— Et puis dis-moi si tu as envie de faire quoi que ce soit, ou si tu préfères ne rien faire ou… enfin, ce que tu veux, quoi.

Elle sourit.

— Je n'y manquerai pas.

— Il faut que tu en profites, que tu te reposes, que tu reprennes des forces…

— Des forces ?

— Tu sais bien. Après la semaine que tu viens de passer, tu dois être complètement épuisée.

Elle approuva brièvement et essaya de le remercier, mais sa réponse se perdit dans la fumée de sa cigarette. Sans doute n'avait-il rien entendu.

Philip les rejoignit et s'assit entre eux, frôlant de son bras le coude de Grace. Ils parlèrent de la maison de Martin, de Henry, que Philip évoquait comme si elle savait tout de lui alors que Martin ne lui avait pas raconté grand-chose. Autant dire rien, en somme. Elle n'avait pas vraiment compris pourquoi il s'était absenté, et elle était trop gênée pour poser des questions. Ça avait quelque chose à voir avec son travail – son métier –, mais elle ne savait même pas en quoi il consistait.

— Sean est dans son élément, déclara Philip.

Grace le regarda avec stupeur.

— Ça, c'est vrai, dit Martin. On l'a vu hier soir… enfin, entendu, plutôt.

— Sean ?

Philip se pencha en avant et effleura le bras de Grace du bout des doigts.

— Sean est un ami, dit-il, un journaliste. Le grand chroniqueur de notre époque troublée. La terreur des politiciens, l'homme qui fait la lumière sur les sombres intrigues de palais. Enfin, c'est lui qui le dit – il se redressa : Vous aurez certainement l'occasion de le rencontrer.

Elle sourit. Le nom l'avait fait sursauter. Ils continuèrent à discuter et elle se détendit peu à peu, devint presque bavarde. Elle comprit que Philip était étudiant et travaillait à temps partiel comme serveur, qu'il avait dix-neuf ans. Ça lui semblait tellement jeune. Il papotait, leur apportait d'autres cafés, semblait trouver Grace sympathique ; il ne s'adressa bientôt plus qu'à elle. Il voulut savoir comment était Martin quand il était petit. Elle lui raconta des choses sans importance : leurs promenades dans les collines, l'habitude qu'il avait de sucer ses doigts, de tripoter l'oreille de sa mère… Philip riait de bon cœur. Martin se contenta de sourire.

Grace parlait, et tout en parlant elle s'interrogeait : elle était donc capable de dissimuler ! Jamais elle ne l'aurait cru. Ça ne lui était même pas venu à l'idée. Et pourtant il semblait qu'elle pût sourire, plaisanter, tracer son chemin dans le monde sans se démonter. Elle pouvait se montrer légère, arpenter la ville, faire rire les gens.

— Vous viendrez avec nous ? demanda Philip.

Martin le dévisagea.

— Où ça ? fit Grace.

— Au pub. Ce soir. Sean sera là. Nous y allons presque tous les samedis, juste pour boire un verre. Ce serait vraiment sympa si vous veniez.

Elle sentit le regard intense de Martin posé sur elle.

— Eh bien…

— Allez, venez !

Elle se vit rester seule à la maison. Cela lui était arrivé bien trop souvent. Elle regarda Philip. Il était jeune et beau et il lui souriait comme si sa décision avait vraiment de l'importance, comme si elle risquait de le décevoir en refusant.

— D'accord.

— Super ! dit-il avec un grand sourire.

Martin s'agita sur son siège.

— Tu es sûre, maman ? Je veux dire, toute cette semaine, et…

Il n'acheva pas sa phrase. Grace ne savait plus quoi faire. Sans cesser de sourire, Philip commença à se gratter la tête et ses joues rosirent légèrement.

— Je voulais vous dire… fit-il doucement, je suis vraiment désolé pour votre mari.

Grace lui lança un regard vide, incapable sur le moment de comprendre de quoi il parlait, sidérée par le masque de compassion douloureuse qui s'était peint sur son visage. C'était ridicule. Elle laissa échapper un brusque éclat de rire, qu'elle étouffa vivement en portant une main à sa bouche. Mais c'était trop tard : elle se sentit rougir, les épaules secouées de tremblements. Elle ôta sa main et laissa libre cours à son hilarité, aussi incapable de se retenir que si elle avait été en proie à une quinte de toux.

Philip et Martin la regardaient bouche bée, les traits figés, l'étonnement personnifié, ce qui la fit pouffer de nouveau. Puis elle vit Martin baisser les yeux, gêné, et son rire se calma peu à peu.

— Je suis vraiment désolée, dit-elle, c'est nerveux. Comme quand on pique un fou rire à un enterrement, vous comprenez ?... C'est juste que j'étais si bien là avec vous... C'était presque comme si j'avais tout oublié...

— Je ne voulais pas vous y faire repenser, dit Philip. Pardonnez-moi.

— Non, je veux dire... c'était gentil de votre part, mais c'était tellement inattendu...

Martin la regardait, cramoisi, incapable de prononcer une parole. Grace ne put lui rendre son regard. Elle finit son café et sourit faiblement à Philip, qui lui sourit faiblement en retour. Le silence entre eux s'étira.

Grace pensa à la route de Monaghan, aux ténèbres immobiles et palpitantes qui la cernaient lorsqu'elle avait arrêté la voiture. Elle se remémora les arbres de chaque côté, les haies denses et hautes où les bruits suscitaient leur mythologie singulière. Elle avait beau savoir qu'on ne l'avait pas vue, ce qu'elle avait fait était sûrement inscrit quelque part, gravé dans l'air sur cette portion de route comme des mots sur une paroi de verre. Elle ne pouvait rien changer à cela. Un jour ou l'autre, quelqu'un s'apercevrait de la présence du verre et déchiffrerait les mots. Et alors Grace devrait retourner là-bas pour n'en plus repartir.

La conversation ne reprit pas.

MARTIN

Souvenirs.

Leurs marches.

Ensemble ils avaient arpenté la terre détrempée, ils avaient peiné sur la bruyère et sur les taillis près du lac. Ils avaient parlé, et parlé encore. De quoi, il ne savait plus. Il ne se rappelait que le chemin. Leurs pas, ses pieds qui se posaient l'un après l'autre pour le porter sur un sol toujours neuf, au bord de l'eau, dans l'herbe haute ou sur l'herbe rase, jusqu'au sommet d'une colline. Il se rappelait l'impression que lui procurait la distance parcourue, la sensation sécurisante de se savoir éloigné de tout être humain, excepté sa mère. Comme s'ils étaient des fuyards. Comme s'ils tiraient l'horizon à eux jusqu'à le tenir un instant à portée de main. Ensuite il fallait revenir. Ils partageaient un secret dont ils ne parlaient jamais, un secret qui n'existait que parce qu'il était tu, qu'ils portaient dans leurs yeux et dans leurs mains, dans les itinéraires qu'ils choisissaient quand ils partaient marcher.

Il la regarda. La gêne l'empêchait de parler. Elle était assise à la table de la cuisine, penchée sur le journal, buvant son thé à petites gorgées. À la voir ainsi, on aurait pu penser qu'elle n'avait jamais ri de sa vie.

Martin savait de sa mère quelque chose que personne d'autre au monde ne savait. Depuis toujours. Mais il aurait été incapable de dire ce que c'était. Il sentait seulement qu'il y avait quelque chose entre eux qui n'avait jamais été exprimé. Une chose très simple, peut-être – des souvenirs communs, l'amour. Martin pensait que c'était autre chose, qui avait à voir avec leurs escapades, et leurs retours à la maison. Le risque qu'ils prenaient alors. Comme un défi. Cela dansait dans ses yeux, et elle lui avait permis de le voir, à lui et à personne d'autre. Il se souvint de cette force. Il aurait aimé la retrouver à présent, mais elle avait disparu, ou il ne savait plus comment la voir.

Il décrocha et entendit un long bruit bizarre, comme si la ligne était occupée. Puis il y eut un déclic, suivi d'un bref silence entrecoupé de grésillements, vite comblé par la voix chaude de Henry débitant ce français parfait que Martin détestait. Le répondeur. Il jura et raccrocha.

Dans la cuisine, il trouva sa mère debout devant l'évier, vêtue de la robe de chambre de Henry. Elle sortait de la douche. C'était lui qui lui avait dit de la mettre, mais il n'aimait pas la voir dedans, cela avait quelque chose de déplacé. Il soupira, secoua la tête dans son dos.

— Tu as réussi à l'avoir ?

— Il n'était pas là. J'essaierai plus tard.

Elle monta se préparer. Il n'y avait pas eu moyen de lui faire entendre raison. Elle semblait croire qu'en allant au pub avec eux elle effacerait l'épisode du restaurant. Comme si on s'était mépris sur ses intentions et qu'elle espérât avoir ainsi une chance de se racheter. Elle était tellement crispée qu'elle en avait peur de sourire. Elle lui faisait de la peine, et en même temps il était monté contre elle. Elle n'était pas elle-même.

Il essaya en vain de s'occuper dans la cuisine. Il retourna au salon et refit le numéro. Toujours le répondeur. Peut-être qu'il était arrivé quelque chose. On était pourtant bien samedi, et il était cinq heures, l'heure de leur rendez-vous hebdomadaire. Le répondeur déclencha une série d'émotions dans la poitrine de Martin. Un amalgame compact de jalousie et de pensées parasites. La loi de la pesanteur : livrée à elle-même, son imagination penchait toujours du même côté. Il sourit à l'idée, puis secoua la tête et se mordit la lèvre ; son sourire disparut. Ce n'était pas drôle. Il se demanda un instant ce qui serait pire : un accident, ou Henry avec quelqu'un d'autre.

Il avait pris sa douche, et il n'avait pas fini de se raser quand le téléphone sonna. Il se précipita dans le salon, sans un regard pour la silhouette de sa mère, toujours immobile dans la cuisine, qui sursauta à son passage.

— Allô ? aboya-t-il.

— Martin ?

— J'ai appelé, je suis tombé sur le répondeur.

— Je sais, je suis désolé, j'ai dû sortir, mais j'attendais un coup de fil d'un des types du stage. Il fallait bien que je le laisse branché.

— Quel type ?

Henry n'était jamais très précis dans sa façon de lui raconter les choses, il parlait par ellipses, et Martin avait chaque fois l'impression qu'il ne lui disait pas tout. Il s'entendit servir de vagues explications au sujet de pratique des affaires et de cybercommerce, agrémentées d'évocations de personnages aussi dépourvus de substance que l'eussent été des noms exotiques lancés au hasard. Martin ne savait jamais trop s'il s'agissait d'hommes ou de femmes, et l'incertitude le tenaillait. Il hasardait de son côté des « ils » ou des « elles », et selon qu'il était ou non corrigé sentait son cœur et son esprit monter ou descendre comme sur un graphique mental de trahisons potentielles qu'il aurait lui-même dessiné.

— Comment va ta mère ?

— Elle veut venir avec nous, tu te rends compte ! Avec Philip, Sean et moi, je veux dire.

Henry éclata de rire – il pensait que c'était une bonne idée. Martin protesta à voix basse en surveillant la porte.

— Elle est bizarre. Je sais qu'elle n'en a pas vraiment envie. Elle essaie de trouver sa place, mais c'est impossible, évidemment. Je n'arrive pas à lui en parler.

Il avait envie de lui raconter l'histoire du fou rire, mais il ne savait pas comment s'y prendre, il avait peur que ça ne sonne faux.

— Écoute, elle a eu une semaine épouvantable, dit Henry.

— Ouais, c'est sûr.

— Normal qu'elle soit stressée. Ça va lui faire du bien de sortir.

— Mais Henry, enfin, nom de Dieu !

Son rire de nouveau. Martin essayait de se le représenter, d'imaginer la pièce où il se trouvait, mais rien à faire, il ne voyait que son visage. Il regrettait de ne pas connaître Paris. Il sentit le feu du rasoir sur son cou, y porta les doigts.

— Tu me manques, dit-il.

Ses doigts étaient tachés de sang.

— Toi aussi, entendit-il à l'autre bout du fil.

Il suça le sang sur ses doigts, toussa.

— Est-ce qu'elle va bien ?

— Qui ça ?

— Est-ce qu'elle t'a parlé de… enfin, est-ce qu'elle t'a dit comment elle se sentait ?

Elle avait les cheveux tout gris. Ils avaient dû être bruns, mais il n'en était plus très sûr. Il se remémorait des événements sans rapport. Caprices de la mémoire…

— Elle ne parle pas. Elle a l'air perdue. Je ne sais pas trop. C'est fou ce que tu me manques.

Henry soupira. Ne répondit pas.

— Quand est-ce que tu rentres ?

— Tu le sais très bien.

Martin se balançait d'avant en arrière. Il était sorti de la salle de bains avec juste une serviette autour des reins et il sentit tout à coup qu'il aurait mieux fait d'enfiler une robe de chambre.

— Plaque tout et rentre !

Henry émit divers claquements de langue et raclements de gorge. Martin se demanda ce qu'il penserait de sa mère. Ce qu'elle penserait de lui. Comment ça se passerait entre eux. Il n'en apprendrait probablement que des bribes, des choses insignifiantes, ne surprendrait que des bruits incompréhensibles, des rires étouffés, et les blancs entre les mots.

Dans l'entrée, Martin se cogna à sa mère. Il retint sa serviette d'une main et se passa l'autre sur la poitrine. Il sourit d'un sourire qui n'en était pas un, s'avança pour passer.

— Mon Dieu ! s'écria-t-elle en tendant les mains vers le visage de Martin.

— Quoi ?

— Du sang. Il y a du sang sur toi.

GRACE

Surtout ne pas rire.

Dans l'obscurité de la rue qui gagnait peu à peu le ciel encore clair ils avançaient au milieu des rangées de véhicules bloquées au sommet d'une côte, et Grace regardait son fils, les épaules de son fils, voûtées à cause du froid, se faufiler entre les voitures. Il avait proposé d'aller boire un verre ailleurs, pour une fois, mais Philip avait insisté : s'ils changeaient d'endroit, Sean ne les trouverait jamais, et en plus il était sûr que ça plairait beaucoup à Grace. Martin n'était pas content, mais Grace ne voyait pas ce qu'elle pouvait y faire. Partout autour d'elle des nuages gris s'élevaient des pots d'échappement comme des orages miniatures. Elle respirait les vapeurs d'essence et l'humidité de la ville, et elle trouvait cela agréable.

Surtout ne pas rire.

— Capel Street est là-bas, de l'autre côté de la rivière, dit Philip.

Grace regarda dans la direction qu'il indiquait. Les lumières des réverbères se diluaient dans le lointain, mais elle ne voyait pas de rivière.

Elle avait les yeux dilatés, et son corps était parcouru de frissons. Elle n'arrivait pas à savoir comment elle était censée se comporter. Elle avait manifesté l'envie de sortir, mais elle ne comprenait pas les réticences de Martin : il insistait pour qu'elle fasse exactement ce dont elle avait envie, et puis il lui demandait à tout bout de champ si c'était réellement ce qu'elle voulait. Elle avait bien pensé lui dire qu'il n'avait pas besoin de la présenter comme sa mère, mais elle n'avait pas su comment l'exprimer.

Tant qu'elle ne riait pas. Surtout ne pas rire.

Elle ne leva pas la tête lorsqu'ils entrèrent dans le pub, ne sentit que la chaleur et le bourdonnement des voix. Elle suivit Philip jusqu'à une porte tout au bout du bar. Elle ne comprenait pas. Elle se retourna pour interroger Martin du regard.

— On va en haut.

Ils montèrent en silence. Philip la précédait. Elle garda les yeux rivés à ses pieds.

Du parquet, de la musique, des voix. Pas autant de bruit qu'en bas. Pas autant de monde. Elle leva à demi les yeux. La salle baignait dans une lumière rougeâtre, indistincte. Il y avait des tables avec des tabourets et des banquettes le long des murs. Une vague odeur de bière. Un bar devant elle. Des images. Des photos. Partout. Soulignées de minces cadres noirs. En couleurs et en noir et blanc. Représentant des hommes. Nus.

Elle rit.

— Qu'est-ce qu'il y a ? demanda Martin en se tournant vers elle.

Il souriait, mais elle perçut une légère appréhension dans son regard. Elle toussa et secoua la tête.

C'étaient des hommes jeunes, à la peau lisse et bronzée – quelques-uns étaient noirs –, photographiés seuls, dans l'eau, sous la douche, drapés dans des serviettes, dans l'ombre ou dans la lumière.

— Rien, dit-elle.

Mais il lui sembla que Martin rougissait en regardant les murs. Il baissa les yeux et se dirigea vers une table libre. Philip fut le dernier à comprendre. Il rit et poussa Grace du coude.

— Subtil, vous ne trouvez pas ? dit-il.

Elle hocha la tête et ravala son rire, qui s'éteignit peu à peu, emportant avec lui la tension. Elle commença à respirer un peu mieux et son esprit s'éclaircit. Il y avait une telle quantité d'images sur les murs qu'elle avait du mal à les ignorer. Elle ne savait où donner des yeux.

L'endroit se remplissait lentement. Grace regardait tout avec avidité – les gens qui entraient, les serveurs derrière le comptoir, les femmes assises ensemble et les hommes seuls debout contre les murs. Elle vit deux garçons qui s'embrassaient et les fixa jusqu'à ce que Martin se mît à toussoter ; Philip éclata de rire, elle s'aperçut qu'elle avait la bouche ouverte, la referma et détourna le regard. Elle était abasourdie. Philip s'assit à côté d'elle et commença à parler sans se soucier du peu d'attention qu'elle lui accordait. Il commentait avec force détails le spectacle qui s'offrait à elle, lui citait des noms, lui racontait qui faisait quoi, qui sortait avec qui, avançait des hypothèses à propos de ceux qu'il ne connaissait pas, lui expliquait qu'il existait différentes catégories d'hommes…

Martin ne disait pas grand-chose. Il termina rapidement son verre et retourna au bar avant que Philip et Grace eussent fini le leur. Grace le suivit des yeux et trouva qu'il avait belle allure, elle fut heureuse qu'il fût son fils, puis elle se sentit un peu ridicule d'avoir pensé cela et rougit. Elle se tourna vers Philip et lui demanda quel âge il avait.

— Presque vingt ans.

— Depuis combien de temps savez-vous que… ?

— Depuis toujours. Il y a deux… à peu près trois ans que c'est officiel.

— Comment cela, depuis toujours ?

— Je le sentais. Je le savais. Comment dire ?... J'avais toujours envie de me rapprocher.

— Est-ce que vous...

— Quoi ?

Elle secoua la tête, regarda Martin. Ne put achever sa phrase.

— Est-ce que je quoi ?

— Rien.

Philip suivit son regard. Martin était accoudé au comptoir, le visage dans les mains, essayant d'accrocher le regard du barman. Il avait quelque chose de son père. Elle secoua la tête plus énergiquement.

— Est-ce que vous avez été ensemble, Martin et vous ?

Philip fronça les sourcils, la regarda fixement, comprit enfin.

— Oh, non ! Non, pas du tout – il s'éclaircit la gorge. C'est juste un ami.

Grace sentit son visage s'éclairer. Elle porta à sa joue son verre presque vide, évitant de croiser son regard.

Martin revint, le front luisant, tenant trois verres à bout de bras. Ses joues s'étaient colorées. Grace craignit qu'il n'eût surpris leur conversation, mais non, c'était impossible. Il se concentrait sur la distribution des verres. Ses cheveux étaient trop courts. Il ressemblait à son père. La même silhouette. Pas les yeux, juste la silhouette. Elle plissa les paupières et eut l'impression de voir son mari. Elle le regarda s'asseoir, soupirer et allumer une cigarette. Ses gestes assurés, sa façon de lui sourire... Elle se détourna et reporta son attention sur la salle, où la foule se pressait de plus en plus nombreuse, se multipliant jusqu'à remplir tous les espaces vides, à transformer les murs d'un rouge fané couverts de photographies en une houle multicolore et enfumée charriant mains, visages et yeux. Des hommes, pour l'essentiel. De jeunes hommes. Une odeur omniprésente d'after-shave. Ce n'était pas désagréable, mais elle eut soudain l'impression d'avoir tout gâché.

— Tiens, voilà Sean, lança Martin d'une voix claire.

Grace ne put réprimer un mouvement de surprise, mais il désigna la porte d'un signe de tête et elle aperçut un homme plutôt enrobé avec une petite bouche qui fendait la foule pour s'approcher d'eux. Sean. Sean, l'ami de Martin.

Il les rejoignit, salua à la cantonade et fit le compte des verres. Il jeta un rapide coup d'œil à Martin, qui hocha la tête et marmonna quelque chose, puis il retira son manteau, le tendit à Philip et s'en retourna sans un mot vers le bar.

— C'est celui-là, Sean ? murmura Grace.

Mais personne ne l'entendit.

— Il est en retard, fit Martin en le suivant des yeux, en retard et en boule.

Philip sourit et se pencha vers Grace.

— Sean est passé maître dans l'art de se mettre en boule, dit-il. C'est de la foutaise, naturellement, un truc de journaliste. Il a un peu trop vu *Les Hommes du président*[1]. Toujours l'air à la bourre, passe son temps à dormir. Mais c'est un malin.

Grace hocha la tête. Il était au bar, ses grosses épaules voûtées dépassant de la masse des silhouettes comme une dent à moitié sortie d'une mâchoire. Il fut servi rapidement et revint avec trois pintes serrées dans ses grandes mains. Il souriait en s'excusant d'une voix forte et un passage s'ouvrait devant lui, des clients lui lançaient quelques mots, un salut, une plaisanterie. L'un des verres était pour elle, elle en était sûre, mais celui qu'elle avait devant elle était à peine entamé. C'était amplement suffisant. Elle n'avait rien

1. Film américain inspiré de l'affaire du Watergate, réalisé par Alan J. Pakula en 1976.

demandé. Elle se souvint de l'odeur de son mari quand il se mettait au lit, l'odeur épaisse et douceâtre de son corps, comme celle d'un chiffon trempé dans l'eau d'un vase de fleurs fanées.

Sean s'assit à côté d'elle. Il s'enfonça dans la banquette, et Grace sentit son champ de vision s'élever tout à coup. Martin voulut faire les présentations, mais il l'ignora et se présenta lui-même, gravement, les yeux dans ceux de Grace, à qui il tendit une main froide et molle.

— Je suis ravi de faire enfin votre connaissance, madame Quinn, j'ai tellement entendu parler de vous. J'eusse seulement préféré que ce fût en d'autres circonstances. Je vous prie d'accepter mes condoléances. Je vous ai apporté un verre.

— Merci, murmura Grace.

— J'ai eu l'occasion de rencontrer votre mari. C'est moi qui me suis occupé de son affaire pour le journal, l'année dernière. J'ai assisté au procès, et nous avons échangé quelques mots. Il n'avait guère envie de parler, et il y avait de quoi, madame Quinn, je vous l'accorde. Je ne lui ai pas dit que je connaissais Martin. Ce n'était vraiment pas la peine.

Il parlait à voix basse, de manière à ne pas être entendu des autres.

— Est-ce que l'enquête a avancé ?

Il était penché vers elle, le buste incliné, le menton sur la poitrine, ses yeux de bon gros chien légèrement injectés de sang, son bras passé derrière elle sur le dossier de la banquette, son coude lui obstruant la vue.

— Non, répondit-elle calmement.

Il redressa brusquement la tête et elle répéta : « Non. » Il hocha la tête, pinça les lèvres et haussa les épaules.

— Évidemment. Pas facile de démêler une affaire comme celle-là. Ils vous ont posé beaucoup de questions ?

Sa voix roulait comme le reste de sa personne. L'accent de Dublin, avec des pointes dans les aigus qui résonnaient dans la tête de Grace.

— Qui donc ?

— La police. Toujours très forts pour poser des questions, mais pour ce qui est d'y répondre…

— Non.

Il fit la grimace, la bouche contractée en un rictus, les sourcils froncés, puis hocha la tête et porta son verre à ses lèvres. Comme s'il n'avait jamais entendu une chose pareille.

— Vous êtes journaliste ?

— Oui. Ils ont fourré leur nez partout, j'imagine, hein ?

— Non.

— Non ?

Elle secoua la tête. Il répéta sa grimace et but une autre gorgée. Grace en profita pour lui demander depuis combien de temps il connaissait son fils. Il la regarda, prit son temps, réfléchit.

— Ça fait des années.

Il embraya sur le journalisme et la politique, évoqua des personnalités dont il pensait qu'elle avait entendu parler – Albert Reynolds, son avenir en tant que Premier ministre, les nouveaux membres du cabinet. Il savait qui étaient les élus de Cavan et de Monaghan, il connaissait leurs préférences, savait où ils descendaient quand ils étaient de passage à Dublin. Impossible de l'arrêter. Ses mains volaient, sa voix montait et descendait, sa tête roulait, on aurait dit la cime d'un arbre secoué par la tempête.

Elle demanda où étaient les toilettes et se sentit ridicule quand Philip se leva pour l'accompagner. Il sourit et lui dit que de toute façon il fallait qu'il y aille. C'était la porte de l'autre côté de l'escalier. Ils s'ouvrirent un chemin dans la cohue.

Elle se regarda dans le miroir tout piqué. Elle ne s'en tirait pas si mal. Les pulsations de la musique lui parvenaient du bar. Une fille lui sourit. Elle pouvait soutenir une conversation, se montrer aimable, être elle-même – enfin, presque entièrement elle-même. Là, dans ce pub.

Philip l'attendait derrière la porte. Elle l'aimait bien. Il avait l'âge de Martin quand il était parti. Au moment où cette pensée lui traversait l'esprit, alors qu'ils se trouvaient sur le petit palier séparant la porte des toilettes de celle du bar, Grace suivit des yeux un garçon qui descendait l'escalier – son dos, ses hanches, sa taille. Et tout à coup, comme sous l'effet d'un pressentiment, son regard se détourna et rencontra un visage, une tête plutôt, qui montait vers elle, baissée vers les marches, un énorme crâne chauve semblable à un poing. Tout s'arrêta. Un silence extraordinaire se fit soudain dans sa tête, sa raison l'abandonna, elle se sentit perdre pied, terrifiée comme une enfant.

Elle se retourna d'un bond, se cogna contre Philip et rentra précipitamment dans les toilettes.

— Hé, doucement ! cria une femme d'une voix outrée quand la porte lui heurta la main.

Grace l'écarta d'un geste, s'appuya contre un mur. Pendant plusieurs minutes il ne se passa rien. Elle avait une peur affreuse que Philip ne l'appelle par son nom, mais il ne le fit pas ; il passa son visage par l'entrebâillement de la porte. Il regarda autour de lui, perplexe, et la suivit à l'intérieur.

— Est-ce que ça va ?

— Oui, oui.

La porte s'était refermée. Il n'avait pas pu la voir, elle avait été trop rapide.

— Madame Quinn ?

Philip lui parlait tout doucement en scrutant son visage.

— J'ai cru… Je suis désolée. J'ai cru voir quelqu'un monter l'escalier.

— Qui ?

Elle n'arrivait plus à penser. Toutes sortes de possibilités se présentaient à son esprit, mais la terreur enflait en elle comme un ballon.

— Mon mari, souffla-t-elle.

Elle regarda Philip d'un air hébété.

Celui-ci la considéra un moment et ses yeux cillèrent une ou deux fois ; ils semblèrent s'emplir de larmes, et son visage fut envahi par la pitié, la compassion. Ces drôles de sentiments.

— Oh, madame Quinn… dit-il.

Il la prit dans ses bras. La prit dans ses bras. Elle se figea. Elle sentit la chaleur de sa peau sur son cou tandis qu'il enfouissait la tête dans le creux de son épaule et lui murmurait des mots où il était question d'oubli et du temps qui passe. Mais Grace ne l'écoutait pas, elle ne sentait que sa présence, son étreinte comme un souvenir, son corps qui la tenait contre lui, qui la serrait très fort, qui la réconfortait. Elle tendit les bras et s'abandonna à son étreinte, et elle sentit ses yeux qui la brûlaient mais elle ne les ouvrit pas.

MARTIN

Il aperçut son visage dans les toilettes ; elle avait glissé un œil par l'interstice d'une porte, une drôle de panique dans le regard, la bouche entrouverte comme si elle avait du mal à respirer.

Il lui demanda ce qu'elle avait mais elle secoua la tête, prit son manteau et lui dit qu'elle était fatiguée. Plutôt rapide pour quelqu'un de fatigué. Elle dit à Philip de ne pas se déranger. Il haussa les épaules, pressa le bras de Martin et le prévint qu'il l'appellerait.

— À la semaine prochaine, madame Quinn. On va se revoir.

Martin le regarda sans comprendre. Seigneur, mais qu'est-ce qu'il raconte ?

Elle l'entraîna dans l'escalier et ils sortirent par une porte latérale. Martin devait presque courir pour la suivre. Il jura entre ses dents et eut envie de lui crier quelque chose, mais elle finit par ralentir et il se contenta de demander :

— Qu'est-ce qui ne va pas ? Qu'est-ce qui s'est passé ?

Une foule de gens sortaient de l'*Olympia Theatre*, à l'angle de Dame Street. Leurs haleines flottaient en vapeur au-dessus de leurs têtes. Voitures et taxis se rangeaient le long du trottoir et les emportaient les uns après les autres.

— J'ai cru voir ton père.

— Où ça ? Au pub ?

— Oui. Mais ce n'était pas lui.

Il eut un sourire involontaire.

— Content de te l'entendre dire.

Il leva la main et un taxi s'arrêta à leur hauteur. Ils s'y engouffrèrent.

Elle regarda par la vitre arrière tandis qu'ils s'éloignaient.

— Je t'ai fait honte. Je suis désolée. Vraiment.

Il fit un signe de dénégation et essaya de voir ses yeux, mais elle scrutait toujours la route derrière eux. Il se retourna. Rien. Des taxis, des voitures, la vitre nimbée d'une buée grise.

Le chauffeur poussa le volume de la radio et la musique les enveloppa. Sa mère se retourna, croisa les bras. Elle ne le regardait pas. Elle était tournée de côté, vers la ville que le froid commençait de gagner. Martin savait qu'il aurait dû lui parler, mais la musique l'en empêchait. Et si ce n'avait pas été la musique ç'aurait été la manière dont elle se tenait, le visage appuyé contre la vitre, les yeux dans le vague, ne regardant ni les rues qui défilaient ni les lumières diffuses mais son propre reflet, encadré par la fenêtre du taxi comme la lune sur l'eau noire d'un lac.

GRACE

On ne pouvait pas appeler ça dormir.

Elle était étendue sur le ventre dans l'obscurité, le visage écrasé sur le matelas, un bras pendant mollement à l'extérieur du lit, glacé. Son cou lui faisait mal.

Ce n'était peut-être pas lui, après tout.

Elle fixait la fenêtre, la faible lumière bleue qui filtrait à travers les rideaux. Elle s'imaginait paralysée, clouée au lit, tous les muscles déconnectés. Mais sa pensée flottait, s'accrochait à de petites choses, et avant même qu'elle s'en fût rendu compte elle avait déplacé ses jambes.

Ce ne pouvait être que lui. Le silence qui avait troué tout à coup le vacarme du pub. Sa tête dans les escaliers, pointée sur elle comme un gros index.

De petites choses.

Elle se rappela quand sa mère l'emmenait à la messe. La première fois qu'elles s'étaient agenouillées ensemble devant la grille de l'autel. Sa mère lui avait souri, elle avait murmuré quelque chose, mais Grace avait oublié les mots. Le prêtre avait prononcé « corpus Christi » et il avait tendu l'hostie devant sa bouche – il avait un sparadrap sur le doigt. Grace avait hésité, elle avait regardé dans les yeux le vieil homme à l'haleine de pomme et de thé. Il lui avait rendu son regard, l'air sévère, les lèvres en avant comme faisait son père quand il venait déposer un baiser bruyant sur sa joue pour lui dire bonsoir. Sa mère l'avait poussée du coude, elle avait ouvert la bouche, fermé les yeux, et elle avait senti l'hostie sur sa langue avec le doigt du prêtre. Elle se rappelait la sensation sèche qu'avait produite le petit disque blanc dans sa bouche, la façon dont il avait absorbé toute l'humidité à l'intérieur comme un biscuit non beurré.

— Tu es censée dire « amen », lui avait chuchoté sa mère tandis qu'elles retournaient à leur place.

Sa sœur avait gloussé.

— J'ai oublié, avait dit Grace.

Elle s'était mise à prier très dur à cette époque. Elle imaginait le petit Jésus atterrissant dans son ventre, grimpant jusqu'à son cœur et de là dans son âme, où il se transformait en un Jésus adulte, avec sa barbe et ses yeux humides, et la remplissait d'eau bénite qui coulait dans ses veines. Ensuite elle se représentait Jésus en croix à l'intérieur de son âme en train de mourir pour ses péchés et de changer l'eau bénite en feu, et elle devenait le vaisseau du Seigneur.

Ç'avait été plus facile à l'église de la paroisse, où elle se rendait avec sa mère, au milieu des voisins et de toutes les familles dans leurs beaux habits du dimanche. À la chapelle de l'école, où elle avait fait sa première communion, elle n'avait jamais réussi à prier convenablement, elle était trop excitée, trop fière d'exhiber sa robe et sa petite aumônière blanche.

À l'église paroissiale, là, elle pouvait prier pour de bon. Elle avait même récité un Notre Père supplémentaire pour compenser le amen oublié.

Son père ignorait tout cela, et Grace ne savait pas comment lui en parler. Quand elles rentraient, elles le trouvaient assis dans la cuisine à agiter son journal en maugréant.

— Rien qu'un tas d'inepties, grondait-il, superstition et compagnie !

Il lui arrivait de les accompagner toutes les trois – Grace, sa mère et sa sœur. Une fois devant la porte de l'église, il leur disait à haute et intelligible voix qu'elles n'auraient qu'à rentrer toutes seules, puis il poursuivait son chemin en sifflotant, et les gens le regardaient d'un drôle d'air – ce Mr. Wilson... ça n'a pas de religion... Et ça se prétend Irlandais...

Et puis sa mère était morte. Il avait assisté à l'enterrement avec ses filles, et elles lui avaient montré ce qu'il devait faire : à quel moment se lever, se mettre à genoux. Il avait pleuré, il trébuchait, leur agrippait les mains.

Le prêtre l'avait abordé après la cérémonie pour lui dire qu'il avait bien connu sa femme. Le père de Grace avait fait un signe de tête et l'avait laissé lui serrer la main sans piper mot.

— Tous les dimanches sans exception, avait précisé l'homme d'Église, à la messe de neuf heures, avec les enfants. C'était une femme pieuse, votre épouse. Une femme pieuse. C'est drôle, j'ai toujours pensé qu'elle était veuve.

— Tiens donc ? Et pourquoi cela ?

— Parce que vous n'étiez jamais avec elle.

Il y avait eu un silence de mort ; tout s'était figé ; on aurait entendu une mouche voler ; le sourire du prêtre disparut peu à peu. Grace vit son père pointer un doigt épais sur le menton de son interlocuteur, si lentement, si posément, qu'elle se demanda s'il n'allait pas lui dire qu'il s'était coupé en se rasant, ou qu'il avait un bouton, ou une fossette.

— Vraiment ? dit-il d'une voix si basse que Grace l'entendit à peine. Vraiment, mon père ? Et où donc étiez-vous ces derniers mois, pendant qu'elle se mourait ?

— Je ne savais pas…

— Et où étiez-vous ces trente dernières années ? Pouvez-vous me le dire ? Pendant qu'elle s'échinait à élever ses deux filles ? Vous lui disiez qu'elle devrait en avoir d'autres, et après moi le déluge, n'est-ce pas, mon père ? Et pendant que je me battais pour ce pays, et qu'elle travaillait dans les usines et se ruinait la santé pour ce pays ? Où étiez-vous pendant ce temps-là ? Vous étiez dans l'autre camp, à ce qu'il me semble. À bénir les fascistes à Rome et à Berlin. C'est du moins ce que j'ai entendu dire.

Il abaissa la main et entama un demi-tour, qu'il n'acheva pas : une autre idée lui était venue.

— Comment vous appelez-vous ?

— Je ne vois pas ce que…

— Je vous ai demandé votre nom !

— Je suis le père O'Malley.

Son père se mit à rire. Il n'avait pas élevé la voix, et il poursuivit sur le même ton, si bien que les gens qui s'étaient approchés pour offrir leurs condoléances en attendant la fin de la conversation se trouvaient à présent contraints d'écouter et baissaient la tête, gênés.

— O'Malley ? Évidemment ! J'aurais dû m'y attendre. Un prêtre irlandais. Dieu nous préserve des prêtres irlandais ! Le pape et De Valera, pas vrai ? On bénit les nazis, et on prend le deuil quand ils ne sont plus là ! Et on a Mr. De Valera qui va signer le livre de condoléances à la mort d'Hitler. Tout ça au nom d'une Irlande libre qui ne se serait de toute façon pas bougé le cul à condition encore qu'elle ait su qu'elle en avait un. Votre Église et votre pays, père O'Malley, c'est de la blague. De la foutaise, vous m'entendez ? Vous avez peut-être vu le visage de ma femme levé vers vous une heure par semaine, mais ne venez pas me raconter que vous la connaissiez, je vous interdis d'aller même vous imaginer une chose pareille.

Vous ne la connaissiez pas. Et vous n'aviez aucune espèce d'importance à ses yeux.

Il avait tourné les talons, furieux, et Grace avait couru derrière lui, en larmes, essuyant ses joues en feu. Les membres de l'assistance médusée échangeaient des commentaires à mi-voix. Sa sœur ne pleurait pas, mais elle était plus âgée. Elle s'était assise sans rien dire dans la voiture, Grace voyait ses lèvres bouger et elle avait pensé qu'elle priait, mais elle-même en était incapable. Elle tenait le bras de son père et elle le sentait trembler.

Elle ne se rappelait plus avoir prié depuis lors, mais aujourd'hui elle y pensait de nouveau. Elle avait cessé d'aller à la messe, et elle avait du mal à imaginer en quoi pouvait consister une prière. Elle ne se rappelait plus bien à quoi ça servait.

À midi, une porte claquée la fit sursauter et elle s'éveilla ; il faisait clair et froid, elle entendait son fils au rez-de-chaussée.

Il n'évoqua ni la soirée de la veille, ni sa fuite, ni le silence qui s'était installé ensuite. Il parla de son travail – il fallait qu'il y retourne –, lui suggéra quelques activités pour la journée. Il parlait sans discontinuer, sans poser de questions, passant d'une pièce à l'autre comme s'il n'arrivait pas à tenir en place. Il ne se passa rien. Personne ne téléphona. Personne ne vint sonner à la porte.

Le lundi matin elle lui prépara un petit déjeuner qui le fit sourire. Il l'avala d'un trait et lui adressa un clin d'œil. Elle se sentit toute drôle quand il partit, elle avait l'impression de redevenir une mère qui envoie son fils à l'école, bien qu'il portât désormais un complet et une serviette et qu'il manifestât une certaine gêne quand elle l'embrassait sur la joue. Il se moqua d'elle en disant que si ça continuait elle allait rester plantée sur le seuil en agitant la main. Mais elle n'alla pas jusque-là. C'est à peine si elle l'accompagna à la porte.

Lorsqu'elle se retrouva seule dans la maison, l'ennui et la lassitude l'assaillirent. Une pluie fine dessinait de petites taches sur les vitres et noircissait les trottoirs. La rue était déserte. Les voitures étaient vides. Les gens passaient sans s'attarder, sans même lever la tête. Elle trouva un parapluie, s'enroula une écharpe autour de la tête et se glissa dans le froid, en proie à une terreur dont elle ne parvenait pas à se débarrasser. Elle se hâta jusqu'au coin de la rue, s'arrêta et regarda derrière elle. Il n'y avait rien. Elle se dirigea vers le canal, passa le pont et s'engagea dans Rathmines, puis fit brusquement volte-face et rebroussa chemin. Personne ne la regardait. Personne ne se retournait sur elle. Elle revint sur le pont et passa un moment à contempler les eaux vertes du fleuve, la surface grêlée et les rives affaissées, la boue hérissée d'ajoncs, la traînée brillante des détritus. Rien. Personne ne lui prêtait la moindre attention.

À Rathmines, elle entra dans une boutique et acheta à Martin un briquet en argent dans une jolie boîte. La vendeuse lui fit un paquet cadeau et lui sourit.

Elle fit quelques courses chez *Dunnes* en essayant de se rappeler ce qui manquait à la maison.

La pluie cessa, mais elle fit mine de ne pas s'en apercevoir et retourna à la maison en brandissant son parapluie devant elle comme pour fendre l'air. Il lui bouchait une partie de la vue. Soudain, juste devant ses pieds, elle aperçut une femme recroquevillée, l'air mauvais, dans l'embrasure d'une porte. Elle serrait une bouteille dans une main et sa peau était comme du cuir. Elle était encore jeune. Ses pieds étaient repliés sous elle et elle marmonnait. Son regard se fixa sur Grace et la suivit, et lorsque Grace se retourna dans sa direction elle cracha un jus épais et noirâtre en disant :

— Va te faire foutre, toi. Calamité.

Il fut un peu fâché qu'elle eût fait des courses. Elle était son invitée, oui ou non ? Il déballa le briquet et l'essaya deux ou trois fois, puis il se pencha au-dessus de la table pour embrasser sa mère sur la joue, ce qui eut pour effet de renverser la cuiller du sucrier. Il jura. Elle le regarda manger : il faisait des petits tas bien séparés au bord de son assiette et les attaquait méthodiquement l'un après l'autre, comme s'il convenait de procéder dans un ordre bien défini. Du sucre craqua sous ses semelles.

Grace se leva et étudia son reflet dans la vitre.

— Ils doivent me prendre pour une folle.

— Qui ça ?

— Tes amis. Sean et Philip.

— Mais non. Ils comprennent.

Elle ne savait pas trop ce qu'il entendait par là.

Mardi il faisait froid et il y avait du vent ; de brèves ondées s'abattaient sur les rues, obligeant les passants à courir se mettre à l'abri. Le sol paraissait huileux. Grace marchait en regardant ses pieds pour éviter de glisser sur une marche ou sur le rebord d'un trottoir. Elle s'arrêtait aux feux et attendait sagement que le petit bonhomme rouge voulût bien changer de couleur. Elle ne comprenait pas comment les gens pouvaient traverser ainsi, au jugé, comment ils arrivaient à se lancer rien qu'en évaluant la distance entre les véhicules.

Elle arriva tant bien que mal jusqu'à O'Connell Street, laissant derrière elle les cris des mouettes qui survolaient la rivière et les rafales de vent qui balayaient le pont et faisaient claquer son manteau. Elle jeta un œil à la statue de Daniel O'Connell, et les anges, toutes ailes déployées, la considérèrent en retour. Elle passa Abbey Street et *Easons*[1], l'haleine du vent sur ses joues, la pluie glaciale ruisselant sur ses mains, et s'abrita un moment sous la pierre usée de la poste centrale.

Il y avait des traces sur les colonnes, comme des morsures. Ils étaient passés par là bien des années auparavant, entre deux vies, et son mari lui avait dit que le bâtiment était truffé d'impacts de balles datant de 1916 et qui n'avaient jamais été comblés. Des éclats de shrapnels ou leurs ricochets, les marques de projectiles qui avaient peut-être déjà tué, avaient peut-être déjà pénétré des chairs et fracassé des os avant d'aller se perdre dans la pierre blanchâtre. Elle avait enfoncé ses doigts dans ces blessures, elle avait éprouvé la dureté des arêtes et la douceur des alvéoles, mais elle n'avait pas cru à son histoire, et elle n'y croyait pas davantage aujourd'hui.

Des foules de gens se répandaient sur Henry Street, entraient dans les magasins et en sortaient ; on eût dit qu'ils voletaient comme des cendres à travers la grille d'une cheminée. Les marchands ambulants braillaient leurs invites dans le crachin et la cohue. Tout le long de Moore Street les caniveaux étaient jonchés d'aliments avariés, des balances et des sacs de pommes de terre envahissaient les trottoirs et la sciure débordait des boucheries jusque sur les trottoirs. Il régnait une odeur que Grace n'aimait pas, mélange de nourriture, de transpiration, de billets froissés et de pain tout juste sorti des fours, tout cela

1. Grande librairie de Mary Street.

noyé dans la senteur aigre de la pluie. Une odeur de ville. L'odeur de Dublin.

C'était le quartier où les insurgés avaient trouvé refuge après avoir été chassés de la poste centrale. Son mari lui avait montré l'endroit exact. La rue avait été le théâtre d'une bataille rangée. Il pleuvait. Ils avaient transporté James Connolly dans le crépitement des mitrailleuses, parmi les bâtiments en feu, du sang avait éclaboussé les murs au pied desquels ils avaient tenté de s'abriter. Elle regarda autour d'elle sans parvenir à se rappeler précisément où cela s'était passé.

La pluie redoubla tandis qu'elle accélérait le pas devant les vitrines chaudement illuminées des grands magasins pour rejoindre Mary Street et *Bewleys*[1], où Philip l'attendait, mains dans les poches, surveillant la foule. Elle eut un choc lorsqu'elle aperçut son visage, tout à la fois étranger et rassurant ; elle se sentit tout excitée de reconnaître enfin quelqu'un.

Il y avait eu un coup de téléphone lundi, tard dans la soirée, Martin avait répondu, il avait bavardé un moment avant de passer la communication à sa mère. Elle n'avait pas compris grand-chose, elle avait eu peur de cette voix inconnue qui lui fixait un rendez-vous, si bien qu'elle avait fini par accepter de venir chez *Bewleys* ce mardi matin sans s'être fait une idée parfaitement claire de l'identité de son interlocuteur.

— Eh bien, au moins vous ne devez pas avoir froid ! lui lança ce dernier. Je me demandais ce que pouvait bien me vouloir cette musulmane qui venait à ma rencontre.

— Pardon ?

— Je parlais de votre écharpe. Comment ça va ?

1. *Bewley's Oriental Cafe* : le plus connu des cinq cafés dublinois portant ce nom, célèbre notamment pour ses vitraux.

Il conduisit Grace devant la vitrine réfrigérée et commanda pour lui-même un petit déjeuner complet. Grace se contenta d'un café. Elle n'avait pas faim. Philip insista pour régler, puis ils montèrent à l'étage où ils s'installèrent à une table libre donnant sur l'extérieur, sous un grand vitrail.

L'établissement était presque vide. Une poignée d'individus surpris par la pluie en faisant leurs courses lisaient des journaux humides. Un feu de cheminée orange et jaune de chaque côté de la salle, auprès duquel était assis un homme seul d'un certain âge ; chacun semblait le reflet de son vis-à-vis.

— Je suis content que vous soyez venue, dit-il. J'espère que vous n'avez pas mal pris mon invitation. J'ai pensé que vous apprécieriez un peu de compagnie pendant que Martin était au travail.

Elle but lentement son café en observant ses efforts pour faire tenir ses œufs brouillés sur sa fourchette. Elle s'éclaircit la gorge. Commença à retrouver son calme.

— Je suis désolée pour l'autre soir, dit-elle.

Il lui sourit, hocha la tête.

— Pas de problème.

— Oh, si. J'ai embêté tout le monde. Je me suis conduite comme une idiote. Vous avez dû me trouver particulièrement grossière.

— Non, je vous assure. Pas du tout. Sean a pensé qu'il avait peut-être dit quelque chose…

— Non…

— J'ai juste… enfin… je lui ai expliqué que vous ne vous sentiez pas bien et que vous aviez eu envie de rentrer chez vous. Chez Martin, je veux dire. J'ai bien fait, non ?

— Oui, oui. Bien sûr. Merci.

Il sourit et continua à manger. Tout en le regardant, Grace se demandait s'il avait vraiment dit cela à Sean ou s'il lui avait raconté les choses telles qu'elles s'étaient passées. Que la mère de Martin était devenue folle. Qu'elle se mettait à voir des fantômes dans les pubs. Bien que cela non plus n'eût pas été exact.

— Vous vous êtes sentie mieux en rentrant ?

— Oui. Je me suis calmée, et je suis allée me coucher. C'était trop bête.

— Après la semaine que vous avez eue, je ne vois rien d'étonnant à ce que vous ayez les nerfs un peu à vif.

Il mangeait normalement, en prenant un peu de tout sur sa fourchette. Elle le regarda mastiquer, manipuler son couteau, son pain et sa serviette avec ses mains soignées.

— Mon fils est comme mon mari. Il séparait toujours tout sur son assiette, et mangeait chaque chose l'une après l'autre. Martin fait pareil.

— C'est vrai ?

— J'espère que ce ne sont que les petites choses qui se transmettent. Pas... pas le reste.

Philip approuva de la tête. Elle se demanda ce qu'il savait au juste. D'où il le savait.

— Comment l'avez-vous rencontré ?

— Mon mari ? Oh !...

Elle dut faire un effort. Ce n'avait pas été une rencontre à proprement parler. Chacun de son côté s'était peu à peu aperçu de l'existence de l'autre.

— J'avais une amie infirmière, qui effectuait un stage dans un hôpital de Manchester. Lui travaillait là-bas comme gardien. Nous faisions partie d'un groupe assez nombreux, il y avait des infirmières, des gardiens, et puis des amis de l'extérieur, comme moi. On sortait au café, on allait danser, et ils racontaient leurs histoires d'hôpital. Ça me fascinait. Il n'était que gardien, mais, bon, il avait un certain talent pour se rendre intéressant. Alors qu'en fait ce n'était rien d'autre qu'un immigré irlandais comme il y en a tant. Je trouvais ça assez exotique. J'avais dix-huit ans.

— Mais votre mère était irlandaise, non ?

— Ma mère et mon père, tous les deux. Ma mère était de Clare. Elle était arrivée très jeune à Dublin, elle avait commencé à travailler dans un hôtel et puis elle avait rencontré mon père. Ils n'avaient guère plus de seize ans. Ils sont partis ensemble à Londres, ils se sont mariés, mon père s'est engagé, et ils ont fini par atterrir à Manchester, je ne sais pas trop comment. Il est devenu farouchement anti-Irlandais. Quand il était dans l'armée, je suppose. J'ignore pour quelles raisons. Toujours est-il que quand nous sommes nées, ma sœur et moi, ça avait pris des proportions énormes. Il ne voulait plus qu'on dise qu'il était irlandais. Il est allé jusqu'à abjurer la foi catholique, à adopter la citoyenneté britannique et à changer de nom – ça a été toute une histoire. Nous ne nous appelions plus O'Brien mais Wilson, vous imaginez ! Je crois qu'il avait même envisagé de s'appeler Windsor, mais ma mère l'en a dissuadé.

Philip riait.

— Mais il n'a jamais pu se débarrasser de son accent de Dublin, jamais complètement. Ce qui ne l'empêchait pas de s'énerver contre ma mère à cause du sien. Pourtant, à la maison, quand ils étaient à l'aise et qu'ils bavardaient tous les deux, on aurait cru entendre un couple d'Irlandais tout ce qu'il y a d'ordinaire. Il n'est jamais arrivé à la transformation complète qu'il souhaitait. Et ma mère a refusé jusqu'au bout de renier sa foi. Mais vous comprendrez l'effet que ça a pu me faire de rencontrer un vrai Irlandais qui n'avait pas honte de ce qu'il était.

— Je comprends, répondit-il avec un sourire. Et je suppose que votre père n'a pas été vraiment enchanté. Ce qui constitue toujours un attrait supplémentaire.

— Il le détestait. Il n'a même pas voulu faire sa connaissance.

— Est-ce qu'il est venu au mariage ?

— Non.

Elle eut soudain envie de lui dire. De lui dire que son père avait eu raison. De lui parler de Monaghan, de Sean qui était mort, de Martin. Mais elle hésita, baissa les yeux, n'y parvint pas.

Il finit de manger, repoussa son assiette et commença à boire son thé. Ses mains reposaient sur la table, détendues. Elle les regarda et elle eut envie qu'il lui parle, qu'il lui raconte des choses, qu'il l'aide à se représenter son avenir. Elle ne sut comment s'y prendre.

— Tu es très ami avec Sean ? lui demanda-t-elle.

— Oui, on peut dire ça. Je ne le connais pas aussi bien que je connais Martin, mais c'est un type bien. Peut-être un peu envahissant par moments.

Son père n'avait jamais aimé Michael. Il avait prononcé son nom avec mépris, l'avait répété à plusieurs reprises comme s'il n'y croyait pas.

— Michael Quinn. Quinn, c'est bien ça ? Michael Quinn, on n'a pas idée !

Ils s'étaient dévisagés deux ou trois fois en silence, guère plus, et les choses en étaient restées là.

— Il adore parler, poursuivait Philip. Il peut parler des heures entières si personne ne l'arrête. Il m'arrive de le trouver d'un ennui mortel. Et il ne peut pas s'empêcher de citer des noms à tout bout de champ, à croire qu'il connaît tout le gratin. Mais j'imagine que c'est quelqu'un de bien dans le fond.

Grace ne s'était pas révoltée. Elle avait fait le gros dos, mais ne s'était pas privée de raconter en détail à sa sœur, très calmement et en présence de leur père, l'épisode où Michael l'avait emmenée à Liverpool assister au départ des navires, celui où ils avaient suffoqué dans un train bondé pour aller à Blackpool, celui enfin où il lui avait demandé de l'épouser lors d'une promenade sur la lande par un jour pluvieux d'avril.

Son père lui avait clairement signifié qu'il ne voulait pas de ce mariage. Cette fois c'était sérieux, il ne plaisantait plus, c'était un avertissement solennel, presque désespéré. Ne va pas en Irlande. Je ne veux pas que tu ailles en Irlande. Il s'était rendu sans lui en parler à l'hôpital où Michael travaillait pour prendre des renseignements sur lui. Toujours sans qu'elle le sache, il avait écrit à sa famille dans le Monaghan pour tenter de savoir qui ils étaient. Michael avait rapporté ces démarches à Grace. Elle avait eu honte et s'était mise en colère. Son père était un malade, obsédé par ses origines, obsédé par la haine qu'il leur vouait. Elle lui avait fait une scène, elle était partie en claquant la porte et n'était plus jamais revenue. Elle était allée habiter chez une voisine de ses amies. Sa sœur lui avait apporté ses affaires.

Et puis elle avait épousé Michael Quinn. Et elle n'avait pas voulu entendre parler de mariage civil. Pas question. Elle avait tenu à ce que la cérémonie eût lieu à l'église. Elle avait parcouru la ville à la recherche d'un prêtre qui accepterait de marier deux personnes qu'il voyait pour la première fois. Il pensa qu'elle devait être enceinte. Les invités furent peu nombreux, et il n'y eut pas de réception. Ni son père ni sa sœur ne se montrèrent. Elle avait pourtant écrit une lettre où elle lui indiquait les horaires et l'itinéraire. Mais c'est finalement l'un des garçons de salle de l'hôpital, dont elle avait oublié le nom, qui l'avait conduite à l'autel, et la voix du prêtre avait résonné dans une église quasi déserte. Elle avait pris le bateau pour l'Irlande dès le lendemain avec son mari. Un steward leur avait dit qu'il n'y avait jamais autant de monde à l'aller qu'au retour. Il s'était moqué d'eux : ils devaient se tromper de sens, il n'y aurait plus personne quand ils arriveraient là-bas. Elle avait envoyé une carte postale à son père. « Passons notre lune de miel à Dublin. Partons vivre dans le Monaghan. J'espère que tu te portes bien. »

— En fait, c'est surtout l'ami de Henry. Je parle de Sean. Henry est vraiment super. Il vous plaira beaucoup. Très drôle, très gentil. Il sait comment remettre Sean à sa place quand il en fait trop.

Elle avait épousé Michael Quinn par dépit. Parce qu'elle était en colère contre son père. Elle avait poussé la stupidité jusque-là. Pendant des mois elle avait attendu une lettre, un mot où il se serait excusé. Elle pensait qu'il finirait par revenir sur ses positions, par demander s'il pouvait leur faire une visite, par admettre qu'il n'avait pas le droit de s'opposer de la sorte à son mariage, de détester à ce point son mari alors qu'il ignorait tout de lui. Mais rien ne vint, et cela en dépit des incitations de plus en plus fréquentes qu'elle envoyait sous la forme de lettres et de cartes postales adressées à sa sœur. Et puis un jour elle avait reçu un télégramme. Et elle n'avait même pas eu besoin d'y jeter les yeux pour comprendre qu'il était mort.

Elle avait raté l'enterrement. Le ferry avait douze heures de retard – il y avait une tempête épouvantable, le vent s'engouffrait par rafales dans la salle d'attente austère et glaciale du port de Dublin, où Grace avait passé une nuit affreuse à pleurer toutes les larmes de son corps. Elle avait eu l'impression d'avoir perdu toute attache.

Au matin, elle avait appelé sa sœur pour lui raconter ce qui était arrivé. Sa sœur était calme, maussade. Distante. Elles étaient tombées d'accord sur le fait qu'il ne servait plus à grand-chose que Grace prît le bateau suivant. Tout serait terminé le temps qu'elle arrivât. Puis, brusquement, comme si quelque chose s'était brisé au milieu de la mer d'Irlande, elles avaient éclaté en sanglots, comme des enfants, sans rien comprendre à ce qui leur arrivait.

Grace avait repris le bus jusqu'à Cootehill, puis elle avait parcouru à pied les dix kilomètres qui la séparaient encore de la ferme. Le souvenir lui revint de ce qu'elle avait éprouvé alors : c'était comme un goût dans sa bouche, comme une sensation dans ses pieds tandis qu'elle avançait interminablement sur le chemin. Comme si quelque chose en elle s'était vidé. Comme une colère qui aurait perdu son objet.

Philip la fixait. Elle avait eu envie de lui parler, mais c'était lui qui venait de dire quelque chose. Il toussa, baissa les yeux, répéta sa question.

— Vous reviendrez ?

— Au pub ? Je ne sais pas.

— Pas tout de suite. Quand ça vous dira.

Il sourit, regarda sa montre.

— Il va falloir que j'y aille, dit-il. J'ai un cours à midi.

— C'est vraiment gentil d'être venu.

— Pas du tout. C'était un plaisir.

— Et excusez-moi encore pour samedi.

— Oh, je vous en prie, oubliez ça. Ce n'est rien, je vous assure. Même Sean a failli avoir un choc quand il a vu le type. C'est tout à fait normal que vous soyez bouleversée de vous trouver nez à nez avec le sosie de votre mari aussi peu de temps après… après ce qui s'est passé.

Grace écarquilla les yeux. Elle eut l'impression que tous les bruits du café étaient soudain aspirés par un petit trou. Elle se sentit blêmir.

— Sean ?

— Ah, oui… Sean aussi l'a vu.

— Je croyais que vous lui aviez dit que je ne me sentais pas bien.

Philip hésita et rougit.

— C'est bien ce que j'ai fait, mais… enfin… il a insisté. Il veut toujours tout savoir. Il m'a demandé si vous n'aviez pas vu quelqu'un, et je lui ai dit que si, vous aviez vu quelqu'un qui ressemblait à votre mari, et alors il a compris parce que lui aussi l'avait remarqué.

Elle se mordit la lèvre.

— Je suis désolé. Je ne voulais pas vous faire du tort. Mais Sean a compris ce qui s'était passé. Il a vu le type entrer et sortir. Il a dit que c'était le portrait craché de votre mari. C'est tout à fait compréhensible, madame Quinn. J'imagine ce que vous avez dû ressentir. Voir quelqu'un d'aussi ressemblant…

Ils enfilèrent leur manteau et sortirent ; Grace s'enveloppa le visage dans son écharpe pour se protéger du froid qui l'envahissait. La pluie avait cessé, et un pâle soleil éclairait la ville. Ils descendirent lentement Liffey Street en direction de la rivière. Elle grelottait et rentrait les épaules en marchant sur le trottoir trop étroit. Philip commentait ce qu'il voyait dans les boutiques. Ils passèrent Ha'penny Bridge et déambulèrent en silence parmi les silhouettes brouillées ; à Merchant's Arch, un jeune garçon frigorifié jouait de la guitare en chantant à tue-tête une chanson que Grace reconnut mais sur laquelle elle aurait été incapable de mettre un nom.

Philip lui désigna la banque centrale : il trouvait qu'elle ressemblait à un diable dans une boîte, seulement retenue au sol par les bandes de métal qui l'encerclaient comme des lanières. Il dit qu'il aurait aimé les sectionner pour voir le bâtiment s'élever dans les airs et rebondir doucement, comme un jouet. Ils s'arrêtèrent et se séparèrent sous son ombre ; Grace eut un mouvement de surprise quand Philip la prit une nouvelle fois dans ses bras. Le froid devenait insupportable. Elle lui fit au revoir de la tête, marmonna quelques mots et s'éloigna.

Sur Dame Street, les voitures arrêtées attendaient leur tour. Grace s'élança pour traverser au moment où le feu passait au rouge. Une camionnette blanche démarra sur sa droite et dut freiner à la dernière minute. Le chauffeur klaxonna rageusement, les gens se retournèrent sur elle.

— Merde, souffla-t-elle.

Brady ne ressemblait vraiment pas à son mari. Vraiment pas du tout.

II

SEAN

Il était assis à son bureau et buvait une espèce de boisson à l'orange qu'il avait prise à la machine. Pas terrible, et tiède pour ne rien arranger. Il leva les bras, les agita un moment et remonta les manches de sa chemise. Dehors il n'était pas loin de geler ; on voyait par la fenêtre la neige fondue zébrer l'obscurité. Mais il avait fait le chemin de Leinster House à pied en dix minutes et il avait grimpé les étages quatre à quatre, il en avait mal aux mollets et il était en nage.

Il avait dû se produire quelque chose d'inhabituel au palais de justice. Sheridan avait baissé les stores de son bureau, ce qui n'avait rien d'exceptionnel en soi, mais il avait aussi fermé la porte. Foster avait dit à Sean que les juristes avaient été convoqués et que Moby, qui avait passé toute la journée au tribunal, en était revenu avec l'air de qui en sait plus long que les autres.

— Qu'est-ce que ça peut bien être ? demanda Sean en se passant la main sur le front.

Foster haussa les épaules.

Sean se retourna vers l'écran pour tenter de mettre de l'ordre dans ses notes. Son bureau était encombré de fiches, une pour chacun des membres du nouveau cabinet. Ça n'allait pas être une partie de plaisir.

Il jeta un nouveau coup d'œil sur la porte fermée de Sheridan.

— Qu'est-ce qui peut bien se passer là-dedans ? murmura-t-il.

— Ils veulent publier quelque chose, dit Foster.

— Je m'en doute, mais quoi ?

— Je crois que ça a à voir avec une affaire de viol.

— Tu crois, ou tu es sûr ?

— Je ne sais pas. C'est Kathy qui parlait de ça. Peut-être qu'il s'agit d'autre chose.

Sean attrapa son téléphone et composa rageusement un numéro. Il fit le 2 au lieu du 4, laissa retomber la tête, soupira et recommença un peu plus lentement.

— Qu'est-ce qu'il y a ?

— Kathy, mon chou, tu sais sur quoi est Moby en ce moment ?

— Quoi ?

— Foster me dit que tu as parlé d'une histoire de viol.

— On peut dire ça.

— Mais encore ?

— Ça se passe à huis clos et ils veulent publier.

— Ils ont le droit ?

— Peut-être. La décision, en tout cas. Il y a des chances.

— Pourquoi tous ces mystères ?

— Avortement.

— Quoi ?

— Avortement. Ordonnance provisoire visant à empêcher la victime d'un viol de quitter le pays pour se faire avorter à l'étranger.

— Putain !

— Putain toi-même.

Elle raccrocha.

— Bon Dieu !

— Qu'est-ce qui se passe ? demanda Foster.

Sean secoua la tête, fixa un instant la vitre aveugle du bureau de Sheridan. Pas grand-chose à en tirer. Il jeta un œil à son écran.

— Qu'est-ce qu'il y a ? insista Foster.

— Sacré scoop, mon pote. Et rien à voir avec le nouveau cabinet de mes deux.

Le lundi matin à la première heure il avait appelé le poste de police de Cavan. Pas très coopératifs. D'abord Brady n'était pas là. Après il n'y avait plus personne. Ensuite il était là mais il rappellerait plus tard, ce qu'il n'avait évidemment pas fait. Quand Sean avait fini par l'avoir, il était pressé, et son nom ne lui disait rien.

— L'accident avec délit de fuite. Michael Quinn.

— Nous avons quelques pistes.

— Lesquelles ?

— Pas de commentaire.

— Pensez-vous pouvoir engager des poursuites ?

— C'est possible.

— Quand ?

— Pas de commentaire.

— Comment va Mrs. Quinn ?

Silence.

— Bien, je crois.

— Fait-elle partie des suspects ?

Un long silence, puis plus rien.

Sean avait rappelé, mais on lui avait dit que l'inspecteur Brady était sorti, et qu'il avait donné pour instructions que toutes les demandes de renseignements soient adressées au bureau de presse.

— Vous avez un bureau de presse ?

Sheridan ouvrit la porte et se campa dans l'encadrement. Il fit un signe à Sean, qui se leva, tout fier. Il désigna Foster et Conway du menton et appela O'Kelly. Kathy et McMullen apparurent. Moby se tenait au côté de Sheridan, sérieux comme un pape, l'air ravi.

Tous s'entassèrent dans le bureau et le silence se fit. Les juristes occupaient les chaises.

— Pour ceux d'entre vous qui ne seraient pas au courant, la Haute Cour a rendu une ordonnance provisoire visant à interdire à la victime d'un viol, un viol présumé, de sortir du territoire pour se faire avorter.

Il y eut des sifflements. Quelqu'un s'exclama : « Pas mal ! »

— On publie ça demain matin, mais on y va doucement. L'affaire a été entendue hier et aujourd'hui à huis clos, et la principale intéressée est désignée par la lettre *X*. Je vous rappelle qu'une ordonnance provisoire n'est pas un jugement, ce qui veut dire qu'on marche un peu sur des œufs. Mais, dans la mesure où c'est le procureur général qui instruit l'affaire, il me semble que nous devons assumer nos responsabilités.

Il y eut des signes d'assentiment.

— Qui d'autre va suivre ? demanda Sean.

— Tout le monde. Le procureur cherche à obtenir un jugement définitif d'interdiction de sortie du territoire, au motif que la vie d'un enfant qui n'est pas encore né est protégée par la Constitution et que, s'il est porté à la connaissance de l'État que la vie d'un… comment vous appelez ça ?…

— Un fœtus.

— Ouais, c'est ça, que la vie d'un enfant pas encore né est en danger, il est de son devoir d'intervenir. C'est Dick qui couvre l'affaire, enfin dans ses grandes lignes, et c'est peut-être tout ce qu'on publiera demain, mais il faut qu'on se remue de toute façon. Je pense pouvoir dire sans me tromper que ça va être l'affaire de la semaine, si ce n'est du mois.

— On vit une époque formidable, lâcha Conway.

— Tu l'as dit. Le jugement définitif sera rendu à la fin de la semaine, au pire lundi. Comme les membres du nouveau cabinet n'ont pas encore pris leurs fonctions, ça vaudrait la peine d'obtenir leurs réactions à chaud. Sean et Lisa, au téléphone, on s'y met tout de suite, merci. Kathy, je voudrais quelque chose, disons samedi, sur les bateaux pour l'Angleterre, la piste des larmes, tout ça. Des chiffres. Ciaran, merci de prendre contact avec les gens de Pro Life[1] : je me souviens parfaitement qu'on leur avait posé la question au moment du référendum et qu'ils avaient dit qu'une chose pareille était inimaginable. Retrouve-moi ça. C'est Dick qui centralise toutes les recherches sur le plan juridique.

Sheridan fit un signe à Moby, qui prit une inspiration et se gratta le nez. Sa voix calme et retenue dissimulait mal son excitation.

— Les parents de la fille sont allés d'eux-mêmes à la police pour demander si l'ADN identifié lors d'un avortement pouvait être utilisé comme preuve dans une affaire de viol. La police s'est adressée au procureur général, qui a saisi les tribunaux. On ne sait pas qui il a consulté au gouvernement avant de se lancer là-dedans, si tant est qu'il ait consulté qui que ce soit. Ni s'il s'agissait de l'ancien ou du nouveau gouvernement. Ce qui nous donne une bonne vingtaine de pistes à explorer.

— Tu as dit « les parents », intervint Kathy.

— C'est en effet ce que j'ai dit.

1. L'équivalent de l'association Droit à la vie.

Son regard fit le tour de la pièce et il marqua une pause ; un sourire apparut sur ses lèvres, qu'il ne put refréner.

— X*** a quatorze ans.

Sean avait envie de parler de Grace Quinn à quelqu'un.

Il alla boire une dernière bière avec Rita Conway et Kathy. La conversation roula sur la fille. L'émotion, la colère. Rita leur avoua qu'elle s'était fait avorter. Ils la regardèrent sans rien dire. Sean changea de sujet.

— Vous vous souvenez de ce type, il y a à peu près un an de ça, qui avait écrasé une jeune fille à Monaghan ? Beurré comme un coing. Il l'avait fourrée dans sa voiture.

— Ouais.

— Il avait pris six mois, dit Kathy.

— C'est ça. Eh bien, il lui est arrivé la même chose.

— Ah oui ! ça me dit quelque chose. C'était le même mec ?

— Le même mec, au même endroit. Accident avec délit de fuite.

— Mon cul ! fit Rita.

— J'allais le dire.

— Qui c'est, alors ?

— La famille, dit Kathy. Ça va de soi. Moi j'y aurais pensé, en tout cas.

— Ou alors un suicide, dit Rita. Autopunition.

— Je veux bien, mais le conducteur ? demanda Sean.

— Mort de trouille. Bourré pareil. Sait qu'il sera en tort quoi qu'il arrive.

— Peut-être.

— En tout cas, qui que ce soit, il a bien fait, dit Kathy.

Sean but une gorgée et les regarda. Elles ne se rendaient pas vraiment compte. Il leur manquait les détails.

— Il n'avait plus de permis, dit-il. Il était à pied. Ça n'a pas dû être drôle pour sa femme.

Rita le regardait fixement.

— Tu sais quoi ? dit-elle. Tu sais ce que je pense ?

— Quoi ?

— Elle n'a qu'à y aller quand même. Ses parents n'ont qu'à l'emmener se faire avorter. Je veux dire, bordel, qu'est-ce qu'ils peuvent faire ? La foutre en tôle ?

Il n'arriva pas à les ramener à son sujet.

Elles prirent un taxi ensemble ; Sean marcha jusqu'à sa voiture et rentra chez lui sans se presser. Il faisait froid. La maison était traversée de courants d'air qui sifflaient les jours de grand vent. Il mangea des sandwichs et but du lait dans la cuisine.

Il y avait une odeur bizarre dans la chambre. Il n'y mettait jamais les pieds que pour dormir, et il n'avait pas ouvert les rideaux de tout l'hiver. Il se déshabilla, se glissa entre les draps et s'efforça de chasser tout le monde de son esprit : Grace Quinn, Brady, Martin, la fille.

Il se trouvait à un point crucial. Un tournant. D'un côté, l'affaire X*** : Sheridan lui donnait plus ou moins carte blanche, du genre vois ce que tu peux faire. De l'autre, une histoire rien qu'à lui, du tout cuit pour ainsi dire. Accès aux sources, bonne connaissance du contexte. Il lui suffisait de garder la tête froide, de surveiller les événements et d'attendre l'inévitable. Brady finirait par la coincer, et il serait là, lui, Sean, au côté de Martin – autant dire dans l'œil du cyclone.

Tout ce qu'il avait à faire, c'était trouver le juste milieu. Tenir la route. Ajuster légèrement le tir. Vérifier la mire et ajuster le tir. Mesurer ses paroles. Vérifier et ajuster. Devenir partie prenante, sans forcer, jusqu'à ce qu'on ne puisse plus se passer de lui. Rester calme et ne pas s'éloigner du juste milieu.

Ou alors se casser la gueule.

MARTIN

Il ne retrouvait plus le briquet. Nulle part. Il n'était ni dans la cuisine ni dans le salon. Il soulevait les coussins, s'accroupissait sur le plancher, tout en se disant que c'était sa mère qui avait dû le ranger quelque part. Mais il ne voulait pas lui poser la question, au cas où ce ne serait pas elle.

Il avait les mains gelées. Il avait rêvé de Henry pendant la nuit et sa journée avait été remplie de pensées négatives et d'incertitudes, comme un champ inondé – Henry était loin, il l'avait quitté…

Il était debout dans le salon et il essayait de réfléchir. Sa mère faisait la vaisselle. Il entendait la radio, le bruit de ses mains dans l'eau, les tasses et les soucoupes qui s'entrechoquaient. Il était chez lui, mais ce n'étaient pas ses bruits. Et ce cadeau qu'il ne retrouvait pas – ses doigts gourds qui se heurtaient aux pieds griffus du fauteuil, les cigarettes qui s'écrasaient dans sa poche quand il se baissait…

Sa mère se tenait dans la cuisine, la tête penchée sur le côté en une posture étrange. Rêveuse.

— Bon, on ne s'affole pas. Je ne l'ai pas perdu. Je sais qu'il est là, quelque part. Je n'arrive pas à le trouver, c'est tout. Tu ne l'aurais pas vu, par hasard, ce briquet ?

Elle secoua la tête.

— Tu l'avais hier soir. Tu as fumé neuf cigarettes devant la télévision.

Il regarda ses épaules, sa tête inclinée, son dos. Elle n'occupait pas beaucoup d'espace, mais elle prenait de la place.

Il recommença à fouiller la cuisine, chercha par terre, derrière la pile de journaux qui s'entassaient dans un coin.

— Si la fumée te dérange, il faut me le dire.

— Ça ne me dérange pas.

— Eh bien, tant mieux.

Elle laissa tomber dans l'évier quelque chose qui l'éclaboussa.

— Tu dois voir Sean aussi ?

— Non, seulement Philip.

— Est-ce que tu as parlé à Sean depuis la dernière fois ?

— Ouais. Je l'ai eu au téléphone.

— Comment va-t-il ?

Elle s'était immobilisée, et sa voix avait baissé d'un ton. Martin voyait bien où elle voulait en venir.

— Il va bien. Il n'a pas beaucoup de temps avec cette histoire de X*** – en ouvrant les placards il tomba sur la tasse marquée « Henry » qu'il avait achetée à Belfast ; Henry la détestait. Pourquoi tu me demandes ça ?

— Tu m'excuseras auprès de lui quand tu le verras.

Gagné.

— Mais enfin, maman ! Arrête de revenir là-dessus. Personne ne s'est formalisé !

— Quand même.

Il explora le rebord de la fenêtre, derrière les plantes, et remarqua qu'elles étaient à l'article de la mort.

— Merde ! Est-ce que tu voudrais bien arroser ces trucs à l'occasion ? Normalement c'est Henry qui s'en occupe.

— Bien sûr.

Elle rentra la tête quand il passa derrière elle.

— Pardonne-moi. Je suis à cran. Ça m'énerve de ne pas retrouver ce foutu briquet, et je suis en retard.

— Allez, vas-y. Je le trouverai.

Elle avait de la mousse sur l'épaule. Il y pointa le doigt.

— Regarde, tu brilles. Tu es sûre que ça ne t'ennuie pas de rester toute seule ?

— Bien sûr que non.

Elle essuya son gilet.

— Tu te sens mieux ? Mieux qu'hier soir, je veux dire.

— Oui.

Quand il était rentré, il l'avait trouvée en larmes dans la cuisine, debout devant l'évier, comme maintenant. Elle avait essayé de ne rien montrer, lui avait dit qu'il était en avance alors qu'il était en retard, s'était mise dans tous ses états parce qu'elle n'avait rien préparé à manger. Il avait été tellement embarrassé qu'il était monté quatre à quatre dans sa chambre et avait attendu qu'elle se calme.

— Je suis désolée, avait-elle dit. C'est juste que… J'étais arrivée à un point où je ne…

Il avait fait signe qu'il comprenait, avait regardé la fenêtre. Les avait vus tous les deux dans une autre pièce.

— … Je n'arrivais plus…

— Ça n'a pas d'importance.

— … Je n'arrivais plus à rester calme.

Les yeux de Grace avaient rencontré les siens et il l'avait soudain reconnue exactement, sans hésitation possible, comme la femme qui l'emmenait en promenade quand il était petit. La force était là de nouveau, le secret qu'ils partageaient sans qu'il pût le formuler à quiconque, pas même à lui-même. Elle l'avait regardé, et il s'était senti assailli par les souvenirs. Son père. L'odeur de son père. Le vent qui giflait leurs visages quand ils couraient ensemble. Son rire. Le clapotis de l'eau. Les baignades l'été dans le lac – toute une vie vécue en cachette de son père. Son père et les choses qu'il disait à Grace. Ses mains.

C'est cela qu'elle avait été. Cette personne-là. Et elle le savait, cela éclatait dans ses yeux en cet instant, aussi clairement que s'ils eussent partagé la même vision. Ils avaient fui ensemble l'emprise de cet homme, et ils avaient fait un bout de chemin. Un bout seulement. Et puis…

Elle était restée. Il l'avait abandonnée.

— Martin ?

— Il faut que je file. Je suis déjà en retard.

— On ne pourrait pas parler un peu ?

Elle posa la main sur son bras.

— Si, si… Je rentrerai tôt. Sinon demain. On verra.

— Je ne sais pas quoi faire.

Il hocha la tête et se pencha pour l'embrasser. Elle le prit dans ses bras et le serra avec toute sa force. Essaya de la lui communiquer. Il lui tapota distraitement le dos et se mit à rire. À rire.

— Je dois y aller, maman. À plus tard.

Elle le laissa partir. Il traversa la maison, et quand il fut dans l'entrée il se souvint que le briquet était resté près de son lit. C'est là qu'il avait fumé sa dernière cigarette, à se torturer en pensant à Henry, en caressant la place vide. Il s'arrêta au pied de l'escalier mais ne remonta pas.

— Au revoir ! cria-t-il.

Elle ne répondit pas, et le laissa partir.

GRACE

Elle ne voulait pas pleurer. Les larmes, c'était un flot sans limites qui s'enflait, ramassait tout ce qu'il y avait en elle et le déversait sans discernement avant de se tarir en laissant sur son passage plus de débris qu'il n'en avait trouvé, comme s'il ne restait plus à l'intérieur que décombres et confusion, jusqu'à une profondeur insondable.

Toute cette eau. Ça la dégoûtait. Toutes ces choses qui flottaient…

Il n'y avait pas deux minutes qu'il était parti lorsque la sonnette retentit. C'était la première fois qu'elle l'entendait, et il lui fallut un moment pour l'identifier. Elle se sécha les mains à un torchon et se dirigea lentement vers l'entrée.

Ce n'était pas Martin ; il était parti avec ses clés, elle les avait vues dans sa main, se balançant à son côté. Elle se faufila le long du mur, les yeux sur la porte d'entrée, l'oreille aux aguets. La sonnette retentit de nouveau.

Elle glissa sans bruit devant la porte et grimpa les escaliers en retenant sa respiration, puis elle pénétra dans la chambre de Martin, qui sentait le linge sale et le déodorant. En passant à côté du lit, elle se prit les pieds dans quelque chose, une chemise ou un pull-over. Elle s'en débarrassa d'une secousse, alla jusqu'à la fenêtre et repoussa le rideau d'un doigt.

Les réverbères répandaient des auréoles de lumière sur les voitures en stationnement, la chaussée, le trottoir et les arêtes des façades. On sonna une troisième fois. Elle n'arrivait pas à voir juste au-dessous d'elle.

— Hou ! le chauve, qui c'est qui t'aime ici, le chauve !

La voix sortait de l'obscurité, de l'autre côté de la rue – une voix de femme égrenant une mélopée grinçante. Grace tendit le cou et distingua des pieds qui dépassaient de l'ombre : c'était la femme de l'autre fois, celle qui l'avait traitée de calamité.

— Va te faire foutre ! rugit-elle.

Grace appuya ses cheveux contre la vitre, y écrasa sa joue et parvint à entrapercevoir le sommet de son crâne. L'effort lui avait fait mal aux yeux.

— Tu peux toujours cogner, on t'laissera pas entrer… Qui c'est qu'est à la fenêtre ?

Grace recula brusquement, mais il avait fait un pas en arrière, levé les yeux, et il la regardait bien en face, son visage comme une flaque dans la lumière jaune. Elle l'observa sans faire un geste.

— Est-ce que je peux entrer ? demanda-t-il sans crier – il avança les lèvres, hocha la tête. Je suis seul.

Grace laissa retomber le rideau. Parvenue en haut des marches, elle s'aperçut qu'elle courait presque, s'arrêta un instant et descendit plus posément. La porte d'entrée lui parut prendre des proportions gigantesques à mesure qu'elle s'en approchait. Elle se sentait un peu étourdie. La clé refusa de tourner dans la serrure et sa main glissa. Elle répéta la manœuvre en s'appliquant.

Il avait les mains dans les poches. Il hocha la tête en la voyant.

— Entrez, inspecteur, dit-elle d'une voix qu'elle ne reconnut pas.

— Merci.

Elle chercha des yeux la femme dans l'obscurité. Il faisait très froid.

— Va te faire foutre ! – le rugissement lui parvint avec un imperceptible frémissement de l'air glacé.

— Étrange créature, dit-il en passant devant Grace.

Il n'était pas plus grand qu'elle, et il frissonnait.

Elle referma la porte et demanda : « Que puis-je faire pour vous ? » avant de se rendre compte qu'ils étaient debout dans une entrée à peine éclairée, face à face dans le noir. Elle se dirigea vers le salon sans attendre sa réponse, alluma et tira les rideaux ; elle sentait sa présence derrière elle. Elle resta debout et le pria de s'asseoir, mais il refusa.

— Vous n'auriez pas dû vous sauver comme ça, madame Quinn.

— Je ne me suis pas sauvée.

Il soupira, s'assit au bord du canapé et baissa les yeux.

— Vous n'avez rien dit à personne. Ça ne m'a pas facilité la tâche.

Elle ne répondit pas. Il avait l'air un peu blessé. Elle pensa qu'il jouait la comédie, mais elle n'en était pas certaine. Il l'étudiait attentivement et semblait tirer des enseignements de cet examen. Elle tenta de vider son visage de toute expression, mais elle n'avait pas la maîtrise nécessaire. Elle détourna le regard.

— J'ai un patron, vous savez. J'ai des comptes à rendre.

— Je ne comprends pas.

— Vous auriez dû me dire que vous veniez ici. Au lieu de ça, je vais vous voir vendredi chez vous et je m'aperçois que vous avez disparu. Vous avez encore de la chance que j'y sois allé seul.

Il fut pris d'une quinte de toux. Son visage devint tout rouge, il postillonnait ; Grace essaya de voir ses yeux, mais il était dans l'incapacité de les ouvrir.

— Excusez-moi, je crois que je me suis enrhumé.

Elle se dit qu'elle devrait lui offrir quelque chose, lui proposer une tasse de thé, mais elle se sentait paralysée. Il tira un mouchoir de sa poche et se moucha.

— J'ai bien pensé que vous iriez chez votre fils. N'empêche que j'ai été obligé de me porter garant sans en être sûr. Ce qui m'a valu quelques angoisses, surtout quand je suis arrivé vendredi soir, en dehors des heures de service, et que je ne vous ai pas trouvée. En fait c'était une ancienne adresse, votre fils avait déménagé. J'ai vraiment cru que j'étais dans de sales draps.

— Qu'est-ce que vous entendez par « vous porter garant » ?

Sa lourde carcasse roula d'un côté et le mouchoir disparut dans sa poche.

— Je leur ai raconté que vous m'aviez dit où vous alliez. Que je savais où vous trouver si nécessaire. Que vous étiez à Dublin avec votre fils. Que vous aviez toujours coopéré. Ils ont bien un peu tiqué, mais enfin…

Elle ne s'était pas attendue à cela. Elle s'assit lentement dans le fauteuil sans cesser de le regarder.

— Pourquoi ?

Il ignora la question.

— Ensuite j'ai dû me précipiter ici pour m'assurer que je ne m'étais pas trompé. Samedi, je commençais à désespérer.

Elle l'interrompit :

— Vous étiez au pub.

Il parut surpris.

— Vous m'avez vu ?

— Oui.

— Tiens, tiens. Moi, je ne vous ai pas vue. Sans doute parce que ce n'était pas vous que je cherchais. Je cherchais votre fils. Je suis allé… – il hésita – … dans ce pub… – toussa – … à tout hasard. Mais il était là. Je n'en ai pas cru mes yeux quand vous êtes sortie avec lui au bout de cinq minutes. Ce n'était pas tellement le genre d'endroit où je m'attendais à vous trouver…

Il souriait comme si tout cela était d'une irrésistible drôlerie – de l'avoir vue là-bas, d'y avoir été lui-même. Il secouait la tête, tout juste s'il n'émettait pas un sifflement.

— Comment avez-vous appris ?…

— On entend toutes sortes de choses, vous savez. Je connais assez bien les Bolton. Ce n'est pas très difficile de savoir ce qui se passe dans une famille – pas par chez nous, en tout cas.

Elle préférait ne pas y penser.

— Et vous nous avez suivis jusqu'ici. Je ne vous ai pas vu le faire. Ce n'est pourtant pas faute d'avoir regardé.

Il sourit et lui fit un clin d'œil.

— Je connais quand même encore un truc ou deux.

Il se passa la main sur le crâne, et Grace eut l'impression que cela faisait un bruit bizarre, mais ce n'était que le froissement de son manteau.

— Je me suis senti rassuré. Je savais enfin où vous étiez. Je n'avais plus besoin de raconter des histoires.

Elle ne comprenait toujours pas, mais elle s'aperçut que sa peur avait changé d'objet. Il n'avait pas l'intention de l'arrêter ; c'était donc qu'il envisageait autre chose.

— Est-ce que vous m'avez fait suivre ?

— Non.

— Pourquoi ?

Il sourit, toussa de nouveau.

— J'ai dit à tout le monde que vous étiez innocente, madame Quinn. Ce n'était pas pour ensuite leur demander de vous suivre.

Elle ouvrait la bouche pour dire quelque chose, mais il l'arrêta d'un geste.

— Je ne veux pas savoir. Ça ne m'intéresse pas, je vous assure. Et puis tout ça, c'est de l'histoire ancienne. Ce qui s'est passé, c'est que, comme vous êtes partie et qu'aucun fait nouveau n'est apparu, ils ont décidé d'envoyer la voiture pour expertise au laboratoire médico-légal. Je ne pouvais pas décemment m'y opposer. C'est une procédure courante. Ils vont faire toutes leurs petites analyses, et ils donneront leurs conclusions d'ici une semaine.

Elle avait essuyé la voiture, elle avait rajouté de la boue sur le métal. Le pare-chocs était déjà abîmé.

— Mais vous l'aviez déjà examinée ! dit-elle. La voiture. Je vous ai vu, avec votre collègue, devant la maison.

Il hocha la tête.

— C'est lui qui a insisté. Nous n'avons rien trouvé. De toute façon elle était complètement esquintée. Je ne sais pas si ça donnera grand-chose. L'expertise, je veux dire. Mais vous, vous savez. Vous savez si ça permettra ou non d'établir un lien avec la mort de votre mari.

Elle détourna le regard. Il baissa la tête.

— Je voulais simplement vous mettre au courant de la situation. Les résultats arriveront au début de la semaine prochaine. Vous les connaissez déjà. C'est tout. Je n'ai pas à vous dire ce que vous devriez faire. Je vous explique seulement la situation.

Elle lui posa une nouvelle fois la question à laquelle il n'avait pas répondu. Elle fixait toujours le sol.

— Pourquoi ?

Il soupira, et du coin de l'œil elle vit qu'il secouait lentement la tête.

— Il y a beaucoup de gens dans le coin qui font le rapprochement et qui arrivent aux mêmes conclusions. Je ne sais pas s'ils ont raison, mais c'est ainsi. Et je ne parle pas des journalistes. Ils se demandent où vous êtes passée.

— Qui ça ?

— Un peu tous. Il y en a qui nous ont posé des questions. L'idée commence à faire son chemin. Je croyais que tout le monde s'en moquerait, que votre mari ne manquerait à personne. Mais c'était idiot.

— Vous n'avez pas répondu à ma question. Pourquoi ?

— Si, dit-il – leurs regards se croisèrent. J'ai répondu à votre question.

Elle ne comprenait pas ce qu'il voulait dire.

— J'ai vu à qui j'avais affaire, madame Quinn. J'ai vu votre mari en dégrisement, toute une nuit, au poste de police de Cavan, raconter ses histoires en boucle et se fermer comme une huître quand il a commencé à vraiment nous regarder. Devenir agressif. Combien de temps avez-vous été mariés ?

Elle dut réfléchir.

— Trente-deux ans.

— Bon Dieu, ça fait un sacré bout de temps. Presque deux perpétuités.

Il sourit. Elle tressaillit légèrement – pas très heureux, comme comparaison… Mais ce qui l'étonnait le plus, c'était qu'il eût osé la faire. Quelque chose en elle s'éclaira. Ou s'éteignit.

— Il y a eu de bons moments.

Il sourit.

— Ils disent tous ça. « On s'est fait des amis. » « Sans ça il ne se serait jamais mis à la menuiserie. » Mais si c'était à refaire… Est-ce que vous le referiez ?

— Il y avait mes… Il y a Martin.

Il hocha la tête.

— Oui, c'est vrai, il y a Martin. Est-ce que vous le referiez ?

Elle regarda autour d'elle. Une pièce étrangère. Qui n'était pas la sienne. Remplie d'objets liés à des vies qui n'étaient pas la sienne. Elle n'avait pas eu de chambre à elle depuis qu'elle avait quitté son père et sa mère et avec eux sa vie d'enfant, toutes ses petites habitudes d'enfant. Ensuite plus rien. Rien qui eût jamais été vraiment à elle. Qu'avait-elle donc espéré ?

— Non, dit-elle. Non, je ne le referais pas.

SEAN

Reynolds paraissait sur le point de planter son grand nez dans la figure de Sean d'un moment à l'autre. Il avait la bouche ouverte, les yeux écarquillés, ses dents étaient suspendues comme des points d'exclamation sur le rouge incrédule de la langue.

— Ce n'est pas ce que je dis, s'exclamait-il. Ce n'est pas du tout ce que je dis !

Il marqua une pause et fusilla Sean du regard ; quelqu'un toussa.

— Ne me faites pas dire une chose alors que je sais parfaitement que j'essaie d'en exprimer une autre – il secoua la tête : Vous autres les journalistes…

— Mais, monsieur le Premier ministre… commença Sean.

— J'ai déjà répondu. Personne suivante, je vous prie.

Sean accusa le coup, et son collègue de la RTE[1] prit le relais.

— On sait qui c'est, souffla Kathy en passant devant lui.

1. *Radio Telefis Eireann* : radio et télévision nationales irlandaises.

Sean la regarda avec une grimace. Nouvelle sensationnelle. Surtout si on ne pouvait pas en faire état.

Les mémos s'entassaient sur son bureau : il y avait des *X* partout. Il ne pouvait se défendre de l'impression que la censure était passée par là. Un plan d'action avait été adopté en cas de décision favorable, un autre dans le cas contraire. Dans la mesure où Sean pouvait en juger, ils étaient identiques – c'était uniquement une question de délais.

— Je crois que nous avons arrêté une position, lança Foster.

— C'est une façon de voir les choses.

Il avait passé la journée à traquer les députés de la majorité pour essayer de leur tirer les vers du nez. Ils s'étaient d'abord montrés évasifs, puis agacés, sur la défensive, bref, de fort méchante humeur lorsqu'ils s'étaient sentis poussés dans leurs derniers retranchements. Il y en avait même eu un pour s'enfuir – au sens propre du terme, de toute la vitesse de ses petites jambes – sur les pavés de Merrion Square ; Sean l'avait presque rattrapé, mais le fou rire l'avait empêché de continuer. Tous lui avaient conseillé de s'adresser au procureur général, ce qu'il avait fait.

Il s'engagea sur la chaussée sans regarder et entendit un bruit que son esprit identifia bizarrement comme celui d'un dirigeable en train de se dégonfler après avoir heurté la flèche de St. Andrews. Ce n'était pas cela. C'était une moto qui dérapait sur la chaussée humide pendant ce qui lui parut une éternité avant de finir sa course dans l'arrière d'une voiture garée sur la ligne jaune devant Combridge Fine Arts. Sean pensa tout d'abord que c'était le choc qui avait déclenché les feux de détresse, puis il se rendit compte qu'ils étaient sans doute déjà allumés.

Il se figea sur place et se demanda s'il était responsable. Il n'avait pas regardé, il était complètement dans la lune. La moto était passée derrière lui et l'une des roues avait dû heurter une bordure de trottoir – sans doute le claquement que Sean avait pris pour le bruit d'une crevaison dans le ciel au-dessus de l'église. Il inspecta les alentours, traversa rapidement. Personne ne semblait l'avoir remarqué.

Le motard avait été projeté en arrière et s'était immobilisé après une sorte de soubresaut, une jambe coincée sous sa machine. La carrosserie de la voiture était sérieusement enfoncée, et la moto hors d'usage. L'homme avait pris le choc en travers. Sean pensa qu'il devait avoir une jambe de cassée. Les gens commençaient à s'attrouper, et le trafic avait considérablement ralenti. Après s'être assuré que personne ne lui prêtait attention, Sean poursuivit lentement son chemin, tourna l'angle de Dame Street et se mit à courir.

Il était un peu secoué. Au moins autant par sa fuite que par l'accident proprement dit. Il réfléchit tout en se dirigeant vers le pub : délit de fuite, sans doute, techniquement du moins. Tout cela parce qu'il savait que Martin avait rendez-vous avec Philip et qu'il avait envie d'avoir une petite entrevue avec lui, afin de prendre poliment des nouvelles de sa mère et de lui demander si l'enquête avait avancé. Il fut troublé par l'ironie de la situation ; des mots lui vinrent en vrac à l'esprit. Présage. Leçon. Avertissement. Il ne pouvait pas se permettre de s'appesantir.

La sirène d'une ambulance hurla, lointaine, presque irréelle.

GRACE

Il fallait qu'elle parte. Qu'elle s'en aille. Qu'elle disparaisse. Il ne l'avait pas dit explicitement, mais elle l'avait lu dans son regard quand il lui avait parlé de la voiture, de son mari au petit matin. Dans les mots qu'il avait employés – des mots qui lui avaient déplu, qui l'avaient presque choquée. Oser parler de son mari de cette façon. Son mari mort.

Si vous restez, vous serez arrêtée.

Elle enfonça ses épaules sous l'eau, entrouvrit les lèvres et souffla, projetant de petites vagues qui attrapaient la lumière et jouaient avec elle, faisant jaillir d'éphémères rais d'argent. Elle contempla sa peau, d'une pâleur un peu marbrée, le relâchement des tissus qui s'annonçait, accentué par l'eau. Bientôt elle serait vieille.

Rien dans son regard ne lui avait suggéré d'endroit où aller.

Elle posa les pieds sur le rebord de la baignoire, de chaque côté des robinets. Quel silence ! Un silence gorgé d'eau chaude. Il faudrait qu'elle se coupe les ongles, ils étaient gris et pointus comme de mauvaises dents, ils lui entraient dans la chair par endroits et ça lui faisait mal quand elle portait ses meilleures chaussures, les noires. Si elle s'en allait elle finirait par avoir les pieds complètement irrités. Brady et ses regards. Ses yeux. Elle devrait bien pouvoir trouver des ciseaux à ongles quelque part, dans un placard, parmi tous ces flacons de crèmes aux senteurs douceâtres. Elle était étrange, la salle de bains de son fils, encombrée d'objets, éclairée comme une pharmacie d'un autre âge, une vieille boutique d'apothicaire avec ses recoins d'ombre, ses petits miroirs, ses bruits de cornues et son odeur de gingembre.

Brady était comme son mari. Ils étaient de la même région. Il était resté jusqu'au petit matin à l'écouter parler de la jeune fille morte sur la route. Elle les imaginait tous les deux face à face dans une cellule humide, séparés seulement par la rage, par un sentiment de fureur qui à la fin les unissait. Brady avait souhaité sa mort, il se réjouissait qu'il soit mort, et les sentiments qu'il éprouvait pour Grace étaient ceux d'un père, d'un frère ou d'un fils aimant. Ses yeux, l'espèce de tendresse dans ses paroles.

Il n'avait pas le droit.

Elle plia les jambes et laissa sa tête glisser sous l'eau. Les ondes de chaleur sur son visage s'immobilisèrent peu à peu. Elle eut envie d'ouvrir les yeux pour voir la salle de bains à travers les ondulations argentées, la voir osciller et se courber comme un reflet, mais elle n'osa pas. Elle retint sa respiration le plus longtemps possible, puis elle se redressa, trouant la surface avec un petit bruit de cascade, éclaboussant le sol, et se frotta les yeux de ses poings fermés.

Partir, tout simplement. Comme s'il n'y avait rien pour la retenir.

Elle se demanda si Monaghan existait toujours. Si la ferme était toujours debout – la haie d'arbres semblables à des brocolis qui tranchait le soleil couchant, les champs à perte de vue, la tache bleue du lac à l'horizon. L'affreuse maison grise, sans même une couche de peinture, qui s'écroulait par endroits et ne laissait entrer que les courants d'air. La grange couleur de sang séché, capuchon dérisoire. Tout cela existait-il encore ? Ou des hommes avaient-ils tout démonté et tout emporté, méthodiquement, comme on remballe des décorations de Noël, après avoir attendu son départ du haut d'une colline voisine ?

Elle n'y avait jamais pensé auparavant, mais elle savait à présent que ce qu'on appelait les lieux n'étaient que d'éphémères créations de l'esprit. Des agencements provisoires de murs et de toits, avec leurs odeurs spécifiques, conçus pour séparer, pour définir, pour permettre aux gens de conserver leur réalité lorsqu'ils avaient besoin de se reposer un moment.

Elle avait quitté le Monaghan pour toujours. Elle n'y retournerait pas. Elle était partie pour vivre auprès de Martin, pour se créer un lieu à elle au sein de son espace à lui. Ç'avait été son idée fixe, son unique projet, elle n'avait eu aucune arrière-pensée. Mais elle avait oublié d'envisager certains détails.

Et si ses souvenirs la trahissaient ? Elle le revoyait qui la suivait partout dans la maison sans jamais cesser de sourire. Ce qu'il avait pu être bavard ! Il ne lui revenait pas qu'elle eût jamais eu à se forcer avec lui, à user de câlineries, de persuasion ou de menace, elle ne se rappelait pas s'être jamais sentie obligée de surveiller ses paroles en sa présence. Peut-être avait-elle simplement oublié. Désormais il y avait un silence auquel il devait s'arracher chaque fois qu'il lui parlait. Ce n'était plus la même personne. Il avait appris à évoluer dans le monde, il avait appris à contrôler son souffle, il avait appris à diriger sa vie. Et tout cela, il l'avait fait sans elle.

Elle souffla à la surface de l'eau et la lumière lui répondit.

Martin était à sa place ici. Il s'était créé son espace à lui, un puits de lumière parmi les ombres de son adolescence. Il avait délibérément tourné le dos à son passé et s'était installé sur ce territoire encombré au bord de la rivière, où ses amis parlaient une langue qu'il avait décidé de faire sienne.

Cette langue, elle ne la comprenait pas pour l'instant : la boue collait encore à ses souliers, l'odeur de la campagne imprégnait ses vêtements. Mais un jour elle la maîtriserait. Il le faudrait bien. C'était son seul horizon.

Grace remua les bras sous la surface de l'eau, faisant naître des vagues qui venaient se briser contre les parois blanches et lisses de la baignoire, emplissant la pièce d'une agréable vapeur. La nuit était suspendue. Il n'y avait d'autre mouvement que celui de l'eau, de la buée et de ses bras – ses membres diaphanes, comme un moteur entraînant la lumière jaune, la tiédeur faiblissante, le crépuscule de la fuite.

Elle décida de ne pas bouger avant que l'eau ait refroidi.

MARTIN

Il grelottait et toussait en écoutant Philip se lamenter – il était trop tôt, il faisait trop froid. Pendant un moment ils furent les seuls clients du pub, assis à la même table que l'autre soir avec sa mère.

Sa mère. Elle accaparait ses pensées. Elle envahissait leur maison, la maison de Henry et Martin, avec les souvenirs de son enfance à fleur de peau et l'image de son père constamment dans son regard. Toutes ces choses. Il termina rapidement sa bière en adressant de vagues signes de tête à Philip et décida de la chasser de son esprit. Il préférait reporter ses inquiétudes sur Henry.

Henry et sa mère. Comme deux figures indissociables, l'une équilibrant l'autre, une petite conspiration. Il se sentait tiré en arrière, complètement déstabilisé par l'absence de l'un et la présence de l'autre. Sa vie à l'envers.

— Ce que je n'arrive pas à comprendre, disait Philip tandis que le bar commençait à se remplir, c'est pourquoi on n'a pas prévu ça en 1983[1]. Puisqu'une histoire pareille est possible, comment se fait-il que personne n'y ait pensé à ce moment-là ? Même mes

1. Le 7 septembre 1983 fut organisé en république d'Irlande un référendum sur la légalisation de l'avortement. Le non l'emporta par 67 % des voix.

parents sont choqués, et pourtant ils sont largement aussi antiavortement qu'ils sont anti tout le reste. Il n'y a que ma grand-mère qui trouve ça génial : elle dit que la Vierge Marie a été violée par le Saint-Esprit et que si on avait permis à Marie de se faire avorter…

Martin approuva.

— Ça ne manque pas de logique.

— N'est-ce pas ?

Martin buvait. Il écoutait et il buvait ; il regardait les hommes agglutinés autour du bar et il pensait au sexe et à la fidélité. Il voyait se déplacer des ombres immenses, tantôt au sol, tantôt au plafond. Il laissa son genou toucher celui de Philip et se concentra là-dessus. Il alluma une cigarette. Henry se dressa tout à coup dans son esprit sous les traits de quelqu'un qui n'en aurait plus pour longtemps : toute une vie à vivre en une soirée, une semaine, quelques mois. Martin imagina tout le mal qu'on pourrait lui faire, les coups bas que cela représenterait, et il s'effondra sur la table poisseuse et les cendres répandues.

— Qu'est-ce qui t'arrive ?

— Rien.

Il continua à boire. À s'apitoyer sur son sort. C'était son droit, après tout, étant donné les circonstances. Il se laissa aller, fort du sentiment de sécurité que lui procuraient la salle qui s'emplissait, la musique et le bruit, l'aimable babil de Philip, ses questions anodines, ses plaisanteries. Il vit un homme qui lui plaisait, le fixa avec insistance. L'autre lui rendit son regard avant d'engager la conversation avec un adolescent moustachu originaire de Cork avec qui Philip avait passé une nuit. Martin s'apprêtait à lui désigner les deux garçons lorsque Sean fit son entrée en agitant son imperméable et en jetant son parapluie dans un coin d'un air dégoûté. Il leur lança un regard noir :

— Je vous y prends à boire derrière mon dos comme deux pédales !

— Je t'avais dit qu'on serait là, dit Philip.

— C'est vrai.

Il fit demi-tour et se fraya un passage vers le bar.

— Merde, souffla Martin.

— Qu'est-ce que tu dis ?

Martin secoua la tête et se leva pour aller aux toilettes. Philip pouvait à la rigueur tolérer ses moments de faiblesse, mais Sean ne laissait rien passer : il allait le secouer, l'asticoter, l'obliger d'une façon ou d'une autre à se reprendre. Le beau garçon du bar lui lança une œillade par-dessus l'épaule de son interlocuteur et lui sourit. Il s'ennuie, pensa Martin. Devant l'urinoir, il garda un œil sur la porte et sentit un poids se déposer au creux de son estomac, à l'endroit où toute son amertume s'était cristallisée.

Sean était d'un calme insolite. Il répondit aux questions de Philip sur l'affaire X***, mais il avait visiblement la tête ailleurs et ne s'étendit pas. Il observait Martin en sirotant sa bière.

— Comment va ta mère ?

— Ça va.

— Elle n'a pas voulu venir ?

— Non.

Il hocha la tête.

— Tu as vu Reynolds ? demanda Philip.

— Oh, ça oui. Il ne m'aime pas, celui-là, mais alors pas du tout !

— Il te connaît ?

— De vue. Assez pour savoir qu'il ne m'aime pas.

— Qu'est-ce qu'il t'a dit ?

— Rien. Elle va rester encore longtemps chez toi ?

— Je ne sais pas, soupira Martin. J'espère que non.

— Pourquoi ?

— Elle me porte sur les nerfs.

Ils le regardèrent. Il haussa les épaules, sourit.

— Elle ne sait pas quoi faire de sa peau.

Il laissa son regard errer dans la salle : des groupes d'hommes debout en rangs serrés parlaient et buvaient, mais il ne retrouva pas celui qu'il cherchait. Il se démancha le cou.

— Philip, tu te rappelles ce mec de Cork, le grand dégingandé ?

— Qui ça ?

— Le moustachu avec qui tu étais sorti l'année dernière.

— Thomas ? Je ne suis jamais sorti avec lui.

— Je croyais.

— Ouais, et alors ?

— Tu trouves pas que c'est rien qu'un gros con ?

Sean et Philip continuèrent à bavarder sans plus se soucier de lui, et il but plus que de raison. Quand la nausée finit par le gagner à force de concentrer son attention sur le brouillard des têtes, il s'intéressa aux rangs serrés de hanches et d'entrejambes offerts à hauteur de ses yeux. Un enchevêtrement si dense de V renversés qu'il s'imagina étendu sur le sol, à la merci des sabots d'un troupeau furieux.

La chaleur devenait insupportable. Il crut voir quelqu'un entrer avec de la neige sur son manteau, mais il préféra ne rien dire et mettre ça sur le compte de l'alcool. Peut-être avait-il été victime d'une hallucination. Peut-être même que le froid qui lui semblait encercler de toutes parts les murs du pub comme si l'édifice tout entier était en train de s'enfoncer dans la rivière n'était que le fruit de son imagination.

Sean prenait congé. Il posa les mains sur les épaules de Martin et lui murmura quelque chose à l'oreille que Martin ne comprit pas.

— Qu'est-ce que tu dis ?

— Je passerai te voir demain.

— Pour quoi faire ?

— Te dire un petit bonjour.

Il s'enfonça dans le mur d'épaules et disparut. Philip se mit à rire :

— Il s'est carrément invité chez toi.

— Ah ouais ? L'enfoiré !

Philip lui sourit.

— Je vais au bar. Tu crois que tu peux rester tout seul sans te retrouver par terre ?

— Va te faire foutre. Tu voudras bien me rapporter un gin tonic ?

— Non.

— Un double.

— Non.

— Quoi, non ? Je te file le fric, merde ! Qu'est-ce qui te prend ?

Philip lui arracha le billet des mains et s'éloigna en lançant un « Excuse-moi » d'une voix presque hystérique. Martin alluma une cigarette.

L'image de Henry le hantait. Henry à Paris, dans un bar. À jeun. Les yeux fixes.

Il ne neigeait pas, mais le froid de la rue les frappa de plein fouet alors qu'ils finissaient de boutonner leurs manteaux. Martin leva la tête et vit des étoiles.

— Tiens, il a neigé à l'envers, dit-il.

Philip ne l'entendit pas.

Ils se dirigèrent d'un bon pas vers Dame Street, les mains profondément enfoncées dans les poches. Ils se cognèrent l'un contre l'autre en arrivant au coin de la rue, et cela les fit rire de bon cœur. Philip refusa d'aller finir la nuit en boîte ou d'accompagner Martin chez lui. Martin lui demanda où il avait l'intention de dormir. Il avait complètement oublié sa mère. Ils se séparèrent en titubant devant la banque centrale, Philip embrassa son ami sur la joue et partit en courant pour attraper son bus, à grandes enjambées qui laissèrent Martin tout étourdi.

Il traversa et s'engagea dans la petite impasse qui menait au *Stag's Head*. Il s'arrêta pour pisser dans un renfoncement ; ses jambes le soutenaient à peine, il sentait ses articulations gémir, et sa tête était engourdie par le froid. Il regarda la foule se répandre sur la chaussée devant le pub. Il se souvint d'une dispute qu'il avait eue ici même avec Henry : il l'avait planté là avec l'intention de rentrer directement, mais il avait fini par revenir sur ses pas.

Le souvenir de cette nuit-là lui revint en mémoire tandis qu'il descendait Dame Lane, et il se dit avec une moue de découragement qu'il était vraisemblablement sur le point de refaire la même chose. Il toussa, cracha, et s'efforça de ne plus penser à rien.

Il traversa George Street au milieu des voitures arrêtées et reprit Dame Lane en longeant les murs du château. Il résista à la tentation de s'arrêter au coin de la rue pour laisser passer un moment et réfléchir, peser le pour et le contre. Il ne fut pas mécontent de s'apercevoir que la partie de son cerveau qui aurait dû l'y inciter était engourdie par l'alcool et les kilomètres qui le séparaient de Paris. Paralysée par la distance.

Il avançait dans l'ombre, tête basse, les mains dans les poches, évitant les lumières venant des cuisines des restaurants par les portes ouvertes. Un serveur chinois en chemise blanche et gilet noir sorti fumer une cigarette le regarda passer. Il avait très froid. Froid au ventre. Il avait le hoquet.

Il s'arrêta bientôt devant une porte grise éclairée par en haut : l'entrée du sauna, l'accès à un autre espace. Il regarda derrière lui en poussant la porte : des voitures passaient dans George Street, des gens se pressaient au loin sur les trottoirs, traversaient à toute allure sans baisser les yeux. Plus près de lui, dans la pénombre, un point orangé montait et descendait à intervalles réguliers : le serveur ne l'avait pas quitté des yeux.

À l'intérieur tout était peint en gris terne. Les murs, le plafond de la cage d'escalier étaient gris comme le ciel. Un ciel de ciment. Il se dit qu'il devait s'agir d'une façon de rassurer la clientèle : « Ici, rien n'existe vraiment. Laissez vos scrupules à la porte, déposez vos angoisses, votre culpabilité et vos peurs. Vous les retrouverez en sortant. » Son hoquet avait cessé.

En haut de l'escalier il paya le préposé, griffonna son nom sur la feuille de papier qu'on lui mettait sous le nez et prit la clé qu'on lui tendait. Il y eut une brève sonnerie, et il poussa de l'épaule une seconde porte plus lourde.

Une chaleur moite et une odeur douceâtre et vaguement parfumée montèrent vers lui. Deux hommes portant des serviettes autour de la taille se tenaient en sentinelles sur les marches étroites. Martin les regarda puis baissa la tête pour entrer dans les vestiaires. Ils étaient vides. Il respira un grand coup, un muscle de sa main tressauta, il manqua se prendre les pieds dans le mince tapis foncé.

Il avait beaucoup trop bu, et le changement de température lui faisait tourner la tête. Il s'assit sur un banc et chercha des yeux le numéro de son casier.

Il lui arrivait de venir jusqu'à trois fois par semaine, les premiers temps qu'il était à Dublin. De moins en moins à mesure que les rencontres dans les pubs devenaient plus fréquentes. Au moment où il avait rencontré Henry cela faisait au moins six mois. Et depuis, une fois seulement, le soir où ils s'étaient disputés : il était tombé dans les douches, avait renversé un flacon de poppers dans l'une des petites pièces garnies de matelas en compagnie de deux hommes dont il n'avait absolument aucun souvenir. Il avait voulu se faire croire qu'il était désespéré, mais ce n'était pas cela. C'était bien moins que cela.

Il eut du mal à trouver la serrure et manqua tomber à la renverse en essayant de défaire ses lacets. Il prit une serviette bleue toute délavée dans son casier, y fourra son manteau, le tassa avant de déposer ses chaussures par-dessus, ôta son pull et sa chemise. Il resta ainsi un moment, torse nu, à se caresser rêveusement la poitrine.

Difficile de ne pas avoir envie d'être nu. L'air imprégnait sa peau comme un liquide. Il enleva son jean, qui se retourna en passant sur les chaussettes, puis il retira les chaussettes. Il fit glisser son caleçon sur ses chevilles, le lança en l'air d'un pied et le rattrapa.

— Pas mal, murmura-t-il.

Un homme aux cheveux gris, bedonnant, ruisselant, ondulait vers lui en souriant.

— Joli coup, dit-il.

— Va te faire foutre.

Martin prit sa serviette et claqua la porte du casier. Elle rebondit. Il la referma, tourna la clé et se gratta la tête.

— Désolé, dit-il, et il toucha l'épaule de l'homme en passant.

— Pas de problème.

Il sortit du vestiaire d'un pas mal assuré et passa dans une pièce où des hommes regardaient la télévision. On entendait des bruits de fusillades et d'explosions. L'un des hommes était noir. Un autre buvait dans un gobelet en plastique. Il se dirigea vers la pièce suivante, où l'homme de l'entrée se tenait derrière un comptoir et distribuait des boissons chaudes, des sandwichs et du chocolat. Martin lui tendit sa clé en se répétant mentalement le numéro. Deux coupes trônaient sur le bar, l'une remplie de préservatifs, l'autre de bonbons à la menthe. Un homme assis sur un tabouret lisait son journal. Le Noir entra et demanda un thé ; Martin prit deux bonbons, passa devant lui en le frôlant et sortit sans se presser, serrant sa serviette autour de ses hanches. Puis, prudemment, surveillant ses pieds comme un grimpeur assure ses prises, il monta un étage.

Il y avait du monde partout. Une marée d'yeux. Des hommes de tous âges marchant de long en large, vêtus de leurs seules serviettes, un trousseau de clés ou un paquet de cigarettes à la main, n'existant que par leurs yeux. Martin sourit : on aurait dit qu'ils étaient là pour s'acquitter d'une corvée. Ils avaient hâte d'en finir. Que ce soit fait, et bien fait.

Des serviettes étaient suspendues à des crochets à l'extérieur du hammam. Au moment où Martin s'en approchait, il vit sortir deux beaux garçons, nus, leurs sexes pointés comme des flèches fichées dans l'aine. Ils prirent leurs serviettes et s'éloignèrent gauchement vers l'escalier le plus proche, l'un derrière l'autre, le premier vérifiant bien que son compagnon suivait.

Martin eut envie d'entrer mais il se retint. Il pensa à Henry, secoua la tête, rattrapa sa serviette qui avait glissé. Un blondinet à l'air beaucoup trop jeune lui sourit. Il se dirigea vers la salle vidéo et s'arrêta devant le seuil : les deux rangées de sièges, des couchettes plutôt, recouvertes de minces matelas en plastique noir, étaient occupées. Dans un coin, un garçon obèse pressait un flacon de poppers contre ses narines. À côté de lui, un homme chauve faisait aller et venir sa main sous sa serviette. Au bout de la rangée inférieure, un moustachu avait laissé tomber la sienne et se masturbait interminablement en dodelinant, les yeux mi-clos. On se serait cru dans un asile. Martin s'éloigna.

La scène sur l'écran se déroulait dans une pièce qui ressemblait à une hutte africaine, meublée de nattes, d'un lit à moustiquaire et d'un feu qui brûlait au milieu. Les protagonistes étaient un Noir et deux Blancs. Quelques mots furent prononcés et Martin pensa d'abord que le son était mal réglé, puis il se rendit compte qu'ils parlaient français. Français. Il ne s'attarda pas.

Les toilettes et les douches étaient au bout du couloir. Un homme se lavait les cheveux ; Martin regarda la mousse couler sur son dos et essaya en vain de distinguer ses traits sous la grimace ; le corps de toute façon, décida-t-il, était un peu trop beau. « Trop bien habillé », se dit-il, et la formule le fit rire, mais il s'arrêta en sentant son hoquet le reprendre. Il se pencha sur le lavabo devant l'entrée des toilettes, mit ses mains en coupe et but une gorgée d'eau tiède. Une odeur désagréable le fit s'écarter en s'appuyant le long du mur chaud, suivi du regard par un homme plus très jeune dont les cheveux ressemblaient à ceux de son père.

Il se frotta les yeux, et des morceaux du corps de Henry tournoyèrent devant lui comme des branches arrachées par la tempête.

Il accrocha sa serviette par-dessus une autre à la porte du hammam, jeta un coup d'œil vers le couloir et vit l'homme de la douche qui le regardait. Des corps grisâtres s'empilaient dans un coin, l'odeur des poppers était suffocante comme une fuite de gaz. Une main saisit son sexe. Il la repoussa et chercha à se repérer. Il sentit des gouttes de sueur perler sur son front. L'homme de la douche entra et s'approcha de lui. Martin trouva une place sur un banc et s'assit. L'homme s'assit à son tour, pressant sa cuisse contre la sienne, posa délicatement la main sur ses couilles et se pencha comme s'il voulait l'embrasser. Martin se leva, se retourna pour lui faire face, pointa son sexe vers son visage et chercha à lui immobiliser la tête. L'homme lui déposa un baiser sur le ventre, sans enthousiasme, Martin poussa un grand soupir, toussa et finit par s'éloigner.

Il y avait un téléphone à pièces au rez-de-chaussée, ce genre d'appareil où l'on ne paie que si quelqu'un décroche à l'autre bout. Il enfonça les touches, écouta la mélodie familière, puis la sonnerie qu'il confondait toujours avec le signal occupé. Il avait l'impression d'être dans un hôpital et de tenir le goutte-à-goutte relié au lit d'un mourant. Il laissa sonner jusqu'à ce qu'il n'y ait plus de tonalité.

Il remonta et décida de se limiter aux hommes qui avaient des poppers.

Il retourna dans la salle des vidéos et se dit que le français était décidément très adapté. Il n'y avait plus de place pour s'asseoir. Le garçon obèse n'avait pas bougé, il avait seulement été rejoint par l'homme de la douche et du hammam. Sur l'écran, les deux Blancs se poursuivaient dans une rivière peu profonde. Leurs shorts et leurs T-shirts les moulaient comme des pansements. Ils luttaient et se roulaient dans l'eau en riant, mais ça ne durerait pas.

Il regarda dans le coin derrière lui. Un homme fumait et buvait quelque chose dans un gobelet. À côté de lui, l'ivrogne continuait à se branler. Le blondinet était assis derrière eux et semblait totalement absorbé par ce qui se passait sur l'écran. Non loin de lui, affalé dans l'angle, quelqu'un fixait Martin en souriant. Martin s'efforça de distinguer ses traits. L'homme agita la main dans sa direction. Leva la main et l'agita, comme s'ils étaient au milieu d'un carrefour. Son sourire dans l'obscurité lui fit l'effet d'une décharge. Il sursauta.

Sean.

SEAN

Il ne l'aperçut tout d'abord que du coin de l'œil – silhouette brouillée dont les contours et la taille avaient évoqué en lui une brève lueur de reconnaissance. Son regard flotta de l'écran à la porte, mais il était trop tard – tout ce qu'il parvint à saisir fut le reflet de la télévision sculptant une paire d'omoplates au moment précis où elles disparaissaient. Sean était fatigué. Il bâilla longuement, vaguement conscient de la présence des corps sur les sièges, de la semi-pénombre rougeâtre où ils accomplissaient leur étrange ballet comme un banc de poissons dans un aquarium.

Il crut avoir rêvé. Il était en train de penser à Martin et son imagination lui avait joué un tour. Encore un peu et il verrait sa mère. Ils s'étaient mis tous les deux à occuper dans son esprit une place démesurée, qui lui bouchait l'horizon, et il se retrouvait projeté dans des rêveries insistantes qui obligeaient les gens à claquer des doigts pour capter son attention – Sean, hé, Sean ! Il y a quelqu'un là-haut ?

Lorsqu'il le revit un peu plus tard, il dut presque se pincer pour admettre que c'était bien lui. Il lui sourit et agita la main. Martin se détourna. Sean se leva, descendit des gradins et s'approcha, lui toucha le bras et le regarda dans les yeux. Martin était soûl. Gêné. Pis que cela.

— Sean… Bon Dieu, attends que je t'explique…

Mais il se contenta de regarder dans le vague et rien ne sortit. Sean vit quelque chose vaciller, il lut la panique dans son regard ; il cessa de sourire, hocha la tête, et sans rien dire il emmena son ami au troisième étage.

Trois ou quatre hommes stationnaient près de portes ouvertes. Il y avait de la musique. Celles des pièces qui étaient occupées étaient fermées à clé, les autres étaient vides. Ce n'étaient en fait que des cabines, avec juste assez d'espace pour s'étendre. La musique n'était pas réglée fort, mais le rythme était obsédant, les basses saturées. Lumière tamisée, atmosphère immobile et grave.

Sean inspecta les cabines jusqu'à ce qu'il en trouve une qui eût l'air à peu près décente. Martin, qu'il conduisait à présent par le poignet, titubait et se cognait un peu partout. Sean le fit asseoir au bord de la banquette, ferma la porte et augmenta l'éclairage. Martin laissa tomber sa tête sur sa poitrine. Sean s'assit à côté de lui.

— Ça va ?

— En ce moment ?

Sean se pencha vers lui pour essayer de distinguer son expression.

— En ce moment, en général, quand tu veux.

— Je suis vraiment le dernier des salauds.

— Pourquoi ?

Il ne répondit pas. Sean pensa qu'une cigarette serait la bienvenue, mais Martin ne semblait pas avoir pris son paquet ; il fit du regard le tour de sa serviette sans voir de renflement. Des gouttes de sueur perlaient sur la peau de Martin. Sean laissa courir un doigt sur son épaule, il le repoussa d'une secousse.

— Parce que tu es ici ?

Martin émit un son et Sean crut un instant qu'il pleurait, mais il renifla bruyamment, releva la tête sans ouvrir les yeux et soupira.

— J'ai appelé Henry et il n'y avait personne.

— Ah ?

— Absolument personne.

— Ah !

— Alors je me suis dit que j'allais venir ici.

Sean hocha la tête. Il y eut un silence. Des halètements et des gémissements lui parvenaient de l'autre côté de la mince cloison. Il toussa.

— Pourquoi ?

— Parce que je n'arrive pas à faire la différence entre les deux.

— Quels deux ?

— Si c'est lui ou si c'est moi. Si c'est lui en premier ou moi en premier, ou si tout ça se résume à rencontrer quelqu'un dans un pub et à passer la nuit avec lui, ou à se pointer quelque part, ici, dans un endroit comme ici, et à se vautrer…

Sean devina qu'il n'était pas aussi soûl qu'il voulait bien le laisser penser.

— Il n'y a pas de quoi en faire un drame, Martin. Ce n'est pas moi qui irai le lui dire.

— Tu ne comprends pas.

— Il ne te fait pas d'infidélités.

Martin ouvrit les yeux et le regarda.

— Comment tu le sais ?

Il n'en savait rien. Il haussa les épaules.

— Il n'attend pas que les choses se produisent. Il décide. Et il n'irait pas décider d'être infidèle. Ça ne lui ressemblerait pas.

Martin le fixait, sourcils froncés.

— Qu'est-ce que tu veux dire ?

— Henry a le sens de l'honneur – il rit. Il aime que les choses soient claires. S'il voulait s'envoyer en l'air à Paris, il commencerait par revenir ici pour rompre avec toi. Tu sais comment il est.

Martin acquiesça.

— Il a des idées bien arrêtées sur la façon dont on doit se conduire.

Martin se passa la main sur les jambes.

— Ça n'a rien à voir, dit-il lentement en tirant sur les fils qui pendaient de sa serviette. Tu ne lui parles pas. Moi si. J'entends sa voix quand il répond de sa chambre. Il parle en français. Il me dit « Allô » en français. Il se passe quelque chose. J'en suis sûr.

— Tu n'en sais rien.

— Si.

— Tu imagines.

Martin ne répondit pas.

— Tu supposes. Tu crois ça parce que tu penses que c'est ce que tu ferais si tu étais à sa place et donc tu décides de prendre les devants. Tu anticipes. Peut-être qu'il est plus fort que toi.

Martin changea légèrement de position.

— C'est ce que j'ai dit.

— Tu as dit quoi ?

— Que je ne devrais pas être ici. Que je ne suis qu'un…

— Allez, Martin, laisse tomber. Ce n'est pas grave. Je n'ai pas l'impression, en tout cas. Arrête de culpabiliser. Ne te rends pas malade.

— C'est comme dans un rêve. Il fait chaud, il y a des ombres partout, et tu essaies de ne pas voir les visages mais en fait tu ne vois que ça : des nuées de visages, et ce silence rempli de présences. Rien que des bouches et pas de mots.

Il se passa les mains sur le visage en tirant sur sa peau – le menton, le cou, jusqu'à la nuque.

— Et cette chaleur. C'est terrible ce que ça manque d'air ici. On se croirait dans l'eau, on a l'impression de mariner dans de l'eau tiède, on ne sent plus rien. Et puis tout ce gris. Tu as remarqué ? Et puis l'odeur, les yeux – tout le monde est pourri d'une façon ou d'une autre, on est tous en train de pourrir, on est comme des cadavres jetés là en vrac. Enfin, pas vraiment des cadavres non plus puisqu'il nous reste les yeux, c'est comme…

— Martin, c'est un sauna ici, c'est pas l'Enfer de Dante, merde !

Sean détestait la culpabilité. C'était de la complaisance, une forme de paresse. Comme une couche de graisse : inutilement pesante. Il venait au sauna pour se détendre, se reposer, jouir de la chaleur, errer dans un labyrinthe de possibles qui n'engageaient à rien. Après, il passait une bonne nuit.

Martin soupira, secoua lentement la tête.

— Ça me donne envie de vomir, c'est tout.

— Tu n'as rien fait, pour l'instant ?

— Non.

Sean promena un doigt le long du dos de Martin.

— Tu as été au hammam.

— Pas très longtemps. Et je n'ai rien fait – il regarda Sean : Je te le dirais si c'était le cas.

— Bon, eh bien rentre chez toi. Va-t'en. Si ça te tracasse à ce point. Prends une douche, habille-toi et rentre.

Il hocha la tête, la laissa retomber et contempla ses genoux.

— S'il me fait du mal, je veux pouvoir lui rendre coup pour coup. Je veux avoir des choses à lui raconter. Et si je me suis trompé, tant pis, j'aurai ça sur la conscience. Je me serai fait souffrir pour rien.

— Ouais, t'as raison : je ne connais rien de plus épouvantable, comme supplice, qu'une petite pipe dans un coin sombre.

— On n'est pas pareils, toi et moi.

— Ce doit être ça. Peut-être que je suis vieux jeu, après tout.

— Peut-être.

Ils descendirent boire un café ; Martin alla chercher ses cigarettes dans son casier. Il se sentait honteux. Ils s'assirent à l'écart dans la salle des vidéos ; Martin se tenait penché en avant, les coudes sur les genoux. Sean le regarda : presque nu, penaud ; ses cheveux courts miroitaient dans l'ombre ; sa peau séchait lentement. Il ne retrouverait peut-être pas de sitôt une occasion pareille de découvrir ce qu'il savait, ou du moins ce qu'il avait deviné.

— Comment va ta mère ?

— Nom de Dieu, quelle heure est-il ?

Sean lui désigna la pendule : il était plus de minuit et demi.

— J'espère qu'elle ne m'attend pas pour se coucher.

— Comment elle s'en sort ?

Martin haussa les épaules.

— Hier je l'ai surprise en train de pleurer, dit-il. Quelquefois elle a l'air… ailleurs. J'ai l'impression que je la déçois.

— On déçoit toujours.

— C'est vrai.

Il but son café et fit une moue. Soulagé que la conversation prenne un autre tour. Il sourit, se tourna vers Sean.

— C'est comme si elle m'était complètement sortie de la tête, tu vois, elle ne correspond plus au souvenir que j'en avais. Enfin, elle est comme dans mon souvenir mais en même temps elle n'est plus la même parce que tout le reste a changé. Elle est ici, et moi je suis différent. Elle est chez moi à présent. Plus rien n'est à sa place. En plus il y a la mort de mon père, tout ça…

— Est-ce qu'elle en parle ?

— De mon père ?

— Ouais.

— Non. Peut-être qu'elle en a envie. Je ne me sens pas à la hauteur. Je suis obsédé par Henry.

— Henry n'est pas là.

Il hocha la tête, souffla de la fumée dans son café, se caressa négligemment un genou.

Sean leva les yeux vers la porte et vit passer un confrère, qu'il avait déjà rencontré dans une autre rédaction : son regard croisa celui de Sean et se détourna.

— J'ai rencontré le type, commença-t-il – il s'arrêta. J'ai rencontré le type qui mène l'enquête. Je suppose qu'il t'a parlé.

— Quelle enquête ?

— Sur ton père.

— Une enquête sur mon père ?

— Il y a eu accident avec délit de fuite.

Martin ouvrait de grands yeux et fronçait les sourcils. Sean eut l'impression qu'il ne comprenait pas.

— Martin, quand il y a délit de fuite, il y a enquête.

— Oui, je sais. Comment tu l'as rencontré ?

Sean toussa. Il fallait qu'il sache exactement où il allait. Rester au plus près de la vérité et savoir quand s'en écarter.

— Je le connaissais déjà. De l'époque où ton père… L'histoire avec cette fille.

— Anne Killeen.

— Ouais, c'est ça.

Au plus près. Faire simple.

— Il s'appelle Brady. C'est lui qui enqu… qui est chargé de l'affaire. Je l'ai vu ce week-end, samedi, après votre départ.

Il but une gorgée de café, raffermit sa voix – trouver le juste milieu.

Il était sur Dame Street. Il devait sortir de l'*Olympia* ou quelque chose comme ça. En tout cas c'était par là. Je me suis présenté, il s'est souvenu de moi et on a un peu bavardé. Il m'a posé quelques questions sur toi.

— Sur moi ?

— Ouais.

— Pour savoir quoi ?

— À quoi tu ressemblais. Comment ça allait, quoi. Très formel, genre : il me semble que vous connaissez Martin Quinn, je crois savoir que sa mère est chez lui en ce moment. Tu vois le topo. Rien de bien grave.

Ça aurait pu se passer comme ça. Si Brady l'avait vu, s'il s'était souvenu de lui. S'ils s'étaient rencontrés dans la rue.

— Il n'est pas allé te voir ?

Martin lui lança un drôle de regard, et Sean se dit qu'il était allé trop loin. Mais Martin clignait des yeux, ouvrait la bouche et secouait la tête, fasciné.

— Non. Merde alors ! Comment est-ce qu'il savait… enfin, il savait que tu me connaissais ?

— Je ne sais pas. Il m'a aussi demandé si je connaissais ta mère.

Martin alluma une deuxième cigarette.

— Peut-être qu'il lui a parlé. Elle ne m'a rien dit.

— Je suis sûr qu'ils se sont vus.

— Ça fait quand même bizarre d'avoir un foutu flic qui pose des questions sur vous à droite et à gauche – il rit. J'espère que je ne figure pas parmi les suspects.

Sean sourit. Termina lentement son café. Frotta ses pieds nus sur le barreau froid du tabouret.

Dieu, qu'il était bête, ce Martin.

Il le regarda fumer et détailler tous les hommes qui passaient devant la porte jusqu'à ce que la fatigue prenne le dessus. Il était incapable de parler d'autre chose que de Henry. Chaque silence ramenait à Henry. Toutes les tentatives de Sean pour relancer la conversation se heurtaient au grand mystère Henry, à ce que Henry pouvait bien faire ou ne pas faire à Paris. Et pendant tout ce temps le regard inlassable de Martin glissait rapidement sur les gros ou les vieux, s'attardait sur les peaux de miel, fixait ceux qui venaient s'asseoir.

Il n'avait pas l'air de vouloir dessoûler. Il s'avachissait de plus en plus, revenait constamment à son idée fixe, la retournait sans relâche, jusqu'à ce que Sean finisse par se demander si Martin n'attendait pas qu'il s'en aille.

En s'habillant Sean se remémora l'accident avec la moto. Les gerbes d'étincelles du tuyau d'échappement quand il avait raclé l'asphalte. Le crissement du cuir. Par sa faute. Comme s'il avait suffi d'un événement totalement fortuit pour épuiser sa capacité d'influencer le cours des choses. Il avait été rendu impuissant par un coursier trop pressé et une voiture en stationnement. Désormais il tournait à vide.

Il embrassa Martin sur la joue et lui dit d'être sage. Martin fit oui d'un air grave.

— Juste une dernière cigarette, dit-il.

À la porte, Sean s'arrêta pour voir combien de temps Martin allait mettre pour remonter à l'étage. Mais au bout de quelques secondes il secoua la tête et se dirigea vers la sortie. Ce ne serait pas loyal. Cela ferait pencher la balance d'un côté et compromettrait son statut. Il cesserait d'être celui qui garde les secrets. Le confident.

Dans la rue, l'air froid le frappa de plein fouet. Il marcha jusqu'à sa voiture en serrant les bras autour de son corps, les jambes bien parallèles, attentif à ne pas se cogner les chevilles.

Un pied après l'autre, mesurer ses pas, surtout marcher droit.

GRACE

Son père possédait des atlas, des encyclopédies et des cartes accrochées aux murs, où l'Empire britannique figurait en rose. Au petit déjeuner il lui lisait des articles du *Sunday Times,* le soir c'était Jane Austen ou le *Marlborough* de Churchill, ou quelquefois, lorsqu'elle n'en pouvait plus, les passages les plus horribles des romans de Dickens. Il déclamait Tennyson d'une voix de stentor qui faisait rire sa mère. Il achetait d'onéreuses reproductions de tableaux étranges : Cléopâtre sur sa chaise, portée par de jeunes esclaves noirs aux épaules dénudées et au crâne rasé, Ophélie noyée. Un portrait de Keats lisant. Il lui fit apprendre les sonnets de Shakespeare, qu'elle récitait à des hôtes incapables de repérer ses erreurs. Un jour, il lui avait gravement offert un recueil de poèmes de Wilfred Owen, mais elle ne les avait pas aimés.

Il aurait voulu qu'elle fasse du chant, mais elle n'avait pas de voix. Ou du théâtre, mais elle était terrorisée à l'idée de se montrer, et il finit par cesser de l'encourager. Sa sœur était plus douée. Elle obtint un rôle dans *Le Mikado*.

Il passait des heures dans la petite pièce qu'il appelait son bureau, entouré de livres d'occasion, à noircir les pages jaunes d'un énorme cahier relié en cuir qu'il gardait dans un tiroir fermé à clé. Quand il mourut, la sœur dc Grace força la serrure pour lire ce qu'il contenait. De son propre aveu, elle n'y comprit pas grand-chose. Il existait toujours, enfermé quelque part, attendant que Grace vînt en tourner les pages pour entendre s'élever la voix de son père, sa voix désincarnée à force d'aspirer à ce qui n'était pas elle.

Elle écrirait à sa sœur. Lui demanderait de lui envoyer le cahier.

Elle n'arrivait pas à dormir.

Elle avait tenu Sean dans ses bras, elle lui avait montré les étoiles une par une et lui avait désigné la constellation qu'elle connaissait. La Grande Ourse. Elle n'en connaissait pas d'autre. Elle l'avait posé à terre pour décrocher le linge qui séchait sur le fil et le mettre sur son bras. Elle avait décroché les vêtements et les avait mis sur son bras, l'un après l'autre, puis elle s'était tournée vers l'obscurité, et il ne lui avait pas fallu longtemps pour comprendre qu'il était dans le fossé. C'était facile. Elle avait contemplé les vêtements propres, s'était retournée vers le fil et les y avait soigneusement replacés en se disant que quelques-uns tomberaient sans doute et se saliraient, mais que les autres tiendraient et qu'elle n'aurait pas besoin de les relaver. Alors seulement elle était allée chercher le corps de son fils noyé dans l'eau peu profonde du fossé, elle l'avait ramené à la maison et elle s'était assise en le tenant dans ses bras jusqu'au retour de son mari. Il l'avait frappée. Il l'avait frappée, il avait déchiré ses vêtements, il l'avait traînée dehors, il l'avait jetée dans le fossé et l'avait laissée là. Elle avait essayé de se noyer. Elle avait essayé de garder la tête sous l'eau et souhaité perdre conscience. Mais elle n'avait pas pu. Elle n'avait pas pu s'empêcher de respirer, n'avait pas pu s'empêcher de reprendre son souffle pour aspirer de longues goulées de ténèbres glacées. Quand elle était parvenue à s'extraire du fossé, elle avait vu tout le linge propre par terre – tout le linge, éparpillé et maculé de boue. Elle était restée longtemps assise sur l'herbe à le regarder. C'était l'image qui lui était revenue le plus longtemps par la suite – tous ces vêtements propres éparpillés dans la boue.

Aux petites heures du matin, qui sont les heures les plus noires, la porte d'entrée claqua et Grace se dressa dans son lit. Il y eut quelques instants de silence, un silence suspendu, puis il y eut des pas, les craquements du plancher, le grincement de la porte de la cuisine et le cliquetis de l'interrupteur.

Elle se dit que ce devait être Henry. Qu'il était revenu. Qu'il allait monter silencieusement l'escalier, passer devant sa porte, entrer dans l'autre chambre, se glisser dans le lit et prendre Martin dans ses bras. Qu'il n'avait pas supporté plus longtemps l'absence de son fils.

Elle entendit le robinet, l'eau qui coulait dans l'évier. Il y eut un nouveau silence, de courte durée. La porte de la salle de bains s'ouvrit, se referma, et elle crut distinguer un chuchotement. Des mots. Le bruit de la chasse d'eau, puis de nouveau la porte de la salle de bains. Des sons étouffés, qu'elle ne sut interpréter, comme le ronron d'une chaudière à bout de souffle dans un sous-sol. Et toujours le chuchotement, succession régulière de syllabes légères qu'elle ne pouvait déchiffrer.

Elle se demanda s'il était vraisemblable qu'elle entendît quelqu'un murmurer dans la cuisine. Sans doute était-elle trop loin. Peut-être son imagination lui jouait-elle des tours en prêtant une voix au silence. Ce n'était pas Henry.

Un verre se brisa. Le chuchotement cessa. Grace demeura immobile, une main à demi levée. Tout sembla tranquille un moment, puis elle entendit un juron, un sifflement plutôt, sorti du gosier d'un ivrogne, avec l'accent du Monaghan. Un nouveau juron, plus fort cette fois, puis un troisième, presque vociféré. Elle laissa sa main retomber lentement sur ses genoux et s'immobilisa pour mieux tendre l'oreille au vide silencieux qui la séparait de la cuisine.

Un coup de pied fit tinter sourdement les débris de verre. Il y eut un bruit de pas, celui de l'interrupteur, une porte se ferma et les pas reprirent dans l'escalier, séparés par des intervalles irréguliers. Grace se coula dans son lit et resta étendue sans bouger. Une épaule raclait le papier peint, déplaçant les cadres en bois des tableaux sur le mur, la rampe grinça sous la pression d'une main qui l'agrippait. Elle perçut une respiration.

Elle se retourna sur le côté et leva les jambes jusqu'à ramener ses genoux contre sa poitrine. Il était derrière la porte, s'arrêtait, reprenait son équilibre. Elle entoura ses jambes de ses bras, plongea sa tête entre ses genoux, sentit palpiter l'imperceptible vague d'apaisement qu'elle connaissait bien et qui s'installait quelque part entre ses omoplates comme une main ; un moment de chaleur, de clarté et de réconfort qui avait le visage de son père. Elle entendit la porte s'ouvrir et retint son souffle. Elle essaya de détendre ses muscles.

Il y eut un bruit, qu'elle prit pour des pas. Des pieds qui se déplaçaient dans la chambre et qui s'approchaient d'elle. Elle pensa à cela parce que c'était cela qu'elle attendait. Mais c'était un bruit d'une tout autre nature, que tout d'abord elle ne sut identifier. Un bruit inconnu, déroutant, effrayant. Puis elle se rendit compte que c'était une porte qu'on fermait.

C'était Martin. Martin sur le petit palier, qui avait ouvert la porte de sa propre chambre. C'était son fils qui allait se coucher. Il ne s'était rien passé d'autre.

Elle resta quelques instants immobile. Alors, lentement, elle relâcha ses muscles, s'allongea et permit à son corps de se détendre. Elle ouvrit les yeux, scruta l'obscurité et reconnut les formes de la chambre qu'elle occupait dans la maison de Martin, les ombres calmes qui l'entouraient.

Elle laissa les souvenirs affluer. Elle retrouva les mots pour les décrire et se les récita sans bruit, lentement, comme un enfant qui prie. Elle s'abandonna à l'évocation de ce qu'elle avait commis.

Elle se rappela le froid qu'il faisait cette nuit-là – la voiture qui avait démarré du premier coup. Elle se souvint d'avoir pensé que c'était un bon présage, et elle s'étonna d'avoir eu une idée pareille. Elle se demanda s'il avait souffert. Si le froid avait adouci ou avivé ses souffrances. Elle se demanda pourquoi elle n'avait pas pleuré, puis elle se dit qu'elle l'avait peut-être fait sur le chemin du retour, au volant de sa voiture délabrée, sous le ciel noir et glacé, la tête pleine de tout ce misérable gâchis.

Elle revit les cheveux de son mari dans le clair de lune. Sa tête grise inclinée, ses mains pâles jointes dans le clair de lune. Puis elle fronça les sourcils et se mordit le pouce. Elle n'était plus très sûre, elle ne se rappelait plus très bien… Y avait-il un clair de lune ?

Au petit déjeuner, Martin fut silencieux. Il n'avait pas l'air en forme. Lendemain difficile. Il s'excusa de ne pas avoir ramassé le verre qu'il avait brisé. Il était mal à l'aise. Il commença par repousser son assiette, puis se mit à picorer distraitement en buvant tasse de thé sur tasse de thé. Il était pâle et gardait les yeux baissés. Il beurra quelques tartines auxquelles il ne toucha pas. Il fit un bond en entendant la boîte aux lettres, ferma les yeux et soupira. Lorsque le signal sonore de la radio indiqua qu'il était huit heures et que le présentateur annonça les titres des nouvelles, il fronça les sourcils comme s'il cherchait à se rappeler quelque chose.

— On est quel jour aujourd'hui ?

Grace fit une mimique d'ignorance.

— Il vient de le dire !

— Je n'ai pas entendu.

Il sortit de la pièce et resta absent une bonne vingtaine de minutes. Il ne réapparut que pour dire au revoir. Grace entendit claquer la porte d'entrée, et se demanda ce qu'elle allait bien pouvoir faire des saucisses, des croquettes de pommes de terre et des œufs qu'il n'avait pas mangés. Elle se resservit une tasse de thé, écouta les hommes politiques débattre de l'affaire X*** à la radio. Elle décida de jeter la nourriture à la poubelle.

Le temps était à la neige. L'air froid était sans pitié, et ses joues lui faisaient mal. Le ciel gris semblait s'être solidifié.

Elle erra dans le centre-ville. Elle se retrouva au rayon art de plusieurs grandes librairies, en train de tourner les pages glacées de lourds volumes reliés, à la recherche de quelque chose qu'elle ne trouva pas.

Elle acheta un exemplaire d'occasion de *Temps difficiles* – il semblait y en avoir des centaines – et entra s'asseoir dans un café de Dawson Street. L'après-midi se fondait dans le soir, le ciel s'obscurcissait, une grande ombre s'y épanouissait comme un nuage d'encre se dilue dans l'eau. Elle commença à lire, puis regarda dans la rue et vit un petit garçon aux cheveux en brosse vêtu d'un anorak bleu qui tenait une boîte en carton à la main. Il était clair qu'il mendiait – il tendait la boîte aux passants –, mais Grace se dit que si on ne l'avait pas su on aurait pu croire qu'il leur offrait quelque chose, un cadeau, qu'il faisait don à des étrangers d'un peu de lui-même.

Elle finit son café et sortit dans le froid. L'enfant était maintenant sur l'autre trottoir, avec son jean troué aux genoux, son visage rond aux traits marqués levé vers le ciel. Elle hésita à traverser pour lui donner un peu d'argent, mais elle se retint. Il disait quelque chose aux gens, et personne ne l'écoutait. Personne ne lui donnait rien. Elle prit la direction de St. Stephen's Green. La nuit était tombée. Elle se retourna et le vit qui s'insinuait dans la foule des piétons, comme un intrus, un étranger lançant ses incantations, les bras tendus dans un geste d'offrande. Sa bénédiction s'élevait dans l'air glacé.

Elle poursuivit sa marche vers le parc.

Sa mère en train de prier, jetant des paroles vers le ciel. Son mari, recroquevillé à la lisière du monde. Lançant des prières vers le ciel.

Elle n'aimait pas penser à lui. Tout s'était fondu en une image unique qui éclipsait tout le reste. Une masse confuse où apparaissaient des arbres, un ciel noir, une route glacée et un tas de vieux vêtements éclairés par des phares. L'image lui apparaissait et ne la quittait plus, elle rampait sournoisement comme un animal blessé. Comme si elle ne l'avait pas tué. Pas la première fois. Comme si elle avait fait demi-tour, qu'elle fût revenue et l'eût trouvé encore vivant, respirant avec peine, un râle d'air froid s'échappant de sa bouche ensanglantée, la cage thoracique enfoncée et la main levée vers elle, sa main tailladée portant, imprimé dans sa chair, le motif dessiné par les cailloux de la route.

À l'angle de Cuffe Street elle s'arrêta au feu et rajusta son écharpe en serrant les dents.

Elle pensa à ce qu'elle aurait fait alors. Elle aurait dû lui repasser sur le corps. Écraser une autre partie de son corps, l'achever. Aurait-ce été plus douloureux la seconde fois ? Elle aurait avalé sa salive et elle aurait pleuré, elle aurait dû s'obliger à appuyer à fond sur la pédale. Elle savait qu'elle aurait hurlé si elle avait dû le faire une seconde fois. Elle aurait hurlé, elle aurait tordu le volant avec ses doigts crispés, elle aurait foncé dans le fossé et terminé sa course dans les buissons, la voiture fracassée contre les arbres, la tête contre le pare-brise, elle aurait senti le froid à l'extérieur et la vie qui s'écoule, le dernier acte, l'étape la plus difficile. Elle comprenait cela.

Elle remonta Camden Street.

Son livre. Elle avait laissé son livre au café. À peine entamé. « La seule chose nécessaire[1] ». Elle s'arrêta, tapa du pied, reprit sa route.

Il priait. Que pouvait-il bien dire ? Rien que de très formel sans doute ; une dizaine de rosaire. Elle ne se rappelait pas exactement ce qui composait le rosaire. Elle se rappelait le « Notre Père ». À l'heure où je m'endors. Je vous salue Marie, pleine de grâce. Ça l'avait toujours fait rire. Bénissez-nous, Seigneur. Bénissez-moi, mon père. Bénissez-moi.

À l'heure où je m'endors, veillez sur moi, Seigneur, et si je meurs avant l'aurore, accueillez-moi, Seigneur.

Était-ce cela, prier ? Prononcer mentalement ces mots en pensant à son mari ratatiné dans le faisceau

1. Titre du premier chapitre de la première partie de *Temps difficiles*, roman de Charles Dickens (1854), où il est expliqué aux élèves que « Dans la vie on n'a besoin que de Faits ».

des phares, agenouillé près des fleurs sombres au bord de la route gelée ? Est-ce qu'elle était en train de prier ? Penser à lui ? Priait-elle pour lui, là ?

Là. À la fin des phrases. Je m'en vais, là. Il remuait toujours la tête comme pour se rassurer lui-même. Je suis parti, là.

Elle remonta Richmond Street. De la vapeur s'élevait au-dessus des véhicules arrêtés au feu. Il y avait de la neige dans l'air, elle tombait lentement sur le macadam et se dissolvait sans bruit pour disparaître on ne savait où. Grace s'arrêta au coin de la rue et fouilla l'obscurité, la tête rejetée si loin en arrière que son cou lui fit mal. De minuscules flocons blancs tourbillonnaient et descendaient mollement vers elle. Elle pensa au Monaghan, qui devait être couvert de neige. Elle pensa à la partie étroite de la route, aux fleurs posées contre la haie. Elle imagina la neige accumulée sur les pétales éclatants et sur les tiges vertes, se fondant peu à peu dans la couleur, mêlant le clair et l'obscur pour aboutir à un mélange très pur, une demi-teinte délavée qui se déposait en taches colorées sur le sol gris.

Ses yeux s'étaient fermés. Elle les rouvrit, baissa la tête et reprit sa route vers la maison de son fils.

Il rentra plus tard que d'habitude. Il l'embrassa sur la joue et posa une main glacée sur son visage ; elle frissonna.

Elle ne lui avait rien préparé. Il préférait se faire lui-même à manger.

— Tu sais quel jour on est ? demanda-t-il.

— Non.

— C'est la Saint-Valentin ! dit-il, et il lui tendit un œillet rose en souriant.

— Martin !

Elle s'assit dans la cuisine pendant qu'il se préparait à dîner. Il avait l'air de bonne humeur, mais elle n'était pas convaincue. Il éplucha des pommes de terre, coupa des tomates et battit des œufs sans cesser de lui faire la conversation. Il portait une chemise beige clair dont il avait relevé les manches et une cravate bleue au nœud bien serré.

— J'ai reçu une carte de Henry, et naturellement j'ai oublié de lui en envoyer une, il va falloir que je lui téléphone avant qu'il m'appelle. J'ai essayé de penser à ce que je pourrais encore envoyer aujourd'hui, tu vois, quelque chose qu'il aurait pu recevoir avant ce soir. Je suis même allé me renseigner pour savoir combien ça coûterait d'envoyer des fleurs à Paris. En fait, ça reviendrait moins cher si je les lui apportais moi-même ! Tu veux une omelette ?

— Non, je te remercie.

— Je lui ai téléphoné à midi en me disant qu'il serait peut-être chez lui, mais il n'était pas là. Je crois que le vendredi est une journée chargée pour lui aussi. D'habitude c'est lui qui m'appelle parce qu'il rentre souvent très tard, mais je vais quand même essayer. En fait, si tu veux bien surveiller ça, je vais le faire tout de suite.

Elle s'approcha des plaques et aéra son omelette. Elle était sûre qu'il n'avait pas laissé bouillir les pommes de terre assez longtemps. Elles commençaient à peine à grésiller, petits îlots cubiques sur une mer jaune pâle.

Elle avait envie de lui parler de Brady.

— Pas de réponse, lança-t-il.

— C'était comment hier soir ?

— Super.

— Est-ce que tu as vu Sean ?

Il la regarda.

— Oui.

— Comment va-t-il ?

— Très bien. Est-ce que tu sais que ça fait une semaine aujourd'hui que tu es ici ?

— Non, c'est vrai ? J'avais l'impression que ça faisait plus longtemps.

Il rit, desserra le nœud de sa cravate, qu'il enleva et posa soigneusement sur le dossier d'une chaise.

— Le policier qui est… commença-t-elle.

— Brady, dit-il, le dos tourné.

— C'est ça. Comment le sais-tu ?

— Sean l'a rencontré.

Elle fixait ses omoplates, qui tendaient le mince tissu de sa chemise quand il se penchait.

— Hier soir ?

— Non, non. Le week-end dernier. Samedi.

Elle joignit les mains.

— Qu'est-ce qu'il a dit ?

Martin avait levé la tête et regardait par la fenêtre de la cour. Elle crut un instant qu'il cherchait à l'apercevoir dans la vitre, mais elle ne voyait pas son visage. Il était immobile.

— Qui ?

— Sean. Qu'est-ce qu'il a dit à propos de Brady ?

— Rien de spécial. Il le connaît, tu comprends, enfin vaguement. Il s'est simplement présenté et il lui a demandé comment ça allait, je suppose. Brady n'a pas dit grand-chose. Il a mentionné mon nom. Demandé comment Sean me connaissait. Comment tu allais, ce genre de trucs.

— Samedi dernier ?

— Apparemment.

Il n'avait pas bougé. Elle n'aurait su dire s'il examinait son reflet ou s'il regardait dans le vide.

— Pourquoi tu parles de lui ?

— Quoi ?

— Brady. Il s'est manifesté ?

Elle le vit pencher de nouveau la tête pour surveiller la poêle. Son coude allait et venait en cadence tandis qu'il détachait les bords de l'omelette.

— Oui – elle parlait très lentement. Il est venu ici. Hier soir.

Martin fit pivoter son buste et la regarda. Son visage était rougi par la chaleur. Elle remarqua les plis sur son cou.

— Il y a du nouveau ?

Elle soutint son regard, qui ne se détourna pas.

— Non, dit-elle.

Son regard. Complètement passif. Il la considéra un moment, puis hocha la tête et se retourna. Il avait changé. Elle n'arrivait plus à savoir quand il mentait.

Il appela Henry pendant que Grace faisait du thé dans la cuisine. Elle écouta le murmure de la voix de son fils sans pouvoir distinguer ses paroles.

Une idée lui vint à l'esprit : peut-être que tout le monde savait et que tout le monde s'en moquait. Que Sean avait deviné et que ça lui était égal. Qu'il l'avait dit à Martin et que ça n'avait pas d'importance pour lui non plus. Il lui avait offert une fleur. Elle la regarda, dressée dans son vase noir contre la vitre noire comme un reste de ciel. Elle n'arrivait pas à décider ce qui serait le pire – que son fils sache qu'elle avait tué son père et que ça lui soit égal, ou qu'il la soupçonne et essaie de la faire avouer en lui parlant de Brady. Et puis il y avait Sean. Il pouvait très bien mentir à Martin pour essayer de savoir ce qu'il avait appris. Une espèce d'interrogatoire à distance. Sean, le nom de son fils.

Martin raccrocha et Grace ralluma la bouilloire.

— Henry te dit bonjour.

— Comment va-t-il ?

— Fatigué.

Ils prirent une tasse de thé et regardèrent les informations ; l'affaire X*** s'y taillait la part du lion, même à la BBC. Martin lui posait de temps à autre des questions anodines à propos de Brady. Ce qu'il faisait, ce qu'il pensait. Si elle lui avait dit où elle habitait. Oui, elle le lui avait dit. S'ils avaient une piste – il utilisa ce mot : « piste ». Elle répondit que Brady n'en avait pas parlé.

— D'après toi, qu'est-ce qui s'est passé ? demanda-t-il, les yeux fixés sur l'écran, les mains autour de sa tasse, vautré dans son fauteuil comme s'il dormait.

— Je ne sais pas.

Il la regarda par en dessous.

— Tu as l'intention de rester ici ?

— Oui.

Il hocha la tête.

— Je vais vendre la ferme et rester à Dublin. Essayer de trouver un petit appartement. Tu penses que c'est une bonne idée ?

Il ne répondit pas tout de suite, se retourna vers la télévision.

— Bien sûr.

L'écran dessinait des lignes et projetait des taches de lumière sur son visage. Grace n'arrivait pas à saisir son expression. Elle n'aurait pu dire s'il souriait, s'il était soucieux ou indifférent. Elle n'arrivait pas à découvrir ce qu'il pensait, ce qu'il savait, encore moins établir de lien entre les deux. Il changea de chaîne avec la télécommande, toussa, croisa les jambes. Elle avait beau l'observer au repos et en mouvement, l'écouter respirer, il demeurait une énigme.

Elle pensa à Sean. Le nom de son fils mort. Pour la première fois, elle se demanda ce que cela signifiait.

MARTIN

Le samedi il fit la grasse matinée, et sa mère aussi. Ils se retrouvèrent tous les deux dans la cuisine sur le coup de midi, en robe de chambre et pantoufles, serrant frileusement leur tasse de café auprès du radiateur. La neige n'avait pas tenu. Il y avait des plaques de gelée blanc sale dans les coins de la cour, de la glace sur le ciment. Le ciel lourd et gris était si bas qu'il semblait vouloir enfoncer le froid dans le sol.

Elle le dévisageait. Il n'avait pas besoin de tourner la tête pour sentir son regard. Il coupa du pain et beurra des tartines, gratta la barbe naissante sur ses joues. Il avait l'impression de sentir sa propre haleine. Il partit d'une toux rauque qui alarma immédiatement sa mère : elle pencha légèrement la tête, inquiète.

— Quoi ? aboya-t-il alors qu'il n'avait nullement l'intention d'aboyer.

— Rien.

Il mangea, but lentement son café, puis il se tourna vers elle et lui demanda ce qu'elle voulait faire. Elle haussa les épaules.

Toute la journée elle resta dans la cuisine, comme si elle attendait. Il sortit faire des courses et quand il rentra elle était en train de faire la vaisselle. Quand il eut pris sa douche, elle s'était attaquée au sol. Il lui dit que ce n'était pas nécessaire mais une fois de plus elle haussa les épaules, et Martin commença à craindre une dispute. Une fois habillé, il resta au salon à lire le journal jusqu'à ce qu'il sente une odeur de pain chaud ; il se rendit dans la cuisine : elle faisait les mots croisés du journal du dimanche précédent.

— On peut gagner du whisky, dit-elle.

Il la regarda fixement.

— Tu ne bois pas de whisky.

— Je peux apprendre.

Sa réponse le fit sourire, mais plus tard, tandis que le pain refroidissait, il la trouva debout sur une chaise, munie d'un balai encapuchonné d'un chiffon jaune, chassant la poussière et les toiles d'araignée aux quatre coins du plafond.

— Bon sang, maman ! Tu vas te casser quelque chose !

— Veux-tu couvrir le pain, Martin, s'il te plaît ?

Il jeta un torchon propre sur les miches et soupira.

— Dommage que la neige ait fondu, dit-elle.

Il vint se placer à côté d'elle pour maintenir la chaise. Elle passait sa tête-de-loup improvisée au-dessus de la porte.

— Tu te rappelles quand on allait se promener dans la neige ? Tu me faisais des croche-pieds dans les descentes et tu plongeais après moi. On aurait pu se tuer si on était tombés sur un rocher !

— Je ne le faisais que quand je savais qu'on ne risquait rien.

— Et puis on essayait de se sécher avant d'arriver à la maison… On agitait nos manteaux et ça faisait voler des nuages de neige. Tu disais qu'on envoyait des signaux de fumée. C'était ta période Far West. Tu te rappelles ?

— Ouais, je me rappelle.

Elle eut un grand sourire et descendit de la chaise en prenant appui sur son épaule.

— Dommage que tout ait fondu.

Il lui prit le balai des mains.

Il ne reparut plus dans la cuisine de la journée. À l'heure du thé il revint s'asseoir à la table, coupa du pain et se mit à parler de façon qu'elle ne pût l'interrompre. Il parlait comme si le silence était un luxe, comme si un seul mot de sa mère eût risqué de rompre quelque sortilège. Il jacassait sans trêve, craignant que, si elle commençait à parler, elle ne détruise le présent, le démantèle mot à mot, le fasse disparaître. Il galopait à travers les mots, se trompait dans leur sens, trébuchait sur les noms, bégayait, de plus en plus convaincu à mesure qu'il s'échauffait que sa mère pouvait le démasquer avec une de ses histoires, le ramener à lui-même, réduire sa vie aux quelques hectares où il avait vécu son enfance. Il pensait qu'elle pouvait le tuer si elle le voulait. Lui rappeler d'où il venait. Délacer sa vie et s'en débarrasser d'une secousse, comme on fait d'un soulier. L'anéantir.

GRACE

Elle attendit jusqu'à ce que le bruit de ses pas ait disparu. Il était sorti pour la soirée. Elle tendit l'oreille, tendue, crispée, prête à entendre frapper à la porte. Lorsque Martin était absent et qu'il n'y avait pas de lumière au rez-de-chaussée, la maison lui semblait ouverte à tous les vents, sans plus de consistance qu'une ombre sur le sol. Elle se fit toute petite. Puis elle alla au salon et chercha le numéro de Sean dans le petit répertoire près du téléphone.

Pas de réponse.

Elle attendit, recommença. Puis elle mit son manteau et sortit par les rues noires.

Elle tourna en rond un bon moment et repassa à plusieurs reprises devant la maison en venant de diverses directions, l'abordant chaque fois sous un angle différent et s'efforçant d'y trouver un signe de bienvenue, de la prendre par surprise pour qu'elle la prenne en sympathie. Mais la maison ne voulut rien savoir. Elle refit le numéro de Sean d'une cabine devant la banque. Toujours rien. Il devait être avec Martin à l'heure qu'il était. Ils devaient être au pub en train de boire et de bavarder. Grace savait qu'ils avaient rendez-vous.

Elle se dirigea vers le centre-ville.

Des voitures ronronnaient au ras du sol. Les lumières trouaient l'obscurité ; on se serait attendu à ce qu'elles y laissent pénétrer un peu de chaleur, mais il n'en était rien.

Elle prit un café au bar de l'hôtel *Shelbourne*, puis commanda un baby qu'elle s'efforça d'avaler en observant timidement la foule cossue qui franchissait la porte à tambour. Elle fit deux fois le tour de St. Stephen's Green sans trouver l'entrée. Elle regardait trop souvent l'heure, qui semblait avancer d'autant plus lentement. Elle s'assit un moment sur un banc. De retour au *Shelbourne* pour utiliser les toilettes, elle se cogna contre une femme qui lui demanda une cigarette.

— File-moi une clope.

— Je ne fume pas.

— Salope.

Elle s'arrêta à une station de bus et compta neuf bus. Vers onze heures et demie, au moment où les gens quittaient les pubs, elle s'éloigna du square et se dirigea vers la boîte gay où Martin devait retrouver ses amis. Sean serait parmi eux. Ils y seraient, elle pourrait les voir – les voir entrer.

Elle trouva sans peine le bâtiment à cause du martèlement de la musique et de la lueur rougeoyante qui sortaient du sous-sol. Une petite plaque brillante près de la porte indiquait le nom du club. Il n'y avait personne dans la rue. Il était encore tôt.

Elle ne savait pas exactement ce qu'elle allait faire. Elle se posta dans l'ombre de l'autre côté de la rue, contre un mur, près d'un porche, pour surveiller l'entrée du club sans être vue. Elle se sentait bête. Elle ne pouvait pas décemment les aborder. Il ne fallait pas que Martin la voie. Elle pensa qu'elle pourrait peut-être les laisser entrer puis demander qu'on appelle Sean. Elle serait peut-être capable de faire ça.

Cinq bonnes minutes passèrent avant qu'elle vît arriver les premiers, un groupe de cinq jeunes gens hilares qui se mirent à battre la semelle en attendant l'ouverture des portes. Le videur portait un anorak par-dessus son complet. Il regarda de l'autre côté de la rue mais ne sembla pas la remarquer.

Pendant près d'une heure elle vit arriver des hommes en couples, en groupes, quelquefois seuls. Jeunes pour la plupart. Elle se recroquevilla, serra son manteau contre sa poitrine et croisa les bras. Ils riaient et parlaient fort.

Elle commençait à se sentir gelée et à avoir envie de partir lorsqu'une voiture s'arrêta le long du trottoir ; Martin et Philip en descendirent vivement et la voiture redémarra dans un crissement de pneus. Grace eut le temps d'apercevoir Sean au volant, qui inspectait les alentours. Elle recula dans l'ombre du porche et le suivit des yeux. Il remonta la rue, passa l'embranchement au-delà duquel le trafic s'écoulait vers St. Stephen's Green et s'engagea dans une impasse, où il ralentit pour opérer un demi-tour maladroit malgré l'ample marge de manœuvre dont il disposait.

Martin et Philip étaient déjà en haut du perron. Ils ne s'étaient pas retournés. Philip avait engagé la conversation avec une connaissance. Martin rentrait la tête dans les épaules, les mains enfoncées dans les poches de son blouson. Ils passèrent la porte et Grace s'assura qu'ils avaient disparu avant de sortir de l'ombre et de descendre les deux marches qui la séparaient de la rue. Elle traversa en diagonale, comme si les coups sourds de la musique et le vacarme de la foule déviaient sa trajectoire à la manière d'une bourrasque et la poussaient sur l'autre trottoir, vers les zones de silence où Sean s'était arrêté.

Elle vit apparaître sa silhouette qui se dirigeait vers elle à vive allure. Il jeta un dernier coup d'œil à sa voiture en boutonnant son manteau et leva les yeux sur Grace sans la reconnaître. Elle lui fit face et il la regarda plus attentivement, hésita puis s'immobilisa avant de s'approcher à pas plus mesurés.

— Mrs. Quinn ?

— Je suis contente de vous trouver ici. Avant que vous soyez entré, je veux dire.

Il regarda derrière lui, s'éclaircit la gorge.

— Est-ce que ça va ?

Il porta une main à sa bouche et regarda par-dessus l'épaule de Grace, l'air un peu désorienté.

— J'ai essayé de vous appeler, mais vous étiez déjà parti retrouver Martin. Il m'avait dit que vous deviez vous voir. Que vous seriez là. J'avais besoin de vous parler.

— Il vient juste d'entrer. À l'instant.

Elle hocha la tête. L'haleine de Sean s'élevait en nuages gris.

— Il ne vous a pas vue ?

— Non. C'est à vous que je voulais parler.

Il y eut un silence ; Grace attendait qu'il lui demandât d'être plus précise, mais Sean se contenta de la regarder pendant toute une minute, puis son assurance parut l'abandonner, il esquissa un pâle sourire et fit un geste des bras qui semblait l'inviter à dire ce qu'elle avait sur le cœur.

— Vous avez parlé à Brady ? demanda-t-elle d'une voix plus calme qu'elle ne l'eût espéré.

— Brady ?

— Le policier. Il s'appelle Brady.

Sean fit signe que oui.

— Quand ?

— Quand ? – il se gratta la joue. Lundi. Au téléphone. Il n'a rien voulu me dire.

— Est-ce que vous avez dit à Martin que vous l'aviez vu ?

Il fronça les sourcils comme pour s'excuser.

— Eh bien oui, en fait. Je suis désolé. Mais je n'ai pas dit que c'était moi qui avais appelé. Il aurait voulu savoir pourquoi.

Elle renifla. Il renifla. Elle avait vraiment très froid – ce n'était pas très bon pour elle.

— Pourquoi ?

Il se taisait. Grace le regarda. Il se gratta de nouveau la joue.

— Écoutez, dit-il, nous pourrions aller bavarder quelque part, qu'en pensez-vous ? Il fait froid ici. On pourrait prendre la voiture et aller boire un café. Tenez, pourquoi n'irions-nous pas chez moi ? Il ferait meilleur, et il n'y aurait personne pour nous interrompre. Je vous préparerais quelque chose à manger et nous pourrions bavarder tranquillement.

Elle jeta un coup d'œil vers le club. Il y avait toujours la queue devant la porte, d'où s'élevait un halo de vapeur rougeâtre.

— Ils ne vont pas vous attendre à l'intérieur ?

— Non. Ils ne s'apercevront même pas de mon absence.

— Vous avez vu Brady au pub, n'est-ce pas ?

— Oui.

— Et vous pensez que vous savez à quoi vous en tenir.

Il prit un air gêné et baissa la tête.

— Rentrez avec moi. Je préparerai quelque chose à manger. Nous pourrons parler. Ensuite je vous ramènerai chez vous. Venez.

Grace hésita un instant puis le suivit lentement jusqu'à sa voiture. Il se retournait de temps à autre comme s'il craignait qu'elle ne changeât d'avis.

Ils passèrent sous l'arche sombre de Christ Church, descendirent jusqu'à la rivière et prirent par les quartiers nord, que Grace ne connaissait pas. La chaussée semblait recouverte d'une peau, un mince voile de lumières reflétées dans les flaques, comme une vieille suée refroidie par le vent. Ils traversèrent les pavés gras d'une grande place jonchée de débris de cagettes ; dans un coin, un groupe de jeunes gens se passaient une bouteille de plastique marron. Deux filles en training, leurs cheveux teints tombant en petites tresses sur leurs épaules, se mirent à courir derrière la voiture. Grace ne comprit pas ce qu'elles voulaient. Elles disparurent.

Sean conduisait si bizarrement que Grace lui demanda s'il avait bu. Il rit.

— Ce n'est pas ça, c'est juste que je ne suis pas très bon conducteur.

Il vit le feu rouge un peu tard, donna un violent coup de frein qui envoya Grace dinguer contre sa ceinture et s'arrêta en plein milieu du carrefour. Il rit et s'excusa.

Il n'y avait pas beaucoup de circulation. Ils passèrent sous l'ombre noire d'une église tapie en retrait de la route. Grace se pencha devant Sean pour essayer de la voir, d'évaluer la taille des clochers, d'apercevoir la partie supérieure des vitraux, mais elle était trop haute, son sommet se perdait quelque part dans les ténèbres.

— On y est presque, dit Sean.

Ils bifurquèrent dans une longue rue sinueuse bordée d'arbres, de grandes maisons décrépites et de lumières orange.

— Où sommes-nous ?

— Sur North Circular. C'est juste là.

Ils s'engagèrent dans une impasse cernée de grosses maisons en brique rouge. Sean s'arrêta le long du trottoir et coupa le moteur.

— Nous y voilà, dit-il.

Nouveau rire. Ils descendirent de la voiture.

Le jardin était un fouillis de mauvaises herbes et de détritus, sans attrait ni surprise. Il verrouilla la voiture et la conduisit rapidement à la porte de la maison.

— Désolé, ce n'est pas vraiment nickel. J'ai un peu de mal avec ce genre de choses. Je fais un gros ménage à peu près une fois par mois. On dirait que c'est le moment.

Il la précéda vivement pour éclairer une entrée sombre aux meubles rares. Difficile d'imaginer ça comme l'intérieur d'un jeune homme. Elle distingua les premières marches d'un escalier long et étroit, couvert d'un tapis décoloré, usé jusqu'à la corde, disparaissant dans une obscurité totale qui la mit mal à l'aise.

Il ouvrit une porte et Grace le suivit dans un petit salon meublé d'un canapé, de deux fauteuils à l'air confortable, d'un bureau avec un ordinateur et des piles de livres et de papiers, ainsi que d'un poste de télévision posé dans un âtre en marbre de facture classique.

Il alluma quelques vagues lampes et une espèce de radiateur, tira les rideaux et prit le manteau de Grace, qu'il étendit approximativement sur le dossier d'une chaise à côté du bureau.

— Je vais faire du café, ça vous dit ? À moins que vous ne préfériez du thé ?

Elle haussa les épaules.

— Allons-y pour le café.

— Ça marche. Mettez-vous à l'aise. J'en ai pour une minute. Allumez la télé, faites comme chez vous.

Il éteignit le plafonnier et disparut.

Grace prit une inspiration et regarda autour d'elle. Le sol était jonché de magazines et de journaux. Il y avait des verres, des tasses et quelques assiettes sur le bureau et sur le manteau de la cheminée. Des cassettes vidéo éparses à côté de la télévision, bien qu'il n'y eût pas de magnétoscope en vue. Ça sentait un peu le renfermé.

Elle s'assit dans le fauteuil le plus proche du radiateur. Tout était calme. On n'entendait même pas la circulation. Elle ne l'entendait pas lui non plus. Elle essaya de réfléchir à ce qu'ils allaient pouvoir se dire. À ce qu'elle désirait. Mais ses pensées ne parvenaient à s'arrêter sur rien de précis. Elle se rendit compte qu'elle était en train d'examiner les rideaux d'un œil critique et de se préoccuper de savoir s'il apporterait quelque chose à manger. Elle avait faim. Elle se demanda qui d'elle ou de Martin rentrerait le premier.

Sean finit par réapparaître avec un plateau garni de tasses et de soucoupes, d'un pot de café et d'un paquet de biscuits. Il avait troqué son manteau contre une veste en tweed trop grande pour lui.

— Et voilà.

Il posa le plateau par terre et s'affaira avec les tasses et les soucoupes avant de courir chercher des petites cuillers et une assiette dans la cuisine. Il revint, s'assit en face de Grace et lui sourit.

— Ça ira ?

— C'est parfait.

— Servez-vous, les biscuits sont là pour ça.

— Merci.

Ils se faisaient face sans rien dire. Grace avait décidé de ne pas parler la première. Elle ne savait par quoi commencer. Sean buvait son café à petites gorgées sans cesser de la regarder. Il souriait. Il n'avait pas touché aux biscuits. Le silence se prolongea plusieurs minutes mais Grace n'éprouvait ni gêne ni impatience ; seulement un sentiment de curiosité proche de la fascination pour ce qui allait se passer, ce qu'ils allaient pouvoir échanger. Comme s'il s'agissait d'un jeu. Le sourire de Sean commença à la gagner, et elle y répondit. Finalement il soupira.

— Bon, dit-il, je suppose que je devrais vous parler de Brady.

Grace ne répondit pas. Elle hocha imperceptiblement la tête.

— Il n'y a pas grand-chose à dire, en fait. Je le connaissais parce que j'avais couvert l'affaire de votre mari devant les tribunaux. J'avais eu l'occasion de lui parler à ce moment-là et je me suis souvenu de lui – bien que lui ne se souvienne pas de moi, naturellement. L'autre soir, au pub, je l'ai reconnu quand il est entré. Je l'ai vu entrer, fureter un peu partout, regarder longuement Martin et s'en aller. Je n'étais pas complètement sûr. J'étais sur le point d'en toucher un mot à Martin quand Philip arrive en courant pour nous avertir que vous aviez eu un malaise dans les toilettes. Là-dessus, voilà qu'il nous apprend que vous aviez cru voir votre mari. Ça faisait un peu beaucoup – il s'interrompit, porta sa tasse à ses lèvres. Je n'y ai pas cru.

— Non.

— Alors j'ai commencé à me poser des questions. À me demander ce que Brady venait faire là. Pourquoi vous aviez eu cette réaction.

— Vous en avez parlé à Martin ?

— Non. Lundi j'ai appelé Brady. Lundi dernier – il sourit : Pas eu moyen d'en tirer quoi que ce soit. Il n'a rien voulu me dire et m'a raccroché au nez quand j'ai voulu savoir si vous figuriez parmi les suspects.

Grace ne put s'empêcher de relever la tête l'espace d'une fraction de seconde. Les suspects. Ce mot. Elle fléchit les épaules.

— Il n'y a rien d'autre, je vous assure.

Elle hocha la tête.

— Pourquoi avez-vous dit à Martin que vous l'aviez rencontré ?

— Je voulais amorcer le sujet, par curiosité, je ne sais pas. Je voulais savoir s'il était au courant de quelque chose.

— Et c'est le cas ?

Sean tourna la tête, laissa échapper un léger bruit de gorge.

— Je ne sais pas ce qu'il y a à savoir. Il n'a rien dit à propos de vous, ni à propos de Brady. Ça n'avait pas l'air de tellement le préoccuper. Il n'a pas vraiment réagi.

Grace regarda les biscuits. Elle en prit un, le reposa. Elle soupira. Elle était libre de s'en aller. Son dos commençait à lui faire mal, elle sentait un tressaillement quelque part dans son épaule qui tendait tous ses muscles au-dessus de la ceinture.

— Qu'est-ce qui vous fait penser que j'aurais pu figurer parmi les suspects ?

— N'est-ce pas la vérité ?

Elle se demanda si Martin lui avait parlé de la visite de Brady. Elle-même ne pouvait pas le faire. Elle ne pouvait tout de même pas lui dire que Brady connaissait la vérité et ne voulait pas qu'elle soit arrêtée ! Elle ne pouvait pas lui dire cela, sous peine de faire de lui son unique ennemi.

— Non.

Sean fronça les sourcils et se renversa dans son fauteuil.

— Ne devriez-vous pas être considérée comme suspecte ? Avez-vous écrasé votre mari ?

— Oh non !

Elle but une gorgée et un peu de café coula sur son menton ; elle l'essuya et sourit. Elle sentit une étrange tension dans son dos, comme si l'on y remontait un ressort, comme si une énergie minuscule s'y concentrait.

— Saviez-vous, dit-elle, que j'avais un fils qui s'appelait Sean ?

— Vraiment ?

— Oui. Il est mort. Il s'est noyé. Il n'avait que trois ans à l'époque.

— Je suis désolé.

— Il s'est noyé derrière la maison, dans un fossé où il y avait à peine dix centimètres d'eau. Mon mari a ramassé le corps, il l'a mis à l'arrière de la voiture et il est parti. Je ne sais pas où il est allé. Chez le docteur, je suppose.

Elle réfléchit un moment.

— Ce n'était pas la même voiture que nous avions à l'époque, naturellement, dit-elle.

Sean la regarda puis détourna les yeux. Elle ne parlait pas de ce qu'il fallait.

— Mon fils aurait à peu près votre âge aujourd'hui.

— Comment s'est-il noyé ?

Elle tourna la tasse dans la soucoupe, produisant un crissement qui se répercuta dans ses dents. Elle grimaça.

— Hou, que j'ai horreur de ça ! dit-elle en riant.

— Avez-vous tué votre mari ?

— À quelle question voulez-vous que je réponde ?

— À celle que vous voulez.

Son regard s'attardait sur Grace, mais elle ne put le soutenir plus d'un instant. Elle baissa les yeux sur son café, le fit tourner dans la tasse, le regarda frôler le bord.

— Sean s'est noyé par accident. Ce n'était pas ma faute. Mon mari m'a accusée, mais ce n'était pas ma faute. Sean a simplement voulu me rejoindre près de la corde où je mettais le linge à sécher. Il faisait noir. Il est tombé dans le fossé et je ne m'en suis rendu compte que trop tard. Toutes les mères prennent des risques de ce genre cent fois par jour. C'est vrai, non ? Elles vont répondre au téléphone, ou bien elles laissent la casserole sur le feu pour aller mettre la table. C'était un accident.

Elle prit une inspiration et se gratta le front. Elle allait tout lui raconter, elle le savait à présent. Elle ne voyait aucune raison de ne pas le faire. Il était assis en face d'elle, sans ciller, les coudes sur ses genoux, et il se penchait vers elle, sa drôle de veste en tweed froncée aux épaules, en attendant qu'elle parle. Il avait deviné. Il ne laisserait pas passer l'occasion. Elle se dit qu'il se contenterait peut-être de hocher la tête et qu'il en resterait là une fois qu'il aurait vu ses soupçons confirmés. Si elle racontait bien. Son dos lui faisait mal.

— Mon mari a accusé le coup. Il a changé. Il a perdu tout intérêt aux choses. Il a commencé à vendre la terre par petites parcelles à nos voisins. Il s'est aussi débarrassé de pas mal de machines et j'ai cru pendant un temps qu'il allait tout vendre, mais il ne l'a pas fait. Il en a gardé suffisamment pour pouvoir transmettre un héritage. Mais le cœur n'y était plus. Il s'est mis à boire. Ce n'était pas la première fois, bien sûr, mais là il s'y est mis sérieusement – il ne faisait plus que cela. Au fil des ans j'ai eu l'impression qu'il m'oubliait. C'était comme si je n'étais pas là. À part de temps en temps.

Elle se tut.

Sean commença à dire quelque chose, mais il dut se reprendre et s'éclaircir la gorge.

— Est-ce qu'il vous battait ? demanda-t-il très doucement.

— Oui, mais ce n'est pas une excuse.

— Une excuse pour quoi ?

— Il me battait quand il avait bu. Pas beaucoup au début, juste une gifle ou une bourrade. Mais ça a empiré avec le temps. Parfois il arrêtait, quand il se passait quelque chose de bien, ou de mal. Il a perdu un de ses amis, dont il était proche depuis l'enfance, et à ce moment-là il est redevenu gentil comme quelqu'un qui a subi un choc et qui essaie de s'en remettre. Il apportait des gâteaux et nous faisait du thé et on s'installait tous les trois devant la télévision. Comme s'il regrettait sa conduite. Mais il ne l'a jamais dit. Il n'en a jamais parlé. Et puis un soir il a fini par sortir, il s'est soûlé, et quand il est rentré il a recommencé à me battre. C'était comme s'il s'était retenu pendant longtemps, mais à partir du moment où il avait recommencé il n'a plus pu s'arrêter. Après, quand Martin lui a avoué, quand il lui a dit son secret et qu'il est parti, il est devenu vraiment mauvais, soûl ou pas. Il me donnait des coups de poing, il me jetait par terre, parfois il me relevait et il recommençait.

Elle s'interrompit et se revit chez elle, volant dans les airs comme un fantôme minuscule avec le sentiment sécurisant d'être brièvement hors de portée des coups.

— Mon Dieu, murmura Sean. Vous n'avez jamais appelé au secours ?

Grace le regarda et sourit. Elle ne savait pas à quoi il pensait. Elle avait peur de lui répondre. Elle ne voulait pas s'entendre dire maintenant qu'elle aurait pu faire quelque chose pour que tout aille mieux. Elle ne pourrait pas supporter d'entendre ça. Elle attendit qu'il lui demande pourquoi elle n'avait pas quitté son mari. Elle s'efforçait de trouver des réponses mais il ne lui venait qu'un mélange informe de raisons diverses. À cause de Martin. Et après le départ de Martin ? Mais il ne posa pas la question.

— Continuez, dit-il.

— Eh bien, ça a duré encore longtemps. Après le départ de Martin il a encore vendu des parcelles. Il ne reste presque plus rien aujourd'hui. Et puis il a tué la fille. Vous connaissez l'histoire.

— Oui. Il aurait dû être condamné plus lourdement.

Elle approuva.

— Beaucoup de gens se sont mis à le haïr à partir de ce moment-là. Il a fait couper le téléphone parce qu'on l'appelait à n'importe quelle heure pour lui dire des horreurs. Quand il est sorti de prison, il s'est débarrassé aussi de la télévision. Je crois que c'était à cause de la publicité – la campagne contre l'alcool au volant. Je ne sais pas.

Elle but un peu de café, mais il avait refroidi. Elle reposa tasse et soucoupe sur la table et s'enfonça dans son fauteuil. Elle se demandait comment continuer. Les choses paraissaient tout d'un coup extraordinairement simples, plus du tout embrouillées, comme si elle avait tout exagéré dans sa tête. Elle se sentait un peu embarrassée. Cela aurait dû être plus difficile.

— Il s'est remis à me battre. Il a commencé à me donner des coups de pied.

Elle se tut, ne sachant pas si cela avait vraiment un rapport. Ce n'était pas une excuse.

— Continuez, répéta Sean, toujours penché en avant, les yeux fixés sur elle.

— Il me jetait par terre et me donnait des coups de pied avec ses bottes. Pas au visage, ou du moins il essayait d'éviter le visage. Il visait le ventre et la poitrine. C'était la même chose qu'avant, vous voyez. Quand il est sorti de prison il a essayé de se contrôler et pendant quelques mois il ne m'a pas approchée. Mais je voyais la tension s'accumuler en lui. Je le voyais dans son expression, dans sa façon d'entrer dans la chambre et de se coucher le soir. Je le sentais dans son silence. Et puis, une nuit, il a cassé quelque chose dans la cuisine et ça a été la fin du silence. Il est entré dans la chambre et il m'a frappée à coups de pied. C'était pire qu'avant. Peut-être que s'il m'avait battue tout le temps – s'il n'avait pas cherché à se retenir –, peut-être qu'alors ce ne serait pas devenu aussi terrible. Mais il était en lutte contre lui-même et il perdait, et cela le mettait en colère. Il était en colère parce qu'il me battait et du coup il tapait encore plus fort.

Elle sourit.

— Il faisait partie de ces hommes dont tout le monde aujourd'hui a entendu parler, dit-elle. Pendant longtemps j'ai cru qu'il était le seul au monde à se conduire ainsi. Mais il y en a des milliers. Des milliers.

Elle regarda Sean, qui acquiesça et toussa brièvement.

— Est-ce que vous l'avez tué ? demanda-t-il.

Elle rencontra son regard et hocha lentement la tête.

— L'avez-vous fait ? insista-t-il.

Elle hocha la tête.

— Dites-le, madame Quinn.

Elle eut envie de rire : il parlait comme le présentateur d'une émission de société à la télévision ; son visage était partagé entre l'horreur et la compassion, mais sa voix vibrait d'excitation.

— Oui, dit-elle en détournant le regard. À l'endroit où il avait tué la fille. Je lui ai foncé dessus avec la voiture.

Elle resta silencieuse un moment ; elle entendait la respiration de Sean. Elle se sentait au bord du vertige. Son dos s'était détendu. Elle eut peur d'éclater de rire. Elle lutta pour s'en empêcher – aussi bien pouvait-elle avoir l'air de lutter contre les larmes.

Elle ne savait pas elle-même si c'était l'un ou l'autre. Elle réussit à prendre une profonde inspiration et releva les yeux.

Sean était pâle. Il la regardait fixement. Son front était humide.

— Mon Dieu !

— Vous le saviez.

— La voiture vous trahira. Ils vont faire des analyses.

— Elle était abîmée avant cela. Il avait déjà écrasé la fille avec. Elle peut aussi ne rien révéler.

— Madame Quinn, dit-il. Ils vont la mettre en pièces. Elle vous trahira.

Elle haussa les épaules.

— Je n'y peux rien.

Elle s'était détendue. Son dos était souple, elle ne le sentait plus. Ses mains étaient croisées et ne tremblaient pas. Elle respirait et considérait Sean. Il était un peu pris de court. Il tripotait le sucre avec une cuiller et semblait se demander quoi dire.

— Racontez-moi ce qui s'est passé cette nuit-là.

Grace fronça les sourcils. Elle n'y tenait vraiment pas.

— Avez-vous quitté la maison avec l'intention de le tuer ?

— Oui.

Elle regarda ses mains.

— Depuis combien de temps aviez-vous décidé de le faire ?

— Je ne sais pas. J'y avais pensé plusieurs mois avant. Mais je ne sais pas quand j'ai commencé à me dire que je pourrais réellement le faire. Peut-être pas avant ce soir-là.

— Est-ce qu'il s'était passé quelque chose de particulier, ce soir-là ?

— Non. Il faisait froid et clair. Je ne sais pas.

— Pourquoi n'êtes-vous pas simplement partie ?

— Il était perdu sans moi. Il ne savait rien faire tout seul.

Elle entendit la respiration de Sean et leva les yeux : il la regardait fixement, la bouche ouverte, comme si elle était folle. Elle se sentit rougir. Elle n'avait pas à lui dire ça. Ce n'était pas bien. Ça ne le regardait pas. Elle se surprit soudain à penser qu'elle ferait vraiment piètre figure si elle était interrogée par la police. Elle se rendrait ridicule.

Elle fut sur le point d'ajouter quelque chose, d'apporter une correction pour préciser sa pensée. Elle faillit dire : « Non, mais sérieusement… », mais elle se retint et tâcha de trouver autre chose. C'est alors que, immobile au milieu du silence, le regard dans le vague, Grace entendit tout à coup un claquement sec et métallique.

Elle releva la tête. Il toussa et plongea la main dans sa veste.

— Voulez-vous encore du café ? demanda-t-il nerveusement en sortant sa main de sa poche d'un geste brusque et en se levant.

Grace chercha ses yeux.

— Est-ce que vous m'enregistrez ?

Il se mordit la lèvre, la regarda, hésita.

— Pardonnez-moi, dit-il. J'aurais dû vous demander l'autorisation. Simple réflexe professionnel, je vous assure. Je vous promets que je n'écrirai pas un mot sans votre accord. Et ce sera votre point de vue. Favorable. Je vous le promets.

Grace se leva. Elle avait envie de le gifler.

— Donnez-moi la cassette.

— Je vous en prie, madame Quinn. Laissez-moi faire ça pour vous. C'est une histoire tellement formidable. Les gens verraient les choses de votre point de vue, je vous assure. Vous avez dit qu'il y avait des milliers d'hommes comme votre mari. Ça veut dire qu'il y a aussi des milliers de femmes qui savent exactement ce que vous avez subi.

— Donnez-moi la cassette – elle tendit la main.

— Le journal paierait pour votre histoire. Vous avez besoin d'argent en ce moment.

— Je veux cette cassette.

Il se retourna et se dirigea vers la porte.

— Vous allez être arrêtée. Vous le savez. À cause de la voiture. Pourquoi voulez-vous la cassette ? C'est un moyen de raconter votre histoire à votre manière. Je peux faire ça pour vous.

Sa voix était légèrement altérée, et Grace comprit qu'il était inquiet.

— Ce n'est pas comme si vous aviez l'intention de nier les faits, n'est-ce pas ? Quand Brady viendra vous chercher. Ce n'est pas ce que vous comptez faire, n'est-ce pas ? Si je vous donnais la bande je serais dans une position délicate, madame Quinn. Je connaîtrais la vérité. Et que voudriez-vous que je fasse alors ? Que j'oublie tout ? Je serais obligé de me protéger, madame Quinn. De tout raconter à quelqu'un. Vous voyez ? Je saurais que vous avez tué votre mari et je serais contraint de vous dénoncer, ce qui signifierait qu'il ne vous resterait plus beaucoup de temps. Vous seriez arrêtée immédiatement. Tandis que, si je garde la cassette, vous pourrez choisir vous-même le moment d'aller trouver Brady. Vous comprenez ?

Elle retira sa main et regarda par terre. Elle ne comprenait pas ce qu'il disait. Une présence étrangère se cramponnait à son dos et mordait dans sa chair. Sa tête tournait. Elle eut un instant l'impression qu'elle était chez Martin, et elle fut sur le point de prier Sean de s'en aller. Puis elle releva les yeux et vit l'écran de l'ordinateur, son manteau sur la chaise, le poste de télévision dans la cheminée, et elle crut qu'elle les avait imaginés – mais non, ils étaient bien là. Elle se dit que si elle fracassait l'écran il la laisserait partir, que le bruit du verre brisé la libérerait. Comme Martin dans la cuisine. C'était son fils qu'elle avait entendu derrière sa porte, pas son mari. Son mari était mort, il était enterré près de Sean. Elle leva la tête et c'était Sean qui la regardait. Elle lui avait raconté ce qu'elle avait fait. Elle avait voulu lui demander pardon de lui avoir tourné le dos un instant. Mais ce n'était pas le même Sean, celui-là s'intéressait à autre chose, et il la regardait d'un air qui n'était pas franc.

Elle prit son manteau, passa devant lui et gagna l'entrée.

— Madame Quinn, est-ce qu'on pourrait continuer à parler ?

Elle leva vers lui un visage vide d'expression. Elle ne comprenait pas ce qu'il voulait dire.

— Ou alors laissez-moi vous raccompagner.

— Non, murmura-t-elle. Non, merci.

Elle n'y comprenait rien. Elle était dans une maison, quelque part, avec un ami de son fils. Elle ne se rappelait pas comment elle était arrivée là. Tout s'embrouillait. Elle avait fait quelque chose qu'il ne fallait pas. Elle avait dit quelque chose. Elle l'avait dit à un étranger. Elle avait l'impression d'avoir été volée, à moins que ce ne soit elle la voleuse, et qu'elle ne se soit fait prendre.

Elle essaya vainement d'ouvrir la porte d'entrée. La chose sur son dos ralentissait ses mouvements. Elle se secoua pour essayer de s'en débarrasser.

— Laissez-moi au moins vous appeler un taxi. Il gèle dehors, madame Quinn.

— Non, je veux partir.

Il ouvrit la porte et elle sortit dans le froid de la rue. Elle serrait son manteau sur sa poitrine. Elle n'arrivait pas à l'enfiler. Elle jeta un coup d'œil en arrière et vit Sean sur le seuil qui la regardait. Elle se précipita jusqu'au bout de la rue, jusqu'à ce qu'il ne la voie plus, avant de s'arrêter, hors d'haleine, toujours incapable de comprendre ce qui s'était passé.

Elle n'arrivait pas à s'éclaircir les idées malgré le froid qui la giflait comme un seau d'eau glacée en plein visage. Elle ne savait plus si elle avait avoué ou si elle avait été découverte ; si elle avait commis une erreur ou si elle s'était laissé piéger. La panique se déchaînait en elle comme un ouragan de cloches, et elle ne pouvait rien y faire. Elle s'appuya contre un mur et se frotta le dos pour tenter de se débarrasser de la machine qui y était attachée, d'en briser l'étreinte. Elle tressaillait au bruit de chaque voiture qui la dépassait à toute allure et se raidissait désespérément pour résister au silence qui suivait. Elle partit dans un sens, fit demi-tour et repartit dans l'autre en tapant des pieds comme pour éteindre un incendie, passant sans s'arrêter devant les fenêtres noires de hautes demeures, cherchant l'odeur du fleuve, souhaitant de toute son âme se perdre dans les rues sombres et les lumières jaunes et le danger assoupi de la ville.

Elle tournait n'importe où. Elle se précipitait dans des ruelles ou dans l'obscurité silencieuse des jardins des églises. Elle traînait aux abords de maisons en ruine aux briques disjointes, de hangars déserts aux vitres brisées d'où sortaient des ronflements et les bruits de chiens qui s'agitaient dans l'ombre. Des voix la hélaient au passage, des voix qui lui voulaient du mal et la suppliaient de se laisser faire. Elle ne les fuyait pas, mais elle continuait à marcher tête baissée ;

son esprit était un tunnel hérissé de couteaux qu'il lui fallait parcourir jusqu'au bout si elle voulait avoir une chance de revoir la lumière.

Aux carrefours elle gardait les yeux obstinément fixés sur le sol, descendait du trottoir et traversait la rue sans regarder, comme si son incrédulité la rendait invulnérable.

MARTIN

Elle le surveillait d'un œil torve à travers l'obscurité, assise sur les marches d'une maison murée de l'autre côté de la rue ; leurs deux têtes se trouvaient au même niveau, mais il ne voyait pas son haleine malgré le froid. Il ne distinguait que son visage, et une main qui retenait les coins d'une couverture crasseuse autour de son cou. Une bouteille était posée à ses pieds. Il lui rendit son regard et lui sourit. Pauvre femme. Il leva la main et fit un petit signe. Quelque chose bougea sous les hardes, et le rugissement l'arrêta net.

— T'avise pas de m'agiter tes sales pattes de branleur sous le nez !

— Doux Jésus, murmura Martin.

Il baissa la tête et se hâta vers la porte.

— Connard, connard, connard ! – sa voix était comme du gravier sous le talon d'une botte. Connard, connard, connard, connard !

Il eut peur qu'elle n'attire l'attention sur lui, mais la rue était déserte. Il ouvrit la porte et lança un bref coup d'œil à l'ombre recroquevillée avant de pénétrer dans la chaleur de la maison. Il s'immobilisa dans le noir et écouta. La voix s'était tue.

Il était légèrement ivre. Le silence bourdonnait autour de lui, de plus en plus fort à mesure qu'il le laissait s'installer. Il alla dans la cuisine, prit un carton de jus d'orange dans le frigidaire, s'assit à la table et but.

Rien n'était joué. En cet instant précis, il pouvait évoquer Henry sans que sa tête se mette à tourner, sans écarter les doigts ni fermer les yeux comme quelqu'un qui tombe et sent le sol approcher. Il était capable de penser à lui. Penser à lui et puis passer à autre chose, sans se faire des idées, sans battre l'air. Et il savait pourquoi. C'était à cause de ce qu'il avait fait. Une petite provision de culpabilité, de quoi tenir le coup un certain temps.

Ils avaient discuté au téléphone comme n'importe qui.

Il savait que ça ne durerait pas. Il l'avait su dès le moment où il avait raccroché. Il l'avait su toute la journée – quand sa mère lui tapait sur les nerfs, quand il était sorti boire un verre. C'était un répit, rien de plus, et il l'avait obtenu à un prix qu'il ne pouvait ni ne voulait plus payer.

Sa mère. Il ne la supportait plus. Elle avait l'intention de s'installer à Dublin. De s'y installer pour de bon, de trouver un appartement. Cette présence, comme du papier de verre.

Il se demanda si elle doutait de l'existence de Henry. Peut-être s'imaginait-elle que Martin l'avait inventé. Après tout, pourquoi pas ? Ce n'était pas entièrement faux. Il allait falloir qu'il lui dise clairement qu'elle ne pouvait pas rester. Qu'elle devait se trouver un endroit à elle le plus rapidement possible. Il ne supportait pas de l'avoir en permanence à ses basques. Elle le faisait douter. Elle le perturbait. Sa simple présence le mettait sur le qui-vive. Cette existence improbable qui s'accrochait à la sienne. Toute cette étrangeté, et cet amour catastrophique.

Il finit le jus d'orange, passa dans la salle de bains. Demain il lui parlerait. Il lui expliquerait. Pour l'instant il était trop soûl, trop fatigué. Il n'arrivait pas à réfléchir. Tout lui paraissait insurmontable. Il n'y avait que le manque, et sa mère dans la chambre du haut avec son avenir brandi devant elle qui l'encerclait comme une frontière infranchissable. Et le bourdonnement qui ne cessait pas.

Il se regarda longuement dans la glace du lavabo, les mains sous l'eau froide. D'une certaine façon, il avait pris conscience de la distance entre l'amour et la haine, et du chemin le plus court qui mène de l'un à l'autre. Quelques mois, quelques semaines plus tôt, il aurait tenu Henry et sa mère pour ce qu'il avait de plus cher au monde, les deux personnes pour qui il éprouvait des sentiments forts, nets, sans mélange. Il les avait aimés. Et il aurait été incapable d'imaginer qu'une épreuve quelle qu'elle fût pût rien y changer. Il les aimait toujours. Mais il n'avait pas imaginé l'absence. Pas plus qu'il n'avait imaginé la présence. Il avait suffi qu'ils échangent leurs places pour qu'il n'y comprenne plus rien.

Le bourdonnement dans sa tête ne voulait pas se taire.

SEAN

Il conduisait si lentement que la police l'avait arrêté ; le policier avait glissé la tête par la fenêtre pour sentir son haleine.

Il balaya de ses phares toute la longueur de North Circular Road. Il longea les quais, dans un sens puis dans l'autre, et à un moment il crut la voir dans Aughrim Street, en train de secouer les grilles de l'église de la Sainte-Famille. Il n'y avait plus personne lorsqu'il s'approcha.

Il poussa jusque chez Martin et sonna à la porte. Il retourna l'attendre dans la voiture et le vit rentrer en titubant, poursuivi par les imprécations d'une invisible ivrognesse. Il redémarra et retourna chez lui au pas, hésitant et clignant des yeux, ce qui lui valut d'être arrêté une nouvelle fois sur Dame Street et de sentir l'odeur de transpiration mêlée de gomina du policier qui se penchait sur lui.

Il écouta l'enregistrement. La voix de Grace, métallique et distante. Des mots étaient brouillés par le souffle ou recouverts par le bruit de sa veste. Sa propre voix était obscène. Voilée, caverneuse, désincarnée. Une voix de vieillard obèse.

Il transcrivit l'ensemble en sténo dans son carnet. Puis il passa au salon et saisit le texte sur son ordinateur. Un matériau de choix. À exploiter. Il voyait déjà la forme qu'il allait lui donner. Il réfléchit à l'introduction. Deux ou trois faits bien sentis, suivis d'une citation – là où elle disait qu'il la jetait par terre.

Il restait à savoir ce qu'elle allait dire à Martin – à supposer qu'elle lui dise quoi que ce soit, et si toutefois elle retournait chez lui. Et comment Martin allait réagir. Sean savait qu'il n'avait dorénavant d'autre choix que l'honnêteté, quelle que soit la tournure que prendraient les événements. Après tout, c'était elle qui était venue le solliciter. Elle avait parlé librement. Il n'avait exercé aucune pression. Le ton de sa voix sur la cassette en était la preuve audible.

Il joua avec les boutons, et les paroles de Grace semblèrent prendre corps devant lui. Il ferma les yeux et se demanda ce qu'il était en train de faire.

Plus tard, étendu les yeux grands ouverts sur son lit, insensible au froid, il pensa à Martin tel qu'il l'avait vu au sauna, dans sa serviette. Il pensa à l'univers de Martin, réduit à l'espace qui le séparait de Henry – l'espace d'une mauvaise nuit, ni pire ni plus vaste. Sean se persuada que Martin ne croirait pas que sa mère ait pu faire ce qu'elle avait fait. Il refuserait de le croire.

Mais il comprendrait, tout au fond de lui-même, là où nulle voix ne pouvait l'atteindre, il comprendrait comment c'était arrivé.

GRACE

Grace s'était réfugiée dans l'ombre de l'église et serrait son manteau contre elle pour essayer de se protéger de l'obscurité et du froid. C'était l'obscurité qu'elle n'aimait pas.

Le clocher au-dessus d'elle s'élevait jusqu'à un point qu'elle imaginait plus qu'elle ne le voyait. Elle se demandait s'il était très petit, très pointu, s'il bougeait dans le vent. Elle se demandait comment grimper. Pas au sens propre. D'une autre manière – de la manière dont le clocher lui-même grimpait, ardoise après ardoise. Par amenuisement.

La chute, l'ascension. Elle sentait qu'elle n'était loin ni de l'une ni de l'autre, mais elle n'arrivait pas à en saisir les limites respectives. Elle avançait, mais elle était incapable de mettre un nom sur le mouvement qui l'animait – elle ne savait pas dans quelle direction elle allait. La chute ou l'ascension.

Elle ferma les yeux, elle sentit l'air froid sur ses paupières et Cootehill lui apparut, répandu en contrebas de l'église comme si on eût déversé là toutes les pierres d'une carrière. C'était la nuit qui, artificiellement, la faisait paraître si noire ; qui la faisait ronronner comme un moteur au ralenti ; qui lui imprimait ce léger roulis, comme si elle eût été un bitumier dans les eaux tranquilles d'un port. Elle voyait le *White*

Horse, la vieille église protestante à l'orée du bois, la masse grise de Coote's Castle au loin. Elle voyait Market Street grimper à la rencontre de la route de Monaghan.

Grace se tenait en équilibre sur le clocher, le bout de son pied droit fermement agrippé à son extrémité. Elle tournait comme une girouette dans le vent noir et elle voyait le centre commercial Brady's et la route qui menait chez elle. Elle voyait les lacs et les maisons blanches, puis elle vit la passe étroite où le monde s'était rétréci, s'était accéléré pour marquer son esprit comme d'une cicatrice. Elle s'arrêta sur cette image.

Elle n'arrivait pas à évoquer les sons. Elle n'entendait ni le crissement des pneus ni le raclement du pot d'échappement sur le sol glacé. Ni même le bruit du choc, ce bruit étrange et mat comme celui d'une crevaison qui l'avait obligée à s'arrêter sur le bas-côté avec son mari mort derrière elle. C'était une scène muette qu'elle traversait. Elle voyait tout sans rien entendre. Que le sifflement du vent qui l'encerclait et le battement du sang dans ses veines.

Grace ouvrit les yeux, s'appuya contre la porte de l'église et regarda devant elle : une rue de Dublin s'enfonçait dans la nuit avec ses lumières orange.

Il commença à pleuvoir, et elle s'aperçut qu'elle n'était pas abritée. Un vent mouillé lui fouettait le visage, et la pluie qui tombait de plus en plus fort lui fit penser qu'il était temps de partir. Elle avait perdu ses repères. Elle devait être quelque part du côté de la rivière.

À la grille de l'église, elle se retourna pour regarder la pierre, l'ardoise et l'ombre qui l'avaient attirée comme un aimant. Elle ne comprenait pas pourquoi elle était à ce point hypnotisée par les églises. Quelle association avait bien pu se loger si profond en elle qu'elle ne pouvait la discerner ? Il y avait de quoi la terrifier – un tel signe de désespérance, un indice que la folie la guettait. Les hommes se tournent vers Dieu quand il ne leur reste plus rien. Les hommes perdus en mer. Ils jettent une ligne dans la nuit, et ils se convainquent que l'océan sans visage qui les cerne de toutes parts s'appelle Dieu et Sa miséricorde, et que le misérable plouf que fait leur ligne en heurtant la surface est le bruit que fait Dieu lorsqu'il repêche leurs prières et tourne vers eux Sa face de bonté.

Un ivrogne vacillait au coin de la rue et crachait dans la pluie. Il la dévisagea quand elle passa à sa hauteur et sembla sur le point de dire quelque chose, mais Grace ne s'arrêta pas. Elle sentit son regard sur son dos, elle entendit son râle osciller entre murmure et crachat avant de s'achever dans une toux rocailleuse.

— Bonne nuit, ma chérie, lança-t-il. Fais de beaux rêves.

Grace lui rendit son souhait à mi-voix et poursuivit son chemin sous la pluie ; elle continua à avancer sous la pluie sans se retourner.

Parfois le vent et la pluie faisaient place à un immense silence, et Grace, épuisée, s'arrêtait pour jouir un moment de la tiédeur d'un tronc mouillé. Elle était au milieu d'un grand parc qui semblait à la fois converger vers elle et s'en éloigner, qui semblait rouler sous ses pieds quand elle cessait de marcher. La nuit paraissait moins noire à cet endroit, elle était comme à la campagne, éclaboussée d'étoiles et de lune.

Il n'y avait personne à la ronde.

Elle suivit un chemin qui montait puis dévalait, bien loin au-dessus de la rumeur du fleuve, dominant les toits en bordure de la ville. Les réverbères étaient des épingles qui accrochaient bord à bord l'encre du ciel à l'encre de la terre ; la pluie dissimulait les montagnes qui s'élevaient dans le lointain.

Grace entendait ses pieds résonner sur le trottoir, mais de fatigue elle n'avait plus même conscience de marcher. Elle avançait sans trop savoir quelle direction prendre, mais elle ne s'en souciait pas. Un grand blanc lui barrait l'esprit : on aurait dit que, là où se concentrent d'ordinaire les images, tout avait été débarrassé et mis dans un coin, devenant aussi flou, aussi étrange que des objets poussés sur le bord pour dégager une piste de danse. Et elle dansait. Elle était assaillie de bribes de chansons, de théories de souvenirs qui ne signifiaient rien. Des visages inconnus tourbillonnaient devant ses yeux, qu'elle reconnaissait seulement à la seconde où ils s'évanouissaient. Son dos était tout engourdi.

Une voiture la dépassa, ralentissant légèrement à sa hauteur avant d'accélérer. Elle la vit faire demi-tour au croisement en bas de la côte, s'élancer vers elle dans un rugissement et s'éloigner, la laissant pantelante, assommée par le bruit et la vitesse, la tête et l'estomac en vrille, puis soudain désorientée l'espace d'un instant, en attente, les muscles noués comme par une décharge ; immédiatement, elle fut ramenée à Monaghan.

Elle reprit sa marche. Descendit la colline jusqu'au creux d'une vallée obscure. À sa gauche se dressait un portail fermé derrière lequel se profilaient des réverbères. À sa droite, la route se perdait dans l'obscurité. Elle prit droit devant elle, entre deux collines en pente raide, et suivit les méandres d'une route qui s'élevait vers un lambeau de ciel en furie.

Après un virage elle se trouva sur une pente plus douce à flanc de coteau : les lumières de la ville dansaient jusqu'aux montagnes, pareilles à des lucioles. Elles miroitaient, orange et blanches, en grappes éparpillées comme les étincelles d'un feu abandonné. Lumières des rues et des maisons, lumières sournoises et intermittentes des rares véhicules encore en maraude. Grace s'attarda dans l'espoir d'apercevoir la rivière ; peut-être n'était-elle pas si loin, à en juger par le bruit qui lui parvenait ; mais ce pouvait aussi bien être des pneus sur le bitume.

Une autre voiture la dépassa, ralentit, et Grace crut tout d'abord que c'était la même qui revenait, mais non, elle s'arrêta, parut hésiter, puis accéléra dans la descente et disparut au tournant. Grace la regarda s'éloigner, les feux de stop palpitant au rythme des coups de frein.

Elle marchait toujours. La pluie avait cessé ; la nuée s'effilochait pour se précipiter vers la mer. Il faisait froid, mais elle s'en moquait, la marche l'avait réchauffée. Elle eut envie que la nuit dure. Ici elle était loin du monde – il n'y avait que les voitures. Les voitures l'effrayaient. Elle crut en entendre une autre. Un cylindre de métal affolé, emmailloté de caoutchouc, quatre peaux de rien pour empêcher le bitume de cracher des étincelles. Ce n'était pas ce qu'il lui fallait. Pas une voiture sur une route noire sous les étoiles. Pas maintenant.

Elle quitta la route et s'engagea sur un talus herbeux bordé d'arbres qui la mena à un espace dégagé où elle put s'offrir au vent, à la fraîcheur vivifiante du vent. Elle sentit l'humidité lui rafraîchir les pieds à travers ses chaussures. Ses pauvres petits pieds. Ses pas.

Son père la prit par la main sans ralentir l'allure. Il fallait qu'elle se mette à trottiner tous les deux mètres si elle voulait avoir une chance de le suivre. Ils dépassèrent la maison qui faisait l'angle ; Mr. Taylor taillait sa haie, coiffé d'un chapeau de paille tout effiloché posé de guingois sur ses cheveux roux comme s'il venait de dégringoler d'un arbre et de lui atterrir dessus. Son père le salua d'un signe de tête, et Mr. Taylor répondit de même. Il jeta un coup d'œil à Grace, mais Grace regarda ailleurs et pressa le pas pour se dissimuler derrière les longues jambes de son père.

— C'est un démon, dit son père.

Grace se retourna pour voir si Mr. Taylor avait entendu, mais il avait repris le rythme de son travail, la bouche figée en un rictus qui lui mangeait la face à chaque nouveau coup de cisaille.

— Pourquoi ?

— Il a tué sa femme.

Son père continuait à regarder droit devant lui, les épaules rejetées en arrière, la poitrine bombée ; il n'accorda pas un regard à Grace. Vieux briscard. Tous les matins, il cirait ses chaussures sur la table de la cuisine. Sa femme lui disait d'aller faire ça ailleurs, il promettait régulièrement, mais tous les matins Grace voyait les petites traces de cirage noir à côté de la théière et du sucrier.

— Pour de vrai ?

— Quasiment. Il aurait aussi bien pu la couper en petits morceaux avec sa cisaille et l'emmurer à la cave. Un millier de petits morceaux sanguinolents – c'est tout ce qu'il restait d'elle à la fin.

— Pourquoi ?

— Ça suffit maintenant, Grace.

Il s'arrêta au bord du trottoir et serra plus fort sa main en regardant à gauche puis à droite. Grace sentit qu'il la surveillait et l'imita.

— À ton avis, on peut y aller ?

— On peut y aller.

— Alors on y va.

Les boutiques étaient de l'autre côté de la rue. Ils commencèrent par le boucher, pour les saucisses, puis se rendirent à l'épicerie, où ils achetèrent le lait, le beurre, le pain et le *Times*. Grace n'aimait pas porter le journal parce qu'il lui salissait les mains, mais son père y tenait. Il disait que si on le mettait dans le filet à provisions l'encre déteindrait, qu'il y aurait ici ou là des mots qu'il ne pourrait plus lire et qu'il ne serait pas parfaitement informé.

— Et ne pas être parfaitement informé, je ne peux pas me le permettre, Grace, disait-il en secouant lentement la tête. Je ne peux pas me permettre de penser blanc pendant qu'il y en a d'autres qui pensent noir, tu comprends ?

Grace pliait soigneusement le journal de façon que le titre soit bien réparti de chaque côté, elle le pliait une seconde fois et le tenait à bout de bras, des deux mains, comme si elle prenait des mesures. Elle avait bien soin de ne pas le mettre en contact avec sa robe et elle emboîtait le pas à son père.

Pour la taquiner, il passa sans s'arrêter devant la pâtisserie, se frotta le menton et marmonna qu'il était sûr d'avoir oublié quelque chose, mais bon sang qu'est-ce que ça pouvait bien être… et puis tout d'un coup il claqua des doigts, il se tourna vers elle en souriant, et elle se mit à rire.

— Les gâteaux, Grace, les gâteaux ! Mais qu'est-ce que c'est que cette petite fille qui oublie les gâteaux ! Tu imagines les hurlements de ta sœur si on était rentrés sans les gâteaux ! Allez, on va chercher les gâteaux.

Il la laissait toujours choisir, et elle choisissait toujours les gâteaux à la crème avec de la confiture de fraise. Mrs. Booth engageait la conversation avec son père et finissait immanquablement par demander des nouvelles de Mrs. Wilson. Son père lui répondait en souriant que Mrs. Wilson se portait comme un charme et qu'il ne manquerait pas de lui transmettre les salutations de Mrs. Booth.

Son père repartit avec le filet à provisions dans une main et les gâteaux dans l'autre ; il tenait la boîte devant lui comme les serveurs portent leur plateau. Ils retraversèrent et repassèrent devant la maison de Mr. Taylor. Mr. Taylor était accroupi derrière sa haie, il ramassait les branches coupées pour les mettre dans un sac. Grace essaya de voir son visage, mais elle ne vit que la cisaille, posée dans l'herbe à côté de lui ; elle se demanda si elle était assez aiguisée.

Sa mère était au lit ; elle somnolait, appuyée sur ses oreillers, la bouche ouverte. De ses mains alanguies un livre s'était échappé, qui s'était refermé de lui-même, n'importe comment. Les yeux fixés sur elle, Grace entra sans bruit dans la chambre en faisant glisser ses pieds l'un devant l'autre sur la mince carpette jusqu'à se trouver tout près du lit. Elle regarda sa mère, mais elle savait qu'il n'était pas normal de la regarder dormir. Ça aurait dû être le contraire.

Sa mère remua, ouvrit les yeux et lui sourit.

— Bonjour, Grace.

— Bonjour.

Elle se redressa, et le missel tomba. Grace le ramassa, le posa sur la petite table, puis elle tendit le verre d'eau à sa mère, l'aida à boire et le lui reprit des mains quand elle eut fini.

— Tu veux une tasse de thé ? Papa est en train d'en faire.

— Non merci, ma chérie.

— Si tu veux, je te l'apporte.

— Non, je t'assure. Plus tard peut-être. Vous êtes allés faire les courses ?

Elle lui fit une place sur le lit et Grace s'assit, posa sa tête sur sa mère ; elle sentit la chaleur, la délicatesse, la fragilité.

— Oui. On a vu Mr. Taylor.

Sa mère hocha la tête sans rien dire. Grace attendit en écoutant l'air aller et venir dans le corps frêle de sa mère. Toujours ce sentiment que les choses marchaient à l'envers.

— Qu'est-ce qui est arrivé à Mrs. Taylor ?

— Oh, elle est morte à présent.

— Mais comment elle est morte ?

Elle sentit sa mère se tourner légèrement et pensa que la question l'avait mise dans l'embarras, mais sa mère soupira et répondit d'un ton paisible :

— Elle avait le cœur fragile, je crois. Un jour elle a eu un malaise.

— Oh !

Grace déplaça ses jambes pour qu'elles reposent sur le bord du lit, en prenant soin de laisser pendre ses pieds à l'extérieur.

— Est-ce que c'est Mr. Taylor qui l'a tuée ?

— Grace ! Quelle question ! Bien sûr que non, voyons !

— C'est papa qui me l'a dit.

Il y eut une inspiration suivie d'un bref silence, et Grace sentit sa mère se raidir.

— Celui-là ! – elle semblait furieuse. Il ne sait pas de quoi il parle. Ne fais pas attention à lui, Grace. Il imagine des histoires, il ne peut pas s'empêcher de les raconter, et après ça il s'étonne de s'attirer des ennuis.

— Mais pourquoi est-ce qu'il irait imaginer ça ?

— Parce que c'est un vieil idiot.

Grace se tordit le cou et regarda sa mère droit dans les yeux : elle avait les lèvres pincées et elle secouait la tête.

— N'y fais pas attention, ma chérie – elle regarda sa fille. Il invente, je t'assure. Il n'aime pas Mr. Taylor. C'est parce que Mrs. Taylor était partie et que Mr. Taylor est allé la rechercher et que ça a fait une scène terrible.

— Où ça ?

— Dans la rue.

— Qu'est-ce qui s'est passé ?

— Oh, Grace, ça ne nous regarde pas.

— Elle est morte dans la rue ?

— Mais non. Elle est morte plus tard, un mois plus tard à peu près. Mais ça n'avait rien à voir. Elle avait le cœur fragile. Pauvre femme !

Grace réfléchit. Elle se demandait à quoi pouvait ressembler une scène dans la rue. Elle essayait de se représenter Mrs. Taylor en train de tomber par terre et de mourir… Si ça s'était passé comme ça, c'était que les petits morceaux étaient une invention de son père.

— Va prendre ton thé, ma chérie, et reviens me voir tout à l'heure. Dis à ta sœur de monter avec toi. Et dis à ton père que c'est un vieil idiot.

Grace s'était levée et s'était éloignée du lit. À la porte, elle s'était retournée. Sa mère souriait et repoussait ses cheveux qui lui tombaient dans les yeux. Dans la pénombre, elle semblait sortie d'un tableau : elle était comme une lumière posée au centre du lit, au centre de la pièce ; on aurait dit qu'elle régnait sur le monde.

— Allez, va.

— Papa n'a pas pris de gâteau pour toi.

— Ce n'est pas grave, ma chérie, je n'en voulais pas. Mange le tien, et régale-toi. Et je ne veux plus entendre parler des Taylor, tu m'entends ?

Grace avait fait oui de la tête. En descendant l'escalier, elle pensa à toutes les fois où elle avait été malade et où sa mère était venue s'asseoir auprès d'elle. Elle se souvint de ces moments où elle entendait sa mère redescendre l'escalier, traverser le couloir et ouvrir la porte de la cuisine ; du silence qui suivait, comme quand on se bouche les oreilles avec les mains. Ça, c'était le pire.

Elle se dressait devant elle, grise dans l'obscurité. Grace se mit à rire. Elle s'immobilisa, la regarda et rit à gorge déployée, en se tapant sur la cuisse comme font les clowns. Où qu'elle aille, jamais elle ne lui échappait. Elle la suivait partout et elle imitait la forme de son ombre, allongée sur l'herbe, anguleuse comme une barrière arrachée.

Pourquoi ?

Elle était immense. Elle semblait pourfendre les nuages qui dérivaient au-dessus d'elle, elle semblait tenir les étoiles suspendues au bout de ses bras, parfois elle semblait bouger comme si elle commandait au vent. Un moment Grace essaya de simplement la regarder, de lui faire face, d'accepter sa présence sans se demander pourquoi elle était là, pourquoi elle l'avait attendue, pourquoi elle l'avait attirée jusqu'ici dans l'air froid du matin, par les rues glacées et l'herbe mouillée, marquant son chemin.

C'était une croix. Elle devait bien faire vingt-cinq mètres de haut, elle était plantée au sommet d'un monticule de terre et dominait le paysage désolé comme si le monde était agencé en signes et en symboles, régi par des structures abandonnées dans les clairières. Pourquoi avoir choisi la croix ? Pourquoi pas le calice, ou la houlette du Berger ? Pourquoi pas la pierre roulée devant l'entrée du sépulcre ? Pourquoi pas le voile du temple ?

Grace s'en approcha en souriant et en secouant la tête ; elle traversa le ruban gris de la route déserte et s'engagea à petits pas prudents sur la terre détrempée, ses pieds étaient de plomb, et ils lui faisaient mal. C'était une croix blanche, toute simple, dépourvue d'ornement. Derrière elle s'enfuyait une rangée d'arbres, mais ils étaient si noirs, si rabougris, si intriqués qu'elle ne pouvait discerner leur forme. Le vent sifflait doucement, un vent qui venait de sa gauche, un vent d'ouest pensa-t-elle.

Il y avait une croix là où son fils était enterré. Elle en était sûre. Une petite croix de la taille d'un enfant, un repère minuscule perdu au milieu de toutes ces tombes d'adultes. Bien qu'elle ne l'eût encore jamais vue, elle la sentait se fabriquer en elle, élaborer son image à partir des minuscules fragments prélevés sur les innombrables églises qui avaient jalonné son chemin depuis le début de sa fugue. Et c'était elle qui se dressait à présent dans les ténèbres, immense, presque offerte.

Grace s'assit au pied du monticule herbeux que surmontait la croix et regarda les angles droits qui inscrivaient le nom de son fils sur le ciel déchaîné. Tout en l'épelant, elle songea à l'endroit d'où elle venait, à celui où elle se tenait, et elle se dit que sa vraie place était dans l'intervalle qui les séparait. Elle était prisonnière de l'entre-deux, et plus jamais elle n'en sortirait.

Une pluie fine se mit à tomber, effleurant ses joues et ses mains. Elle étendit ses jambes et ôta ses chaussures, et ses pieds lui firent un peu moins mal, comme si la douleur se dissolvait dans l'air de la nuit.

Elle se souvint de la première fois qu'ils avaient fait l'amour. Il l'avait emmenée dans un champ transformé en chantier à la lisière de la ville, un espace encombré non loin d'une voie de chemin de fer. Ils étaient restés assis dans le froid pendant plus d'une heure sans vraiment se parler. Puis il avait passé son bras autour de ses épaules et l'avait embrassée, et elle avait éprouvé la force de son propre corps tendu vers lui. Elle avait perçu à travers sa chair ce je ne sais quoi entre frisson et morsure qui s'apparentait à une vibration sonore. Elle était allée à sa rencontre. Il avait tâtonné pour écarter les vêtements et trouver un préservatif, il avait juré dans l'obscurité pendant qu'elle caressait son visage sans le voir, la bouche ouverte, les yeux ouverts. Puis il était venu contre elle, et c'était comme si ses traits étaient recouverts d'un voile blanc, un masque vide dur au toucher. Elle avait essayé de l'embrasser, mais sa bouche était fermée. Ensuite il y avait eu la petite douleur, l'éblouissement et la brève absence au monde, sa vie entre parenthèses. Et puis la chute, le tourbillon de la descente et le choc du réveil.

Elle était restée sur place, étendue sur le dos, sans savoir si tout était fini. Il s'était relevé et s'était essuyé avec de l'herbe, il avait ri en se tapant sur les cuisses et lui avait dit qu'il l'aimait et qu'elle était une chouette fille.

Au-dessus d'elle il n'y avait que le ciel filant à toute allure et la croix gigantesque. Elle était allongée sans bouger, les mains posées sur la terre glacée, et elle laissait la pluie pénétrer sa bouche ouverte.

Elle pensa : « Si quelqu'un me trouve là et me demande qui je suis, je dirai que je m'appelle Grace et que je suis tombée de la croix. »

L'idée la fit rire.

Le ciel commençait à s'éclaircir à l'est. Une route droite bordée de jolis lampadaires et d'arbres nimbés de brume indiquait la direction de la ville. De rares voitures, des taxis surtout, passaient dans un sens ou dans l'autre, très vite ou très lentement.

Grace trébucha une fois et prit garde de ne pas recommencer. Elle était très fatiguée. Ses cheveux et ses vêtements étaient trempés, et ses pieds commençaient à se couvrir d'ampoules. Le vent et la pluie avaient cessé, mais le froid était plus vif. Elle voyait les plaques de givre se former sur le sol à mesure qu'elle avançait.

Elle finit par arriver au bout du chemin : des piliers massifs marquaient l'entrée du parc, la végétation s'arrêtait et la route se perdait dans la ville.

À quelque distance de là, il y avait une rangée de boutiques aux rideaux tirés et un petit café qui paraissait ouvert. Des taxis étaient garés à l'extérieur ; derrière la vitre, une chaude lumière éclairait les chauffeurs, recroquevillés au-dessus d'une tasse de thé et d'un journal.

Elle entra, commanda un petit déjeuner complet, acheta le journal et alla s'asseoir à une petite table tout au fond. Elle soupira, retira les pieds de ses chaussures et libéra ses bras enfouis sous son manteau. Elle ferma brièvement les yeux et se rendit compte qu'il lui suffirait de se laisser aller pour s'endormir.

Elle se passa lentement les mains dans les cheveux et les écarta de son visage pour en exprimer l'eau. Une petite cascade lui chatouilla le cou ; elle frissonna, et la douleur dans ses épaules se réveilla. Elle avait besoin d'un bain chaud et d'un bon lit. Elle avait besoin de dormir. Il était hors de question qu'elle retourne chez Martin.

On lui apporta son petit déjeuner, qu'elle dévora après s'être versé une tasse de thé brûlant. Elle ouvrit le journal. Il y avait des *X* partout. Comme c'est étrange, se dit Grace, ça ne ressemble pas à une lettre ;

on dirait plutôt une erreur d'impression, ou un symbole inédit.

Tout était dit en termes aussi prudents que calculés, et Grace perdit bientôt le fil de sa lecture. Ce n'était pas seulement l'épuisement. Les mots paraissaient dérisoires, inadéquats, à côté de ce signe énigmatique, de cette croix renversée, de ce silence oblique. Ils ne lui apprenaient rien, ni sur ce qui s'était passé ni sur la façon dont les événements allaient pouvoir évoluer. Tout n'était que confusion. Cette forme, ce hiéroglyphe était apparu parmi eux. C'était une découverte ; une révélation. Avec quelque chose de bizarrement familier. Il n'y avait pas à chercher d'explication.

Elle se raidit en voyant le nom de Sean, puis se détendit au bout de quelques lignes : il n'était question que des réactions des hommes politiques. Elle parcourut rapidement les pages pour voir s'il avait écrit autre chose. Sa signature apparaissait au bas de deux autres articles, tous les deux sur l'affaire X***. Certains termes l'horrifièrent.

Elle chercha quelque chose sur elle, sur la mort de son mari, sur l'inspecteur Brady, sur ce qu'elle avait fait. Il n'y avait rien. Elle ne s'abandonna pas pour autant à l'illusion qu'on l'avait oubliée. Elle termina son assiette et redemanda du thé pour tenter d'apaiser le froid qui la rongeait de l'intérieur. Elle avait peur de penser. Elle était fatiguée. Et il y avait des choses qui la concernaient dont elle n'arrivait pas à se souvenir.

Elle replia le journal, mais le *X* continuait à se dresser devant elle. Elle eut beau fermer les yeux, il était toujours là. Martin devait dormir. Il était bien au chaud, et il dormait paisiblement. Ou peut-être ne s'était-il pas couché : il était dans tous ses états, et il appelait ses amis. Il appelait Sean. Elle ne savait pas ce que ferait son fils quand il découvrirait la vérité. Elle n'avait aucun moyen de le prévoir, et il ne servait à rien d'essayer. Elle préféra l'imaginer endormi, son corps silencieux alangui dans la lumière tamisée, son souffle régulier dans la tiédeur de la chambre. Elle était debout auprès de lui tandis que son mari, derrière elle, parcourait la maison en se tenant aux murs comme un aveugle. Elle avait les bras croisés, et elle veillait sur son fils.

Des rires d'hommes la réveillèrent en sursaut. Un frisson la parcourut. Il faisait grand jour. Elle avait besoin de dormir.

MARTIN

Ce fut le rugissement d'un moteur sous ses fenêtres qui finit par l'éveiller. Il se retourna sur le dos et prit son temps. Il s'en tirait plutôt à bon compte : un léger mal de tête, et la bouche sèche. La lumière était tolérable, et il resta encore un moment au lit, les yeux sur le réveil, jusqu'à ce qu'il marque midi.

Sa mère semblait s'être volatilisée.

Son lit était fait, la fenêtre fermée, la chambre propre et bien rangée. Elle n'était ni au salon ni à la cuisine. Il frappa doucement à la porte de la salle de bains et l'appela avant de tourner la poignée. La pièce n'était pas fermée à clé, et elle était vide. Il ne vit son manteau nulle part, pas plus que son sac ou ses clés.

Il se dit qu'elle avait dû aller acheter un journal. Il commençait à pleuvoir et il pensa qu'elle ne traînerait pas, mais il eut beau faire durer son petit déjeuner, elle n'était toujours pas rentrée lorsqu'il sortit de la douche.

Vers une heure et demie il commença à s'inquiéter. Il se demanda quoi faire, à qui s'adresser, et ne trouva pas de réponse. Sa mère, à ce qu'il savait, ne connaissait personne à Dublin, il n'y avait donc personne à qui téléphoner. Il n'avait absolument aucune idée de l'endroit où elle avait pu aller. Il inspecta la cuisine, le salon et l'entrée à la recherche d'un mot. Peut-être en avait-elle laissé un qui s'était envolé sous une chaise.

Il regarda dans la poubelle de la cuisine au cas où il l'aurait jeté par mégarde. Il souleva le téléphone.

Ses vêtements n'avaient pas bougé de la penderie de la chambre, sa valise était toujours sous le lit.

Il chercha encore, un mot ou autre chose. Il fouilla aussi méthodiquement que possible, d'abord la cuisine, puis l'entrée, le salon enfin, s'efforçant de se rappeler comment elle était la dernière fois qu'il l'avait vue, ses paroles, son comportement. Quelque chose lui échappait.

Il regardait distraitement le téléphone lorsque celui-ci se mit à sonner. Martin fit un bond.

— Allô ?

— Bonjour, Martin.

— Sean ?

C'était bien la dernière personne qu'il avait envie d'entendre.

— Comment ça va ?

— Bien, bien. Écoute, je ne peux pas te parler, là. Je peux te rappeler ?

— Qu'est-ce qui se passe ?

— Rien. Je te rappelle, d'accord ?

— Ta mère est là ?

Martin réfléchit.

— Pourquoi ? demanda-t-il.

— Est-ce que je peux lui parler ?

— À quel sujet ?

— Elle est là ?

— Pourquoi ?

— Parce que je voudrais lui parler.

— Pourquoi est-ce que tu veux lui parler ?

— Oh, arrête, Martin. Elle est là, oui ou non ?

— Pourquoi est-ce qu'elle ne serait pas là ?

— Bon, alors, est-ce que je peux lui parler ?

Martin regarda par la fenêtre, se pencha un peu pour voir jusqu'au bout de la rue, cherchant des yeux sa mère et s'attendant à moitié à voir la mendiante, ou l'ivrogne, enfin la femme sur le perron d'en face. Il ne vit personne. Le vent chassait des papiers le long du trottoir.

— Elle n'est pas là, Sean.

— Où est-elle ?

— Elle est allée faire des courses.

Il imagina la moue dubitative de Sean.

— Est-ce qu'elle est rentrée hier soir ?

— Comment sais-tu qu'elle était sortie ?

— Parce que je l'ai rencontrée.

— Quoi ? Où ça ?

— Elle n'est pas rentrée, c'est ça ?

Martin s'était laissé choir dans un fauteuil sans même s'en rendre compte. Il se surprit à fixer l'écran de la télévision couleur de ciment humide.

— Je ne comprends pas, dit-il tout doucement. Où est-elle ?

— Je passe te voir, d'accord ? Donne-moi une demi-heure.

Martin l'entendit raccrocher. Il posa le récepteur et le regarda fixement en se demandant ce qu'il était censé devoir faire. Il avait vaguement conscience que quelque chose n'allait pas, mais il ne voyait pas ce que c'était. Ce n'était pas seulement la disparition de sa mère. Il se passait quelque chose qu'il n'arrivait pas à comprendre. Il était comme un enfant qui ne déchiffre pas le sens de certains mots mais qui perçoit l'inquiétude dans les voix. La panique.

Sa mère avait disparu. Ça n'avait aucun sens. Ça ne faisait pas partie des choses qu'il imaginait pouvoir aller de travers.

SEAN

Il avait bien dormi, et ça l'avait mis de mauvaise humeur. Du coup il conduisait trop lentement de peur d'aller trop vite et examinait les rues avec circonspection, s'attardait sur chaque visage, scrutait les ruelles et les porches mal éclairés. Qu'avait-il fait ?

Martin lui ouvrit la porte, blême, les lèvres entrouvertes. Il avait envie de le secouer, il criait presque.

— Quoi ? Qu'est-ce qu'il y a ? Qu'est-ce qui est arrivé ?

Sean, incapable de répondre, passait d'une pièce à l'autre pour vérifier, au cas où. Il but un verre d'eau, se mit à faire les cent pas dans la cuisine et entreprit de tout raconter à Martin. La présence de Brady au pub. Son coup de téléphone.

— Tu ne l'as pas vu ?

— Non.

Comment sa mère l'avait abordé dans la rue, comment il l'avait emmenée chez lui, la conversation qu'il avait eue avec elle. Leur conversation.

— À propos de quoi ?

Sean crut que sa dernière heure était arrivée tant il était pâle. Ses yeux seuls semblaient vivants dans un visage de papier. Comment lui dire cela ?

— Tu n'es donc au courant de rien ?

Martin cilla, agita les mains.

— Tu n'as pas deviné ?

— Mais quoi ? souffla-t-il sans remuer les lèvres.

— Ton père.

Il ne voulait pas comprendre. Il avait l'air perdu. Sean se détourna en espérant que ça faciliterait les choses. Dehors, la pluie noircissait méthodiquement le ciment. Le froid était presque palpable. Il modelait la terre des plates-bandes qui gisaient comme des gravats le long des murs gris.

— C'est quand j'ai vu Brady au pub que j'ai commencé à comprendre. Ça, et la réaction de ta mère. Elle l'a tué, Martin. Ton père. Elle l'a écrasé.

On n'entendit plus rien. Sean laissa passer une minute avant de se retourner. Martin le regardait fixement. Puis il détourna les yeux, regarda la table, le sol, fit mine de dire quelque chose, s'arrêta, émit un son à mi-chemin entre la toux et le rire. Sourit. Cessa de sourire.

— Est-ce que ça va ?

Martin porta un doigt à son œil et le regarda. La toux lui déchira la poitrine, et son visage soudain devint rouge comme une flaque de sang répandue dans l'eau. Il alluma une cigarette.

— T'en as d'autres, des questions à la con ?

MARTIN

Son père le regardait, debout dans l'encadrement de la porte. Il avait les mains sur les hanches comme un homme qui se prépare au combat, mais son visage, sombre et distant, n'exprimait nulle colère. Il regardait Martin bien en face, mais il ne manifestait aucun signe de reconnaissance. Il aurait été devant une photo que c'eût été pareil.

Martin se releva légèrement en prenant appui sur un coude et remonta une jambe sous les draps. Il se frotta les yeux et jeta un coup d'œil à la pendule. Il était presque huit heures.

— Ton petit déjeuner est prêt, dit son père. Il va refroidir.

— D'accord, j'arrive.

Son père ne bougeait pas. Martin soutint son regard, et ils demeurèrent ainsi, dans un équilibre inconfortable, que le père finit par rompre en partant après s'être brusquement essuyé la bouche.

Martin se renfonça dans son oreiller et resta allongé un moment en respirant profondément. Puis d'un bond il quitta le lit pour l'air immobile et rance de sa chambre. Il enfila un pull, un jean et une paire de chaussettes, ramassa son caleçon et courut à la salle de bains. De la cuisine lui parvenaient le bruit de la radio et l'odeur des œufs frits qui l'attendaient.

Ils écoutaient religieusement la diffusion de la première messe. Son père, la bouche pleine, psalmodiait à voix basse les répons. Sa mère, les yeux baissés sur son assiette, les levait de temps à autre sur Martin, mais les détournait quand leurs regards se croisaient. Elle n'avait pas dormi. Elle montrait un air défait, un peu hagard, à quoi Martin devinait qu'elle avait été battue.

Après le petit déjeuner, son père et lui allèrent à la messe à Cootehill. Comme ils longeaient la ferme des Bolton, Martin chercha des yeux la voiture, mais on ne voyait pas grand-chose de la route, et il en fut pour ses frais.

— Qu'est-ce qu'il y a ? demanda son père.

— Rien, je me demandais juste si les Bolton étaient déjà partis.

— Bien sûr que non. Ça m'étonnerait bien que la mère Bolton ait fini de se coiffer, c'est elle qui les met toujours en retard.

Son père, comme à son habitude, se glissa sur le banc le plus proche de la sortie et s'agenouilla. Martin le suivit tout en parcourant la nef du regard par-dessus ses mains jointes. Il aurait bien voulu apercevoir Pat Bolton, mais Pat Bolton n'était pas encore là.

Les Bolton arrivèrent au moment où ils se levaient pour l'homélie ; Pat était le dernier. Il jeta un coup d'œil à Martin auquel Martin répondit par une piètre tentative de sourire. Il lui sembla que Pat se raidissait, mais il n'en était pas bien sûr. La famille s'avança vers l'autel et se sépara pour trouver à s'asseoir. Mrs. Bolton et sa fille cadette se tassèrent sur un banc où il restait à peine de la place pour une personne. Pat se retourna et son regard rencontra celui de Martin. Il y avait quelque chose qui n'allait pas. Ça se voyait sur son visage. Il avait l'air effrayé.

Martin eut l'estomac noué pendant toute la durée de la messe. Un tourbillon de pensées l'assaillait. Il ne pouvait s'empêcher d'imaginer qu'ils avaient été découverts. Que Mr. Bolton les avait vus. Que Mr. Bolton avait tout raconté à son père la veille au pub, que c'était pour cela que sa mère avait été battue et qu'il l'avait regardé de cette manière le matin. Tout s'enchaînait dans son esprit comme des plans dans un film.

Quand le service fut terminé, son père se leva et attendit, derrière Martin, que celui-ci avance et le laisse sortir. Pat Bolton faisait une génuflexion devant l'autel, se relevait, se retournait. Il gardait les yeux baissés. Martin sentit son père le pousser du coude et s'engagea dans la travée. Il s'agenouilla et se signa sans cesser de regarder Pat Bolton, mais Pat ne releva pas la tête.

En sortant, Martin s'arrêta sous la voûte pendant que son père se dirigeait vers la voiture. Il surveillait les fidèles qui franchissaient le portail monumental après avoir fait la queue devant les bénitiers. Ils se signaient et regardaient le ciel, puis formaient de petits groupes et entamaient des discussions ; certains s'éloignaient rapidement. Les Bolton sortirent tous à la fois ; Pat marchait à côté de sa mère et de deux de ses sœurs. L'un des frères aînés aperçut Martin et s'approcha.

— Tu penses venir à la maison cet après-midi, Martin ?

— Je ne sais pas. Vous avez besoin de moi ?

— Tu pourrais nous aider à rentrer le fourrage. Je voudrais essayer de finir aujourd'hui. Je ne vais presque pas être là de la semaine – Pat passait à leur hauteur, les yeux baissés, en conversation avec sa mère. Alors, tu viendras ?

— Si je peux. Je ne te promets rien.

— D'accord.

Ils se remirent en route ensemble, Pat devant eux. Ils durent ralentir à la grille. Martin s'arrangea pour le rejoindre.

— Comment ça va ? demanda-t-il à voix basse.

— Ça va.

Ils franchirent la grille et se retrouvèrent côte à côte dans l'allée. Pat ralentit de façon à laisser sa famille prendre de l'avance.

— John m'a demandé de passer chez vous, dit Martin. On se verra sûrement tout à l'heure.

Pat s'immobilisa et le dévisagea. Il était fébrile. Il s'assura que sa famille s'était suffisamment éloignée.

— Ne viens pas. Ne passe pas à la maison.

— Pourquoi ?

Il regarda par-dessus son épaule, se pencha vers Martin et murmura :

— Je ne veux plus te voir. C'est contre nature, ce qu'on a fait. On pourrait avoir des ennuis.

Martin se sentit pâlir. Il s'appuya contre le muret et le sentit s'enfoncer dans son dos, poussa aussi fort qu'il le put. Plus rien ne bougeait. C'était comme s'il n'entendait plus que le souffle de Pat. Les souvenirs remontèrent.

— C'est mal, siffla Pat. Mon frère a failli nous pincer hier. Il était derrière la porte. Je me demande même s'il ne nous a pas entendus.

— Il t'a dit quelque chose ?

— Non. Mais ça ne veut pas dire qu'il ne sait rien.

Son père l'attendait à la voiture. Il y avait du monde partout. Le soleil lui brûlait la nuque. Le visage de Pat était tout près du sien. Il lui soufflait des mots qu'il n'entendait pas, comme des secrets que murmure un mourant. Il savait qu'il y avait quelque chose qu'il aurait dû comprendre, quelque chose dans les yeux de Pat, dans la façon dont sa bouche semblait presque frôler la sienne. Mais Martin n'éprouvait que la peur de perdre ce qu'il avait découvert, et celle d'être percé à jour.

— Qu'est-ce qu'on peut faire ? demanda-t-il, étonné d'avoir parlé à haute voix.

Pat sembla secouer la tête ; il avait le regard fixe, à tel point que Martin eut un moment l'impression qu'il allait se mettre à pleurer.

— Ne t'approche pas de moi, d'accord ? dit-il, la voix chargée de colère. Ne t'approche plus jamais de moi. Si tu le fais, je dirai à tout le monde que tu es un sale pédé. Je te jure que je le ferai. Je le jure devant Dieu.

Il continuait à le fixer ; son haleine caressait le visage de Martin comme un rêve d'eau tiède. Puis il fit demi-tour et partit rejoindre sa famille en faisant claquer ses talons sur le ciment du trottoir.

Son père n'ouvrit pas la bouche de tout le trajet, mais Martin sentait qu'il l'observait du coin de l'œil. Il savait qu'il n'y aurait pas de questions, pas de la part de son père. Il y aurait des hypothèses, les plus faciles – son père n'irait pas imaginer l'insupportable. Ils s'arrêtèrent devant la maison, et son père le saisit par le bras au moment où Martin s'apprêtait à ouvrir la portière.

— Ils sont quatre garçons dans cette famille, pourquoi est-ce qu'ils viennent encore te chercher ? Hein ? Ils n'ont pas besoin de toi. Ils ne te diront même pas merci. Souviens-toi de ça. Tu n'as aucune raison d'aller faire leur boulot à leur place. Tu n'y gagneras que des ennuis. Un point c'est tout.

Il lâcha le bras de son fils et ils descendirent de la voiture. Martin lui faisait face par-dessus le toit.

— C'est tout ce qu'ils t'apporteront. Le petit jeune, là, qu'est-ce qu'il te veut ? Il faut qu'il arrête de te parler de cette façon. S'il s'approche encore de toi, dis-le-moi.

Martin ne répondit pas et suivit son père à l'intérieur. Sa mère vit à sa tête que quelque chose ne tournait pas rond. Elle le dévisagea, le déchiffra.

— Tu vas chez les Bolton aujourd'hui, Martin ?

— Non.

Il alla dans sa chambre, s'assit sur le lit et écouta le silence qui s'abattait toujours sur la maison le dimanche. Son père s'installait au salon et lisait les journaux en buvant sa bière. Sa mère s'activait silencieusement dans la cuisine pour préparer le dîner. Parfois elle l'appelait pour lui demander de l'aider. Pas ce jour-là.

Martin s'étendit sur son lit et pensa à Pat Bolton et à son père.

À l'heure du dîner, il alla s'asseoir à la table de la cuisine et mangea sans un mot, aussi indifférent aux regards de son père qu'aux efforts de sa mère pour alimenter la conversation. Il débarrassa la table avec sa mère et se rassit en face de son père.

— Maman, tu veux bien t'asseoir une minute, s'il te plaît ?

Son père leva les yeux vers lui et sa mère hésita avant de reprendre sa place. Il les regarda tous les deux. Sa mère semblait curieuse, un peu inquiète, son père avait l'air étonné et vaguement désapprobateur. Il n'aimait pas les surprises.

— Qu'est-ce qu'il t'arrive ?

— Il ne m'arrive rien. J'ai simplement quelque chose à vous dire à tous les deux.

— Quoi donc ?

— Je tiens à vous le dire parce qu'il me semble que c'est la moindre des choses. Après, je pourrai m'en aller quelque temps si vous le souhaitez.

Sa mère posa la main sur son bras.

— Martin, qu'est-ce qu'il y a ? Qu'est-il arrivé ?

— Il n'est rien arrivé.

Il ne savait quel terme employer.

— Je suis homosexuel. Enfin, gay, je veux dire.

Il eut conscience que la main de sa mère quittait son bras un instant et revenait s'y poser. Il la regarda, et il sut que c'était son visage qu'il désirait voir, sa réaction qui lui importait. Elle plongea son regard dans le sien sans hésitation, sans ciller, sans se détourner. Il sentit son chagrin remplir l'espace qui les séparait.

— Pourquoi ? demanda-t-elle doucement – sa voix était presque un murmure. Quel besoin as-tu de le lui dire ?

Martin ne put formuler de réponse. Il la connaissait, mais il n'arrivait pas à la formuler. Elle lui échappait. Il vit l'expression sur le visage de sa mère et il eut très peur.

— Qu'est-ce que tu veux dire ? demanda son père.

Martin le regarda et vit qu'il était blême.

— Je veux dire que je suis gay.

— Pédé ?

— Gay.

Son père se tourna vers sa mère.

— Il essaie de nous dire qu'il est pédé ?

Elle ne voulut pas le regarder. Ses yeux étaient fixés sur Martin, et sa main n'avait pas bougé. Son père se leva lentement en repoussant sa chaise, qui racla bruyamment le sol. Il s'essuya la bouche.

— Tu es en train de me dire que tu es pédé ?

— Je suis gay.

— Ça ne veut rien dire. Pas dans ce sens. On dit pédé. Tu es bien sorti avec des filles, non ?

— Et alors ? Ça ne change rien. Je sais ce que je suis.

— Pédé ?

— Gay.

Son père abattit son poing sur la table et Martin fit un bond.

— Arrête de me dire que tu es *gai*. Ça n'existe pas. On dit pédé. Tu es pédé ?

— Oui.

Il y eut un long silence. Son père était impassible. Enfin, lentement, il porta les mains à sa bouche et prit une profonde inspiration.

— Seigneur. Seigneur Jésus. Je n'y crois pas.

— C'est pourtant ce que tu aurais de mieux à faire, murmura Martin.

Sa mère lui serra légèrement le bras comme pour l'avertir d'un danger.

Son père semblait ne pas écouter.

— Même les animaux dans les champs ne font pas ça – il regarda la mère de Martin : Pourquoi il est pédé ? Hein ? Pourquoi ? C'est à cause de toi. Voilà pourquoi. À force de le chouchouter.

— Ce n'est pas sa faute à elle.

— De quoi ?

Martin perçut la menace dans la voix et ne répondit pas.

— Qu'est-ce que tu as dit ?

Son père fit le tour de la table et vint se placer derrière lui. Il se pencha, la bouche contre l'oreille de Martin. Martin sentait son haleine sur lui, les postillons sur sa joue.

— Tu m'as parlé ? Tu as osé ouvrir la bouche ? Ne me parle plus jamais. Tu m'entends ? Je ne veux plus te voir remuer les lèvres. Ça pue la merde quand tu l'ouvres ! Même les animaux dans les champs… – il se redressa et se mit à marcher de long en large. J'ai toujours su qu'il y avait quelque chose… Ta mère a pas tué le bon, ça c'est sûr – il s'arrêta et le regarda fixement : C'est tout ce qu'il y a à dire. Ç'aurait mieux valu pour toi si elle t'avait tué à la place de l'autre.

— Elle n'a tué personne.

Son père le saisit par les cheveux et tira de toutes ses forces. Martin crut d'abord qu'il voulait le faire tomber de sa chaise, mais il changea d'avis et lui écrasa le visage sur la table. Martin entendit sa mère hurler avant de sentir la douleur. Puis il sentit le sang, il sentit le goût du sang.

— Je t'ai dit de ne plus m'adresser la parole !

Martin essaya de redresser la tête, mais elle lui parut étrangement lourde. Il essaya de prendre appui sur ses mains, mais son père abattit son poing sur ses doigts et le poussa sur le côté, l'envoyant basculer contre sa mère, qui ne put le retenir. Il s'effondra sur le sol.

— Michael, je t'en prie, hurlait sa mère, laisse-le !

— La ferme ! C'est celui-là que tu aurais dû noyer ! C'est ta faute !

De là où il était, Martin vit sa mère tomber à genoux et essayer de le protéger. Elle reçut un coup de poing qui ne lui était pas destiné, et Martin vit la souffrance inonder son visage, mais sa propre douleur l'empêchait de se mouvoir. Sa douleur, et aussi la peur. Il avait envie de se lever, mais il en était incapable.

Son père ne leva plus la main sur lui. Il se remit à marcher de long en large en jurant entre ses dents, élevant la voix une fois ou deux. Puis, brusquement, comme un phénomène naturel, un orage ou une averse, ce fut fini. Il était parti.

Sa mère lui essuyait la joue et le prenait dans ses bras : c'est alors seulement que Martin se rendit compte qu'il pleurait. Elle l'aida à se remettre debout. Elle le conduisit à l'évier et s'efforça de nettoyer le sang. Il n'avait pas le nez cassé. Son visage était légèrement de côté lorsqu'il avait heurté la table, et il n'avait qu'un œil abîmé et une dent descellée. Il se demandait comment il était possible que son nez ne soit pas cassé.

Ils entendirent la porte d'entrée claquer et la voiture démarrer.

— Je ferais mieux de partir avant qu'il revienne, dit Martin.

Il s'appuyait à l'évier pendant que sa mère lui épongeait le nez et mettait de la glace sur son œil.

— Où iras-tu ?

— À Dublin. Je connais quelqu'un qui pourra m'héberger quelque temps.

Sa mère ne répondit pas. Il éprouvait sa peur.

— Ça va aller, dit-il.

— Tu crois que tu auras un bus ce soir ?

— Il y en a un qui part de Cootehill à six heures. Je pourrai l'attraper sur la route de Shercock.

— Je peux te donner de l'argent.

— Ce n'est pas la peine.

— Si, c'est la peine. Tu vas le prendre. Tu en auras besoin.

Elle l'aida à faire ses bagages, plia ses vêtements, pensa à des choses que sans elle il aurait oubliées. Il lui fallut abandonner sa chaîne stéréo et ses cassettes, presque tous ses vêtements d'hiver.

— Tu me téléphoneras ? Ce soir. Tu me diras si tout s'est bien passé ?

— Bien sûr. Ne t'en fais pas.

Elle lui donna cent cinquante livres. Ils s'étreignirent sur le pas de la porte. Sa mère pleurait, et Martin n'eut pas honte de pleurer devant elle. Il n'éprouvait que de la peur, une peur qu'il n'arrivait pas à définir précisément et dont il ne savait comment se débarrasser.

Il descendit jusqu'à la route sans oser se retourner. Il décida qu'il attendrait d'être au portail pour faire un signe d'adieu à sa mère. Mais une fois au portail il ne put s'arrêter. Il avait l'impression d'être déjà parti, d'être déjà très loin. Il pensa que s'il s'arrêtait pour regarder en arrière tout aurait déjà disparu.

Il continua à marcher, les yeux fixés au sol, changeant son sac de main, le faisant passer d'une épaule à l'autre. Il sentait le soleil frapper son visage, reflété par les murs blancs et les fenêtres argentées des petites maisons qui bordaient la route. Il longea des lacs immobiles où des groupes de pêcheurs discutaient à mi-voix au milieu de nuages de moucherons. Il n'y avait pas de voitures.

Il atteignit la grand-route et marcha un moment dans la direction de Shercock, de façon à n'être pas vu du croisement que son père risquait d'emprunter pour rentrer. Il posa son sac, s'assit sur un muret à moitié effondré et attendit. S'il avait chaud, c'était surtout le silence qui l'accablait. Il ramassa de petits cailloux, qu'il lança dans le fossé de l'autre côté de la route. Il baissait la tête quand une voiture passait.

Il chercha dans le ciel un reflet du monde, mais il n'y avait qu'une étendue de bleu sans une ride, un calme absolu. Le ciel à présent lui paraissait aussi froid que l'eau d'un lac dans le petit matin. Tout ce qu'il y percevait, c'était la différence entre le paradis et la terre, entre son cœur et sa maison. Il planait sur lui comme une ancienne malédiction. Il voulait ne plus le sentir au-dessus de sa tête, il voulait échapper à l'étrange certitude que le ciel pouvait le voir.

Ce qui l'effrayait le plus, c'était que l'idée ne lui était même pas venue à l'esprit.

Ils restèrent enfermés toute la journée à attendre, sans presque rien se dire. Martin n'arrivait pas à savoir s'il était content que Sean soit avec lui. Il n'avait pas envie de le regarder. Il n'avait pas envie qu'il lui pose des questions. Il n'avait pas envie de parler. Mais il pressentait que sa présence l'empêchait de se laisser aller à l'affolement. Il sentait quelque chose couver au fond de lui – la colère, ou la panique. Il ne se faisait pas confiance. Il craignait de ne pas avoir encore tout à fait assimilé la nouvelle.

Il pensa qu'il avait pu arriver quelque chose à sa mère, qu'elle était peut-être blessée. Inconsciente. Sean appela les hôpitaux. Sans résultat. Martin mesura à quel point il serait tragi-comique qu'elle se soit fait renverser par une voiture. Le cercle parfait. L'idée amena un sourire sur ses lèvres, qui disparut et laissa place à une envie de vomir lorsqu'il vit que Sean le regardait. Ses mains s'ouvraient et se fermaient toutes seules, il attendait que les mots se forment, mais les mots ne venaient pas – ses pensées évoluaient dans une zone à laquelle il n'avait pas accès, et il ne pouvait les interpréter.

Mais il ne pouvait pas vraiment l'imaginer blessée ni perdue. Il ne pouvait la voir que chez elle, dans le Monaghan, elle allait et venait entre la ferme et le lac dans ses bottes crottées – une vraie femme de peine. La détermination qu'elle avait à l'époque. Elle avait une tâche à accomplir, et rien n'aurait su l'en distraire tant qu'elle n'en serait pas venue à bout. Elle dissimulait ses blessures, et elle tenait bon. Elle reprenait son souffle, et elle restait. Il ne pouvait pas l'imaginer autrement.

Le jour baissait. Ils étaient assis au salon, face à l'écran vide et muet. Martin eut envie de mettre le poste en marche. Le silence, à cette heure de la soirée, lui apparaissait comme une anomalie dont il n'arrivait pas à déterminer l'origine. Il avait l'impression que quelque chose était tombé en panne.

Il se remit à pleuvoir, plus fort. Martin essayait de déchiffrer des signes dans le bruit que faisait la pluie, dans le froid qui régnait dans la maison ; il penchait la tête comme un chien en arrêt, reniflait, l'oreille aux aguets, pour se retrouver au bout du compte incapable de seulement se représenter ce qu'il essayait de discerner. Il se dit que s'il parvenait à un certain degré de calme et de silence, s'il parvenait à générer sa propre chaleur, il aurait une chance d'y voir un peu plus clair. Le problème était qu'il n'était pas très sûr de ce qu'il cherchait à comprendre. Il pensa à ces médiums qui décrivent des cercles autour des familles dont un membre avait disparu et marmonnent des bouts de phrases en se frottant les tempes. Des cars de police les emportent dans le silence de la nuit. Ils serrent des photographies sur leur poitrine.

Sean l'empêchait de se concentrer avec ses questions, ses commentaires, ses remarques inutiles que Martin ne comprenait pas. Il se laissa glisser dans un demi-sommeil et pensa à son père, mais ses traits n'étaient pas nets, ils lui échappaient. Les mots ne venaient pas. Il ne savait plus rien. Il avait oublié qui il était.

Sean sortit acheter des cigarettes et de quoi manger ; Martin en profita pour allumer la télévision, mais il l'éteignit aussitôt. Il avait désespérément besoin de calme. D'un peu de clarté.

Il pensa à Henry. Il resta un moment devant leur chambre. Il retint sa respiration et une idée le traversa soudain, comme si c'était la première fois qu'elle lui venait. Il regarda sa montre et expira, puis il haussa les épaules comme si tout ça n'avait pas d'importance.

Il connaissait le numéro par cœur, plus à force de se l'être répété mentalement que de l'avoir composé. Il entendit la sonnerie bizarre et se prépara à ne pas obtenir de réponse, mais contre toute attente on décrocha.

— Henry ?

— Ah, salut. Comment tu vas ?

— Pas bien.

Il marqua une pause.

— Qu'est-ce qui se passe ?

Il y avait une note d'impatience dans la voix de Henry : de toute évidence, il n'était pas disposé à subir une nouvelle fois les jérémiades de Martin. Les soupçons. L'emphase. Les paroles de désespoir. Martin se surprit à sourire. Il était loin du compte. Cette fois, c'était bien autre chose.

— C'est ma mère, Henry. Elle l'a assassiné.

Il y eut un silence assourdissant, un blanc pendant lequel Martin vit Henry s'asseoir et l'expression de son visage se transformer – peut-être portait-il une main à son front.

— Qui ça ?

— Mon père. C'était elle. Elle l'a écrasé avec la voiture.

— Ô mon Dieu !

Nouveau silence.

— C'est elle qui te l'a dit ?

— Non.

Martin dut masquer le micro avec sa main. Il avait peur d'éclater de rire. Il ferma très fort les yeux, se mordit les joues, et l'accès passa.

— Elle a disparu. Elle était chez Sean hier soir, elle lui a tout raconté, elle est partie et depuis elle n'a plus donné signe de vie.

Il y eut encore un blanc.

— Tu n'es pas sérieux.

— Je te jure que si.

— Oh, bon sang ! Je n'arrive pas à y croire.

— Je ne sais pas ce que je vais faire. Je ne sais pas où elle est. Je ne peux pas appeler la police. Est-ce que tu comprends ?

— C'est pas vrai !

Martin n'y tenait plus. Il commença à pouffer. Il se mit à se balancer d'avant en arrière. Il éloigna le combiné de sa bouche, mais ça ne servit à rien.

— Oh, Martin, merde, tu ne vas pas pleurer ! Par pitié !

Martin rentra les épaules, se plia en deux, la bouche grande ouverte, distendue, les yeux fermés, le front plissé, le ventre agité de soubresauts.

— Je rentre.

Martin cessa de rire. Il renifla une ou deux fois. Il n'avait même pas eu besoin de le proposer.

— Et ton travail ?

Henry fut soudain calme, rationnel, efficace. Il dit qu'il s'occupait de tout et qu'il arrivait dans la matinée. Il prendrait le premier vol. Il n'y avait pas l'ombre d'une hésitation dans sa voix. Il rentrait. Martin l'écoutait, bouche bée.

— Je t'appelle dès que j'ai un numéro de vol. D'accord ?

— Tu es sûr ?

Henry dit qu'il était sûr. Il disait oui à tout. Martin reposa le téléphone comme s'il craignait qu'il ne lui explosât entre les mains et resta assis sans bouger. Son visage s'était détendu. Il était calme. Il renifla encore une fois et se frotta le menton. Un sourire commença à se dessiner sur son visage, et il ne put rien faire pour le retenir.

— Oui, répéta-t-il. Oui.

Il espéra que sa mère ne rentrerait pas avant Henry. Il espéra qu'elle n'allait pas lui faire ce coup-là.

SEAN

Il rentra chez lui, alla directement à son ordinateur, l'alluma et supprima un certain nombre de fichiers. Puis il courut à la salle de bains et vomit. Il arracha des pages de son carnet, les jeta dans la cuvette des W.-C. et tira la chasse. Il retira la cassette de son magnétophone de poche et à petits coups secs en arracha la bande, qui virevolta dans l'air avant de retomber sur le sol de la cuisine comme un serpent mort. Il le piétina, écrasa le boîtier en plastique sous son talon.

Il y avait des messages sur le répondeur, tous à propos de l'affaire X***. Il les écouta et respira plus librement. Il but un verre d'eau froide.

Avant de ressortir pour retourner chez Martin, il s'arrêta un moment, dans un état proche de la stupeur, au milieu de la pièce où il avait parlé avec Grace. Il comprit avec la violence d'un choc combien il était facile de mettre fin aux choses. De tuer. D'anéantir une existence ou de la pousser à la dérive. Cela arrivait tout le temps.

Il regagna sa voiture d'un pas mal assuré. Toutes ses certitudes s'évanouissaient. Il se tiendrait à l'écart désormais, se ferait le chroniqueur de l'accompli. Il fit vœu de s'en tenir à cela. Au-delà, ce n'était plus lui.

Il conduisait si lentement que tout le monde le dépassait en klaxonnant. Il se concentra sur le volant. Rien n'était simple.

III

MRS. TALBOT

Quelle dégaine ! Elle était sens dessus dessous. Dimanche matin, tout juste huit heures, un visage taillé dans la cire, alerte et nerveux, d'un blanc crémeux, les yeux ardents. Les cheveux trempés, avec des mèches plaquées sur le front. À première vue, on pouvait la prendre pour une jeune fille en pleurs sortant d'une soirée au grand air avec un compagnon mal intentionné, après une culbute dans la boue. De plus près, elle avait plutôt dans les cinquante-cinq ans, l'air terrifié et des tremblements dans les bras. Un sac à main à l'ancienne mode dont la lanière longue et fine entaillait l'épaule de son manteau, avec de petites poignées dorées comme on en voit sur les tiroirs des commodes.

— Bonjour, dit Mrs. Talbot sans ouvrir la porte en grand.

Elle jeta un rapide coup d'œil derrière la femme : la rue était aussi calme qu'à l'ordinaire.

— Bonjour, répondit-elle avec un petit sourire contrit. On m'a dit que vous auriez peut-être une chambre… – elle indiqua Parkgate Street du regard : profil pâle, lèvres minces et sèches, tavelées de petites traces blanches comme des morsures. On m'a donné votre adresse au café. Je suis désolée de vous déranger d'aussi bon matin.

Mrs. Talbot demeura impassible. Une chambre, un dimanche à huit heures du matin ? Elle sourit.

— Vous la voudriez tout de suite, n'est-ce pas ?

Ses souliers étaient dans un état épouvantable. Couverts de boue et de Dieu sait quoi d'autre. Une grande feuille brune collait à son manteau. Elle avait dû passer sous les arbres. Un sac à main pour tout bagage.

— Oui.

Un accent plutôt anglais. Du Nord. Mais pas exactement. Peut-être une émigrée de retour au pays.

— Entrez donc, ma petite dame. Désirez-vous un petit déjeuner ?

Elle la suivit à l'intérieur après s'être essuyé rageusement les pieds sur le paillasson, puis elle baissa le regard d'un air gêné.

— Non, je vous remercie, j'en ai déjà pris un.

— Si vous voulez, il y a du thé. Pas très chaud, ce matin.

Elle resta à réfléchir, debout dans l'entrée, son sac à main serré sur sa poitrine, renifla, pressa ses doigts sur son front, repoussa ses cheveux en arrière.

— Oh, oui, je vous remercie. Avec grand plaisir.

Mrs. Talbot hocha la tête et la précéda dans le couloir qui menait à la salle à manger. Il n'y avait plus que Myles, en train de terminer ses œufs au bacon, le journal appuyé contre la théière. Il l'examina des pieds à la tête, jeta un coup d'œil à Mrs. Talbot tout en mastiquant, ses grosses joues gonflées.

— Bonjour, dit la femme.

Myles avala d'un mouvement qui lui ébranla la tête.

— Asseyez-vous, ma petite dame, dit Mrs. Talbot. J'en ai pour une minute.

À son tour Myles émit un borborygme qui se voulait aimable :

— Bonjour.

De la cuisine elle entendit Myles demander à la femme si elle débarquait du ferry. Celle-ci, après une légère hésitation, répondit d'une voix faible que non. Myles parla de trains, elle posa une question et il répondit :

— Non, non. Contrôleur. Les billets, s'il vous plaît.

Après quoi ils se turent.

Mrs. Talbot poussa la porte battante et revint avec une tasse de thé.

— Quand j'entends le mot *trains*, je vois toujours ces pauvres types couverts de poussière noire occupés à enfourner du charbon dans le machin ou de siffler. Mais je sais bien que maintenant c'est du diesel et le fameux « homme mort ». Hein, Myles, c'est comme ça qu'on l'appelle, l'homme mort ? C'est un truc que tient le conducteur et, s'il fait une crise cardiaque ou quelque chose de ce genre et meurt sur le coup, il lâche la manette, alors le train s'arrête. Vous saviez ça ? Sauf que, d'après Myles, quelquefois ils la bloquent avec un bout de bois ou un journal ou je ne sais quoi, pour… enfin, je sais pas trop bien pour quoi faire – elle rit. L'homme mort… Quelle drôle d'expression !

Myles rit en écho. Il jeta un coup d'œil à sa montre. En retard, comme d'habitude. Il avala son thé d'un trait mais ne fit pas mine de bouger.

— Voilà votre thé, ma petite dame.

— Merci bien.

— En fait, c'est pas comme ça qu'on devrait l'appeler, dit Myles. Parce que, si le conducteur casse sa pipe, il la lâche, la manette. On devrait l'appeler l'« homme vivant » et pas l'homme mort, si vous voyez ce que je veux dire.

La femme hocha la tête. Elle avait du mal à garder les yeux ouverts.

— Vous êtes sûre que vous ne voulez rien manger ?

— Non, merci. J'ai voyagé toute la nuit. Je suis vraiment fatiguée. Est-ce que je peux prendre le thé dans ma chambre ?

— Des fois aussi, quand on meurt, on devient tout rigide. Le corps aussi raide qu'une planche. Pour le coup, le train, il peut pas s'arrêter, et alors là on peut vraiment parler d'homme mort.

Il soupira et secoua la tête, comme si l'inexactitude de certains mots l'affligeait, et Mrs. Talbot se dit qu'il ressemblait à feu son époux quand il prenait la même expression – attristé par le monde mais résigné. Abandonnant la partie. Mais son mari était mort. Myles rassembla son courage, leur sourit et se mit péniblement debout.

— Il faut que j'y aille maintenant, madame Talbot. Quand faut y aller, faut y aller.

Il se frotta les mains et partit en traînant les pieds, avec une petite révérence à l'intention de la femme et un clin d'œil pour Mrs. Talbot.

— À jeudi, mon grand, dit-elle.

La femme penchait un peu sur le côté, elle paraissait sur le point de s'effondrer.

— Venez, ma petite dame, je vais vous montrer votre chambre, une chambre calme qui donne sur l'arrière.

Elle passa la première, s'engagea dans l'escalier. Elle n'aimait pas monter devant quelqu'un. Ça la rendait trop consciente de sa corpulence. Tout juste si elle tenait entre le mur et la rampe.

— L'homme qui a construit cette maison ne devait pas être bien épais, croyez-moi. La cuisine est toute petite, les salles de bains aussi ; mais les chambres sont grandes. Il devait aussi aimer les escaliers : il y en a trois autres comme celui-ci, vous vous rendez compte. Je me demande comment ça se fait que je sois pas encore aussi maigre que lui, à monter et descendre toute la sainte journée.

Elle emmena la femme à la chambre 4, qui donnait sur le jardin ; au-delà on voyait la rivière, puis des hangars sinistres et des bâtiments d'usines qui s'étageaient à flanc de colline jusqu'au ciel.

— Ça vous ira ? La salle de bains est juste à côté, première porte à gauche.

— C'est parfait.

Elle avait un drôle de sourire. Et elle avait oublié son thé en bas.

Mrs. Talbot fouilla dans son tablier et en tira une clé.

— Tenez. Si vous pensez sortir tard, je peux vous donner la clé de la porte du bas, mais je n'y tiens pas tellement, vous comprenez. Sinon, le soir je suis là jusqu'à dix heures et demie – après, je vais me coucher, et celui qui pense pouvoir me faire changer d'habitude n'est pas encore né. Je ne sers pas de repas le soir, mais si vous me trouvez dans la journée je peux vous préparer un sandwich ou quelque chose comme ça. Il y a un salon en bas, à droite dans le couloir, où on peut regarder la télé ; la règle, c'est que la majorité décide ce qu'elle veut regarder, et, comme la majorité de mes clients c'est des gars de la CIE[1], vous imaginez bien que c'est toujours sport, sport et sport. Je ne suis pas chargée de surveiller leur langage et, s'ils vous invitent à jouer aux cartes, ne venez pas me dire que je ne vous ai pas prévenue ! C'est quinze livres la nuit, petit déjeuner compris : je

1. *Coras Iompair Eireann* : service public regroupant tous les moyens de transport du pays, y compris les transports urbains.

ne fais pas la chambre seule. Le petit déjeuner, c'est de six et demie à huit et demie. Si vous le voulez plus tard, vous n'avez qu'à me le dire. Si vous le voulez plus tôt, alors c'est que vous n'êtes pas normale et je vous mettrai dehors ! Je ne prends ni les chèques, ni les cartes de crédit, ni les devises étrangères, et, ce que je prends, je le prends une nuit à l'avance.

La femme sourit de nouveau, d'un sourire plus franc. Elle prit deux billets au fond de son sac, un de dix et un de cinq. Ils étaient froids et humides.

— Merci bien, madame…

Oh ! mais c'est qu'elle hésitait tout d'un coup : la bouche ouverte puis refermée en vitesse, un regard à la fenêtre, les yeux soudain un peu rétrécis – qu'est-ce qu'elle allait bien pouvoir inventer ?

— Wilson, dit-elle.

C'était une première.

— … madame Wilson. Parfait. Je vous souhaite de bien vous reposer. Le dimanche, c'est assez calme ici, vous ne devriez pas être dérangée.

Mrs. Talbot referma la porte derrière elle, plongea les mains dans les poches de son tablier et regarda la lumière du matin qui montait de l'entrée. Wilson. Elle avait prononcé le nom rapidement, sans arrière-pensée. Mrs. Talbot alla jusqu'à l'escalier et s'y laissa prudemment descendre comme on met un canot de sauvetage à la mer. Qu'est-ce que c'est encore que ce désastre ambulant ? se demanda-t-elle. Elle louait des chambres à des cheminots qui travaillaient la nuit, à des chauffeurs de car, à des touristes égarés – pas à des femmes seules sans bagages. Pas à des femmes qui arrivaient les cheveux trempés avec l'air d'avoir passé la nuit dans les bois, des yeux en feu, des paupières en compote et des lèvres de cendre. Elle n'avait encore jamais vu ça. Non vraiment, jamais. Ce qui était d'ailleurs plutôt surprenant, étant donné tout le reste. Tout ce que Mrs. Talbot avait déjà vu dans sa vie ! Des choses à ne pas croire.

Il y avait de petites croûtes de boue sur le tapis, qui firent comme des taches de sang noir dans le creux de sa main quand elle les ramassa.

Elle se rendit à la cuisine mettre de l'ordre, prit une pomme dans un panier et alla s'asseoir dans la salle à manger, espérant apercevoir par la fenêtre des cygnes sur la Liffey. Le bruit qu'elle fit en mordant dans sa pomme était assourdissant.

GRACE

Elle ne rêvait pas. Il n'y avait que sa respiration paisible, la lumière qui rampait sur son visage. Le calme.

Son réveil fut étrange. Elle émergea lentement et les faits lui revinrent en mémoire l'un après l'autre – où elle était ; comment elle était arrivée là ; les événements des jours précédents. Elle se demanda si l'engourdissement de son corps avait pu gagner son cerveau. Un changement s'était produit en elle. La panique avait disparu. L'anxiété aussi. Une sorte de quiétude avait pris leur place, mais elle avait du mal à la reconnaître, elle lui semblait déplacée. Elle avait l'impression d'avoir oublié un détail. Elle resta un long moment immobile.

C'était le soir. Elle avait dormi toute la journée.

À la fin elle bougea légèrement la jambe et rencontra le froid du lit, qui lui rappela qu'elle était nue. Elle s'étira, ses articulations craquaient comme une porte qui grince. Tous ses muscles lui faisaient mal, mais ce n'était pas une sensation déplaisante. Cela la rendait plus forte, comme si de l'électricité parcourait ses membres et envoyait des signaux à tous ses nerfs. Elle avait envie de marcher à grandes enjambées.

La chambre était plongée dans l'obscurité. Elle n'avait pas fermé les rideaux et par la fenêtre elle distinguait au loin des lumières orange et la lueur produite par les voitures et les routes éclairées. Elle se laissa couler dans l'air frais, sentit ses os craquer et ses cheveux peser sur sa tête comme une présence. La chaleur du tapis sous ses pieds transmettait à sa peau des picotements agréables. Elle aperçut les reflets de la rivière à travers les arbres. Sous la fenêtre, le jardin était un sombre fouillis dans lequel elle crut distinguer une balançoire, ainsi qu'une sorte de cabane à toit plat et noir où s'était formée une mare grêlée par la pluie qui tombait lentement. Un lieu nouveau pour elle. Un autre séjour.

Elle nettoya ses chaussures au-dessus du lavabo avec des mouchoirs en papier. Elle remit ses vêtements humides, jeta ses collants déchirés dans la corbeille et chercha la salle de bains. Là, comme si elle était venue de loin, elle se déshabilla entièrement, prit une douche aussi chaude qu'elle pouvait le supporter et se frotta énergiquement pour sortir de sa torpeur, pour insuffler à son corps une énergie nouvelle.

La grosse femme était assise au milieu des hommes. Elle tenait un chat en équilibre sur sa cuisse comme un morceau de fourrure qu'elle caressait de sa main potelée. Grace demanda où elle pourrait aller dîner. Les hommes étaient tous habillés de bleu. Ils discutèrent la question en lui souriant poliment ; ils appelaient la grosse femme Mrs. Talbot. Celle-ci secoua la tête et dit qu'elle ne connaissait pas de restaurant, étant donné qu'aucun des hommes en bleu qu'elle nourrissait depuis tant d'années ne l'avait jamais invitée à manger dehors. Tout le monde rit, les hommes se lancèrent des clins d'œil complices et donnèrent des indications à Grace : tournez par ici, allez par là…

Elle marcha lentement, prudemment, tâchant de se repérer dans le noir, s'efforçant de ne penser à rien. Elle trouva le restaurant, où on lui servit un steak filandreux qu'elle eut du mal à avaler. Elle regarda les gens et regretta de ne pas avoir de livre ou de journal. Elle pensa à son fils.

Elle se demanda pourquoi elle avait fini par le craindre, par redouter ses réactions, ses paroles. Elle avait peur. Elle savait qu'elle avait eu tort de ne rien lui dire. Mais elle n'avait pas su comment lui parler. Elle n'avait trouvé ni le moment ni l'endroit, ni les mots qui lui auraient permis de commencer à raconter son histoire, encore moins de la terminer. Alors elle l'avait fait de façon détournée. Elle avait tout dit à Sean, et elle s'était enfuie. Ainsi elle mettait Martin au courant, et la balle était dans son camp. Lâche sur toute la ligne.

Le vin rouge lui brûla la gorge.

Et maintenant il allait croire qu'elle était en cavale, comme une criminelle qui joue son va-tout et qui cherche la solution la plus sûre, la meilleure tactique pour s'en tirer à bon compte. Or elle n'avait rien planifié du tout : espérer que Brady n'allait pas changer d'idée, espérer que l'examen de la voiture ne révélerait rien, cela ne constituait pas une tactique.

Elle commanda une glace, puis ils lui offrirent le café. Elle retourna à la pension comme à travers un brouillard. Au matin il faudrait qu'elle ait décidé quels risques elle allait prendre. Aller ou non trouver son fils. Elle grimaça en réfléchissant à la façon dont un choix aussi lourd se formulait dans son esprit en termes d'une relative insignifiance, à croire qu'il s'agissait de déterminer un itinéraire ou d'opter sur une carte pour le bon embranchement à un carrefour de rien du tout.

Prendre un bateau pour l'Angleterre. Pas Manchester. Pas Londres. L'Écosse peut-être ? Partir droit devant elle et s'arrêter dans une petite ville, un village, où elle ne risquerait pas d'être engloutie – de disparaître, y compris à ses propres yeux. Où elle pourrait trouver des gens à qui parler, une chambre, un travail. Elle n'en demandait pas plus.

Mrs. Talbot s'empressa auprès d'elle, lui parla de la pluie, lui offrit du thé, lui jeta des regards curieux. Assura qu'elle la réveillerait tôt le lendemain matin. Lui dit qu'elle détestait les lundis matin. Grace l'écoutait ; elle trouvait un peu bizarre de s'entendre appeler par son nom d'autrefois. Mrs. Wilson. Elle se demandait ce que cela signifiait pour elle.

Une fois dans sa chambre elle se déshabilla rapidement et se glissa de nouveau dans la fraîcheur des draps. Par les rideaux ouverts elle contempla un moment la pluie et les lumières qui paraissaient floues derrière la vitre mouillée. Impossible de distinguer le ciel des objets solides. Il n'y avait pas d'étoiles. Étendue sans bouger, elle envisageait l'hypothèse de ne plus jamais revoir Martin. De ne plus jamais appartenir à sa propre vie mais de vivre à jamais celle d'une autre. À demi assoupie dans l'enchevêtrement des ombres de la nuit noyée de pluie, elle se prit à rêver d'une chambre dans une ville du Nord où il serait facile de comprendre les gens, où elle pourrait travailler avec calme et efficacité dans une boutique qui vendrait des gâteaux ou des bonbons, une boutique à l'ancienne. Elle rentrerait chez elle en traversant un parc paisible, le long d'un petit lac ; le ciel serait dégagé, le monde bleu pâle. Elle aurait des amis qui viendraient prendre le thé. Au moment de glisser dans le sommeil, lorsqu'elle eut dépassé le point où elle aurait eu tout loisir de s'arrêter, de lui interdire l'entrée de chez elle, de bannir dans l'oubli les yeux de son fils, elle vit Martin. Martin qui venait lui rendre visite.

Sur la vitre la pluie faisait un trottinement de pieds menus. Grace rêva que son fils avait passé son bras sous le sien, qu'ils marchaient lentement dans le parc. Il avait la tête inclinée, penchée vers celle de sa mère.

Elle s'endormit, bercée par des bruits de course, et rêva qu'elle se promenait.

MRS. TALBOT

Quand les hommes de la CIE arrivaient avant midi pour occuper une chambre, elle leur faisait payer la nuit précédente. Ça ne les gênait pas, et la Compagnie n'avait jamais posé de questions. Mrs. Talbot estimait que c'était un système équitable. Chaque mois elle envoyait sa note, et ils payaient tout, même les petits suppléments. Elle facturait les objets cassés, les commandes excessives de blanchissage, la fois où les deux femmes avaient été amenées dans les chambres, les dérangements, le bruit, les plaintes des autres pensionnaires. Les petits déjeuners doubles. Elle notait tout sur un carnet dans la cuisine, puis elle recopiait au propre, sans rien oublier, sur le beau papier à lettres qu'Arthur avait fait venir en si grande quantité. Il y en avait encore sept piles dans l'ancienne chambre de Paula qui lui arrivaient à la taille. C'était peut-être même ça qui l'avait tué : il avait voulu tout transporter au rez-de-chaussée, et une semaine après il mourait. Il s'était baissé dans le jardin pour ramasser un caillou sur la pelouse et il avait basculé, s'affalant la tête la première, le derrière en l'air, comme un petit enfant s'endort dans son berceau. À l'hôpital on lui avait remis le caillou, pensant qu'il pouvait avoir une signification à voir comme il le tenait serré. Elle se disait maintenant qu'elle aurait dû le garder, mais à l'époque elle avait pensé que ce ne serait pas un très bon souvenir et elle l'avait laissé tomber dans le gravier près de la porte de l'hôpital.

Le papier à en-tête portait la mention *River View*, en haut et au milieu de la page, et en dessous l'adresse et le numéro de téléphone. Elle rajoutait le nouvel indicatif à la main. Quand ils avaient changé les numéros, elle avait téléphoné à la Compagnie pour demander qu'on lui verse une compensation : une pièce pleine de papier à lettres avec le mauvais numéro de téléphone, vous pensez ! Ils avaient répondu qu'ils comprenaient son problème mais qu'il n'était pas question de lui verser quoi que ce soit. Tout ce qu'on pouvait faire, c'était de prolonger au-delà de la date normalement prévue le délai pendant lequel on laissait un message à l'ancien numéro, pour lui donner la possibilité de changer de papier à lettres. Mrs. Talbot commença à surcharger en tout petit le numéro complémentaire à l'encre verte, et avec le temps elle devint si habile qu'on pouvait le croire imprimé.

Elle écrivit : « Mrs. Wilson, 16-2-1992. Chambre et petit déjeuner. Reçu £ 15. Acquitté avec remerciements. »

Il faudrait bientôt qu'elle achète une machine à écrire. Écrire à la main, ça faisait un peu, comment dire ?... amateur. Avant, c'était Arthur qui rédigeait les reçus, de sa belle écriture, et il mettait aussi un tampon. Elle ne savait pas s'il avait tamponné tout le papier restant. Ce n'était pas vraiment nécessaire, avec l'en-tête. De toute façon, le tampon avait disparu.

Elle prit le carnet, trouva la bonne page et écrivit : « 16-2-1992. Chambre 4. Mrs. Wilson (?) arr. 8 h du matin (!) ds un sale état. Pas de pt déj. Dormi tte la journée, accent anglais. Cpté seulemt dimanche. Pas l'air très heureuse. Pas de bagages. Pas de vêtemts de rechge. Sortie dîner. Ne se mélange pas. Part demain. Me fais du souci pr elle. Doit avoir ennuis. Complètemt affolée. »

Elle remit le carnet sur l'étagère et laissa le reçu sur la table 4 dans la salle à manger. Wilma la suivait en ronronnant, se frottant contre ses chevilles nues.

— Mais oui, ma mimine, c'est l'heure d'aller se coucher. Au lit le chachat.

Elle se dit que cette Mrs. Wilson était tout à fait le genre de femme qui aurait plu à son Arthur, avec son visage effarouché.

MARTIN

Il dormait assis, le cou renversé sur le dossier moelleux du fauteuil du salon, respirant bruyamment et rêvant beaucoup d'eau et de campagne, et aussi de petits espaces sombres. Au réveil, ses premières pensées furent pour Henry. Henry qu'il attendait. Henry qui revenait, qui rentrait à la maison. Puis une toux venant du premier étage, la toux de Sean, lui remit sa mère en mémoire. Sa mère, avec sa peau froide qui avait disparu, sa mère qui avait commis un crime.

Il tituba jusqu'à la salle de bains, prit une douche, se rasa soigneusement, traîna jusqu'à ce que Sean vienne cogner à la porte. Sean n'avait pas dormi. Il avait l'air malade. Ses mains tremblaient légèrement.

— J'ai fait ton lit, dit-il, j'ai mis de l'ordre.

Martin le regarda, approuva du menton.

— Tu ne vas pas chercher Henry ?

Sean sembla grimacer.

— Je t'ai dit. Je ne peux pas. Je dois aller travailler. Je ne veux pas…

— Quoi donc ?

— Rien. Il faut que je travaille.

— Tu pourrais quand même aller le chercher. Il a dû se lever aux aurores. Il va être complètement crevé. Le taxi va lui coûter une fortune.

— Il gagne une fortune. Désolé.

Il sortit sans avoir rien mangé. Promit de téléphoner.

Martin posa son petit déjeuner sur un plateau et le porta dans le salon. Il mit la télévision en marche et regarda une chaîne du réseau anglais aux couleurs vives et aux décors pimpants : les correspondants à Dublin parlaient de l'affaire X***, de la décision qui devait intervenir le jour même. L'un d'entre eux se trouvait devant le palais de justice, debout dans le jour un peu gris – mais au moins il avait cessé de pleuvoir. Un autre se disait à peu près certain que le juge allait prononcer l'interdiction et empêcher la jeune fille de quitter le territoire. Martin n'était pas d'accord avec lui.

Il mangea ses tartines de pain grillé, essuya son menton et regarda des dessins animés. La raideur dans son cou s'estompa.

Il arriva plus tôt que Martin ne s'y attendait. Le bruit d'une voiture qui s'arrête, de portières qui claquent… Il n'eut que le temps d'appuyer rapidement sur la télécommande et de la jeter sur le canapé derrière lui avant de se précipiter jusque dans la salle de bains pour se regarder dans la glace et se laver les mains en vitesse, de retraverser la cuisine en promenant un coup d'œil circulaire et en se disant qu'il aurait mieux fait de nettoyer le sol. Il attendit dans l'entrée derrière la porte, mais elle ne s'ouvrait pas. Peut-être que ce n'était pas lui. Martin allait retourner dans le salon pour regarder par la fenêtre quand le heurtoir retentit bruyamment – deux coups secs comme des pas sur un sol gelé.

Martin souriait. Il ne put effacer son sourire, même en tirant sur sa bouche, tandis qu'il tendait la main pour ouvrir. Le sourire résistait. Il le sentait qui lui fendait le visage, il sentait ses joues plissées et ses dents dénudées. Il tourna le verrou et ouvrit la porte, lentement d'abord, comme s'il avait peur, puis d'un seul coup, laissant entrer la lumière et un désordre de couleurs. Le soleil avait fait son apparition.

Henry était devant lui, levant la tête pour le regarder. Un sourire éclaira son visage sérieux quand ses yeux rencontrèrent ceux de Martin. Il était là, seul devant lui, dans une veste trois quarts en cuir que Martin ne lui connaissait pas. Ses cheveux étaient plus courts. Il avait des cernes sous les yeux, mais il était rasé de près et le soleil se reflétait sur sa peau.

— Je ne trouvais pas ma clé, s'excusa-t-il.

Il y avait une petite valise à ses pieds et un sac se balançait sur son épaule, mais ce n'étaient pas les bagages qu'il avait quand il était parti : le sac était nouveau, et la valise qu'il avait emportée était plus grosse. Martin remarqua tout cela avant de prononcer un mot. Puis il s'écria :

— Bon Dieu, t'es vraiment superbe ! Entre. Comment tu vas ?

Il souriait toujours d'une oreille à l'autre, et ne put s'empêcher de penser que le sourire de Henry s'adressait plus à son propre sourire béat qu'à lui-même. Il s'effaça pour laisser passer Henry, qui portait sa valise devant lui, qui arrivait à sa hauteur en haut des marches et qui dégageait de légers effluves d'after-shave par le col ouvert de sa chemise immaculée.

— Ça va. Et toi, comment te sens-tu ?

Il laissa tomber la valise au pied de l'escalier et regarda autour de lui. Il prit une profonde inspiration.

— J'ai l'impression d'être parti depuis des années. Est-ce qu'il y a des changements ?

— Non. Pas vraiment.

Ils se regardèrent. Martin craignait que les traits distendus sur son visage idiot ne laissent à tout moment éclater un rire étranglé d'émotion. Juste en dessous de sa ligne de vision il apercevait l'arrondi de ses joues et il sentait derrière son nez et ses yeux des picotements annonciateurs d'éternuements, de fous rires, de toux et autres explosions. Il se passa une main sur le menton.

— Est-ce que ça va ? demanda Henry, se dirigeant vers lui.

— Oui, oui. C'est juste… C'est bon de te revoir. Je suis content, quoi…

Il se mit à rire, baissa la tête, saisit sa bouche dans sa main, plia les genoux, puis se releva d'un coup en essuyant ce qui était à coup sûr une bulle sortie de son nez.

— Excuse-moi.

Henry mit ses bras autour de lui et ils restèrent un moment enlacés, se balançant légèrement. Martin enfouit son visage au creux de l'épaule de Henry, frotta son nez sur le cuir. Il embrassa Henry dans le cou, puis trouva sa joue, ses lèvres. Ils s'embrassèrent longuement, doucement, accrochés l'un à l'autre ; Martin calculait chacune des réactions de Henry, ouvrant les yeux une ou deux fois pour s'assurer que ceux de Henry étaient fermés, bougeant légèrement les pieds pour voir si Henry suivrait, observant et enregistrant chaque mouvement comme ces sondes délicates qu'on lance dans le vent pour savoir le temps qu'il fait, jusqu'à ce que, enfin rassuré, il parvînt à se détendre. C'était tout à fait comme avant.

— Bon Dieu, ce que tu as pu me manquer !

— À moi aussi, tu m'as manqué, murmura Henry.

Et, se tenant par la taille, ils s'écatèrent légèrement l'un de l'autre pour mieux se regarder.

— Tu te sens bien ? Est-ce que tu as pu dormir ?

— Non. Non, je n'ai pas pu – il sentait un élancement dans le cou. Sean est resté. Le salaud n'a pas voulu aller te chercher.

Ils s'embrassèrent de nouveau puis relâchèrent leur étreinte. Henry monta poser ses bagages tandis que Martin allait dans la cuisine allumer la bouilloire. Ils se retrouvèrent tous les deux devant une tasse de café. Henry ouvrit une fenêtre.

Martin lui demanda d'où sortaient sa veste en cuir et son nouveau sac de voyage. Il avait acheté la veste d'occasion et emprunté le sac. À qui ? était sur le point de lui demander Martin lorsque Henry l'interrompit :

— Raconte-moi ce qui s'est passé.

— Je te l'ai déjà dit.

— Tout ?

Il fit un signe affirmatif, mais Henry continuait à le regarder d'un air interrogateur. Martin essaya de se rappeler, de trouver les mots adéquats pour raconter ce que Sean lui avait dit. Toutes ces choses. Il n'avait pas envie d'en parler.

— Elle l'a tué.

Il haussa les épaules. Henry hocha la tête, regarda la table. Martin eut peur que ce ne fût pas suffisant, qu'il ne se contentât pas de si peu.

— Apparemment, il y a un type de la police.

— Quel type de la police ?

Martin se souvint alors du récit que lui avait fait Sean au sujet du policier, et il dit à Henry qu'un policier était venu voir sa mère, et que sa mère avait raconté certaines choses à propos de cette visite, certaines choses et pas d'autres. Il parlait de façon confuse. Il n'arrivait pas à se concentrer. Il s'arrêtait, il bégayait.

— Ça va, ça va, dit Henry, lui prenant la main, croyant qu'il était bouleversé.

Martin se mit à tousser.

— Est-ce qu'on pourrait ?… commença-t-il.

— Quoi ?

Martin tourna la tête de côté, l'inclina, ne dit rien.

— Pourquoi ne l'a-t-il pas arrêtée ? demanda Henry.

— Ouais…

— Pourquoi est-ce qu'il ne l'a pas arrêtée s'il savait ?…

— Ouais…

— Et pourquoi est-ce qu'elle est allée voir Sean ? Pourquoi est-ce que c'est à lui qu'elle l'a dit ?

Martin secoua la tête, retira sa main de celle de Henry et la posa doucement sur le visage de Henry, sur sa joue, sur l'endroit où la peau disparaît sous le col de la chemise.

— Ouais, dit-il.

GRACE

Elle ne dormait pas. Assise dans son lit, dans la faible lueur de l'aube, elle attendait les coups qu'on frapperait à sa porte afin de la réveiller. Elle avait froid et s'était roulée en boule. Elle n'avait plus de courbatures et ses yeux étaient aussi clairs que si elle avait dormi normalement, mais elle ne se sentait pas reposée. Dans sa tête résonnait une sorte de bruit de ferraille fantôme, comme si elle entendait des voix qui se taisaient dès qu'elle tendait l'oreille.

Un coup sur sa porte la fit sursauter. Mrs. Talbot lança à voix haute quelques mots qu'elle ne put interpréter. Elle posa les pieds par terre en murmurant « D'accord » d'une voix indistincte, sauta dans ses vêtements défraîchis encore tout imprégnés d'humidité, gardant sur la fenêtre un œil anxieux. La condensation la dissimulait.

En bas la salle à manger était presque vide. Deux hommes occupaient une petite table. Ils lui jetèrent un coup d'œil et firent un bref signe de tête. Elle n'était pas sûre de les avoir déjà vus. Le chat gris, du rebord de la fenêtre, la suivit paresseusement des yeux tandis qu'elle s'asseyait.

— Non, pas là, ma petite dame ! – c'était la voix de Mrs. Talbot, qu'elle ne voyait pas. Vous êtes à la table 4 – comme votre chambre – là-bas, sur le côté !

On voyait sa tête qui dépassait à peine des portes battantes menant à la cuisine. Une touffe de cheveux gris.

Elle ne tarda pas à se montrer tout entière, décidée à persuader Grace qu'elle devait avoir faim. Le petit déjeuner qui apparut devant elle ne semblait guère l'inspirer et cela fit sourire Mrs. Talbot.

— Personne ne sort de chez moi le ventre vide, déclara-t-elle, personne.

Grace fit de son mieux. Elle ne laissa que quelques bouchées. Pendant qu'elle mangeait, les deux hommes s'en allèrent, avec un sourire silencieux à son intention, et elle en vit arriver deux autres, qui lui adressèrent également un sourire. Il n'y avait que des hommes. Mrs. Talbot se déplaçait parmi eux en riant ou en les grondant gentiment. Ils bavardaient facilement avec elle, même ceux qui paraissaient les plus durs à cuire et les plus taciturnes. Elle parlait à chacun sur le même ton badin, et cela semblait leur faire plaisir, ils savouraient à l'avance le moment où elle allait s'approcher, se lançaient des regards furtifs, de vrais collégiens. Dans la mesure où Grace était capable d'en juger, aucun n'avait été aussi bien servi qu'elle.

Quand elle fut incapable d'avaler une miette de plus, elle attendit le retour de Mrs. Talbot et la remercia.

— Est-ce que vous resterez encore ce soir ?

— Non, je ne resterai pas. Je dois m'en aller. En Écosse.

Elle n'avait pas plutôt prononcé ces mots qu'elle s'en mordit les doigts. Mais Mrs. Talbot ne semblait pas avoir remarqué quoi que ce fût.

— Eh bien, j'espère que vous vous êtes plu ici. Vous serez la bienvenue si vous revenez. Il doit y avoir un reçu quelque part.

Elle souleva la corbeille à pain.

— Tenez, il est là. Il y a le numéro de téléphone d'inscrit. Vous n'avez qu'à appeler en cas de besoin.

Elle débarrassa deux ou trois choses et s'en fut de nouveau, sur quoi Grace monta dans sa chambre. Elle regarda un peu partout pour s'assurer qu'elle n'oubliait rien. Mais elle ne risquait pas d'oublier grand-chose, à part son manteau.

Mrs. Talbot l'attendait au bas des escaliers. Le chat reposait dans ses gros bras, ses yeux de verre visibles au creux du coude, tandis que les doigts ronds et courts lui caressaient doucement les oreilles. Grace se rendit compte qu'elle ne l'avait jamais vu marcher, et le chat lui apparut tout à coup comme un animal sans pattes, un simple ventre de fourrure avec une tête de poupée.

— Eh bien, au revoir, madame Wilson. J'espère que votre voyage se passera bien.

Grace sourit et lui rendit la clé.

— Merci. C'était vraiment très agréable ici.

Mrs. Talbot se tourna de côté, serrant le chat contre sa poitrine, et leva la main pour ouvrir la porte d'entrée. Une patte de chat apparut, pendant mollement contre l'estomac rond de Mrs. Talbot. Grace s'arrêta un instant pour la regarder, et Mrs. Talbot, comme pour prolonger ce temps d'arrêt, lâcha la porte et ramena vers elle la patte qui pendait.

— Ça ne me regarde pas. Pas du tout. Mais si je ne dis rien je sais que je le regretterai.

Elle se mordit la lèvre et regarda le chat.

— J'espère que vous comprendrez. Mon défunt mari disait qu'on ne peut pas offrir l'hospitalité sans s'intéresser aux gens. Ce n'est pas comme dans un hôtel. Ou dans ces motels américains où les gens peuvent bien mourir dans leurs chambres, tout le monde s'en fiche.

Elle leva les yeux : Grace fronçait les sourcils. Elle essaya de radoucir son expression.

— Vous êtes arrivée sans aucun bagage, vous voyez, sans même de quoi vous changer. Je n'ai pas pu ne pas m'en apercevoir. Ce n'est pas très courant. Comme je le disais, j'ai hérité ça de mon défunt mari… Quand quelqu'un frappe à ma porte et que j'ai l'impression qu'il a besoin d'aide, j'ai du mal à m'empêcher de lui tendre la main. Vous avez l'air, si vous me permettez, madame Wilson, de quelqu'un qui a été obligé de s'en aller à la hâte – ce qui ne présage rien de bon. Je ne veux pas être indiscrète. Je ne cherche pas à savoir. J'aimerais simplement aider dans la mesure du possible.

Son sourire l'avait quittée, elle regardait maintenant Grace avec un air inquiet en remuant la bouche et en se mordant les lèvres. Grace ne savait pas quoi dire. Il y eut un long silence. Le chat ronronnait doucement entre elles. Mrs. Talbot baissa les yeux et se concentra sur les caresses qu'elle lui prodiguait.

— Pardonnez-moi, madame Wilson, dit-elle doucement. Je parle beaucoup trop. Ça m'a joué plus de tours dans ma vie que vous ne pouvez l'imaginer.

— Non, ça ne fait rien.

Grace laissa ses yeux se poser sur la fourrure grise, qui ondula imperceptiblement.

— C'est gentil à vous de vous inquiéter, mais vraiment ce n'est pas nécessaire. Je suis venue de… heu, de la campagne, pensant voir mon fils, et malheureusement il est absent, et je n'ai pas pu rester chez lui. Et toutes mes affaires sont dans sa maison… Chez lui. C'est pour ça que je n'ai pas pu me changer. Il est rentré maintenant. Enfin, aujourd'hui. Je vais aller chercher mes affaires pour pouvoir me changer, et je pourrai m'en aller, enfin, partir en voyage…

Il y eut un silence et Grace regarda respirer le chat – un petit cœur battant dans un sac gris. Les gros doigts ronds continuaient leur minuscule massage, et les yeux du chat se fermaient au rythme des caresses.

— Bon, finit par dire Mrs. Talbot. Eh bien, voilà…

Le chat bougea brusquement et Mrs. Talbot se pencha un peu, tendit les bras et le laissa sauter à terre. Il alla se frotter en ronronnant contre la rampe, puis sans un bruit s'éloigna rapidement dans l'entrée et disparut.

— Vous ne m'en voulez pas, j'espère ?

— Oh non ! dit Grace avec autant d'entrain qu'elle le pouvait. Pas du tout.

— Eh bien alors, je vous laisse y aller – elle ouvrit la porte. Bonne chance ! À un de ces jours peut-être…

— Au revoir. Et merci.

Grace monta les marches jusqu'au trottoir et se retourna pour faire un signe, mais la porte se refermait sur Mrs. Talbot.

Dans la rue un flot continu de voitures roulait vers la ville. On pouvait sentir l'odeur ténue de la rivière, des remugles de cuisine, un avant-goût de rouille. Le ciel de nouveau gris, les nuages qui le ponctuaient comme des traces de coups. Un vent qui la poussait comme une main glacée dans le bas de son dos, par là, madame, par là s'il vous plaît. Grace baissa la tête et commença à marcher.

D'abord elle vit des perruques et des robes, et elle crut qu'elle était tombée sur une cérémonie qui se déroulait en pleine rue. Puis elle se rendit compte que c'étaient des avocats qui portaient des piles de dossiers et de documents ou des serviettes ressemblant à des sacoches de médecin. Il y avait une foule pleine de gens brandissant des pancartes et des banderoles, des badauds qui, les mains dans les poches, regardaient tous du même côté. Il y avait des caméras de télévision, des femmes et des hommes armés de micros ou de téléphones portables qui se parlaient à mi-voix en battant la semelle. C'est alors que Grace reconnut le palais de justice.

Elle s'arrêta à l'angle et chercha des yeux Sean dans la foule. Sans succès. Elle traversa la rue et longea la rivière. Au coin du bâtiment, elle vit un petit groupe de gens qui marchaient en cercle sans rien dire et portaient des pancartes écrites à la main : « LE CRIMINEL, C'EST LE VIOLEUR », « JUSTICE POUR LES FEMMES », « PAS D'ENTRAVE À LA LIBRE CIRCULATION ».

Plus loin se tenait un attroupement plus modeste encore, dans une attitude de défi silencieux. Quelqu'un brandissait une image de la Vierge Marie, quelqu'un d'autre une pancarte imprimée sur laquelle on lisait : « AVORTEMENT = MEURTRE ». Ils avaient tous des rosaires et Grace crut voir qu'ils étaient en train de prier.

Entre ces deux groupes et un peu partout autour de la foule, des policiers en uniforme lançaient à droite et à gauche des regards tendus. Grace resta un moment près de la rivière à contempler le spectacle. Elle voyait des conversations éclore puis se terminer aussi vite qu'elles avaient commencé. Les gens se déplaçaient çà et là comme s'ils ne savaient sur quel pied danser. Ils semblaient attendre quelque chose.

Au bout d'un moment Grace se fatigua. Elle boutonna son manteau jusqu'en haut, détourna la tête et se remit à marcher. Elle devait s'occuper de ses propres affaires, et elle avait du pain sur la planche.

Elle avait dit à Mrs. Talbot qu'elle allait en Écosse et elle se demanda si cela voulait dire qu'elle en avait vraiment l'intention. Elle avait bien essayé d'avoir un vrai projet, d'établir un plan : se glisser dans la maison, récupérer ses vêtements et son carnet de chèques, laisser une lettre peut-être – ou peut-être pas – et puis s'en aller prendre le ferry. Mais tout le temps elle s'était dit, elle était certaine même, que Martin ne serait pas allé travailler, qu'il l'attendrait, désespéré, les mains sur la table, impatient comme un enfant, ses pensées entièrement tournées vers elle, tous ses sens tendus vers son retour. C'était un fol espoir. Elle doutait d'elle-même, et de ses vraies motivations. Elle avait peur que ce ne fût cela, son vrai désir : être accueillie à bras ouverts et pardonnée, comme si les rôles étaient inversés, comme si l'enfant c'était elle.

Elle devait aller prendre ses affaires. Elle en avait absolument besoin.

Elle s'arrêta au coin de la rue. Elle la balaya du regard dans toute sa longueur, mais ne vit rien. Elle se dirigea vers la maison en restant sur le trottoir d'en face : c'était plus facile ainsi de la surveiller. En s'approchant elle ralentit le pas. Elle ne voyait rien de spécial. Les rideaux étaient ouverts, les fenêtres fermées. Elle s'approcha de la maison d'en face et se posta sur le seuil où la mendiante avait élu domicile.

Rien ne bougeait. Dans la rue régnait un silence qui semblait l'attendre. Elle fouilla son manteau et trouva les clés. Arrivée près de la porte elle scruta les fenêtres pour y détecter le moindre signe de présence. Elle tâcha de voir s'il y avait quelqu'un dans le salon. Il semblait vide. Qu'est-ce qu'elle allait faire s'il n'était pas là ?

Elle introduisit la clé dans la serrure et poussa doucement la porte avec son épaule. Après avoir jeté un coup d'œil, elle entra, et elle se sentit submergée. Tout était tellement familier. C'était la maison de son fils et elle était remplie de sa présence. L'atmosphère, l'espace, tout était plein de lui. Elle porta ses mains à sa bouche.

MARTIN

Faire l'amour. Pour Martin, c'était lourd de sens. Lourd d'un poids qu'il croyait être le seul à ressentir. Il pensait que ça ne devait pas avoir la même signification que pour d'autres. Qu'il était le seul à se sentir défini par cet acte. C'était ce qu'il était lui. Les circonstances de sa vie avaient découlé de la manière dont il voulait faire l'amour. Étaient déterminées par cette affirmation maladroite : je suis ce que je désire. Je ne suis que cela.

Tout espace entre eux fut aboli. C'était comme s'ils étaient précipités ensemble le long d'un étroit corridor ne menant nulle part sinon vers une lumière blanche qui les transperçait et les laissait sans forces.

Une fois dans la chambre, Martin commença par l'embrasser, puis lui retira ses vêtements un par un, tel un voleur. Henry se laissa déshabiller entièrement sans réagir, comme s'il était un passager sans défense. Martin s'émerveillait devant tant de générosité et, au moment où il commençait à se dire qu'après tout ce n'était peut-être pas de cela qu'il s'agissait mais de tout autre chose, de quelque chose de plus froid, il fut repoussé en arrière et sentit Henry s'affairer sur les boutons et les boucles avec des doigts maladroits et de petits rires jusqu'au moment où, s'écroulant ensemble sur le lit, ils retrouvèrent leur sérieux, corps emmêlés et regards affolés.

Martin regardait. Il contempla avec une sorte d'incrédulité la taille mince de Henry et la ligne sombre qui s'étendait du nombril à la toison épaisse du pubis comme une traînée de sol brûlé.

Puis il continua, et il comprit que, bizarrement, c'était son cœur le plus impliqué. Son corps restait déconnecté, distant. Il essayait désespérément de rattraper Martin, mais n'exécutait que fort mal ce qu'on lui demandait ; parfois il comprenait mal : il accomplissait sa tâche, mais pas tout à fait comme Martin l'aurait voulu, d'une façon trop superficielle, trop rapide, trop immédiate. Martin aurait eu envie, debout sur le lit, de sauter comme d'un plongeoir dans le corps de Henry, de pénétrer sous sa peau et d'en être recouvert, enveloppé d'une chaleur obscure dont il ne pourrait plus s'échapper. Mais c'était impossible.

Pour Henry, c'était pareil. Il étreignait Martin au point de laisser des marques sur sa peau. Il l'embrassait passionnément et Martin avait l'impression d'être meurtri partout, de petites mares de sensations comme s'il avait été nu sous la pluie. Leurs bouches se rencontrèrent de nouveau quand ils eurent chaque centimètre du corps de l'un pressé contre le corps de l'autre, qu'on eût dit deux mains jointes qui prient, et les bouches ne pouvaient s'ouvrir assez grandes, et les seuls bruits qu'ils faisaient étaient sourds et très proches, un corps à corps de couleurs, et Martin se disait que c'était le bruit que fait un cœur qui parle à un autre cœur… Voilà à quoi il pensait.

Puis, tandis que l'étreinte se resserrait, toujours plus intime, leur amour s'assagit. Une étreinte sentimentale. Tel fut le mot qui vint à l'esprit de

Martin. *Sentimental.* Encore qu'il ne sût pas exactement ce qu'il voulait dire par là. Étonnante, cette façon de se comporter en observateur : il se regardait, il regardait Henry, il n'avait pas la tête assez haute pour jouir du spectacle. Ce n'était pas de la froideur, pas ce genre de distance. Mais c'était néanmoins de la distance, un espace dans lequel Martin prenait la mesure de ce qui leur arrivait, se tenant en deux endroits à la fois : dans le plaisir de son corps, le chaud mélange des sens qui tendait sa peau, qui l'empêchait de voir, et dans la concentration paisible de son esprit, zone tranquille d'où, aux aguets, il avait une vue panoramique – oui, panoramique – sur ce qu'il appelait amour, qu'il soupesait et finissait par adopter, comme si c'était une représentation de l'avenir ou du passé plutôt qu'un ici et maintenant tout ce qu'il y avait de palpable, pas un bien à lui, en somme, mais un simple cadeau : oui, cela t'appartiendra si tu te montres un bon garçon, si tu fais tout comme il faut. Il ferma les yeux et laissa le silence à l'intérieur de lui se dissoudre dans le bruit des corps. Il n'y avait plus à penser. Tout était maintenant contenu dans ce bruit, dans cette palpitation croissante de sons qui se refermait autour d'eux comme une cage, un château de cartes, un jeu de mikado, une pyramide de demi-mots s'élevant si haut qu'ils ne les entendaient plus, une construction impossible à voir qui ne leur devenait perceptible qu'à la seconde même où elle s'écroulait, à l'instant où elle s'imposait à eux de toute sa hauteur, oscillait à son sommet perdu loin là-haut avant de dégringoler, vers eux, à partir d'eux, à travers eux, en morceaux épars qui les recouvraient, pantelants, épuisés par l'évidence de la distance parcourue, comme deux grands oiseaux échoués sur la plage, la mer derrière eux, l'écho de la mer enfin traversée tintant encore à leurs oreilles.

Le silence revint lentement remplir l'espace qu'il avait déserté.

Ils restèrent longuement étendus côte à côte. Puis Martin se mit à rire, Henry se mit à rire, ils se regardèrent et se remirent à rire.

— Je crois que nous en avions besoin, dit Henry. Tous les deux.

Au bout d'un moment il se glissa hors du lit et, enjambant les vêtements épars sur le sol, gagna la porte sur la pointe des pieds. Martin le suivit des yeux en faisant doucement rouler sa tête sur l'oreiller froid, heureux, apaisé, pour la première fois depuis des jours.

Il reprit peu à peu conscience de la respiration de la ville. Il écouta les bruits lointains de la circulation, faible murmure pareil à celui d'un torrent. Par la fenêtre il vit que le ciel était de nouveau couvert. Les contours brillants des nuages gorgés de pluie passaient à toute vitesse au-dessus des cheminées et des ardoises de même couleur qu'eux. Son corps se refroidissait et il commença à sentir l'air sur sa peau. La sensation était d'une agréable fraîcheur, et il promena sa main sur sa poitrine et son ventre frissonnants.

D'en bas lui parvint soudain le cri étouffé de Henry, une brève exclamation de surprise. Il l'entendit dire quelque chose. Puis ce furent les pas précipités de Henry, qui remontait l'escalier quatre à quatre. Il entra en trombe dans la chambre.

— Martin, souffla-t-il en attrapant ses vêtements au vol, ta mère est ici !

Martin s'assit lentement dans le lit, examinant de près le visage de Henry pour y déceler la trace d'une plaisanterie ; mais non, il ne plaisantait pas.

— Tu n'es pas sérieux ?

— Elle est dans le salon. J'ai cru entendre quelque chose, j'ai regardé et elle était assise là.

— Jésus Marie Joseph… Bordel, non !

Martin sauta hors du lit et rejoignit Henry au milieu des vêtements mélangés. Ils se cognèrent l'un contre l'autre.

— Est-ce qu'elle t'a vu ?

— Évidemment, qu'elle m'a vu. J'ai dit bonjour et je me suis tiré en courant. Elle doit penser que je suis fou.

— Elle t'a vu… en entier ?

Henry s'arrêta d'enfiler son jean, regarda Martin en haussant les sourcils.

— Elle a vu ma tête. Je ne crois pas qu'elle ait vu grand-chose d'autre. Elle m'a souri. Elle a dû entrer pendant que… Putain, Martin, c'est trop con !

Martin devint tout rouge. Il avait son T-shirt n'importe comment, bouchonné sur lui comme un lambeau de sa propre peau. Il pensa à Pat Bolton, à la mauvaise lumière dans la cabane, à la hâte…

Il l'avait complètement oubliée. Elle était sortie de son existence pendant que Henry et lui faisaient l'amour, elle était retournée dans son passé. Et maintenant cela. Comme si elle avait attendu dans la rue le moment propice. Comme si elle savait. Tout se mettait à aller très vite dans sa tête. Il vit les côtes de Henry disparaître derrière les boutons de sa chemise. Il n'arrivait pas à mettre la main sur sa deuxième chaussette ni sur sa chaussure. Pendant tout ce temps il imaginait sa mère assise en bas d'un air digne, avec sur son visage une de ses expressions… Elle se croyait chez elle, ou quoi !

Henry lui retrouva sa chaussure et l'attendit près de la porte en lissant ses cheveux.

— Qu'est-ce qu'on va dire ?

— À quel propos ?

— À propos de ça… De ce qu'on était en train de faire.

— On va rien dire du tout ! s'exclama Martin plus fort qu'il ne l'aurait voulu.

Il attachait maladroitement ses lacets en faisant des nœuds qui seraient impossibles à dénouer. Il se releva, regarda le lit, les couvertures en désordre et les draps froissés.

— Ça va aller ?

Il n'arrivait plus à imaginer son visage autrement que sous les traits bruts d'une femme de la campagne, en tout cas pas sous ceux d'une citadine.

— Oui.

Il ne regarda pas Henry quand il passa devant lui pour s'engager dans l'escalier. Le silence qui l'attendait ne lui disait rien qui vaille et il le remplit du bruit de ses pas, du glissement de sa main sur la rampe et d'une toux qu'il parvint à faire sortir de sa gorge sèche. Il entendait Henry derrière lui et il aurait préféré qu'il ne soit pas là, mais il ne pouvait pas le lui dire. Il hésita à marquer un temps d'arrêt au seuil du salon, mais il sentit que tout pourrait alors basculer pour lui. Il entra directement, s'arrêta où il put et regarda sa mère. Leurs yeux se rencontrèrent. Échec sur toute la ligne. Des yeux d'un autre monde. Sur toute la ligne. Le silence s'épaissit. Toutes les portes étaient restées ouvertes. Elle devait les avoir entendus. Avec le raffut qu'ils avaient fait. Il se raidit contre cette pensée.

— Pourquoi as-tu tué mon père ?

Il dit cela d'une voix gutturale qui le surprit lui-même, et qui surprit aussi Henry, debout dans son dos ; la tête tournée vers lui, il murmura d'une voix calme :

— Martin !

Mais Martin ne détourna pas les yeux du visage de sa mère. Elle soutint un moment son regard puis elle baissa les yeux sur ses mains, qu'elle retourna lentement comme si elle voulait les examiner.

— Tu sais bien pourquoi.

Il ne réfléchit même pas à ce qu'elle venait de dire. Il lui laissa à peine le temps de finir sa phrase.

— Pourquoi es-tu revenue ici ?

De nouveau Henry prononça son nom, un peu plus fort cette fois. Sa mère releva la tête.

— Pour prendre mes affaires. Je ne resterai pas longtemps.

— T'as pas intérêt.

— Martin, pour l'amour du ciel ! dit Henry en avançant d'un pas et en tendant une main que Martin écarta brusquement.

Il guettait un changement sur les traits de sa mère. Mais rien ne changea en elle, pas plus l'expression ou la couleur du visage que le dessin de la bouche.

— Alors, tu ne veux rien dire ? Tu ne vas pas me dire à quel point j'ai pu être con de n'avoir rien vu ? Rien compris ?

Elle ne bougeait pas. Elle n'était plus qu'un minuscule tenon sur le bord de sa chaise.

— Qu'est-ce qui t'a pris ? C'est la ménopause ? C'est ça ?

Henry se força à relever la tête.

— Nom de Dieu, Martin !

Sa mère eut un léger sourire. Ses yeux se détournèrent un instant puis revinrent au même point, son visage reprit une expression figée, calme et vide.

— Pour certaines femmes c'est la kleptomanie, toi, tu décides de prendre ta putain de voiture et d'écraser ton mari ! Et puis d'oublier. Comme si c'était une chose que tu avais faite sans y penser. Te moquer de Philip comme tu l'as fait ! Tu trouves ça drôle ?

Elle hocha la tête.

— Quoi ? hurla-t-il.

Elle détourna les yeux. Haussa les épaules.

— Qu'est-ce que tu as dit ?

Elle ne bougea pas.

— Tu trouves ça drôle ? répéta-t-il.

— Non, dit-elle d'une voix blanche.

Elle se leva. Fit un pas vers lui. Ouvrit la bouche. Martin pensa qu'elle allait dire quelque chose et il émit un son dédaigneux, une sorte de grognement pour l'empêcher de parler tandis que sa tête esquissait un mouvement de recul. Quand il la regarda de nouveau, il vit que sa bouche s'était refermée et ne put s'empêcher de se demander ce qu'elle aurait pu dire. Elle le regardait fixement. Ses yeux se tournèrent un instant vers Henry.

— Je vais monter chercher mes affaires. Je ne serai pas longue. Et puis je partirai. Vous êtes Henry, sans doute. Je suis désolée que nous n'ayons pu nous rencontrer à un meilleur moment. Mais c'est comme ça.

Elle se dirigea lentement vers eux et Henry s'effaça pour la laisser passer. Martin hésita. Elle allait partir et les paroles qu'il avait prononcées continueraient de le hanter. Mais il ne put rien dire d'autre. Il s'écarta. Elle s'arrêta près de lui et avant qu'il ait pu reculer elle agrippa ses bras assez fort pour lui faire mal, se pencha en avant, se tendit sur la pointe des pieds et l'embrassa sur la joue de ses lèvres sèches.

— Tu ne m'as pas fait de mal.

Elle le lâcha et il s'essuya la joue à l'endroit où elle avait planté son baiser.

— Tu ne m'as pas fait de mal.

Il voulut dire quelque chose. Rien ne vint. Elle disparut derrière la porte et commença à monter l'escalier.

Les yeux de Henry s'étaient posés sur lui.

— Tu déconnes à plein tube, dit-il calmement.

Puis il se détourna. Il la suivit. Monta l'escalier. Henry était monté avec elle.

— Dis-lui qu'elle peut aller chez Sean, cria-t-il. Il lui fera un bel article ! Il la fera acquitter ! Tout le monde adore les histoires de femmes battues. C'est tout ce que tu auras à dire : il me battait, vous comprenez, alors je l'ai tué. Oh, mais comment donc, chère madame, toutes mes félicitations, continuez comme ça, et bien du plaisir – Martin décrivit un arc de cercle et revint s'accrocher à la rampe. C'était mon père ! C'était mon père, après tout, merde !

Sans crier gare les larmes lui montèrent aux yeux. Il cessa de hurler, s'écarta de la rampe comme si elle le brûlait et courut dans la cuisine, emplissant l'air de gestes désordonnés, de mouvements de tête anguleux et de gémissements qu'il ne comprenait pas, qui semblaient venir de quelqu'un d'autre. Il pleurait comme un enfant. Il ne pouvait plus s'arrêter. Il s'assit et se mit à osciller d'avant en arrière, et il se dit tout à coup qu'il avait déjà vu des gens se balancer ainsi et se demanda si c'était un comportement acquis ou naturel, il se parlait à lui-même et ses mains étaient mouillées.

Henry vint le retrouver, s'assit à côté de lui, l'entoura de ses bras et se mit à lui murmurer des paroles que Martin n'entendait pas. Il n'entendait que le son de ses propres sanglots et sa mère qui marchait là-haut, sa voix qui disait des mots sans suite, des pas dans l'escalier, puis un silence et le bruit de la porte qui se refermait. Il n'avait pas entendu la porte s'ouvrir, il l'entendit seulement se refermer. Et puis il entendit le hurlement qui sortait de ses tripes et qu'il accentua pour masquer la pensée qui venait de lui percer le cœur comme un fil de fer barbelé : que Henry allait devoir rester avec lui maintenant. Et que c'était déjà ça.

GRACE

Son premier réflexe fut de courir, en se cognant avec sa valise qui la renvoyait contre les grilles, ses pieds frappant le sol comme des marteaux, ses jambes se dérobant sous elle. Elle partit du mauvais côté. Elle était sûre qu'il allait appeler la police. Sûre qu'ils n'allaient pas tarder, et qu'ils la trouveraient avec son sac en plastique éventré sur le gravier, ses mains rougies et ses yeux fous. Partis.

Elle chercha un taxi, mais ses yeux n'étaient plus là.

Alors elle se lança dans la ville, loin des petites rues, des allées et des chemins déserts, vers les endroits qu'elle connaissait, courant comme si elle était pourchassée. Il ne fallait pas qu'elle reste là. Elle s'arrêta à la porte d'une pizzeria. Posa ses bagages. Derrière la vitre une fille en tablier vert essuyait les tables. Elle la regarda sans sourire puis repartit vers les cuisines, les épaules de biais. Grace reprit ses affaires, tourna le coin, cherchant dans cette immensité hostile une fissure où se dissimuler ; elle se faufila dans le premier interstice qu'elle put trouver et tomba sur un portail fermé logé dans un haut mur ; elle s'y adossa et regarda les voitures passer comme des éclairs d'un bord à l'autre de sa trouée.

Ne pas le haïr. Surtout pas ça.

Il y avait des poubelles contre le mur de brique, des épluchures répandues, une odeur douceâtre. Elle regarda le ciel. Il y avait quelque chose qui lui échappait. Le ciel était vide, fantomatique, rempli de l'absence des choses. Elle ne comprenait pas. Un rectangle immense et distant, la forme d'une tombe, avec elle dedans. Avec lui dedans. Martin lui avait dit ce qu'elle avait fait. Elle avait tué son mari. Elle avait tué son père. Comme si elle avait eu besoin qu'on le lui dise. Si, elle en avait eu besoin.

Un garçon la regardait de la rue. Il était petit, avec des cheveux en brosse. Il se grattait.

— Bonjour, dit Grace, sa voix sortant d'elle comme un souffle d'air à l'odeur fétide.

Est-ce que Martin avait senti son haleine ?

Le garçon tourna la tête, puis la regarda de nouveau. Il portait une petite boucle d'oreille. Elle leva la tête et passa sa langue sur ses dents. Elle avait besoin de dentifrice. D'argent et de dentifrice et d'un bateau pour l'Angleterre et d'un train pour l'Écosse et d'un travail et d'un endroit pour vivre. Rien que ça. Il fallait qu'elle fasse attention.

Martin, avec la même coiffure que ce petit garçon. Exactement la même voix que son père. La sonorité des mots dans sa bouche semblable au bruit que fait la pluie qui tombe dans un seau en métal sur le sol en ciment d'une maison glaciale à l'ombre d'une colline. Tout ça à la fois. Ses yeux, lançant des éclairs comme la circulation au bout de l'impasse, sans cesse en mouvement, ne lui laissant aucune chance, aucune chance de le voir, de le trouver. Tout cela fichu, perdu à jamais.

Il y avait une porte dans le mur sur sa gauche. Elle s'ouvrit. Un homme en sortit, portant un grand sac en plastique noir. Il la regarda.

— Bonjour, dit-il.

Grace fit un signe de tête. Elle sentait les barreaux de la grille derrière elle lui rentrer dans les reins, comme si elle avait été sur un gril.

— Ça va ?

Il était en train de lui parler, il souriait. Il devait avoir le même âge qu'elle, il grisonnait, il portait un pantalon noir graisseux, une chemise blanche – un barman.

— Ça va, merci. Appelez-moi un taxi, s'il vous plaît.

Il rit.

— Bien, madame *Untaxisilvouplè* !

Il claqua la porte. Grace frissonna. Elle ne comprit pas tout de suite la plaisanterie.

Elle regarda par-dessus son épaule, mais dut se retourner carrément pour voir ce qu'il y avait derrière les barreaux : un petit espace rempli de tonnelets et de casiers à bouteilles. Rien d'autre. Elle les observa un moment puis reprit sa position initiale, face à la rue qui dessinait une petite fenêtre au châssis clair.

Elle aurait pu rester où elle était. Ne pas bouger. Laisser le jour décrire un arc et les couleurs changer au-dessus d'elle, dans cette petite allée qui ressemblait à une boîte à chaussures, si calme, si tranquille.

Mais il allait pleuvoir. La pluie était là. Dans l'air. Elle la sentait.

Elle ramassa ses bagages. Sa valise lui parut plus lourde. Elle la regarda, s'attendant à voir quelque créature étrange accrochée au fond comme un passager clandestin. Son sac à chaussures avait un air obscène.

Les pas qui la portaient vers la rue, avec sa mauvaise haleine, ses vêtements puants et ses pieds qu'elle soulevait à grand-peine – ce n'étaient pas des pas. C'étaient des instruments de mesure, comme si on mesurait des distances à l'aide d'un gros feutre.

Elle se retourna pour voir les marques : il y en avait beaucoup, à croire que l'allée servait souvent dans ce genre de circonstances. Ce genre de circonstances…

Mais qu'était-elle donc en train de faire ?

La rue regorgeait de vie et d'activité, elle regardait ailleurs. Grace resta près du mur et se dirigea vers la rivière, tête baissée, portant avec difficulté ses bagages. Elle essaya furtivement de repérer un taxi, mais elle n'osa héler celui qu'elle finit par voir. Elle se dit qu'il ne s'arrêterait pas. Elle guettait les voitures de police, surtout les voitures banalisées – lorsqu'elle en vit une elle se dissimula dans l'entrée vitrée d'une bijouterie et s'étourdit d'or jusqu'à ce qu'elle soit sûre qu'ils n'étaient plus là. Elle savait que c'était une voiture de police parce qu'elle était bleue et qu'elle roulait très lentement.

Tous les cinquante mètres elle s'arrêtait et se laissait dépasser par les gens qui marchaient derrière elle, tâchant de se rappeler leur visage et de voir s'ils ne repassaient pas une seconde fois ; elle était sur ses gardes, attendant un signal, une indication. Elle se disait qu'il y en aurait plusieurs. Ils seraient sûrement équipés de radios et de divers appareils sophistiqués.

Devant elle un petit garçon traversa la chaussée en courant et une voiture freina brutalement en écrasant son klaxon, mais le gamin avait déjà disparu. Le conducteur montra le poing et redémarra brutalement en faisant le même bruit que si le garçon avait été touché. Comment savait-elle que ça faisait ce bruit-là ?

— Doux Jésus ! s'exclama Grace à haute voix, et une femme lui jeta un œil en coin.

Elle lut les gros titres des journaux du soir en passant devant les petites guérites des marchands de journaux. X***. Tous les titres, c'était X***.

Et elle, qu'est-ce qu'elle était maintenant ? Une meurtrière ?

Elle approchait d'O'Connell Street. Elle était tout à côté. Elle avait donc dû traverser la rivière sans même sans apercevoir. C'était impossible. Elle regarda derrière elle et vit la silhouette d'un homme s'engouffrer vivement dans une boutique. Il y avait bien un pont là-bas, tout près de là d'où elle venait. Un pont en dos d'âne. Elle l'avait gravi péniblement sans même le voir.

Il fallait qu'elle s'arrête. Elle ne savait même pas où elle allait. Elle apercevait maintenant la statue avec ses anges géants aux ailes déployées, et pardessus toute une rangée de figures qui paraissaient vociférer. Puis O'Connell lui-même tout en haut, petit et râblé, tourné vers la rivière.

Derrière elle une femme laissa tomber un parapluie, puis le ramassa.

Il fallait qu'elle trouve une banque, voilà ce qu'il fallait. Elle avait besoin d'argent. Après elle pourrait réfléchir, faire des plans. Il faudrait qu'elle se rende à Dun Laoghaire. Il y aurait un ferry le soir même et elle pourrait y embarquer, regarder la mer, les vagues froides et les oiseaux. Elle serait sur le ferry parce que c'était cela qu'elle avait prévu – l'Écosse – et qu'elle ne pouvait pas changer d'idée maintenant. Mais il lui fallait du temps pour réfléchir.

Elle reçut une goutte de pluie et fronça les sourcils.

Elle rassembla ses affaires, tourna résolument le dos aux anges, tourna le dos au dos de Daniel, pencha la tête en avant et rasa le mur en surveillant la rangée d'arbres squelettiques qui défilaient lentement au milieu de la rue avec leurs affreuses ampoules. Elle passa devant les trous laissés par les éclats d'obus, les blessures de la pierre, les statues, l'endroit où se dressait autrefois la colonne, les monuments et les plaques commémoratives. Toutes ces circonstances du passé n'étaient pas les siennes. Rien de tout cela ne lui appartenait.

Elle n'était pas d'ici. C'était une étrangère. Son père l'avait voulue anglaise, et elle était anglaise. Mais il voulait qu'elle soit anglaise en Angleterre.

La pluie se mit à tomber. Grace sentit le froid gagner ses épaules. Elle eut aussi l'impression de commencer à percevoir l'odeur humide et douceâtre des vêtements qu'elle portait maintenant depuis plus de deux jours. Est-ce que Martin avait remarqué cette odeur ? Le sac cognait contre ses jambes, et elle voyait bien à quoi devaient faire penser son allure et son odeur.

Elle arrivait en haut de la rue. Au coin là-bas se trouvait l'arrêt de l'autocar qui l'avait amenée, quand elle avait retrouvé Martin, qu'il avait pris sa valise et marché avec elle jusqu'au taxi, qu'ils s'étaient fait injurier par un clochard et qu'ils avaient traversé toutes ces rues jusqu'à la maison de Martin. Quelle bourde !

Où allait-elle ?

Il y avait une banque à l'angle de la rue.

Elle s'en approcha lentement, s'arrêtant devant les vitrines, regardant de l'autre côté de la rue, enregistrant les visages des passants. Un homme tourna l'angle et une femme apparut aussitôt, comme s'il l'avait envoyée. Elle marcha vers Grace, la dépassa puis continua son chemin. Ils pourraient la coincer à l'intérieur s'ils voulaient l'arrêter – s'ils la voyaient entrer. Elle entra. Elle n'avait pas le choix. Elle avait besoin de l'argent.

Elle examina son reflet dans la vitre teintée de la porte intérieure. Un garde chargé de la sécurité, vêtu d'une chemise impeccable, la regarda passer. Elle se dirigea vers le comptoir le plus proche du mur et posa ses bagages, obligée de secouer son sac de chaussures pour le faire tenir en équilibre ; elle dut se concentrer pour empêcher ses mains de trembler, pour rassembler ses esprits. Elle prit un formulaire de retrait et le remplit. Elle laissa le montant en blanc car elle ne savait pas exactement combien elle avait. Elle chercha dans son sac les papiers de la banque, son numéro de compte. Elle avait toujours les clés. Les clés de la maison de Martin. Elle les avait encore sur elle.

Elle traîna toutes ses affaires jusqu'à la queue en poussant sa valise du pied. Dans l'œil rond du miroir de surveillance qui se trouvait bien au-dessus du comptoir, elle remarqua un homme en complet veston qui parlait dans un téléphone portable et qu'il lui sembla reconnaître. Une femme s'adressait au garde. Il regarda quelque chose qu'elle tenait à la main. Dans la queue devant elle un espace s'ouvrit alors que les gens avançaient et qu'elle restait immobile. Dans le miroir les corps étaient déformés, des torses démesurés sur des jambes toutes minces. Le garde souriait. Quelqu'un toussa derrière Grace : elle empêchait la queue de progresser avec son corps rigide et oppressé. Elle frissonna. Puis elle avança.

Elle ne voyait plus le miroir. Elle essaya de se retourner, mais il y avait trop de monde.

Le jeune homme derrière le comptoir lui sourit et chercha le solde de son compte sur l'écran de son ordinateur. Il l'inscrivit sur un bout de papier, qu'il lui tendit. Elle ôta dix livres du chiffre indiqué, inscrivit le reste dans la case qu'elle avait laissée vierge et le lui donna. Il fronça les sourcils et tapa sur son clavier.

— Avez-vous une pièce d'identité ?

— J'ai ma carte.

Il sourit de nouveau, prit la carte, la fit passer dans une machine posée près de lui et lui indiqua le petit clavier semblable à une calculatrice qui se trouvait sur le comptoir à côté d'elle.

— Voulez-vous composer votre code, s'il vous plaît ?

Grace le regarda d'un air bête.

— Le code, dit-il, le numéro de code que vous avez reçu avec votre carte.

Elle farfouilla dans son sac et trouva l'enveloppe dans laquelle on lui avait envoyé le numéro de code. Elle essaya de le déchiffrer mais c'était difficile à cause du réseau de filaments bleus sur lequel il était imprimé. Elle surveillait le jeune homme du coin de l'œil. Il maintenait ses mains bien visibles. Elle entendait des voix derrière elle.

— Vous devriez l'apprendre par cœur, vous savez, dit le jeune homme en souriant.

— Je sais, mais j'ai une mémoire déplorable, dit Grace.

Elle composa le numéro et regarda le jeune homme.

— C'est bon, dit-il.

Il compara la signature figurant au dos de la carte avec celle du formulaire et lui rendit sa carte. Il ouvrit un tiroir profond et compta des billets, puis les recompta en les posant sur le comptoir. Elle jeta un coup d'œil derrière elle. Il n'y avait personne devant la porte et le garde avait disparu. Ils allaient l'attendre dans la rue pour ne pas affoler les gens, ne pas leur donner l'impression qu'il s'agissait d'un hold-up.

— Merci, dit-elle. Est-ce qu'il y a une autre sortie ?

Il haussa les sourcils mais continua de sourire.

— Pardon ?

— Une autre porte.

Il la considéra un moment avec curiosité.

— Il y a une sortie pour le personnel, oui, pourquoi ?

— Eh bien, est-ce que je pourrais sortir par là ?

Il eut l'air perplexe.

— Excusez-moi de vous demander ça, dit Grace. Je ne le ferais pas si ce n'était pas important.

Il regarda autour de lui, se gratta la tête et jeta un coup d'œil par-dessus l'épaule de Grace.

— Est-ce que je peux vous demander pourquoi ?

Grace soupira et l'examina soigneusement. Elle avait des bagages avec elle. Elle emportait son numéro de code en même temps que sa carte. Elle avait une mauvaise mémoire. Elle sentait un peu mauvais et ses cheveux étaient trempés de pluie.

— Bon, dit-elle tout doucement, se penchant en avant de façon qu'il soit lui aussi obligé de se pencher pour l'entendre. Mon mari attend dehors. Il faut absolument que je lui échappe. Si je sors par là il va encore prendre mon argent et je me retrouverai sans rien. Une fois de plus.

Le jeune homme inclina légèrement la tête de côté, l'air gêné.

— Je suis désolé, dit-il.

— Merci. Il boit, vous comprenez.

— Attendez ici. Non, allez plutôt là-bas, jusqu'au bout du comptoir, et je vous ouvrirai.

Grace mit son sac à main en bandoulière, prit le sac en plastique qui contenait ses chaussures, souleva sa valise et longea le comptoir en gardant la tête baissée. Le jeune homme lui ouvrit et la conduisit par le bras de l'autre côté, où les hommes et les femmes, de leurs bureaux, la regardèrent passer, tête basse, cheveux mouillés, malodorante, les larmes aux yeux. Les yeux lui brûlaient mais elle était trop gênée pour les essuyer. Elle ne les leva pas. Elle n'aurait pas pu.

La sortie donnait sur le côté du bâtiment, dans une autre rue. Le jeune homme, debout à côté d'elle, lui demanda si elle se sentait bien. Grace fut incapable de répondre. Il restait là, la main sur son bras ; la pluie qui tombait sur sa chemise bleue l'obligeait à rentrer la tête dans les épaules en faisant une drôle de grimace.

— Je vous laisse là, alors ? demanda-t-il. Ça va aller ?

Elle fit un signe d'assentiment, il lâcha son bras ; l'endroit où il avait posé sa main, quand il la retira, était froid. Elle pleurait, mais sous la pluie ça ne se voyait pas.

MARTIN

À un moment la radio se mit en marche. Il entendit la voix assourdie annoncer les nouvelles comme si elle lui parvenait d'un aquarium. Ils n'avaient pas voulu la laisser partir. La fille. La fille de quatorze ans. Ils lui avaient interdit de partir.

Henry fit du café, mais Martin n'arriva pas à le boire, il avait un goût de sueur. Il était assis dans la cuisine, vêtu de deux pull-overs, reniflant, hébété. Parler lui était impossible. Il refusa d'aller dans le living ou dans la chambre. Henry finit par abandonner toute tentative de communication et quitta la pièce. Martin l'entendit aller et venir dans la maison. Sans doute défaisait-il ses bagages. Quand il réapparut, debout dans l'embrasure de la porte, Martin sentit son regard posé sur lui.

— Il faut que je mange, Martin. Je n'ai rien pris depuis ce matin.

Martin fit un signe affirmatif et examina ses mains.

— Tu veux quelque chose ?

Il secoua négativement la tête, pressa l'une contre l'autre ses mains fermées et contempla la façon dont les jointures s'imbriquaient comme les dents d'un engrenage mou. Il s'y frotta le menton, en sentit la douceur, et se rappela qu'il s'agissait bien du même jour que celui qui avait commencé le matin.

— Tu crois que j'ai mal fait ? demanda-t-il.

Henry ne bougea pas. Il se contenta de soupirer sans répondre.

Martin étendit ses mains et leva les yeux.

— Tu n'y croyais pas, hein ? Je suis sûr que tu ne voulais pas le croire.

— Quoi ?

— Qu'elle l'avait tué.

Henry soupira de nouveau.

— Non, je suppose que non. J'avais espéré que Sean avait mal compris, ou qu'il l'avait inventé ou quelque chose comme ça. Ç'aurait bien été son genre.

Il y eut le froissement d'une feuille d'aluminium et un courant d'air froid s'échappa du frigidaire. Une espèce de roulement – la bouilloire. Martin se mit à tambouriner sur la table et secoua lentement la tête.

— Elle a dû être obligée de sacrément foncer. Pour être sûre de le tuer. Obligée de le repérer dans le noir et puis d'accélérer, de foncer sur lui et de continuer après. Obligée de s'arrêter et de sortir de la voiture pour vérifier qu'il était mort. Tu imagines un peu ? Tu te vois étendu sur la route dans l'obscurité, en train d'agoniser, et quelqu'un se penche sur toi et te pousse du pied pour voir si tu respires encore ? Tu imagines ce que ça doit faire de savoir qui t'a tué ? Après, il a fallu qu'elle remonte dans la voiture et qu'elle rentre à la maison. Je n'arrive pas à comprendre. Comment elle a pu le laisser là, retourner à la maison et aller se coucher comme si de rien n'était. Et plus tard il a bien fallu qu'elle m'appelle pour me dire que mon père était mort. « Il est mort », elle m'a annoncé. Comme ça. Il a fallu aussi qu'elle assiste à l'enterrement. Enfin, si on peut dire : elle était debout à côté de sa tombe et elle s'ennuyait. Elle s'ennuyait ferme. Et puis voilà qu'elle débarque ici et qu'elle rigole ! Elle rigole et elle oublie. Elle oublie cette image de lui agonisant sur la route. Mais comment est-ce qu'on peut oublier qu'on a fait ça ?

— Je suis sûr qu'on n'oublie pas.

Martin le regarda. Il sortait des tranches de bacon de leur papier d'aluminium et les regardait à la lumière en les reniflant.

— C'est pourtant ce qu'elle a fait. Ce n'est pas comme si elle avait craqué et qu'elle ait avoué. Elle était coincée. Voilà ce qui s'est passé. Il a fallu que quelqu'un la coince. Si Sean n'avait pas vu ce flic, on en serait toujours au même point.

— Tu n'en sais rien.

— Tu te mets de son côté !

Il ne dit rien tout d'abord, puis d'une voix très calme :

— Je ne savais pas qu'il y avait plusieurs côtés.

— Elle a assassiné mon père !

— Tu ne l'aimais pas.

— Mais c'était mon père !

— Tu le détestais. Elle, tu l'aimais. Tu étais au courant de certaines choses.

— Quelles choses ?

Il ne répondit pas. Martin regardait ses mains. Il se mordit un ongle. Il se demandait s'il avait parlé à haute voix quand ils faisaient l'amour. S'il y avait eu seulement des bruits, ou bien des mots aussi. Il se sentait fatigué, infirme, pesant ; respirer lui faisait mal.

— Je vais monter un moment, d'accord ?

— Qu'est-ce qu'il y a, tu te sens mal ?

— Je veux juste dormir une heure ou deux. Réveille-moi. Réveille-moi plus tard. On pourra parler. Je n'arrive plus à penser.

Henry monta avec lui, remit le lit en ordre, tira les rideaux et s'assit près de lui pendant qu'il s'installait. Il l'embrassa sur le front et caressa ses cheveux. Martin fut content quand il le laissa. Ça lui rappelait trop sa mère.

GRACE

Mrs. Talbot ouvrit la porte et sourit immédiatement sans rien dire. Elle fit un pas de côté pour laisser entrer Grace, se trémoussa sur place en une sorte de figure de danse immobile ; elle se frotta les mains et sourit de nouveau, d'un sourire d'enfant. Puis elle remarqua quelque chose, son sourire s'effaça et elle fut tout à coup sérieuse et méthodique. Elle ne posa aucune question.

— La chambre que vous aviez est toujours disponible. Vous voulez sans doute prendre une douche et vous changer.

Elle la conduisit au premier, fouilla dans son tablier, dont elle ressortit la clé qu'elle avait confiée à Grace la veille.

— J'ai donné un coup ce matin, mais tout était si bien rangé que je n'ai pas eu grand-chose à faire. J'aimerais pouvoir en dire autant de certaines chambres. Est-ce que vous vous êtes jamais demandé pourquoi les trains et les autobus étaient si repoussants ? Bah, ça n'a pas d'importance.

Elle tourna la clé dans la serrure, ouvrit la porte et laissa Grace la précéder. Grace posa ses bagages sur le lit et sortit l'argent de sa poche. Elle avait oublié qu'il était en liasse et se sentit gênée d'exhiber une somme pareille. Elle en détacha quinze livres.

— Oh, ce n'est pas la peine, dit Mrs. Talbot.

— Si, si, je tiens à vous payer tout de suite. C'est l'usage.

Mrs. Talbot sourit gentiment, fit un pas en avant et prit l'argent.

— Merci, madame Wilson. Je suis contente que vous soyez revenue.

Elle plia prestement les billets de ses doigts boudinés et regarda Grace avec bienveillance, le sourire se prolongeant un instant dans ses yeux.

— Est-ce que je peux faire quelque chose pour vous, ma petite dame ? À manger, je voulais dire. N'auriez-vous pas une petite faim ?

Grace tombait d'inanition.

— Non, merci.

— Vous en êtes bien sûre ?

— Oui, merci. Je mangerai plus tard.

— Dans ce cas, fort bien. Si vous avez besoin de quelque chose, n'hésitez pas à me demander.

Elle glissa l'argent dans une poche et retourna vers la porte.

— Je suis dans la cuisine pour encore un moment. Si vous changez d'avis, vous serez la bienvenue.

Grace fit un signe de tête en souriant et Mrs. Talbot s'arrêta un instant pour la regarder. Puis elle ferma la porte et disparut.

Grace s'étonna qu'elle n'ait pas posé de questions. Elle se demanda aussi pourquoi la chambre était restée bien chauffée, prête à l'accueillir. Il était impossible que Mrs. Talbot ait appris quelque chose. Tout à fait impossible. Il aurait fallu être malade pour imaginer une chose pareille. Une nouvelle journée commençait ici, se déployait devant elle comme une route du Monaghan – systématiquement, minutieusement dégradée –, un ouvrage qui s'écroulait à mesure qu'il avançait, qui s'effondrait à chaque pas qu'elle y faisait.

C'est ici, également, qu'elle s'achèverait. Au milieu d'un cercle enflammé. Les yeux renversés. Elle avait perdu son fils. En moins de temps qu'il n'en fallait pour le dire, aussi précisément. Et elle s'était sentie tout à coup vaciller, debout au bord d'un précipice, comme si le sol s'était dérobé tout autour d'elle et qu'elle risquât d'être piégée. Elle avait peur. Pas tant de la justice des hommes que des inflexions qu'elle avait perçues dans la voix de son fils, de sa rage. C'était cela qu'elle redoutait. La haine. Comme si elle avait tué quelqu'un d'autre. Comme si elle avait tué quelqu'un qu'il aimait. Cela. L'idée que peut-être elle s'était trompée.

Il était trop tard pour prendre le ferry. Ils devaient l'attendre. Il y aurait des hommes lancés à ses trousses, avec une photographie d'elle, qu'ils auraient trouvée chez elle, ou chez Martin. Ils l'attendraient aussi à l'aéroport. Pourquoi pas ? C'était une meurtrière. Elle pouvait tuer à nouveau. Voilà ce qu'ils penseraient. Voilà ce que Martin leur dirait. Comme s'il n'y avait pas eu de mobile. Comme si elle avait tué sans raison.

Elle ne recommencerait pas à tuer, bien sûr. Son crime avait été bien particulier. En tout cas c'est ce qu'elle avait cru. Qu'il avait été commis dans un coin à l'abri des regards du monde. Que cela avait été une chose privée, un moment personnel arraché à l'obscurité, comme une allumette unique qu'on frotte dans le noir. Elle l'avait fait, et c'était fini. Elle avait pensé qu'il n'y aurait pas de répercussion.

Ses vêtements étaient humides et ils ne sentaient pas bon. Elle les jeta en tas dans un coin et se demanda si elle les ferait laver. Elle vida le contenu de sa valise sur le lit, trouva sa robe de chambre et sa trousse de toilette et se coula sans bruit sur le palier en fermant la porte derrière elle. Elle entendit le bruit de la télévision en bas, et des voix qu'elle ne parvint pas à localiser.

Dans la salle de bains elle se tint debout devant le miroir, passa lentement les mains sur son corps et les porta à ses narines. L'odeur n'était pas désagréable. Ça lui donnait un peu envie de dormir. Ses cheveux étaient tout abîmés, cassants, secs au toucher. Sous ses aisselles et sous ses seins il y avait un voile de transpiration sur lequel elle fit glisser rapidement ses doigts. Ses épaules et ses cuisses semblaient recouvertes d'une couche de crasse. Ses jambes étaient dures, ses pieds enflés, ses bras étaient doux et chauds. Elle y passa la paume de ses mains et respira profondément. Le bois humide. Les champs sous une ondée d'automne. Les arbres laissant des gouttes d'eau et des feuilles tomber sur l'herbe détrempée. La terre sous ses pieds.

Elle entra dans la douche et laissa l'eau la fouetter.

Ce qu'elle avait fait ne pouvait pas être sans répercussion. Voilà où était son erreur. L'onde s'était répercutée jusqu'à Martin, et elle avait atteint une zone en lui dont elle ignorait l'existence. Elle avait aussi atteint Brady et la machine qu'il ne pouvait contrôler – la machine à mesurer et à surveiller les rues. La machine à surveiller les petites routes où elle avait heurté son mari avec le métal de son propre crime et l'avait tué sur le coup. Juste une fois. Comme si elle avait repoussé un mets avarié.

Tant qu'il était vivant, elle avait été la seule à l'entendre. Maintenant qu'il était mort, l'onde semblait résonner de tous côtés.

MARTIN

La sonnette de la porte d'entrée le réveilla. Il entendit le son venir d'en dessous, comme s'il était sur une plate-forme, et il s'assit droit dans son lit sachant que quelque chose s'était produit mais incapable sur le moment de se rappeler quoi au juste. La sonnette retentit de nouveau et il entendit Henry qui allait ouvrir, et tout lui revint d'un seul coup en mémoire ; il regarda la pendule, jura et se jeta hors du lit, enfila son jean et son pull-over et se précipita hors de la chambre. Il rencontra Henry dans l'escalier.

— La police, dit Henry sans le regarder en face.

— Merde. Ils l'ont attrapée ?

— Non. Ils croyaient qu'elle était ici.

Il parlait lentement et regardait Martin comme s'il venait de rentrer, comme si tout cela était nouveau.

— Pourquoi tu m'as pas réveillé ?

Il ne dit rien, s'écarta et se serra contre le mur pour le laisser passer. Il descendit à sa suite.

Martin s'arrêta un instant à la porte du salon, se racla la gorge et entra.

Trop vite. Il avait été trop vite. Trois minutes plus tôt il dormait encore. Il aurait pu les faire attendre, se détendre un peu, être plus réveillé. Ils étaient deux. Martin crut reconnaître celui qui se tenait dos au poste de télévision comme si c'était une cheminée. Il était chauve avec un visage rougeaud et il n'avait pas ôté son manteau. L'autre s'était assis dans un fauteuil mais il se leva à l'arrivée de Martin. Lui aussi portait un pardessus. Il était jeune et barbu. Martin salua de la tête. Il sentait que ses yeux n'étaient pas encore tout à fait ouverts. Henry était derrière lui.

— Monsieur Quinn, dit le rougeaud, content de vous connaître. Je suis l'inspecteur Brady, de Monaghan.

Martin serra la main tendue, une chose grassouillette et humide, un peu flasque.

— Oui ?

— Et voici l'inspecteur Tom Crowley, continua Brady. Il est de Dublin, du poste de police de Harcourt.

Le barbu avait une poignée de main plus ferme. Il souriait. Il s'était fait pousser la barbe à cause de son air poupin. Martin rendit le sourire comme il pouvait et lança un coup d'œil à Henry, qui avait fermé la porte et qui se tenait debout, bras croisés, comme un videur.

— Nous cherchons votre mère, dit le barbu poupin du nom de Crowley. Nous croyons savoir qu'elle n'est plus ici.

— C'est exact.

— Où est-elle ?

— Je n'en sais rien.

Il hocha la tête, regarda Brady, qui regardait le plancher. Il leva la tête vers Martin, sourit.

— Quand l'avez-vous vue pour la dernière fois ? demanda Crowley.

— Je ne sais pas. Il y a quelques heures. Cet après-midi. Elle est revenue chercher ses affaires et elle est partie. Elle a assassiné mon père.

Les sourcils de Crowley se levèrent vivement. Un trou se fit dans sa barbe. Brady passa une main sur son crâne et s'assit. Henry poussa un grognement et décroisa les bras.

— Qu'est-ce qui vous fait dire ça ? demanda Crowley.

La télévision était allumée, le son réglé au plus bas.

— Eh bien… J'ai pensé que c'était de cela que vous vouliez lui parler. Je veux dire…

— Nous voulions en effet lui parler, dit Brady en toussotant. À propos de cela. De nouveaux éléments sont apparus…

Crowley lui coupa la parole.

— Qu'est-ce qui vous fait penser que votre mère a tué votre père ?

Sur l'écran du poste de télévision avait surgi, comme un homme invisible gesticulant dans la pièce, un présentateur en gros plan dont on n'entendait pas le bavardage.

— Elle l'a dit. À un ami. Vous le connaissez – il fit un geste vers Brady : Lui, le connaît. Elle l'a avoué à cet ami et puis elle a décampé. Disparu. Elle est revenue aujourd'hui mais maintenant elle est partie pour de bon.

Crowley secoua la tête.

— Il va falloir que vous commenciez par le commencement, monsieur Quinn, si ça ne vous ennuie pas. Je ne suis pas sûr de vous avoir bien suivi.

Brady opina, fit un signe à Martin, comme un signe d'encouragement, comme s'il le connaissait, comme si Martin devait penser que c'était important qu'il s'en mêle, comme si Martin avait besoin de ce genre de chose. Crowley se rassit. Henry avait les mains dans ses poches. Pour la première fois, Martin remarqua les restes d'une omelette au-dessus du poste de télévision. À côté il y avait une serviette en papier roulée en boule et une fourchette posée à l'envers. Martin s'assit dans un fauteuil, Brady dans l'autre, Crowley sur le canapé. Henry resta debout près de la porte.

— Je commence par où ?

— Par le début.

— C'est-à-dire ?

Il leur raconta tout. Déroula son récit comme une petite histoire, comme une plaisanterie. Il débita le plus vite possible une suite de mots et de phrases, maintenant en permanence ses yeux fixés sur le tapis et ses mains sur ses genoux. Il ne savait pas très bien comment finir. Il y eut un silence. Puis Brady posa une question au sujet de Sean – de la raison pour laquelle il avait menti.

— Une petite provocation de journaliste, dit-il. Voilà tout.

Crowley regarda Brady en fronçant les sourcils, secouant imperceptiblement la tête, absolument furieux.

— Est-ce que votre mère vous a jamais parlé de l'inspecteur Brady ? demanda-t-il en s'adressant non pas à Martin mais à Brady.

— Ouais, elle m'a dit qu'il était venu ici – Brady le fixait avec insistance, presque aussi rouge. Elle m'a dit que vous la teniez au courant.

Il hocha la tête et soupira, se mordant les lèvres.

— Je lui ai dit qu'elle pouvait venir ici, habiter chez vous. Peut-être que j'aurais dû mieux la surveiller.

Il secoua la tête. Crowley le regardait comme s'il avait affaire à un fou. Henry toussa, changea de position. Sa main, marquée d'une strie rouge, quitta sa poche et alla se refermer sur son coude.

— Vous ne la soupçonniez donc pas ? demanda-t-il.

Brady renifla.

— Eh bien, pas vraiment, non. Enfin maintenant il y a certains éléments… Des examens complémentaires, etc. Nous y voyons plus clair…

Martin sourit, secoua la tête. Ces flics…

— On ne peut pas dire que vous soyez des fortiches. Sean y avait bien pensé, lui ! Et vous non ! Eh bien, bravo ! Bon sang, c'était pourtant évident !

Il se renversa dans le fauteuil, croisa les bras. Henry le regardait. Immobile. Personne ne dit mot.

Ils posèrent quelques questions au sujet de Sean. Crowley nota soigneusement son adresse. Puis ils s'en allèrent, se levant tous les deux en même temps comme s'ils avaient synchronisé leurs mouvements. Crowley donna à Martin une carte qui portait son nom et deux numéros de téléphone, un au travail, un à la maison. Il lui dit qu'il pouvait appeler à n'importe quelle heure. Il lui serra la main. Brady s'abstint.

Dans la rue il y avait une voiture de police avec deux policiers en uniforme qui regardèrent Martin à travers l'air humide. Brady et Crowley montèrent à bord d'une Ford banalisée et commencèrent à discuter du coin des lèvres. Crowley conduisait. Martin les regarda partir, la voiture de police démarrant derrière eux, et il se dit tout à coup qu'ils avaient pris pour argent comptant tout ce qu'il leur avait raconté. Ils l'avaient cru sans réserve. Ils auraient pu le soupçonner de complicité avec sa mère, voire lui imputer le crime. Mais non. Ils l'avaient écouté en hochant la tête et sans rien contester. Comme s'il était facile de le percer à jour.

Il ferma la porte, non sans avoir aperçu par la fente, dans l'obscurité du dehors, la femme ivrognesse, la femme qui lui avait dit d'ôter ses sales pattes de branleur, qui le regardait fixement. Il ferma le verrou et se tourna vers l'entrée. Il vit Henry, debout à la porte de la cuisine, l'assiette d'omelette dans une main et la fourchette dans l'autre, le visage levé comme si on venait de l'interpeller, les yeux un peu égarés, qui le dévisageait lui aussi.

GRACE

La matinée était à la brume : un épais brouillard flottait au-dessus de la rivière. Grace le fouilla du regard jusqu'à en avoir mal aux yeux. Elle avait pris froid. Sa gorge était irritée, elle avait le nez bouché, elle sentait un début de mal de tête et une douleur dans ses os. Pourvu que ce ne soit pas la grippe.

Mrs. Talbot n'était pas venue frapper à sa porte. Grace ne le lui avait pas demandé. Elle était restée dans sa chambre à ressasser et à réfléchir sur son sort. Elle avait faim.

Elle s'habilla et descendit le plus tard possible, juste avant huit heures et demie, dans l'espoir qu'il y aurait moins de monde. Mais trois hommes bavardaient à une table, un jeune couple en occupait une autre, et Mrs. Talbot avait l'air un peu agitée. Elle sourit, demanda à Grace si elle avait bien dormi et ne dit plus rien. Grace l'entendit parler à quelqu'un dans la cuisine, une autre femme : il y eut des rires, le chuchotement de Mrs. Talbot, de nouveau des rires.

Le petit déjeuner était tout aussi copieux que la veille, mais cette fois Grace l'engloutit d'un trait et n'en laissa pas une miette. Personne n'avait de journal. Elle quitta la pièce et remonta pendant que Mrs. Talbot était à la cuisine, silencieuse à présent.

Le brouillard s'était levé. Elle s'étendit sur le lit et regretta de ne pas avoir de radio. Elle pourrait peut-être en acheter une quelque part. Une petite. Pourquoi pas une qu'on pouvait mettre dans la poche, avec des écouteurs ?

Elle n'avait pas beaucoup dormi la nuit précédente et elle commençait à s'assoupir, avec d'autant plus de facilité qu'elle n'essayait pas de se forcer. Martin apparut à son esprit. Martin tel qu'il était des années auparavant. Elle rêva d'été, de la chaleur de l'herbe, des moments qu'ils passaient ensemble assis près du lac avec le bruit du tracteur de son mari qui leur parvenait de l'autre côté de la colline. Dans l'après-midi elle apportait des sandwichs à son mari. Des sandwichs et une bouteille de lait, quelquefois une pomme. Elle rêva qu'elle portait un plateau à travers champs. Sur le plateau il y avait une théière, quelques tasses et un cake. Elle rêva que son mari l'apercevait, qu'il arrêtait le tracteur dont le moteur se taisait après quelques hoquets, qu'il descendait, s'essuyait le front et s'asseyait sur une balle de foin pour l'attendre. Quand elle arrivait à sa hauteur il tendait les mains pour prendre le plateau, mais elle continuait d'avancer et se mettait à rire. Ensuite elle se retrouvait au bord du petit lac et ils pique-niquaient tous les deux – Martin et elle. Il n'y avait pas de son. Comme la télévision quand on a coupé le volume.

Il faisait froid. Elle frissonna et sentit que sa gorge devenait de plus en plus rêche et douloureuse. Elle avala sa salive et elle eut mal, ferma très fort les yeux et roula sur le côté ; le froid lui collait au corps. Elle ferait bien de se mettre sous les couvertures.

Elle fit un autre rêve. Son père était en haut de l'escalier et il lui lançait un ballon de football qui rebondissait sur les marches. Elle l'attrapait et le lui renvoyait, et de nouveau il le faisait rouler dans sa direction, et le ballon sautait et rebondissait de plus en plus haut à mesure qu'il s'approchait d'elle. Elle le rattrapait en poussant des cris perçants, et son père portait un doigt à ses lèvres pour la faire taire.

— Tu vas réveiller ta mère.

Elle était assise dans le jardin avec sa sœur et elles attendaient. Elle se demandait ce qu'elles pouvaient bien attendre. Elles se regardaient, inquiètes.

Grace sursauta, s'assit dans le lit et écouta. De nouveau il y eut des coups légers frappés à la porte ; c'était donc bien cela qu'elle avait entendu. La chambre était sombre, lugubre, Grace sentait le froid sur sa peau, douloureux, à chacun de ses mouvements. Sa gorge était serrée, brûlante. Elle se laissa glisser du lit, les muscles endoloris, et alluma la lampe de chevet. De nouveaux coups sur la porte, suivis de la voix basse de Mrs. Talbot.

— Ohé ! madame Wilson ?

— Oui, fit Grace d'une voix inaudible, j'arrive.

Elle jeta un rapide coup d'œil au miroir et tira les rideaux. Puis elle regarda sa montre et les rouvrit. Il n'était que quatre heures. Elle s'arrêta à la porte. Peut-être qu'on venait l'arrêter. Ou que sa photo avait été publiée par les journaux du soir. Un signalement à la radio. Peut-être que Brady était derrière la porte à côté de Mrs. Talbot, et qu'il plissait sa grosse tête en se préparant à s'excuser. Elle se força à avaler pour tenter d'apaiser sa gorge et ouvrit la porte.

Mrs. Talbot était seule dans la pénombre du palier. Elle avait son tablier et souriait en regardant Grace.

— Pardonnez-moi, mon petit, dit-elle. Je vous ai dérangée ?

— À vrai dire, je m'étais assoupie.

Mrs. Talbot hocha lentement la tête, les lèvres entrouvertes en forme de *o*, comme si elle avait du mal à y croire.

— Je ne vous ai pas vue de la journée, mon petit. J'ai pensé que vous pouviez avoir faim. Voulez-vous que je vous prépare quelque chose pour ce soir ?

Elle prononça ces mots avec l'air de penser à autre chose, tout en examinant Grace avec curiosité. Elle lui avait dit qu'elle ne faisait pas à manger le soir.

— Non. Non, je vous remercie.

— Vous avez sans doute l'intention de sortir, dans ce cas ?

— Non. Enfin… je ne sais pas, peut-être.

Mrs. Talbot se mit à rire.

— Pardonnez-moi, mon petit, je ne suis qu'un vieux dragon parfaitement indiscret, mais rassurez-vous, vous n'en rencontrerez pas deux comme moi. Faites donc ce que bon vous semble. Ça ne me regarde pas. Je voulais seulement vous dire que j'étais à votre disposition si vous désiriez quoi que ce soit.

Elle réunit ses mains en boule et les regarda. Elle essayait de trouver quelque chose à ajouter. Grace trouva qu'elle ressemblait à un bol retourné pour recouvrir quelque chose. Un gâteau. Elle renifla.

— Vous êtes enrhumée, mon petit ?

— Euh… oui, j'en ai bien peur.

— Ah çà, mon petit, vous allez m'écouter maintenant. Vous allez rentrer dans votre chambre, vous allez fermer cette porte, vous allez vous mettre bien au chaud sous les couvertures, et moi je vais vous apporter de la soupe et un sandwich. Ne protestez pas. Vous vous en trouverez bien, vous verrez. Est-ce que l'Anadin vous fait de l'effet ?

— Je ne sais pas, certainement…

— Avec moi, c'est radical. Je ne me nourris pour ainsi dire que de ça. Je vous apporterai quelques Anadin, et puis après je vous donnerai du Lemsip que vous prendrez avant de vous endormir. Allons, rentrez vous coucher maintenant. Je ne serai pas longue.

Elle referma la porte. Grace l'entendit redescendre l'escalier à pas prudents et lourds. Il était indéniable qu'elle avait faim. Et qu'elle était enrhumée. Elle n'avait aucune envie de quitter la chambre. Mais elle avait bien compris qu'on ne lui proposait pas seulement une soupe chaude : on lui offrait aussi de lui tenir compagnie. De bavarder. Et cela, Grace n'y tenait pas. Elle ne pouvait pas se le permettre. Elle risquait d'en dire trop, de lâcher quelque chose qu'il ne fallait pas. De s'embrouiller.

Tandis qu'elle se déshabillait lentement pour enfiler ses vêtements de nuit et sa robe de chambre avant de se glisser entre les draps, Grace essaya de se rappeler l'histoire qu'elle avait inventée à l'usage de Mrs. Talbot. Elle lui avait dit qu'elle allait chercher ses affaires chez son fils et qu'elle partait pour l'Écosse. Elle lui avait donc dit la vérité. Ah, mais non, elle lui avait dit aussi qu'il y avait eu un quiproquo, que son fils était en voyage, et que c'était pour cela qu'elle n'avait pas de vêtements de rechange et qu'elle avait pris une chambre en ville.

D'où venait-elle ?

Elle agita les couvertures et les lissa de chaque côté de son corps. Il allait falloir qu'elle trouve une raison pour expliquer qu'elle ne prenait pas le ferry. Les orages. Il n'y avait pas d'orages. Les défaillances techniques. Elle se dit qu'un gouvernail pouvait certainement être victime d'un nombre incalculable d'avaries. Mais c'était le genre de choses qu'on annonçait à la radio. Tout le monde était au courant. En outre, ça ne faisait que retarder l'échéance, ça ne lui accorderait guère qu'un délai d'un jour ou deux et ne l'empêcherait pas d'avoir à partir. Ensuite il faudrait trouver autre chose. Elle dirait qu'elle avait changé d'avis. Oui, mais alors pourquoi ne pas retourner chez son fils ?

Où ?

Mrs. Talbot frappa et entra sans attendre la réponse. Elle tourna la poignée et poussa la porte de la hanche, précédée d'un vaste plateau.

— Et voilà, dit-elle, le souffle court.

Elle referma délicatement la porte d'un coup de son petit pied et, comme si elle craignait de basculer en avant, se précipita vers la coiffeuse où elle déposa le plateau en soupirant bruyamment.

— Seigneur Jésus, cette maison devient de plus en plus étroite, croyez-moi si vous voulez. De plus en plus étroite et de plus en plus haute, si vous me comprenez. Un de ces jours ce ne sera plus qu'une échelle géante, et moi je resterai coincée au beau milieu, coudes au corps, à ne même plus pouvoir regarder en bas tellement j'aurai peur ni aller plus haut tellement je serai grosse.

Grace lui sourit tout en essayant de voir ce qu'elle avait apporté. Elle avait très faim.

— Savez-vous, si je meurs en leur apportant leur thé, je serai dans une de ces fureurs ! Si je meurs en faisant la cuisine ou le ménage ou dans les escaliers, je leur ferai un tel scandale là-haut qu'ils m'enverront directement en enfer.

— Vous n'auriez pas dû, dit Grace. J'aurais pu descendre.

— Oh, je ne me plains pas, madame Wilson. Ne croyez pas cela. Pas de vous, dans tous les cas. Ça ne me dérange aucunement de vous apporter de la soupe, du thé ou un morceau de pain. Aucunement. Mais il y en a d'autres qui s'imaginent qu'on va leur porter leur petit déjeuner au lit, et puis leur dîner et puis encore Dieu sait quoi, et moi, imbécile que je suis, je fais comme on demande. Je ne devrais pas.

Vraiment, je ne devrais pas. Bon, Anadin, nous avons dit. Tenez, c'est pour vous.

Elle laissa tomber deux cachets blancs dans la main de Grace, lui tendit un verre d'eau et se tint toute droite, les mains sur les hanches. Grace avala. L'eau fraîche apaisa un peu sa gorge.

— Et voilà, dit Mrs. Talbot. Ça va vous faire du bien. Je ne sais pas trop s'il faut les prendre avant ou après les repas, mais je ne pense pas que ce soit très grave.

Elle étala une grande serviette en lin sur les genoux de Grace et lui tendit un bol fumant de soupe de légumes.

— J'espère que vous aimerez ça. En tout cas ça vous réchauffera, c'est certain. Ça vous réchauffera.

Elle donna une cuiller à Grace et déposa une assiette de tartines beurrées sur la table de chevet. Puis elle approcha du lit la chaise qui se trouvait à côté de la penderie et s'y cala laborieusement.

— Je vais rester un petit moment avec vous, madame Wilson, si vous n'y voyez pas d'inconvénient. Il n'y a personne en bas excepté Annie, et si vous trouvez que je parle trop, c'est que vous ne connaissez pas Annie Collins. Un vrai moulin à paroles. Elle vient matin et soir, en semaine. Aujourd'hui elle est arrivée avec cette histoire d'avortement : pas moyen de l'arrêter. Je n'en peux plus de l'entendre.

Grace sourit. Elle ne se sentait pas d'humeur à protester. Elle avait trop faim, et la soupe était trop bonne. Il y avait encore une théière et deux tasses sur le plateau. Elle savait au moins qu'elle ne serait pas obligée de faire la conversation quand elle aurait la bouche pleine – elle serait trop occupée. Et il y avait encore du gâteau, un gâteau de couleur sombre, sans doute au chocolat, pensa-t-elle.

— On ne voit pas grand monde par ici le mardi, je ne sais pas trop pourquoi. C'est le jour le plus calme de la semaine. Il a un peu de mal à exister, ce pauvre mardi. Mercredi c'est déjà le milieu de la semaine, jeudi on va vers le week-end, vendredi on y est en plein, samedi et dimanche n'en parlons pas, et puis lundi c'est la semaine qui recommence, tout le monde se plaint jusqu'au soir, mais mardi, bon… il se met dans un coin et il attend que ça se passe, vous ne trouvez pas ?

Grace acquiesça et porta une cuillerée de soupe à ses lèvres. Salée. Un fer à friser sur la langue.

— J'ai entendu dire, continua Mrs. Talbot, que mardi est le jour de la semaine où il y a le plus de cambriolages. C'est bizarre, vous ne trouvez pas ? Pourquoi des cambriolages ? On se demande. C'est ça que je trouve formidable avec les statistiques. Ça vous fait penser à des choses qu'on n'imaginerait jamais autrement.

Elle esquissa une tentative pour croiser les bras, mais sans doute n'étaient-ils pas assez longs : ils furent projetés en arrière comme des élastiques, et les mains de Mrs. Talbot se retrouvèrent à pendouiller au-dessus de ses genoux. Grace commençait à se détendre.

— Saviez-vous que les voitures rouges sont plus exposées aux accidents que celles d'une autre couleur ? Je l'ai lu l'autre jour. Mon mari a toujours eu une voiture rouge, et il n'a jamais eu le moindre accident. Le problème avec les statistiques, c'est que ça vous définit de tout un tas de côtés à la fois. Je suppose que les hommes qui ont épousé des femmes qui s'appellent Ida ont moins de chances d'avoir un accident avec une voiture rouge que ceux qui sont mariés à des Eileen, ou à des Bridget, ou que sais-je. On entre dans tellement de catégories, tous autant qu'on est ou presque, qu'ils ont du mal à vraiment savoir ce qu'on va avoir tendance à faire ou à ne pas faire, ou ce qu'on a fait ou qu'on n'a pas fait, ou ce qu'on serait plutôt prédisposé à faire ou pas, ou tout ce que vous voudrez. Ou pas.

Elle partit d'un rire sonore et se mit à se balancer d'avant en arrière, au grand dam de la chaise. Grace l'imagina nue. La chaleur dans les plis devait être merveilleuse.

— Ô Seigneur ! Vous devriez me faire taire. Je raconte n'importe quoi.

Grace sourit en mâchonnant un morceau de pain et porta le bol de soupe à sa bouche pour éviter d'en renverser davantage : elle avait déjà fait deux ou trois taches sur le revers de sa robe de chambre. Mrs. Talbot demeura quelques instants silencieuse ; elle souriait pour elle-même et contemplait ses doigts.

— Cela dit… finit-elle par lâcher d'un ton qui mit Grace en alerte : on y arrivait… votre fils est rentré ?

— Oui, ça y est, fit Grace, rassemblant toute la gaieté dont elle était capable. Il est rentré.

— Il a bien fait. Rien de plus imprévisible qu'un fils. Et je sais de quoi je parle. J'en ai plusieurs. Vous en avez beaucoup, vous ?

— Juste celui-là.

— Ah bon ? Quel âge a-t-il ?

— Vingt-quatre ans.

— C'est tout ?

Grace se demanda quel âge on lui donnait.

— Encore un bébé, pour sûr. Mais ils vieillissent plus jeunes de nos jours, si vous voyez ce que je veux dire. Avec toute la pression qu'on leur met sur le dos. L'école. Les notes. Tout ça pour ne pas trouver de travail. Rien. Ils me font de la peine, vraiment. J'ai quatre fils. Deux qui sont toujours à Dublin, les aînés, mariés, bonnes situations, même s'il y en a un qui a été licencié l'année dernière. Il a eu beaucoup de chance de retrouver un boulot. Beaucoup de chance. Et puis les deux autres qui sont partis. Seamus à Londres, et Mark à New York. Mark a le même âge que votre petit gars. Enfin, il a vingt-deux ans, mais en ce qui me concerne c'est du pareil au même. Tous des bébés, à ces âges-là.

— Oui, dit Grace.

La soupe touchait à sa fin, et la soif commençait à poindre. Elle jeta un regard plein d'espoir sur le verre d'eau posé à côté d'elle.

— Et des filles ?

Grace fit un signe négatif.

— Moi, j'en ai deux. Paula, qui est en Allemagne mais qui ne s'y plaît pas et qui est en train de revenir. Et Anne, qui est à Londres, chez son frère Seamus. Il va s'occuper d'elle. C'est ma cadette. Dix-neuf ans. Elle est partie l'été dernier. Elle me donnait un coup de main ici. Elle est revenue pour Noël, et pour vous dire la vérité je ne suis pas sûre que ç'ait été une bonne idée. Oh, c'est terrible à dire, je le sais bien. C'était merveilleux de l'avoir à la maison, mais ça m'a totalement épuisée. Toute cette tristesse. Quand ils reviennent pour si peu de temps ça ne fait rien d'autre que vous rappeler qu'ils ne sont plus là, si vous voyez ce que je veux dire. Il fallait me voir le jour où elle est repartie. Le jour de l'an, c'était. Je n'ai jamais pleuré comme ça.

Sa voix fut avalée à l'intérieur de son corps et s'éteignit, sa tête retomba, et elle se tut. Sans rien dire, Grace posa le bol vide sur la table de chevet, se saisit du verre d'eau et le but d'un trait, les yeux fixés sur la forme immobile de Mrs. Talbot ; la chambre autour d'elle ; un oiseau passa devant la fenêtre ; le ciel agonisait. Mrs. Talbot releva la tête. Fronça les sourcils.

— Mon Dieu, je jacasse, je jacasse et je vous laisse là à moitié morte de soif, pour ainsi dire ! Annie met assez de sel dans ses soupes pour qu'on puisse marcher dessus sans se mouiller les pieds.

Elle souleva son imposante masse et repoussa la chaise, débarrassa le bol vide et le verre et les disposa de nouveau sur le plateau.

— Vous prenez du sucre dans votre thé, mon petit ?

— Non, merci, pas de sucre.

— C'est tout à votre honneur. Moi, j'aime quand il est très sucré. Très doux et bien chaud – elle se tourna vers Grace, une tasse à la main, un grand sourire sur les lèvres, une interrogation dans le regard. Comme les hommes, quoi.

Grace rit. Rassurée, Mrs. Talbot poussa un petit cri et reprit appui sur ses talons. Elle posa la tasse sur le chevet en gloussant et se retourna pour remplir la sienne.

— Savez-vous, madame Wilson, j'ai davantage le goût de la fidélité depuis que mon mari est mort. C'est bizarre, vous ne trouvez pas ? – elle se rassit et but une gorgée de thé. Et pourtant, je ne lui ai jamais été infidèle, comprenez-vous ? Pas une seule fois.

Elle regarda Grace et le grand sourire réapparut. Un sourire piégé. Aussi chargé qu'un formulaire : signez là ; accusé de réception ; retournez.

— Mais j'y ai pensé. Ah çà, mon petit, Dieu sait que j'y ai pensé ! D'après le pape, le mal est aussi grand, et je vois bien ce qu'il veut dire par là. Je vois parfaitement ce qu'il veut dire. Je suis rarement d'accord avec lui, et je n'irais pas jusqu'à appeler ça péché ou autres sornettes du genre, mais je comprends ce qu'il veut dire. Ce n'est pas très loyal, vous ne trouvez pas ? Ça vous a un petit goût de lâcheté, il me semble. C'est la peur de vivre sa vie à soi, l'envie de changer qui vous poursuit tout le temps. Et pourtant c'est ce que j'ai fait, je ne peux pas le nier. Je me suis imaginé tout un tas d'histoires avec tout un tas d'hommes. Vous n'en croiriez pas la moitié si je vous racontais – elle glousssa, but un peu de thé d'un air affairé et regarda le dos de ses mains. Et pourtant je n'ai jamais fait quoi que ce soit. En trente-six ans de mariage, jamais je n'ai ne serait-ce que frôlé un autre homme. Rien qu'y penser. Et savez-vous, depuis la mort de mon mari, eh bien je n'y ai plus pensé une seule fois. Maintenant que je serais dans mon bon droit, que je pourrais tout à fait me rendre disponible pour qui voudrait bien de moi – ce n'est pas qu'il y en aurait beaucoup, mais enfin s'il y en avait je pourrais, et sans que le pape puisse rien y trouver à redire –, eh bien croyez-vous que ça me fasse envie ? Rien du tout. Ah, c'est vrai, j'avoue qu'il m'arrive de flirter avec les petits jeunes dans la maison, je suis sûre que vous m'avez déjà vue, mais c'est uniquement pour les affaires, rien dans tout ça qui ressemble à de l'amour. Et si tout d'un coup il y en avait un qui s'avisait de me dire des tendresses à l'oreille… – elle s'esclaffa, agita la main en direction de la fenêtre – … et qui me demande de partir très loin avec lui, ha ! eh bien, je vous le dis honnêtement, il pourrait s'appeler… – elle secoua la tête, gonfla les lèvres, tournant les pages d'un invisible catalogue d'hommes célèbres – … Richard Gere, que je ne bougerais pas d'un pouce, parce que je n'en aurais tout simplement pas envie.

Grace éclata d'un rire semblable à une explosion, accompagné d'une bouffée d'haleine chaude et humide qui sentait la soupe. Mrs. Talbot releva la tête, surprise, joignit son rire au sien, s'arrêta d'un coup.

— Mon Dieu, mon petit, j'avais oublié le gâteau.

Grace riait toujours. Mrs. Talbot alla récupérer deux assiettes sur le plateau et lui en tendit une, qu'elle avait garnie d'une tranche de cake aux fruits – il n'était pas au chocolat.

— Et ça n'a rien à voir avec l'Église ni quoi que ce soit, poursuivit-elle.

Elle mordit à belles dents dans sa part, essuya quelque chose qui pendait de sa lèvre, entreprit de se rasseoir une troisième fois en tenant fermement son assiette devant elle comme si elle y était invraisemblablement suspendue.

— Je n'ai jamais été quelqu'un de particulièrement attaché à l'Église, et on ne peut pas dire que le grand âge m'ait rendue bigote. Ce n'est pas ça.

Elle avala une gorgée de thé, prit une autre bouchée, puis une autre, installa sa tasse sur l'assiette vide qui reposait en équilibre sur son genou.

— C'est plus… Excusez-moi, mon petit, mais ce gâteau est une splendeur – Grace acquiesça. L'œuvre d'Annie, voyez-vous. On n'imaginerait pas ça d'elle quand on la voit, toute maigre et toute plissée comme elle est. Woody Woodpecker, c'est comme ça que tout le monde l'appelle. Sèche comme un coup de trique, et pia pia pia, et pia pia pia du matin au soir. Jamais vous ne la croiriez capable d'une telle richesse et d'un tel moelleux – ses joues se gonflaient, tout son visage était au travail. Tout simplement délicieux.

Grace souriait, le nez froncé, les mains poisseuses. Mrs. Talbot était un spectacle à elle toute seule.

— Qu'est-ce que je disais ? Ce n'est pas l'Église ni quoi que ce soit de ce genre. C'est plus… – elle s'essuya la bouche, se tamponna les lèvres d'un doigt –… personnel. Mon Dieu. Une bonne pâte, c'était, mon mari. D'une gentillesse… Pas ce qu'on pourrait appeler une lumière, mais un cœur ! C'est ça qui compte, mon petit. Et on a bien raison de dire qu'on ne connaît pas le prix de ce qu'on a avant de l'avoir perdu. Avant qu'on vous l'ait pris – elle serrait précautionneusement sa tasse d'une main et ramassait les dernières miettes dans son assiette avec son pouce. Il est parti d'un seul coup, voyez-vous. Ça fait un gros choc, quand vous perdez quelqu'un de tellement proche que vous aviez oublié qu'il était là. C'est seulement quand vous découvrez qu'il y a un espace là où il n'y en avait pas avant que vous vous rendez compte. Ça fait un vide, un frisson, comme un courant d'air. Et vous vous dites : Il n'y avait pas quelque chose, là ? C'est à ce moment que vous comprenez.

Elle resta silencieuse un moment. Grace fronça les sourcils. La lumière du dehors n'éclairait plus grand-chose. Les traits de Mrs. Talbot commençaient à se confondre avec le paysage, avec la grisaille des nuages et les arbres dénudés. Grace la distinguait encore, mais elle n'était plus très claire.

— De sorte que, voyez-vous, c'est cet espace qui m'est devenu cher. L'espace à côté de moi, le vide. Le manque. Si je le comblais, j'oublierais. Et je ne veux pas oublier. Tout ce qu'il me reste de lui, c'est le vide qu'il a laissé. J'y tiens beaucoup.

De nouveau elles se turent. On n'entendait que la lointaine rumeur de la circulation ; puis le cri rauque d'un oiseau égratigna le silence, et Mrs. Talbot releva brusquement la tête.

— Oh, pardonnez-moi, mon petit. Je raconte des insanités.

— Non, non, dit Grace rapidement. Ce ne sont pas des insanités.

— N'empêche que je parle trop. C'est mon défaut. Je m'embarque sur un sujet et me voilà partie, et avant que vous ayez eu le temps de faire ouf je vous ai déjà raconté ma vie et ma vision de l'univers et ce que je pense de tout et du reste.

— Je vous assure que j'apprécie beaucoup votre compagnie.

— Vous reprendrez du thé, mon petit ?

Grace fit signe que oui ; Mrs. Talbot se leva, prit la tasse de Grace et leur resservit du thé à toutes les deux. Elle versa du lait dans les deux tasses et une cuillerée de sucre dans la sienne en soupirant.

— Et puis il y a nos enfants, madame Wilson. Votre fils à Dublin, loin de vous. Les miens éparpillés un peu partout. On se les rappelle tels qu'ils étaient le jour où ils sont partis, et bien entendu ce n'est pas comme ça qu'ils sont. C'est pour ça que ça a été si difficile à Noël avec ma fille. Parce qu'elle a changé et que je ne la reconnais plus. Ce n'est pas devenu une étrangère, mais, savez-vous, je préférerais presque qu'elle le soit. Je m'obstinais à croire que je la reconnaissais et que je savais qui elle était, et je me disais que rien n'avait changé et je lui parlais comme si rien n'avait changé. Et elle me regardait d'un drôle d'air. C'était toujours elle, mais elle n'était plus la même.

Mrs. Talbot se mit à rire.

— Quelqu'un a pris sa place. Elle est possédée. Comme dans *L'Invasion des profanateurs de sépultures*[1]. Ils ont lavé le cerveau de nos enfants, madame Wilson. Ils nous les renvoient à Noël pour nous démoraliser.

Elle secoua la tête, sourit largement et regarda Grace.

— Il y a longtemps que votre fils est parti, mon petit ?

Grace fit un signe affirmatif.

1. *Invasion of the Body Snatchers*, film américain de Don Siegel (1956).

— Cinq ans.

— Eh bien vous y voilà, voyez-vous. Vous savez exactement ce que je veux dire. Et je parie que vous avez passé plus de temps à penser à lui depuis qu'il est parti qu'à l'époque où il était avec vous. C'est ce qui se passe avec les miens. Il suffit qu'ils ne soient pas là pour qu'ils deviennent plus importants, pour qu'ils soient encore plus là, si vous me suivez. C'est comme ce que je disais à propos de mon mari. Les vides. On est tous pleins de vides. Ce sont les vides qui prennent le plus de place dans nos existences, madame Wilson.

Elle se tenait debout à côté du lit, les mains jointes comme en prière serrant sa tasse, les yeux sur Grace.

— J'ai remarqué ça.

Grace acquiesça et but une gorgée de thé. Elle sentit le liquide brûlant lui racler la gorge et ferma les yeux pour le laisser s'écouler. Quand elle les rouvrit, Mrs. Talbot était assise en face d'elle comme une grosse poupée, elle souriait et dodelinait légèrement de la tête en la regardant. Elle avait allumé la lampe. La lampe de chevet. Pendant que Grace avait les yeux fermés. Dans cet intervalle.

Les vides. Grace la comprenait, elle connaissait la sensation que procurent les espaces vides et les lieux désertés. Elle en était habitée.

— Et maintenant, mon petit, dit la femme assise dans la lumière, parlez-moi de votre mari.

Dans la quiétude de la chambre, Grace arrivait à entendre la distance entre les choses. Elle évaluait la distance qui la séparait de la rue et elle entendait un son qui n'était ni celui de la rue ni celui de la chambre, mais celui de la distance entre la chambre et la rue. Ainsi de celle qui la séparait de la rivière, et qui ne cessait de se transformer. Les distances chantaient leur petit air, chacune le sien, et c'était comme un orchestre dont les instruments étaient les lieux dont elle était éloignée. Cela ressemblait à un bruit de cordes pincées, au bruit que font les cordes quand un grimpeur dérape sur la paroi et qu'elles se tendent pour le retenir et l'empêcher de tomber plus bas.

Elle raconta tout à Mrs. Talbot. Mrs. Talbot était devenue Ida ; Ida d'abord horrifiée, épouvantée ; Ida qui, lorsque Grace eut terminé, ne ressentait plus que de la tristesse. Elle avait secoué lentement la tête et versé quelques larmes en silence. Elle était venue s'asseoir au bord du lit et elle avait caressé les cheveux de Grace, elle l'avait calmée, et puis elle l'avait soutenue lorsque Grace en était arrivée à la partie de son récit où il était question de Martin, des choses que Martin lui avait dites.

Elles en étaient à s'appeler par leur prénom, et leurs fronts se touchaient. Des profondeurs de ses tremblements et de ses sanglots, Grace les voyait toutes les deux agrippées l'une à l'autre sur le lit, et elle tremblait de plus belle. C'est ainsi qu'elle se comporterait désormais, désormais et à jamais : elle ferait confiance aux étrangers, elle se mettrait à la merci de gens dont elle ignorerait tout. Ida Talbot se donna de la peine, dit peu de mots, parvint à calmer Grace et la quitta lorsqu'elle se fut endormie. Grace s'était éveillée au petit matin, elle s'était glissée dans la salle de bains, elle était revenue dans la chambre, et c'est seulement alors qu'elle s'était souvenue.

Elle s'était accroupie près de la rivière et elle avait essayé de voir les étoiles se déplacer. Elle n'avait vu que les remous, l'incessant recommencement liquide.

— J'ai tué mon mari, madame Talbot. L'ai étendu raide avec le capot de sa voiture. Suis partie après ça, et me suis fait couler un bain. Fait mon possible pour ne pas chanter.

— Oh, madame Wilson !

Elle avait plongé ses yeux dans ceux de Grace et Grace avait fait de même ; elle avait d'abord fixé un œil, puis l'autre, et puis elle avait concentré son regard entre les deux, incapable de choisir.

— Oh, Grace !

— J'ai vu ses jambes se briser à hauteur des genoux comme des allumettes. Il y avait très peu de sang, mais j'ai vu le blanc de ses os à travers son pantalon déchiré. Je n'ai pas pu distinguer son visage, et j'ai pensé que c'était à cause de la façon dont il était tombé – parce que son visage était caché. Mais je crois que c'était parce que son visage avait disparu.

Ils auraient emporté la voiture, ils auraient regardé dessous, ils auraient envoyé des fragments de peau et de tissu à un laboratoire et ils auraient attendu. Pris des mesures au sol ; attendu. De la peau et du tissu.

— Oh !

Ida Talbot avait oublié d'apporter du Lemsip, et le mal à la gorge devenait intolérable. La gorge de Grace s'était déchirée à force de larmes et de paroles. Déchirée. Elle s'était déchiré la gorge à force de parler. Elle se rappela la rivière.

Elle alla à la fenêtre, souleva un coin du rideau, essuya la buée et, à travers ses doigts refermés en cylindre, scruta l'obscurité pour essayer d'apercevoir la rivière. La rivière était trop loin.

Elle avait été transportée au sommet d'une colline, et elle contemplait le paysage où son destin s'était accompli.

Elle se vit au volant d'une voiture rouge. Les voitures rouges sont plus exposées aux accidents que celles d'une autre couleur. Ida le lui avait dit.

Elle se tenait très haut au-dessus de la terre qui l'avait prise, qui l'avait gardée, la terre qui avait tué son enfant. Elle se mouvait au-dessus de cette terre comme l'encre sortie d'un stylo rouge. Elle s'inscrivait sur la page du monde, elle y traçait son histoire insignifiante. L'esquisse d'elle-même. Mais elle savait que ce n'était pas cela qui importait. Elle savait que ce n'est pas d'en haut qu'on voit le monde. On voit le monde au ras du sol, on voit les trous et les fossés où les gens sont tombés. Elle savait ce que l'on verrait d'elle. Un point, un point minuscule, isolé, solitaire. Un point auquel nul chemin ne menait, et dont nul chemin ne partait. Une petite tache rouge.

Elle demeurerait à jamais au volant d'une voiture rouge sur un étroit tronçon de route où elle tuait son mari dans le silence de la nuit.

Elle avait donné sa définition.

MRS. TALBOT

Elle était à la traîne de ses clés dans l'escalier. Tout ce métal dans les poches de son tablier qui la tirait, qui l'emmenait vers le bas. Elle faisait sonner le trousseau avec ses doigts, on aurait dit une machine à sous qui vomit ses pièces.

Qu'est-ce que c'était, mais qu'est-ce que c'était donc qui faisait d'elle un pôle d'attraction ? Elle l'avait senti et elle l'avait vu se produire si souvent. Elle était toujours au milieu. Comme si elle elle était faite d'une substance particulière, elle ne savait pas quoi, quelque chose de chimique, de scientifique, de nucléaire peut-être. De magnétique en tout cas. Ida et ses clés.

Arthur le savait, lui. Il l'avait bien remarqué. Des choses se produisaient auprès d'Ida Talbot, née Boyle. De bonnes et de mauvaises, mais des choses pas banales. Des accidents de voiture, des hémorragies cérébrales, des orages, des éclairs. Non, pas des éclairs… Un drôle d'incendie, une fois. Des coups de foudre : l'amour faisait des ravages auprès d'Ida Talbot. Les gens se rencontraient à l'abri de son regard bienveillant. Ils trouvaient dans son ombre le calme nécessaire, l'espace qu'il leur fallait dans sa présence. Ou le temps. Enfin quelque chose comme ça. Arthur parlait de génie – il entendait par là qu'un esprit, ou un fantôme, l'habitait. Mais ce n'était pas du tout sa façon de se voir, elle. Tout simplement, il y avait une succession d'événements, ils défilaient et elle les passait en revue. Arthur s'imaginait qu'elle était capable de les provoquer, mais elle savait bien que non. Tout ce qu'elle faisait, c'était observer, bouche bée, interloquée.

Ils s'étaient mariés devant un prêtre devenu entre-temps cardinal. Eh oui ! Ils avaient gagné l'argent qui avait servi à acheter la pension. Gagné, tout bêtement. Quand elle avait entendu les trois chansons à citer dans l'ordre, elle avait pris son téléphone, avait fait le numéro une seule fois, ils avaient répondu tout de suite, l'avaient fait marcher un moment puis lui avaient annoncé qu'elle était la dixième personne qui appelait et qu'elle avait gagné vingt mille livres. Vingt mille, comme ça. Parfaitement. Leur banquier les avait adorés. Arthur n'en était pas revenu. Il avait voulu que la pension s'appelle *River View*, et c'est comme ça qu'on l'avait baptisée. Il avait gardé son emploi un certain temps, mais ce n'était plus nécessaire. *River View* rapportait bien. Surtout parce que la pension où les conducteurs de train de la gare de Heuston descendaient d'habitude s'était écroulée pendant sa rénovation, deux semaines après l'ouverture de *River View*. Eh oui !

Arthur ne manquait pas de remarquer tout cela.

Pendant qu'elle accouchait de Paula à la maternité de la Rotonde, la colonne de Nelson avait explosé, une centaine de mètres plus loin. Elle avait hoché la tête tout en poussant. Voilà la colonne qui explose, avait-elle murmuré pendant que l'infirmière l'épongeait avec une serviette humide. Une fois, la seule fois où ils étaient partis en vacances à l'étranger, au moment où elle traversait la plage pour se baigner dans la Méditerranée, il y avait eu des crépitements sur la mer et un petit garçon s'était soudain débattu comme un poisson hors de l'eau, le dos arqué, animé de soubresauts. Un câble électrique avait été rompu par les orages et amené sous ses pieds nus par la marée. Il était mort et bien mort. Elle était à deux pas de la mère, qui n'en croyait pas ses yeux et pensait qu'elle était victime d'une mauvaise farce. Dans l'avion qui les ramenait chez eux, ils avaient vu un homme qui ne leur était pas inconnu : c'était le cardinal ! Qui voyageait incognito. L'avion, du reste, avait dû se poser en catastrophe à Birmingham.

La mère d'Ida s'était retrouvée enfermée dans un entrepôt frigorifique de Cabinteely, et elle en était morte. Son père, à soixante-treize ans, avait glissé dans sa douche, s'était fait une blessure à l'aine et avait saigné à mort. Sa sœur cadette, Hilda, avait dégringolé les deux étages d'un théâtre du centre-ville et obtenu dix-sept mille livres de dommages-intérêts, alors qu'elle n'avait qu'une cheville foulée et quelques contusions. Ida était dans le foyer en train d'acheter des glaces quand sa sœur avait atterri à ses pieds. Elles avaient bien ri toutes les deux.

Arthur avait commencé à prendre des notes.

Ida avait présenté sa belle-sœur, qui était vieille fille, à un chauffeur de locomotive du nom de P. J., et ils s'étaient mariés à l'âge de soixante-trois et cinquante-cinq ans, respectivement. Impressionné par les dons de sa femme, Arthur pensa même qu'ils allaient faire souche. Il se mit à parier aux courses et à acheter des billets de loterie, qu'il cachait sous le coussin du fauteuil de son épouse. Mais ça sentait trop le lucre, et ça n'avait pas marché.

Il perdit foi en elle. Il chercha à la contrôler, à prendre la direction des opérations. Voilà bien les hommes. Il avait confondu la nature d'Ida avec la chance. Quand elle manifesta de l'étonnement, il crut qu'elle faisait preuve de paresse ou d'apathie. Il essaya de trouver des explications scientifiques. Commença à la cuisiner, à étudier son passé, à lui poser des questions sur ses ascendants. N'avait-elle pas un ancêtre en Europe de l'Est, quelque gitan roumain, ou un mage des Balkans, un prêtre, un voyant ou un prophète, n'importe quoi ? Ida haussait les épaules et riait. Du côté de sa mère, qui était du Donegal, il y avait bien eu, longtemps, très longtemps auparavant, un septième fils dont le septième fils guérissait les animaux et les enfants et qui était mort bizarrement après une altercation avec un prêtre protestant qui passait pour avoir noué un pacte avec le diable. Mais elle s'était bien gardée de raconter l'histoire à son mari. Il aurait été capable d'en tirer des conclusions.

Elle ne pouvait pas sortir sans rencontrer des célébrités. On s'adressait régulièrement à elle pour des sondages d'opinion. Elle avait fait deux fois la une des journaux. Une fois l'été, sur une photo en couleurs, on la voyait à l'arrière-plan, ses cheveux couleur noisette flottant au vent, qui courait pieds nus après Seamus dans le parc de Phoenix, derrière les enfants et les amateurs de soleil. Ça, c'était il y a bien longtemps. Et une autre fois l'hiver, en noir et blanc, sur O'Connell Street déserte, elle rentrait du cinéma en marchant péniblement dans une tempête de neige, à peine reconnaissable. Un jour, elle était allée voir *La Fille de Ryan*[1] avec Hilda et, pendant qu'elles faisaient la queue pour acheter des pop-corn, elles avaient assisté au braquage de la caisse.

Arthur était mort la veille de leur anniversaire de mariage. Déçu, malgré tout. Fatigué. Perplexe. Sans

1. *Ryan's Daughter*, film anglais de David Lean (1969-1970).

doute un peu amer de n'avoir pas su maîtriser ce don. Avec l'impression d'avoir raté une occasion.

Mais il n'y avait jamais rien eu de semblable à cela. Jamais. Il en aurait sûrement été effrayé. Il n'avait pas du tout aimé le garçon mort dans l'eau bleue, pas plus que l'incompréhensible incendie qui avait ravagé le bureau du banquier, ou sa mère dans le congélateur, ou son père dans la douche. Il n'aimait pas que la mort s'en mêle. Elle lui faisait peur. Il n'aurait plus manqué qu'un meurtre. Elle imaginait son visage blême, ses lèvres pincées, le geste rapide de ses mains faisant le signe de croix, puis se saisissant du téléphone. Un meurtre, Ida ! Un meurtre !

Elle s'assit sur le canapé en face de la télévision muette. Elle avait une meurtrière dans la chambre 4. Elle le dit à haute voix.

— Il y a une meurtrière dans la chambre 4.

Wilma se dressa sur ses pattes de derrière, frotta sa tête le long de sa cuisse.

— Wilma, Wilma, écoute-moi, ma toute belle. Il y a une meurtrière dans la chambre 4.

La nouvelle n'eut pas l'air d'impressionner Wilma outre mesure. Elle allongeait le cou et essayait d'attraper avec sa patte un doigt où s'empaler.

Les gens venaient à elle. Les événements venaient à elle. L'argent venait à elle. Un torrent régulier d'événements insolites encore que peu probants l'accompagnait en permanence. Des coïncidences. Des bizarreries. Et après ? Cela ne faisait pas d'elle quelqu'un de si extraordinaire. Il y avait dans la chambre 4 une femme qui avait des ennuis. Des ennuis plus sérieux qu'Ida aurait jamais imaginé qu'une femme du genre de Mrs. Wilson – Grace – pouvait avoir à affronter dans une vie entière. Ce n'était pas le moment de raisonner comme Arthur.

C'était le moment de se montrer forte, à la hauteur des événements, de garder la tête froide et de prêter l'oreille – espace et tranquillité. Tout cela à la fois. Le meurtre, c'était une chose compliquée.

Annie avait envie de savoir ce qui se passait.

— Tu fais une de ces têtes ! Je te connais. Tu ne voudras jamais me le dire, mais je te le demande quand même : qu'est-ce qui t'arrive ?

— Il ne m'arrive rien du tout.

Annie fronça les sourcils tout en cassant des œufs sur le bord d'un bol. Ida mit la radio en marche. Mrs. Wilson – Grace – était dans sa chambre.

— Combien t'en as ?

— Sept.

— Sept ? Eh ben, c'est pas comme ça que tu vas gagner ta vie.

— Et si demain je te dis que j'en ai seize, tu vas me dire que je n'ai pas besoin de tout cet argent, c'est ça ?

— Oh, mais dis donc, t'es pas de très bonne humeur, Ida ! C'est quoi, c'est l'affaire machin ? En tout cas moi, ça m'énerve, toutes ces histoires qu'on fait pour un fœtus de rien du tout. C'est tout de même pas la fin du monde !

— Peut-être que si. Pour certains.

— Ah non ! Tu vas pas t'y mettre, toi aussi. C'est la mère qui compte. Elle, au moins, elle existe.

— Ce n'est pas ce que je voulais dire.

— Qu'est-ce que tu voulais dire ?

— Occupe-toi de tes coquilles.

— Oh la la, ce qu'elle est de mauvais poil, la mère Talbot ! Et encore, la journée ne fait que commencer !

Annie fouetta les œufs comme s'ils allaient lui sauter au visage. Quand elle y ajouta du lait, du sel et du poivre, on aurait dit qu'elle leur jetait un sort.

Ils arrivaient toujours groupés pour le petit déjeuner, à croire qu'ils attendaient derrière la porte d'être suffisamment nombreux pour entrer. Alors Annie commençait à s'affoler et elle mettait en route son moulin à paroles, en se disant que si elle engageait des conversations avec le plus grand nombre possible de clients elle leur donnerait le change. Aujourd'hui, elle était perdue : sur sept, il lui en était tombé cinq. D'un coup. Et un sixième cinq minutes plus tard.

— Vous avez tous pris le même train ? hurla Ida.

— Ils sont paresseux et ils sont en retard, tous ces mal réveillés. Michael, tu as décidé de pas te raser, ce matin ?

— Je…

— On dirait un fantôme ! Tu t'es couché à quelle heure ? Tu veux tes œufs brouillés ou sur le plat ?

— Brouillés.

— Un brouillé ! cria Annie. Avec du bacon que Mrs. Talbot est allée vous chercher chez Buckley. Le boudin blanc, c'est bon pour la gueule de bois. Je t'en donnerai un morceau de plus, Michael ! Et pour toi, Paul, brouillés aussi ? Et un œuf brouillé, un ! Cette histoire d'avortement, c'est un vrai cauchemar, non ?

La radio était en train d'en parler. Ida baissa un peu le son.

— Y a du pain frit ?

Ida jeta deux tranches dans la poêle.

— Et deux tranches de pain frit ! cria Annie. Je me demande si la famille de la fille va faire appel. J'espère que oui, j'espère bien que oui.

— C'est le gouvernement qui va le financer, l'appel, dit quelqu'un. Contre l'avis de ses propres juges.

— C'est même pas ses juges, lança une autre autre voix.

« Et maintenant, la suite de l'actualité… » dit la radio. Ida bougonnait. Les assiettes n'étaient pas chaudes. Elles étaient empilées, froides, sur le buffet.

— Et un œuf sur le plat, un ! cria Annie. Ça m'étonnerait qu'ils puissent annuler la décision. Comment qu'ils feraient ? Ça sera pareil que pour les Six de Birmingham.

— Un vrai spectacle d'horreur… dit une grosse voix, imitant la voix du présentateur.

« Mrs. Grace Quinn… » disait la radio. L'œuf encore dans sa coquille resta entre les doigts d'Ida. La station était mal réglée. Annie continuait à jacasser. Ida tendit l'oreille. « … à propos de la mort de son mari. Nous pensons que Mrs. Quinn pourrait se trouver à Dublin. » C'était une voix de la campagne, avec un accent du Nord, une voix de policier. « Nous savons qu'elle a été vue aux alentours de South Circular Road lundi, hem, lundi soir. Elle a peut-être quitté la ville, mais cela nous paraît peu probable. Nous pensons qu'elle a dû descendre dans un hôtel ou une pension de famille, et nous souhaitons vivement qu'elle prenne contact avec nous. À toute personne qui l'aurait vue ou serait en mesure d'orienter les recherches, nous demandons de se mettre en rapport avec le poste de police de Harcourt Street. – Pouvez-vous nous la décrire, inspecteur ? » dit la voix de David Hanley.

— Et un brouillé qui marche ! cria Annie.

Ida laissa tomber la coquille dans la poubelle. « 1,60 m environ, corpulence moyenne, cheveux grisonnants. Elle portait un chemisier blanc, un gilet bleu, une jupe, hem, une jupe bleue, et un imperméable beige. Elle a sans doute une valise avec elle. Une valise grise. – Le mari de Mrs. Quinn est mort dans un accident avec délit de fuite, n'est-ce pas ? – C'est exact. – Et c'est bien lui qui avait été impliqué il y a quelques années dans un accident de même nature au cours duquel une jeune femme avait trouvé la mort, c'est bien cela ? – Hem, oui. Mais cette fois nous cherchons simplement à localiser Mrs. Quinn. Nous serions heureux, hem, que le public nous apporte, hem, son aide. – Parfait, dit David Hanley. Et maintenant, des nouvelles de la circulation, avec… »

— Alors, y a rien de prêt ?

C'était Annie qui gémissait par la porte entrebâillée, les yeux sur Mrs. Talbot.

— T'avais pas mis les assiettes à chauffer. Elles sont froides.

— Elles y sont toujours pas. Et les saucisses, où qu'elles sont ?

Ida se concentra, ignora les piaillements d'Annie, se mit à ses casseroles, prépara les petits déjeuners, consciencieusement. C'était donc vrai. Bon. Elle le savait, évidemment. Mais enfin, tout de même, elle avait toujours gardé un petit espoir – Ida Talbot ne s'autorisait jamais que de petits espoirs – que Grace s'était trompée, qu'elle avait oublié, ou mal compris. Qu'elle n'était pas ce qu'elle croyait être. Pas ça. Pas ça. Et pourtant, si. Elle était cela.

Cela.

GRACE

Elle n'avait pas quitté sa chambre depuis trente heures. Sauf pour aller aux toilettes en rasant les murs dans le noir, les yeux sur l'escalier. Se méfiant du silence. Sursautant au moindre bruit. Aller et retour. Elle en profitait pour examiner le monde qui s'offrait à elle, comptait les murs au-delà des fenêtres, les oiseaux, les bâtiments, les arbres, les branches.

Mrs. Talbot lui apporta son petit déjeuner sans parler, la considéra un moment, se décida enfin à lui dire qu'il fallait qu'elle se rende.

— Vous ne pouvez pas vivre dans une chambre… commença-t-elle.

Elle se reprit en voyant le regard que lui lançait Grace, fronça les sourcils.

— Désolée, ma petite dame. C'est idiot d'avoir dit ça.

— Vous voulez dire cette chambre ?

— Mais non, pas du tout. Ce n'est pas ça que j'ai voulu dire. Absolument pas.

Grace ne répondit rien. À quoi bon changer cette chambre pour une autre ? Pourquoi ? Elle mordit à contrecœur dans une tranche de pain trop grillé.

— Ils ont donné votre nom à la radio.

Elle ferma les yeux. Elle avait introduit de la nourriture dans sa bouche, quelle absurdité ! Comment pouvait-elle manger ? Elle ouvrit les yeux, agrippa la tasse de thé tiède, la vida, referma les yeux.

— C'est vrai ?

— C'est vrai. Ils ont donné une description sans intérêt, ils ont bafouillé des « heu » et des « hem » et des « nous voudrions lui parler à propos de la mort de son mari » avec un accent qui ressemblait à celui du Monaghan.

— Brady.

— Ils ne l'ont pas dit, ma petite dame. Ou bien je n'ai pas entendu. Comment va la gorge ?

— Ça va – elle toussa. Ça va.

Mrs. Talbot s'assit sur le lit, les bras appuyés de chaque côté comme pour supporter son poids, l'empêcher de s'enfoncer et de disparaître. Volumineuse comme elle l'était. Son visage trahissait un mélange de sentiments. Elle était perturbée, c'était visible, mais son incertitude était tournée vers l'avenir. C'était ce que Grace allait bien pouvoir faire qui la tracassait, et non ce qu'elle avait déjà fait. Elle avait posé très peu de questions. Deux seulement : « Vous avez fait ça sur un coup de tête, mon petit ? » et « De quelle couleur était la voiture ? » Et puis elle l'avait prise dans ses bras. L'avait serrée contre elle.

— Je suis désolée, madame Talbot. Je ne peux pas rester ici. Ce ne serait pas bien.

— Je m'appelle Ida, et c'est très bien comme c'est, mon petit. Vous êtes ici chez vous, tout le temps qu'il faudra. Ce n'est sûrement pas moi qui irai me plaindre. Ce qui m'inquiète, ce n'est pas ma chambre, c'est vous. Vous, mon petit. Il faut que vous preniez une décision. Il faut que vous décidiez ce que vous allez faire.

— Je sais.

La journée passa sans une parole. Comme un torrent.

À l'approche du soir, Grace se laissa emmener par Mrs. Talbot dans la partie privée de la maison, « pour la compagnie ». Après avoir vérifié que la route était libre, Mrs. Talbot la fit marcher sur la pointe des pieds, la tête ceinte d'une écharpe qui cachait bien ses cheveux, affublée d'une paire de lunettes d'homme que Mrs. Talbot prétendit avoir trouvée dans un tiroir. Grace se douta qu'elles avaient dû appartenir à son mari, mais ne posa aucune question. Elles lui glissaient sur le nez, et elle devait sans arrêt les remonter.

Quand elles passèrent devant la pièce où se trouvait la télévision, Mrs. Talbot se retourna, mit un doigt sur ses lèvres en appuyant son geste d'une grimace. Grace ne put s'empêcher de pouffer. Mrs. Talbot commença par lui faire les gros yeux, avant de sourire puis d'éclater de rire à son tour. Elles dégringolèrent les dernières marches en gloussant et en se bousculant, Grace perdait ses lunettes et se tenait les côtes à la vue de Mrs. Talbot qui tremblait comme une gelée, son gros corps parcouru d'ondes comme la surface d'un bain, presque incapable de tenir sur ses jambes. Elles atteignirent le sous-sol, refermèrent derrière elles et donnèrent libre cours à leur hilarité, deux bouches grandes ouvertes, peu à peu refermées, elles reprirent leur souffle, restèrent un moment à se regarder.

Ce n'était pas drôle.

La partie privée de la bâtisse était essentiellement constituée de portes fermées, qui devaient conduire, se dit Grace, aux chambres que ses enfants occupaient autrefois. Elle fut introduite dans un salon surchargé où avait été fait un ménage sommaire. Un écran de télévision tremblotait dans un coin, le son coupé, et le chat gris dormait sur le coussin d'un fauteuil élimé. Il émit un miaulement à l'adresse de Grace, s'étira et suivit leurs mouvements du regard.

— Désolée pour le désordre, mon petit. Il est bien rare que j'aie de la visite pendant la semaine et j'ai tendance à laisser les choses s'accumuler. N'est-ce pas, Wilma ? – elle caressa la petite tête du chat. On en avait un qui s'appelait Fred, mais c'était un sournois, un beau jour il nous a faussé compagnie. Pas vrai, Wilma ? Toi aussi, il t'a quittée, hein ? Sacré matou. Parti sans laisser d'adresse.

Elles ne parlèrent pas de l'essentiel. Elles burent du café et regardèrent la télévision, tandis que Mrs. Talbot ne cessait de rapporter de la petite cuisine cake et biscuits. Quand elles en eurent assez mangé, elle sortit une bouteille de whisky. Elle parla de son mari. Elle parla de ses enfants, de leur travail, de leurs familles. Elle fit des commentaires sur les hommes politiques qui envahissaient les écrans – elle semblait les avoir tous croisés à un moment ou à un autre. Elle cassait des biscuits en menus morceaux, qu'elle présentait au chat du bout de son doigt, secouait les miettes de sa jupe, s'affairait et riait, soupirait et remplissait les verres.

— Ah, comme c'est bon d'avoir de la compagnie !

L'affaire X*** les occupa un moment, la pièce parut s'emplir du bruit qu'on faisait autour... On se tordait les mains. On s'atterrait : « Qu'une fille de quatorze ans, disait une présentatrice comme si 14 était un chiffre magique, extraordinaire, du jamais entendu, puisse faire l'objet d'une interdiction ! Une fillette de quatorze ans... Une fille qui n'a encore que quatorze ans... et maintenant on apprend que cette jeune fille a parlé de suicide aux psychologues, qui... »

Quels psychologues ? Grace but une gorgée. Qui est-ce qui avait désigné des psychologues ? Il y eut une prise de bec entre deux politiciens. Un avocat lut et relut des passages de la Constitution, secoua la tête, haussa les épaules. Apparemment… Oui… La présentatrice, des trémolos dans la voix, donnait des détails, cherchait une logique, un raisonnement, un schéma : « … Le viol… » dit-elle avant d'être interrompue par une face rubiconde émergeant d'un complet bleu : « Aussi tragique soit-il, ce n'est pas le viol qui est en cause ici. Cela n'a rien à voir… » Tempête de protestations.

— Ma foi… fit Mrs. Talbot.

La présentatrice tenta de ramener le calme, se tourna vers le juriste : « … Oui, à proprement parler, aux termes de la loi, de la Constitution, c'est exact… » La présentatrice, dans une bouffée d'indignation : « … Alors, même si le fait de demander l'aide de la police pour procéder à un prélèvement d'ADN a entraîné à leur corps défendant, par intervention directe du procureur général, cette interdiction, cette impasse, et cette situation qui apparemment ne fait plaisir à personne… »

— Sauf à lui… murmura Mrs. Talbot.

La Constitution. C'était dans la Constitution. « … Alors vous êtes content que cet amendement, cet amendement que vous avez personnellement soutenu, ait pu aboutir à ce gâchis ?… » Ce gâchis.

— Que se passerait-il si elle partait ? demanda tranquillement Grace. Est-ce qu'on l'arrêterait ?

— Oh non, ma chérie, l'assura Mrs. Talbot. Ça ferait des émeutes.

Mais Grace imaginait que ça pourrait arriver, et il lui vint à l'esprit comme une pensée douce, plaisante, qu'elle finirait peut-être par rencontrer la jeune fille en prison. Des meurtrières, toutes les deux. Grace s'en occuperait, elle deviendrait son amie. Ensemble elles quitteraient la place qui leur avait été assignée : la fille cesserait d'avoir quatorze ans et Grace cesserait d'être une folle dans une voiture rouge sur une route sombre. Elles se tiendraient compagnie et elles auraient l'espace de leur cellule, et elles s'y déplaceraient librement, dans ce minuscule espace. Ça leur suffirait.

— En plus, disait Mrs. Talbot, on ne saurait pas où la mettre. Elle est trop jeune pour être incarcérée avec des adultes, et il n'y a pas de prison pour les mineures. Les juges s'en plaignent assez, d'ailleurs.

Elle versa à Grace un autre verre, mais Grace savait qu'elle ne le boirait pas. Elle n'aimait pas sentir sa tête commencer à tourner, l'empêcher de penser clairement.

Tout à coup un interphone bruyant retentit, Grace fit un bond, écarquilla les yeux. Le chat bâilla.

— Ce n'est rien, ma petite, dit Mrs. Talbot en se levant. Ce n'est que la porte d'entrée. Il y a toujours deux ou trois petits gars qui arrivent le mercredi soir. J'en ai pour cinq minutes. Détendez-vous et mettez-vous à l'aise. Ne vous inquiétez pas.

Grace la regarda quitter la pièce et monter l'escalier. Elle baissa le volume de la télévision et écouta, mais n'entendit qu'un murmure de voix vague et distant – elle se demanda même s'il ne s'agissait pas du son indistinct provenant du poste.

Une chose ou l'autre. Rester. Attendre. Dépenser un minimum. Manger ce qu'on vous donne. Écouter l'histoire de Mrs. Talbot. Éventuellement l'adopter. Attendre. Des semaines. Des mois peut-être. Puis passer la frontière, en train ou en autocar, jusqu'à Belfast. Puis le ferry jusqu'en Écosse. Espérer qu'on ne l'arrêterait nulle part, qu'on ne lui demanderait pas de prouver son identité. Si elle arrivait à attendre suffisamment longtemps, tout s'arrangerait peut-être. Elle avait de l'argent. Un endroit. Des semaines dans la même chambre, avec Mrs. Talbot qui l'attendrait en bas.

Une chose ou l'autre. Se dénoncer. Appeler un poste de police et leur dire où on pouvait la trouver. Accepter l'épreuve. Laisser faire. Abandonner.

Elle était assise dans le silence du salon d'Ida Talbot, en train de regarder les bouches muettes des experts de la politique et du droit s'efforçant d'expliquer à la nation ce qu'était la nation, et elle faisait tourner son whisky dans son verre, incapable de décider. Elle ne voulait pas aller en prison. Elle ne connaissait rien de la prison. C'était une autre vie. Il aurait fallu y être née, en quelque sorte, y être installée. Elle ne pouvait pas y aller telle qu'elle était. Elle ne pourrait pas s'adapter. Il faudrait que quelque chose, des mains géantes, pourquoi pas, se charge de lui donner une forme nouvelle. Pour qu'elle puisse tenir dans l'enceinte, dans l'espace limité. Qu'elle s'habitue à toucher tous les murs à la fois. Elle essayait de se le représenter, mais ce qui lui venait à l'esprit c'était le fantasme de l'enterrée vivante, et en même temps elle savait que ce n'était pas tout à fait juste : il y manquait une dimension plus vivante, plus complexe. Elle aurait le droit de refuser les visites.

Il n'y avait pas à tergiverser. Elle avait tué. Elle avait fait cela, elle avait accroché ce mot autour de son cou et il l'entraînait inexorablement vers le bas. Vers des détails. Tant de longueur sur tant de profondeur sur tant de hauteur. Comme un balancier d'horloge. Qu'il aille d'un côté ou de l'autre, ça revenait au même. Attendre un bruit de pas dans l'escalier. Guetter des signes dans le silence. Attendre.

Elle n'entendait toujours rien.

X*** n'avait pas tué, elle. Elle n'avait rien fait. Et pourtant. Malgré tout. La machine s'était mise en marche pour elle comme pour Grace. La machine à broyer. À deux reprises. La première fois, quand un homme avait haleté au-dessus d'elle et souillé son corps et ses larmes, sali son univers. La seconde fois quand le bras articulé de la loi s'était dressé en grinçant au-dessus d'elle avant de retomber lourdement sur sa frêle charpente, l'épinglant comme un papillon, la vidant de tout contenu, la réduisant au rôle de coquillage dont on a extrait la partie vivante.

Grace regardait les visages sur l'écran. Elle y devinait la dissension, la colère, les injures échangées. Mais l'absence de son leur donnait l'air vain, incohérent, ébahi. Pour elle, ce serait différent. Il n'y aurait pas de débat. Pas de doutes.

Elle mit ses mains devant sa bouche et souffla dessus, y sentit l'odeur du whisky, qu'elle trouva très désagréable. Il ne fallait pas qu'elle boive. Ça l'affectait trop.

Elle n'entendait toujours aucun bruit là-haut. Le grincement d'une lame de parquet peut-être, mais elle ne pouvait en être sûre. Elle se demanda s'il y avait du vent. S'il pleuvait. Elle porta le verre à ses lèvres et le fit rouler dans ses mains, essayant d'imaginer le temps qu'il faisait. Elle n'arrivait pas à décider.

Martin la haïssait à présent. Cela au moins c'était clair. C'était quelque chose de solide, dont elle n'avait plus besoin de douter. Son enfant la haïssait. Ça faisait une petite boule dans son estomac, une bille dans les plis de l'étoffe intérieure, un pépin. Est-ce qu'il l'aimerait de nouveau si elle se rendait à la police ? Ou bien faudrait-il qu'elle invente quelque chose de plus compliqué, qu'elle tisse un mensonge, qu'elle se forge une ligne de défense, qu'elle exprime des regrets ? Qu'elle se lamente ? Elle ne pourrait jamais faire cela. Elle ne se sentait pas de taille.

Elle entendit tout à coup des bruits de pas au-dessus de sa tête, très clairs et très rapides, puis ce fut de nouveau le silence. Une personne marchait, cessait de marcher.

Elle se demanda où était la jeune fille. Quelque part avec sa mère, sans doute, qui devait la protéger des journaux et de la télévision, du moins Grace l'espérait-elle. C'était bien suffisant de se sentir sombrer sans avoir à se dire que tout le pays était en train de basculer derrière vous. Elle devait avoir froid, elle ne devait pas avoir sommeil.

Grace fit tourner le whisky dans son verre et regarda à travers le léger film qui se formait le reflet de la chambre tournoyer comme une tempête en miniature. Le silence régnait de nouveau. Pas de bruits de pas ou de voix, aucun signe de vent ou de pluie. Elle ferma les yeux, pencha la tête en arrière et imagina qu'elle prenait la place de la jeune fille : elle apparaissait dans sa chambre comme un fantôme et se glissait sous sa peau pour la réchauffer, couvrir son cœur de ses mains comme un bouclier. Elle prenait sa place dans l'épreuve. Les laissait l'emmener, l'attacher et l'enfermer. Ils voulaient quelqu'un. Une personne. Ce pouvait aussi bien être Grace. Ils ne remarqueraient pas la différence.

— Grace, mon petit ?

Elle sursauta et se mit d'un bond sur son séant. Mrs. Talbot était derrière son épaule, les mains jointes à la taille. Elle était seule.

— Oh pardon ! Je croyais que vous vous étiez endormie.

— Non, j'avais juste les yeux fermés.

— Désolée d'avoir été si longue – elle s'assit à côté de Grace et reprit son verre de whisky. Je savais bien que vous alliez vous inquiéter. Mais j'avais trois chauffeurs de bus et il a fallu que je leur fasse du thé. Mais ça y est, ils sont installés. Pas très sympathiques. Ça va, mon petit ?

— Bien, bien. Le whisky m'endort.

— À qui le dites-vous ! J'aime bien en prendre un verre ou deux avant d'aller me coucher. C'est mon péché mignon, ma petite gâterie. J'aime bien le goût, c'est doux, ça me chatouille la gorge. C'est tout indiqué pour votre rhume.

Elle trouva la télécommande et monta le son. Elles restèrent assises côte à côte, leurs bras se touchant, un peu affalées, à écouter la suite du débat. Mrs. Talbot faisait un commentaire de temps à autre, mais Grace avait de plus en plus de mal à suivre et se laissait gagner par le sommeil. Des images floues et désordonnées défilaient l'une après l'autre dans son esprit. Elle qui s'en allait, Manchester, Martin qui s'en allait, X*** seule dans une pièce sombre, le visage de Martin quand il lui avait dit de partir, son mari, son père, son mari mort sur la route, X*** morte sur la route… Non, ça, ce n'était pas bien. Ça n'avait aucun sens.

Elle se demanda de quoi était fait son esprit. Il lui semblait composé d'images, et uniquement d'images. Des images où elle ne se voyait pas. Elle ne savait pas très bien où était sa place – à l'intérieur des images, ou en dehors, comme simple observatrice. Elle ne savait pas comment contrôler tout ce flux, lui imposer un ordre, selon quelles règles l'appréhender. Elle se demanda si c'était pareil pour les autres, si Ida Talbot se sentait comme elle prise dans un tourbillon de situations, incapable de trouver un endroit stable, un centre. Elle en doutait. Peut-être était-ce cela qui les différenciait. Peut-être était-ce cela qui différenciait les assassins du commun des mortels. Elle appartenait à la catégorie des assassins. Cela ne faisait aucun doute.

On ne trouvait plus grand-chose à dire sur le plateau ; Grace se laissa conduire une fois de plus à travers la maison dans son déguisement ridicule. Mrs. Talbot resta un moment auprès d'elle à la regarder. Elles partageaient la même consternation à propos de l'affaire X***, et cela suffisait à leur occuper l'esprit, à les tenir à distance de l'autre sujet. Elles haussèrent les épaules.

— Cette affaire me navre, mon petit. Elle me navre profondément. J'en aurais des choses étranges à vous raconter, des choses qui m'arrivent et qui sont... étranges. Vous croiriez des objets inventés exprès pour être abandonnés un peu partout, comme de petits jouets oubliés sur lesquels on bute et qu'on ramasse en se demandant ce que ça peut bien être.

Elle pencha la tête de côté comme si elle cherchait à se souvenir.

— L'un de mes garçons avait un robot, enfin un vaisseau spatial ou quelque chose de ce genre, qui avait la forme d'un cercueil. Un tout petit cercueil, on aurait dit un cercueil de poupée. Quand il était fermé il vous donnait la chair de poule, jeté là sur le lit. Mais quand on l'ouvrait, on voyait plein de boutons, de cadrans, de commandes et de signaux – elle se frotta le bras. Mais là, mon petit... c'est autre chose.

Grace ne comprenait pas. Elle eut un mouvement de tête interrogatif.

— Là, dit Mrs. Talbot, c'est une question de bien et de mal. C'est de ça qu'il s'agit. Ce n'est pas juste un événement en train de se produire. C'est une question. Une question de décision. Voilà. Voilà ce que c'est.

Elle ne redressa pas la tête. Elle continuait à se masser le bras, les yeux ailleurs. Grace se demanda si elles avaient vraiment évité le sujet.

Ida Talbot la laissa après lui avoir souhaité bonne nuit en l'embrassant sur la joue. Grace l'entendit se racler la gorge dans l'escalier, puis les bruits de pas allèrent décroissant et s'évanouirent.

Elle s'endormit très vite. Le whisky. Les images s'estompèrent peu à peu, pour ne plus laisser subsister que X***, l'image d'une enfant construite comme un collage, comme un mélange d'autres visages d'enfants. Un enfant qui ressemblait à son fils mort, et à celui qui lui tenait la main lorsqu'ils allaient jusqu'au lac. La jeune fille était debout sous la flèche d'une église étroite blottie au creux des collines, et le monde se reflétait à ses pieds dans une eau peu profonde. De ses mains s'échappaient des gouttes d'eau qui faisaient naître sur le sol du sang et une fleur d'os blanchis. Grace vit de nouveau son visage et le reconnut cette fois sans hésitation : un mélange de Sean et de Martin. Tout entière mère et tout entière douleur. Le maintien simple et concentré. Le regard noyé d'ombre. La force dans les bras.

Une femme qui émincait des oignons.

Grace.

MARTIN

Il voulait ses amis autour de lui.

Au milieu de la semaine, une averse, une nuit, le réveilla. Henry était à la fenêtre, le front appuyé à la vitre, et produisait des bruits d'arme à feu dans l'obscurité. Martin lui demanda s'il allait bien. Henry restait immobile un moment, émettait encore un coup de feu et sortait de la chambre. Martin ferma les yeux et se rendormit, d'un sommeil empli de ricochets, de cailloux et d'écorchures aux genoux.

Sean lui téléphona, voulut savoir ce qui s'était passé, pourquoi la police lui demandait une entrevue. Il n'était pas en colère. Il était gauche et emprunté, si bien que Martin finit par penser qu'il se sentait coupable, et il essaya de lui dire que ce n'était pas sa faute si elle avait tout raconté, pas sa faute si elle avait disparu, pas sa faute si elle avait commis un crime. Sean écouta sans dire un mot et raccrocha.

Philip n'y comprenait rien. Ni pourquoi c'était Henry qui répondait au téléphone, ni pourquoi Henry était rentré, ni pourquoi ça n'avait l'air de faire plaisir à personne. Martin entendit sa voix monter, puis redescendre jusqu'au silence. Il voulut passer mais Henry l'en dissuada.

Martin voulait ses amis autour de lui et Henry les envoyait promener.

Il voulait aller travailler. Il en avait assez de rester assis à la maison en face du silence de Henry, à attendre que quelque chose se passe. Il n'arrivait pas à s'exprimer. Il n'arrivait pas à dire ce qu'il voulait, à se mouvoir normalement. Henry était fermé comme une huître, complètement bloqué. La colère, le dégoût peut-être ? Il n'arrêtait pas de secouer la tête, téléphonait à Paris, mangeait peu. Il traitait Martin avec prévenance, mais ça ressemblait plus à de la méfiance qu'à de l'attention.

Et Martin, plein de désir, regardait Henry aller et venir, regardait la ligne de son corps se déplacer de pièce en pièce, sa peau apparaître ou disparaître, attendant le moment où il pourrait le toucher. Il se mettait tout près de lui et il sentait Henry qui se raidissait, sa respiration suspendue dans l'air comme un son. Puis qui s'écartait.

Martin s'enfermait à clé dans la salle de bains et proférait des mots sans suite, que la peur rendait méconnaissables. Il faisait de grands gestes dans le petit espace, il avait l'impression que le ciel, que le monde tout entier, retenait son souffle et se disposait à le lui cracher à la figure.

Toute la semaine ce fut pareil. Il parlait chaque jour au policier, à Crowley. Il sonnait à la porte, entrait et jetait un coup d'œil circulaire.

— Toujours pas de nouvelles ? demandait-il.

— Non.

— S'il y en avait, vous nous le diriez ?

— Oui.

Et il repartait.

Mais une voiture banalisée avec deux inspecteurs en civil était garée en permanence de l'autre côté de la rue. Et une fois, Henry dit qu'il avait l'impression que le téléphone était sur écoute. On entendait un écho sur la ligne.

Le vendredi, la voiture disparut et Crowley ne vint pas sonner. Martin supposa qu'ils l'avaient trouvée. Il mit ses bras autour de Henry et s'accrocha à lui. Henry lui tapota le dos sans rien dire. Puis se dégagea et détourna le regard. N'eut pas une parole.

Pour finir, Martin appela le numéro figurant sur la carte que lui avait donnée Crowley.

— Non, nous ne l'avons pas vue.

— La voiture n'est plus devant la maison.

Crowley ne répondit rien. Puis il dit à Martin qu'ils ne l'avaient toujours pas localisée et que, en l'absence de toute trace d'elle, ils pensaient qu'elle pouvait avoir quitté le pays.

Ce fut Martin qui resta éveillé cette nuit-là, tandis que Henry dormait. Il pensait à sa mère, sur un bateau, naviguant sur l'eau.

Henry dormait et Martin le regardait. Juché sur un coude, il détaillait son corps, son visage, sa poitrine qui se soulevait et s'abaissait, ses épaules, ses bras. Il étendit la main et la plaça doucement sur celle de Henry. La posa simplement là, pour sentir les doigts sous sa paume. Il évitait tout mouvement de crainte de le déranger. Il s'interdisait tout regard appuyé, essayant de se faire aussi léger, aussi calme, aussi immobile que l'air. Sa main sur celle de Henry. Il percevait les battements de son pouls. Il était émerveillé de se savoir si proche de lui qu'il pouvait sentir le sang circuler sous sa peau, la vie qui l'emplissait.

L'effort qu'il faisait pour rester dans la même position se transforma en crampe, en brûlure dans l'obscurité, en bourdonnement dans ses oreilles, en tension dans sa bouche tant il avait les dents serrées. Il ne bougeait pas. Rien en lui ne bougeait. Pendant un très long moment il garda sa main sur celle de Henry, sans bouger.

Puis il se relâcha soudain et, dans un mouvement incontrôlé, ses doigts vinrent heurter tendrement la hanche de Henry. Celui-ci poussa un grognement, s'assit à moitié et repoussa violemment la main de Martin. Il se retourna bruyamment et se rallongea en grommelant quelque chose.

Martin ferma les yeux.

Comme il était facile de tout perdre ! Un muscle qui s'emballait et un revers du poignet. Un pas de plus au bord de l'abîme. Cela arrivait tout le temps à un tas de gens. Ils avaient le vertige, et ils sautaient.

MRS. TALBOT

— La dernière fois que je suis montée dans un taxi, on a été attaqués par un cheval.

— J'vous jure.

— À Smithfield c'était, le jour de la foire aux chevaux, y a quelques dimanches de ça. Comme je vous le dis. Un mastodonte tout blanc, une vraie tempête. Les phares complètement esquintés d'un côté et une grosse éraflure à l'angle, là. Celui qui est là.

— L'aile avant gauche.

— Exactement.

— J'vous jure.

Le chauffeur du taxi secouait lentement la tête. Ida aurait voulu qu'il parle, qu'il évite de regarder Grace, laquelle, en dépit de l'écharpe et des lunettes noires, se ressemblait dangereusement.

— Belle moustache que vous avez là.

— Merci.

— Mon mari avait une moustache dans le temps, lui aussi, et puis un jour il a voulu la tailler et il s'est électrocuté.

Il rit.

— Comment il a fait ça ?

Ida jeta un coup d'œil à Grace. Elle avait la bouche ouverte. Les yeux sur le mur de berge, du côté sud, les drapeaux au sommet de leurs mâts, le ciel plus gris que gris. Si le soleil persistait à ne pas se montrer, elle devrait finir par enlever ses lunettes. Avec un temps comme celui-là elles ne serviraient qu'à attirer l'attention. Jacqueline Kennedy-Onassis.

— Il s'était acheté un rasoir électrique avec un accessoire exprès, et il l'avait branché dans la cuisine en mettant un bic pour faire la troisième fiche. Il avait un peu forcé. Le rasoir lui a sauté dans la main. Ça a fait une de ces explosions !

Il secouait la tête, surveillait son rétroviseur, empruntait une succession de petites rues qui montaient vers le nord, vers Bachelor's Walk.

— Je n'étais pas à la maison à ce moment-là.

Elle entendit un tintement. Grace avait voulu voir la rivière de plus près, il y avait eu un coup de vent et ses lunettes avaient heurté la vitre – la loi de la gravitation.

— On va défiler, poursuivit Ida – elle laissa le mot résonner. Dans la rue. On manifeste.

— Ah, c'est ça, alors. Je me disais aussi. La déviation. Je vais vous laisser à l'angle, si ça vous dérange pas. Je tiens pas à me retrouver là-dedans.

— D'accord.

— C'est à propos de quoi ?

— La fille de l'affaire X***.

— La fille de l'affairiste ? s'esclaffa le chauffeur.

La voiture s'était immobilisée. Grace tourna légèrement la tête.

— L'affaire X***, répéta-t-elle distinctement.

D'énormes empreintes digitales s'étalaient sur les verres de ses lunettes. Le chauffeur scruta son rétroviseur et plissa les yeux pour essayer de distinguer ses traits.

— C'est la fille qui veut se faire avorter ?

— Oui.

— Ah, ça ! Très peu pour moi. C'est un coup monté. Une arnaque, ce truc. Un petit ami et des parents haut placés qui tirent les ficelles, et hop, ni vu ni connu, je t'embrouille. C'est pour nous faire changer la loi. Demain on n'aura qu'à claquer des doigts et n'importe qui pourra se faire avorter. Si ça se trouve, elle est aussi enceinte que moi. Un coup monté, ce truc.

— Non, dit Grace – elles n'avaient pas bougé. Non.

Il pressa un bouton sur le compteur.

— Ça vous fait quatre livres vingt.

— Vous nous laissez là ? demanda Ida sans élever la voix.

Il ne répondit pas. Il plongea la main dans une pochette en cuir remplie de petite monnaie. Ida lui tendit un billet de cinq livres.

— Tenez. Je vous souhaite de rester bloqué des heures dans les embouteillages. On vous fera un petit coucou en passant.

— C'est ça. Vous gênez pas, ma bonne dame !

Elle descendit, suivie par Grace.

— Quel abruti – elle claqua la portière. Mais quel abruti !

Grace haussa les épaules et desserra son écharpe, enleva ses lunettes, s'emplit les yeux de ciel.

— Elles me serrent. En plus de ça…

— Je sais bien, mon petit, ce n'est pas grave. Tout ce que je vous demande, c'est de ne pas vous éloigner de moi. Tout se passera bien. Ne vous en faites pas.

Elle la prit par le bras et la conduisit jusqu'au coin d'O'Connell Street, au-delà des vitrines, de la peinture qui s'écaillait, de la lumière, des effluves de la rivière, au-delà des grappes d'adolescents qui obstruaient systématiquement tous les trottoirs qu'Ida s'avisait d'emprunter depuis… depuis bien des années.

— Ils ont arrêté la circulation de ce côté. Oh, regardez, mon petit ! Regardez.

Ils étaient des milliers. Des milliers. À quoi cela ressemblait-il, des milliers ? Ida l'ignorait. Elle trottinait sans lâcher le bras de Grace.

— Tout ce monde, mon petit. Tout ce monde. On dirait que nous ne sommes pas les plus vieilles, Dieu merci ! Combien sont-ils, à votre avis ? Et il en arrive toujours. Ça n'arrête pas. Il est encore tôt. Vous voyez les lumières, là ? La police.

Ils étaient déployés le long des trottoirs, de petits éclairs dorés sur leurs tuniques bleu nuit, frappant dans leurs mains, agitant les jambes, rigolards, échangeant des plaisanteries et des signes de tête, insouciants, bonhommes. Grace triturait son écharpe. Ida prit à droite, à gauche, droit devant elle, elles y étaient presque, les bandes d'adolescents, une banderole, un homme avec un mégaphone, quelques femmes pas si différentes d'elles.

— Quel côté préférez-vous, mon petit ? Où est le début, à votre avis ?

Grace secoua la tête sans répondre. Elle était décomposée. Elle n'avait rien mangé. Pas de petit déjeuner, rien la veille au soir, et avant cela quelques morceaux par-ci par-là, autant dire rien. Elle avait serré les dents. Avait fait un vœu qu'elle avait sans doute été seule à entendre – aujourd'hui ou jamais. Aujourd'hui. J'arrête. Ida avait caressé son bras glacé, elle avait posé la tête sur son épaule, l'avait aidée à arranger ses cheveux.

— À mon avis, on devrait rester de ce côté-ci. Je suppose que c'est le début, si on prend la direction du Dáil. À moins que vous ne préfériez être à l'arrière, mon petit.

Grace ne répondit pas tout de suite. Elle parcourut les visages, eut un mouvement de recul en voyant un groupe de policiers stationnés devant le premier pilier de la poste centrale. Hocha la tête devant une pancarte où l'on pouvait lire : « LA PRISON À 14 ANS ? »

— Non. On va en tête.

Ce n'était pas la pâleur. Ce n'était pas cela. Ses yeux, ses lèvres, il y avait de la couleur là-dedans. Ida Talbot la vit tout à coup comme une flamme, puis elle se dit que ce n'était pas non plus cela. N'empêche, ç'avait à voir avec la couleur – un contraste, une fusion. Ou quoi d'autre ? Elle était différente. Ce n'était pas seulement qu'elle était plus âgée que la majorité – il y avait Ida, évidemment, et le couple un peu bizarre qui n'avait pas l'air de savoir comment se comporter, et les groupes de femmes tout autour qui attendaient le départ comme des membres d'un club de marche un dimanche après-midi à la campagne. Elle était plus proche. Plus près. Tout le monde souriait, riait, la foule les excitait, l'atmosphère, la rue qu'on avait bouclée juste pour eux, pour qu'ils puissent défiler, crier, être pris en photo. Toute cette attention tournée vers eux. Ce sentiment d'appartenance. Grace, elle, ne souriait pas. Elle n'était pas excitée. Elle était effroyablement calme.

Elles étaient serrées au milieu de la foule, épaule contre épaule. Une attente formidable. Ce sentiment d'appartenance. Il avait une chose à exprimer, une seule, et il y en avait si peu qui importaient. Ida Talbot serrait le bras de sa nouvelle amie. Elle était concentrée, et elle priait. Elle demandait que pour une fois, dans l'espace qui l'entourait, il n'arrivât rien.

MARTIN

Il voyait les arbres s'agiter dans le vent sans âme. Se redresser. S'agiter. Il voyait les gens qui faisaient leurs courses se faufiler parmi les manifestants, les interroger du regard, secouer la tête d'un air approbateur ou désapprobateur. Il voyait les manifestants encore immobiles, le service d'ordre qui s'efforçait de les regrouper, de façonner la foule en colonne, de donner une forme au néant. Il estima qu'ils devaient être environ deux mille. Henry approuva. Philip tapota sa montre. Il était encore un peu tôt.

Ils s'étaient rencontrés près de la rivière ; Philip avait été ravi de les voir, il avait regardé Martin à la dérobée, risqué quelques questions. Mais Henry avait rapidement détourné la conversation. Il en avait assez. Martin aurait préféré que Henry ne vienne pas, pour pouvoir parler à Philip. Ou que Philip ne soit pas là, pour pouvoir parler à Henry. Comme s'il pensait en avoir la force maintenant, alors qu'il n'en avait pas été capable jusque-là. Comme si le grand air, et les catastrophes qui arrivaient aux autres, suffisaient à ouvrir une brèche dans son esprit. Il aurait voulu une fracture, grande ou petite – une rupture du temps qui les replace là où ils étaient avant, ensemble, sans rien de sa mère ni de son père pour peser sur eux. Qu'ils soient de nouveau seuls tous les deux. Qu'ils puissent n'être enfin qu'eux-mêmes.

Il voyait le ciel bas et gris, l'espace clos où allait se dérouler cela, cette chose. Une chose qui ne lui plaisait pas. Il n'en voyait pas l'intérêt, ne voyait pas comment une parade aussi insignifiante pouvait modifier quoi que ce soit. Henry lui avait dit que ce n'était pas forcément le but, et Martin ne s'était pas risqué à demander quel était le but, alors – terrain miné. Il imaginait que c'était de l'ordre du symbolique. Mais la vie et la mort le déroutaient, et il ne comprenait pas la logique de la hiérarchie qu'on semblait établir entre l'une et l'autre et qui pouvait d'ailleurs changer selon les cas, comme si on avait le droit d'en modifier à son gré la valeur. Selon les cas. Tout dépendait. Bien ou mal.

Il voyait les têtes de la multitude.

Il voyait le couloir qu'on avait libéré devant elle.

Il voyait plus qu'il ne voulait l'admettre. Par exemple il comprenait pourquoi on ne pouvait pas forcer l'adolescente à garder son enfant. La forcer. Mais le reste lui paraissait incompréhensible. Il ne pouvait pas pousser le raisonnement plus loin. Sous peine de ne plus savoir où il en était. Ou bien de se sentir pris de vertige.

Il comprenait que sa mère avait mal fait et qu'il avait mal fait de lui dire qu'elle avait mal fait. Il voyait le retournement, la déformation du raisonnement, la pirouette, le ricochet, la fausse logique. Mais il ne pouvait pas l'accepter. Peut-être était-ce seulement une affaire de ton. Un ton sans appel. Les termes bibliques : Vade retro ! Il avait eu tort. Ne serait-ce qu'au plan tactique. S'il avait voulu mettre un terme à toute cette histoire. Il aurait dû la garder. Attendre qu'ils viennent la cueillir. Mais pas ce gâchis. Ces tâtonnements indignes. Être obligé d'entendre son nom à la radio et à la télévision, de chercher une photo, d'essayer de la décrire, alors qu'il avait oublié la couleur de ses yeux – et pendant tout ce temps Henry et son silence. Un silence plein de bruit. Un hurlement inaudible. Il aurait pu tout éviter moyennant une étreinte et quelques larmes. Reste, maman. On va s'en sortir.

Il voyait le service d'ordre empêcher le cortège de déborder. Il apercevait Philip qui se curait le nez. Il voyait les premiers rangs se regrouper. Il voyait…

— Oh, regardez ! Regardez ! criait Philip debout sur la pointe des pieds. C'est Sinead !

— Sinead qui ?

— O'Connor. Sinead ! Là ! Ce qu'elle est belle !

Ils se démanchèrent le cou.

— Vous savez ce qu'elle a fait ?

Ils savaient, mais Philip le leur dit quand même.

— Elle est entrée comme une furie au Parlement en exigeant d'être reçue par Albert Reynolds.

— Et l'autre crétin a été trop content de la recevoir ! dit Martin.

Sinead O'Connor distribuait des sourires et des accolades, balançait les épaules. Les paparazzi. Martin vit ses yeux. De grands yeux clairs. Qui souriaient. Tous les regards étaient tournés vers elle. Sans exception.

Il voyait une pancarte qui disait : « PAS DE LOIS, MON CORPS EST À MOI ! »

Il voyait un enfant dans une poussette.

Il voyait un ballon s'envoler, point rouge sur le ciel gris.

Il voyait la ville, à perte de vue, prête.

Il voyait.

Il vit sa mère. Évidemment. Un visage semblable au sien au milieu de tous ces visages étrangers.

Il toussa. Jeta un coup d'œil à Philip et à Henry dans l'espoir qu'eux aussi l'auraient vue et qu'ils se tourneraient vers lui, guettant sa réaction. Ils ne l'avaient pas vue. Henry glissait quelque chose à l'oreille de Philip qui penchait la tête, les yeux baissés. Ils ne le regardaient pas !

C'était bien elle. Avec une écharpe sur la tête. Immobile. Bras dessus bras dessous avec une grosse femme en manteau bleu. Elles regardaient autour d'elles. Elles lui tournèrent le dos et il les perdit dans la cohue.

Martin réfléchit. Il fallait l'ignorer. Faire comme s'il ne l'avait pas vue. La sortir de sa tête. Comme quelque chose d'indésirable. Si l'un des deux autres la voyait, eh bien tant pis. Mais il ne voulait prendre aucune initiative. Qu'aurait-il pu dire ? Oh, regardez, voilà ma mère ! Vite, appelez la police ! Parlez-lui. Allez lui parler. Non. Il la connaissait. La reconnaissait. Connaissait son visage et sa forme. La voilà qui ressurgissait. Ce manteau. Ces épaules étroites. Ce corps. À cinquante mètres. Entre des centaines de gens. Sa mère.

Des sifflets retentirent. L'air cinglait ses joues.

— Ça y est, je crois qu'on est partis.

— Philip ?

— Oui ?

— Est-ce que je ?…

— Quoi ?

Il la regardait fixement, souhaitant de toutes ses forces qu'elle se retourne. Qu'elle le voie. Alors ce serait à elle de décider. Pourquoi lui ? Toujours lui. Sa responsabilité. Sa faute. Et elle qui tombait du ciel, comme d'un nuage perpétuellement suspendu au-dessus de sa tête.

— Qu'est-ce qu'il y a, Martin ?

Ce serait toujours pareil. Elle serait toujours en train de traverser sa ligne d'horizon comme un fantôme. Le défiant de parler.

Les autobus passaient en rugissant sur sa gauche. Les hautes fenêtres reflétaient la lumière grise, la dédoublaient. La pierre. La foule comme des gouttes, des baies tombées n'importe où. Les arbres avec leurs ampoules.

— Il y a des caméras de télévision.

— Qu'est-ce que tu crois ?

— Est-ce qu'on va passer au journal télévisé ? Nous, je veux dire. On pourrait en profiter.

— Je vois ma mère.

— Ils vont surtout montrer Sinead.

— Elle est capable de leur taper dessus.

— J'adore son manteau. Très *Portes du Paradis*[1].

— Je vois ma mère.

— Martin ?

— Quoi ?

— Je vois ma mère.

Silence. Puis Philip murmura « Merde ! » et se dressa sur la pointe des pieds. Henry était comme un trou noir au milieu d'O'Connell Street. Une étoile venue remettre les choses sur leur juste orbite. Il fut tout à coup aux côtés de Martin, le touchant presque. Le touchant. Il était là, son bras contre celui de Martin.

— Laisse-la.

Martin sentit Henry qui lui agrippait le poignet.

— Non.

— Laisse-la, je te dis.

— Non.

Il chercha dans sa poche.

— Pourquoi ?

— Parce que. On dirait un fantôme.

1. *Heaven's Gate*, film américain de Michael Cimino (1980).

Il sortit la carte de visite.

— Martin, ne fais pas ça.

— Quoi ?

Henry attrapa la carte. Il avait lâché Martin et la lui avait arrachée. La carte de visite.

— Rends-moi ça !

— Martin, tu vas faire une grosse bêtise. Je t'assure. Laisse tomber. De toute façon ils finiront par la coincer. Bon Dieu ! Ne l'oblige pas à te haïr.

Martin fit semblant d'apercevoir quelque chose sur sa gauche, sourit, poussa un petit soupir, les bras ballants, puis, d'un mouvement brusque, pivota et arracha la carte des mains de Henry, qui le regarda comme s'il venait de commettre un acte criminel. Martin ne put s'empêcher de sourire, de rire même.

— Martin, dit Philip.

— Quoi ? Enfin quoi, nom de Dieu ?

— Henry a raison.

— Non ! Non, il n'a pas raison !

Il fit volte-face et partit sans se retourner. Cette nuit-là au sauna. Il avait fait volte-face dans le petit espace d'une des cabines. Il s'était déçu. Il avait rompu le pacte. Et elle, elle était la spectatrice, l'œil dans le viseur. Alors qu'il était simplement logique avec lui-même. Logique. Honnête. Qu'est-ce que ça avait de si terrible ? On aurait vraiment dit que Henry… Il y avait des téléphones publics à la poste centrale. Henry était sur ses talons.

— Pourquoi est-ce que tu fais ça ? Pourquoi ? Arrête, Martin.

Quelque chose l'entraînait, comme une pesanteur d'une nature particulière, vers ce qui pourrait enfin mettre un terme à tout cela – enfin, à presque tout.

— Laisse-moi, dit-il d'une voix presque inaudible.

Il passa devant Sinead O'Connor. Devant les caméras. Pénétra dans le hall, loin des balles de l'Histoire. Dans ce haut lieu.

Henry l'agrippait par le bras. Lui faisait mal.

— Si tu fais ça, je m'en vais. Je le jure. Je ne veux pas voir ça.

— Comme tu veux, répondit-il sèchement, le front plissé par tout le sérieux dont il était capable, car le sourire tentait de nouveau de se frayer un chemin jusqu'à sa bouche comme un animal emprisonné sous sa peau.

— Bon Dieu, Martin, ce que tu peux être con ! Ton père craché.

Là, il dut quand même y avoir une réaction, car Henry se retrouva soudain devant Martin, comme si celui-ci s'était arrêté tout net. Henry insista :

— Le fils de ton père.

Il s'éloigna. Il sortit de la poste, regardant droit devant lui. Martin le suivit des yeux. Sentit l'espace qui grandissait entre eux, comblé peu à peu par la distance. Et la distance, c'est la mesure. Ce qui permet de savoir où l'on est.

Parti.

Il trouva une cabine libre. Entra. Composa le numéro. Introduisit ses pièces. Finit par obtenir la communication : une nappe de friture et de crachotements, comme si on le connectait à une vie provisoire.

— Crowley ?

— Oui.

— Martin Quinn à l'appareil. Ma mère défile… Elle est parmi les manifestants… Elle manifeste… La marche pour X***…

— Où êtes-vous ?

— À la poste centrale.

— Ne bougez pas.

Martin sortit sous la haute voûte. D'en haut une immense lumière l'inondait. Son sourire disparut. Il leva les yeux, prit une inspiration, piétina dans ce coin qui lui était alloué, sentit le passé qui s'écoulait hors de lui. Toute son histoire. Qui s'écoulait. Qui le quittait. Et qui s'élevait. De plus en plus haut. Qui s'envolait, léger comme une plume, et le laissait cloué au sol.

Cloué au sol.

Il essaya de rire. De rire comme un enfant ivre de grand air.

Des échos l'assaillirent.

GRACE

Un tenace sillage de parfum et de talc suivait Ida Talbot. Un parfum de vieille femme. Léger comme l'air. Grace détourna la tête, s'efforçant de se pénétrer de l'atmosphère ambiante. Mais cette odeur ! Elle chargeait le tableau entier, le ciel, la foule et son agitation, la lumière crue, l'attente, l'enjeu, l'approche d'un dénouement, d'une touche cruellement désuète. Une visite à une vieille tante. Une causette avec la voisine devant une tasse de thé. Des petits gâteaux à la crème. Mon mari connaît bien votre mari.

Elle retira son bras, défit le nœud de son écharpe et la laissa glisser sur ses épaules. Elle se sentait déliée. Mrs. Talbot lui sourit, se mordit la lèvre.

— Vous ne croyez pas…

— Non. C'est bien comme ça.

Il lui était impossible de déterminer l'âge de Mrs. Talbot. Il semblait se perdre dans la masse, dans l'abondance. Entre cinquante et soixante-dix. Et ce regard perpétuellement ouvert sur le monde ! C'était comme si Grace avait fait irruption dans sa vie tel un phénomène naturel. Une mise à l'épreuve, une nécessité. Elle attendrait les beaux jours pour faire sa récolte. Elle avait suivi Grace avec ses yeux, sa voix, ses pieds. Oui, mon petit. L'avait écoutée. Approuvée.

Protégée. Grace se demandait ce qu'elle aurait fait sans elle.

Se concentrer. Écouter.

Il y eut une rumeur. On essayait les tambours, les sifflets. Devant la poste centrale, il y avait un camion-remorque avec une plate-forme autour de laquelle s'affairaient des hommes en train de brancher des câbles. Les sifflements aigus des mégaphones lui perçaient les oreilles, les voix déformées la firent sursauter. « Restez bien groupés. Pas trop vite, les premiers rangs. Faites-vous entendre. »

— Est-ce que vous croyez qu'il va falloir crier ? demanda Mrs. Talbot, de qui émanèrent, comme des chatouilles de plume, de légers effluves de poudre de riz.

Une main qui lui touchait l'épaule empêcha Grace de répondre. Ce fut le silence, le bruit de la foule lui sembla s'éloigner, elle imagina Brady derrière elle. Oh non, s'il vous plaît. Laissez-moi au moins marcher avec eux. Au moins ça. Elle se retourna lentement. Ce n'était pas Brady. C'était Philip.

— Madame Quinn. Est-ce que vous allez bien ?

— Philip, c'est vous !

Ida Talbot s'interposa brutalement, protégeant Grace.

— Qui êtes-vous ? dit-elle d'un ton brusque.

— Ça va, Ida. C'est Philip. Je le connais. C'est un ami de mon fils. L'ami de Martin.

Ida resta où elle était et le foudroya du regard.

— Qu'est-ce que vous voulez ? demanda-t-elle avec autorité.

Elle se faisait aussi imposante que possible. Philip disparaissait derrière elle, Grace ne voyait que son toupet de cheveux.

— Je voulais juste dire bonjour. Je ne sais pas. Je ne veux rien de spécial.

— Est-ce que Martin est venu ? demanda Grace en repoussant Ida du coude.

Il eut l'air un peu ahuri, regarda derrière lui, haussa les épaules.

— Euh, oui. Je crois qu'il est… Il me semble qu'il est là, derrière, quelque part.

— Est-ce qu'il m'a vue ?

Philip fit signe que oui. Mrs. Talbot le regarda, les lèvres entrouvertes, son visage crayeux animé de très légers mouvements qui firent vibrer l'air autour d'elle.

— Philip, je vous présente Ida Talbot, mon amie.

Philip tendit la main et Ida s'en empara plutôt qu'elle ne la prit.

— Est-ce qu'il va prévenir la police, c'est ça que vous voulez dire ? – il haussa les épaules. Je n'en sais rien. À mon avis, il va… enfin, sans doute. J'ai eu l'impression qu'il cherchait une cabine.

Il rougit. Ida porta la main à sa bouche et regarda Grace. Elle faisait une telle grimace que Grace ne put s'empêcher de sourire.

On entendit soudain un long coup de sifflet, suivi d'autres sifflets à l'arrière, et une sorte de grondement de joie parcourut la foule tandis que le cortège s'ébranlait. Grace hésita un moment. Commencer. Finir. Marcher. Elle releva difficilement la tête, rassembla ses forces et se mit en route d'un pas décidé.

Ida fut tout de suite à ses côtés.

— On pourrait s'éclipser, mon petit, rentrer à la maison. Personne ne s'en apercevrait.

Grace secoua la tête.

— Ça va aller, Ida. Tout ira bien.

Elle avait peur de les voir fondre sur elle. C'était possible. Tout ce bleu allait peut-être traverser la foule, s'abattre sur elle comme un tourbillon et l'emporter. Mais pour l'instant elle ne pouvait penser qu'à la manifestation. Surmonter sa faiblesse et marcher, mettre un pied devant l'autre, avancer. Exercer sa volonté. Ils traceraient un cercle. Là. Elle se mettrait en marche et elle reviendrait au point de départ. Rien de mal à ça. Imprimer une figure sur le sol. Une forme. Un signe. Comme lorsqu'on prononce certains mots. Une prière. Elle s'élève. Elle trouve un écho dans le ciel. Il y a toujours un mécanisme pour s'en emparer et lui donner un sens.

Elle s'aperçut que Philip était toujours à côté d'elle, l'air lugubre, la tête baissée. Elle le regarda et sourit, mais il était perdu dans ses pensées.

Ils poursuivirent paisiblement leur marche. Ils atteignirent O'Connell Bridge et sentirent le vent d'est qui fouettait l'eau. Ils le traversèrent lentement. Le service d'ordre, craignant que les manifestants ne soient trop dispersés, ordonna une pause afin que les derniers rangs rattrapent les premiers. Grace se retourna pour regarder derrière elle. La foule était si dense, avec ses banderoles et ses pancartes, qu'elle n'en voyait pas la fin. Il y avait des tambours et des sifflets. Des slogans commençaient à fuser à l'arrière, mais Grace n'entendait pas bien. Ils prirent D'Olier Street et se dirigèrent vers College Green. Quelqu'un devant eux se mit soudain à crier : « Non, non, non, les femmes n'acceptent pas de s'faire dicter la loi par l'Église ou par l'État ! » et d'autres voix firent chorus. Elle regarda Ida et Philip, mais ils avançaient comme des somnambules. Elle scanda le slogan une première fois, presque à voix basse, le reprit un peu plus fort, puis encore et encore, de plus en plus fort. Elle entendit Philip qui se joignait à elle et lui jeta un coup d'œil, mais il regardait droit devant lui. Ida restait silencieuse.

Grace aima le son de sa voix. Elle la sentait dans sa poitrine, dans sa gorge, qui déferlait à travers elle, la laissait hors d'haleine. Devant les grilles de Trinity College elle décida de la reposer un moment. Philip fit de même.

— Madame Quinn, demanda-t-il doucement, vous avez vraiment tué votre mari ?

Grace le regarda et ne lut que de la curiosité dans ses yeux. Elle ne répondit pas tout de suite.

— Martin ne vous a rien dit ?

Il fit signe que non.

— Il m'a parlé, mais il ne m'a pas dit grand-chose. Je crois qu'il est un peu perdu, qu'il ne sait plus très bien où il en est. Peut-être qu'il ne se rend pas tout à fait compte…

Il toussa. Il était très beau, avec son drôle de toupet qui donnait à son visage une expression de surprise et d'émerveillement. Elle ne répondit pas à sa question. Elle ne dit rien. Elle prit son bras comme Mrs. Talbot avait pris le sien. Ida était nerveuse, elle avançait en jetant des coups d'œil de tous côtés. Ils longèrent les murs de l'université au son des tambours. Les slogans avaient gagné en virulence, la colère grondait. Les passants observaient avec des yeux ronds. Certains se dressaient et applaudissaient. Ils passèrent devant les horloges arrêtées des bâtiments principaux de la faculté. Elle tenait Philip serré contre elle.

— Martin et moi on marchait beaucoup, dit-elle. On marchait des kilomètres, loin de la ferme, à travers les collines et le long des lacs. Il bavardait tout le temps, il me parlait du monde. Il savait tout à cette époque, quand il était petit. Il me parlait de l'Afrique et de l'Amérique, il me racontait tous les voyages qu'il ferait plus tard.

Elle s'arrêta ; les manifestants marquaient une pause pour laisser au service d'ordre le temps de les regrouper, de rendre la foule plus compacte et plus forte. Les slogans crépitèrent, comme des mains martelant un rythme primitif.

— Quand on partait, j'essayais de ne pas marcher trop vite, et il tournait autour de moi ou bien courait devant, partait en éclaireur à droite, à gauche. Et puis au retour il me prenait la main et nous marchions du même pas.

Philip lui sourit.

— Je n'arrive pas à imaginer Martin petit garçon.

Grace fit un signe d'assentiment. Elle comprenait très bien ce qu'il voulait dire.

Ils tournèrent dans Kildare Street en direction de St. Stephen's Green. Ida s'était un peu détendue. Elle reprit un slogan d'une voix hésitante : c'était le numéro du centre d'information sur l'avortement. Toute publicité à ce sujet était illégale. Il emplissait la rue, se répercutait sur les murs des bâtiments officiels.

— On rentrait à la maison, continua Grace, et c'était comme si on sortait tout à coup d'un rêve. On s'arrêtait, on se regardait, et on avait l'impression que notre maison nous était devenue étrangère – elle lança un regard à Philip pour voir s'il comprenait. Par la menace qu'elle représentait, ajouta-t-elle.

Il se tourna vers elle et hocha lentement la tête.

Ils passèrent devant le Dáil sans s'arrêter. Grace était certaine qu'il était vide, mais Ida parut déçue ; elle soupira en remuant la tête ; elle scandait maintenant tous les slogans avec détermination et d'une voix puissante. Philip écoutait, la tête penchée de côté.

— Un soir, je l'ai attendu. J'ai attendu dans sa voiture, dans l'obscurité, et je l'ai vu venir vers moi. Je n'aurais pas dû le faire, mais ce n'était pas n'importe quel soir. C'était comme un tout, je n'ai pas pu ne prendre qu'une partie et laisser le reste. J'ai dû prendre le tout.

Elle jeta un coup d'œil en direction de Philip mais eut peur de le regarder plus longtemps. Ida s'était un peu éloignée d'eux, on entendait sa voix de stentor sortir de son grand corps.

— Il s'est arrêté au bord de la route et je l'ai perdu de vue un moment. Puis je l'ai vu de nouveau. Il était agenouillé. Agenouillé à l'endroit où il avait tué la fille, en train de prier à côté des fleurs, agenouillé en train de prier. Je ne sais pas très bien ce que ça veut dire. Je l'ai su, sans doute, quand j'étais enfant, mais maintenant je ne le sais plus. Je n'aurais pas dû le faire. Je l'ai fait parce que je voulais me libérer de lui, et maintenant je suis liée à lui plus indissolublement que je ne l'avais jamais été. Par des signes, par des symboles et d'autres manières que je ne comprends pas. Je voulais le cracher, et je l'ai avalé. Je n'aurais pas dû le faire.

Philip la contempla longuement, puis se redressa et regarda droit devant lui. Il avait l'air écrasé, son front était creusé de rides, comme s'il se sentait dans l'obligation de répondre. De dire quelque chose. Grace savait qu'elle aurait dû lui dire qu'il n'était pas obligé, que ça n'avait pas d'importance. Mais elle était curieuse. Ce que dirait ce jeune homme. L'ami de son fils, qui faisait en somme partie de tout cela. Il fit quelques pas et se retourna vers elle :

— Je pense que vous avez eu raison de le faire.

Elle le regarda fixement et vit qu'il hésitait. Elle secoua la tête.

— Ne dites pas ça.

Il y avait devant eux des photographes et des équipes de télévision qui marchaient à reculons en se déplaçant d'un bord à l'autre du cortège. Grace se demanda s'ils s'arrêteraient sur son visage, si l'un d'eux la reconnaîtrait et la dénoncerait à un policier.

Ils atteignirent St. Stephen's Green et tournèrent à gauche, devant l'hôtel *Shelbourne*, où Grace s'était trouvée la semaine précédente. Puis ils tournèrent à droite et longèrent le parc. Elle supposa qu'ils allaient faire le tour et redescendraient par Dawson Street. Les slogans s'étaient estompés, on avançait plus vite. Il y avait moins de monde de ce côté. C'était plus calme et le cortège était moins impressionnant par rapport à la largeur de l'avenue et aux grands bâtiments.

— Est-ce que ça va, mon petit ? demanda Ida en lui reprenant le bras.

— Oui, ça va.

— Est-ce qu'on continue ?

— On continue. On retourne au point de départ.

— Vous ne voulez pas essayer de filer ?

Grace sourit et fit non de la tête.

Ils bifurquèrent au bout du parc et sentirent le vent derrière eux, mais il n'était pas aussi froid. Grace retira l'écharpe qui était restée autour de son cou et la mit dans sa poche. La marche lui avait donné chaud.

Elle dégagea doucement son bras de celui de Philip et s'éloigna de lui aussi lentement que possible. Elle marchait un peu plus vite maintenant, si bien qu'à l'angle suivant, face à la rivière, elle se trouva à quelques mètres devant eux. Elle se retourna et leur sourit. Ida lui rendit son sourire, Philip avait l'air préoccupé. Ni l'un ni l'autre ne tenta de la rattraper.

Les slogans étaient scandés d'abord doucement puis de plus en plus fort avant de faiblir et de s'arrêter. Puis cela recommençait. Les roulements de tambour et les sifflets se faufilaient entre les mots, et partout des pancartes pointaient vers le ciel comme autant de doigts accusateurs. Ils approchaient du quartier animé, en haut de Grafton Street, les slogans atteignaient leur paroxysme et les gens interrompaient leurs activités pour les regarder. Grace fut étonnée quand, au lieu de les diriger vers Dawson Street, la police leur fit signe de continuer tout droit, vers les rues piétonnières bourrées de monde. Elle eut peur qu'il ne se produise une bousculade, mais les gens qui faisaient leurs courses s'écartèrent patiemment pour les laisser passer. Elle se dit que le spectacle qu'ils offraient devait être impressionnant et leur vacarme terrible. Il n'était pas question de leur disputer la rue. Elle joignit sa voix au chœur des protestataires.

Dans ses rêves elle avait vu l'enfant, elle l'avait vue qui attendait. Elle avait l'air étrange, perdue, seule sous les étoiles. Grace lui tournait le dos. Sur la route l'enfant s'était agenouillée, et le silence de la nuit avait coulé de ses mains jointes et une église s'était dressée. Elle se détachait sur l'entrelacs des routes et le réseau des lacs comme une lumière vue d'en haut dans une tombe à peine creusée.

Grace avait tué son mari, et ce n'était pas cela qu'il fallait faire. C'était son fils qui le lui avait dit. Tu as tué mon père.

Elle tourna son visage vers le ciel et vit le capuchon gris qui recouvrait Dublin, étouffant les bruits de la manifestation, elle vit la silhouette que ce ciel projetait sur la terre, le sort qu'il jetait. Il s'était agenouillé et s'était mis à prier. Tel avait été pour lui le signe annonciateur. Pour elle, c'était ce ciel.

Soudain Ida fut près d'elle, et Philip aussi. Ida la tira par le manteau et lui fit signe de regarder. De chaque côté de la rue, trois ou quatre policiers remontaient le cortège à grands pas, scrutant les visages.

— Où est votre écharpe ?

— C'est bon, Ida. Ça n'a pas d'importance.

Une main sur la droite pointa dans sa direction. Elle vit une bouche s'approcher d'un téléphone radio et s'aperçut que les hommes cessaient de chercher et la regardaient. D'autres personnes les avaient remarqués, quelques manifestants les huèrent. Ils ne firent aucun geste pour intervenir, se contentant d'accompagner le cortège tout en la surveillant.

— Ô mon Dieu… murmura Philip.

Ils repassèrent par College Green, s'engagèrent dans Westmoreland Street et Grace vit au loin la statue et ses anges aux ailes à jamais en train de se déployer, et les arbres derrière eux, malades de la ville. Il faisait froid. Elle avait les mains gelées.

La foule scandait : « Laissez-la partir ! Laissez-la partir ! Laissez-la partir ! »

Elle avait tué son mari et elle n'aurait pas dû le faire.

Sur le pont les sifflets reprirent, les membres du service d'ordre crièrent quelque chose et tout le monde s'assit. Ida la regarda, lui demanda si ça allait et s'assit à côté d'elle. Philip était tout près.

— Ça va, Ida, ça va.

Les policiers, eux, ne s'étaient pas assis. Grace revit la bouche s'approcher du téléphone, elle vit leurs yeux.

Elle ne comprenait pas pourquoi ils s'étaient assis, elle n'aimait pas ça. Son corps était pressé contre l'asphalte, ses os lui faisaient mal. Elle essayait de garder présente à l'esprit l'image de la jeune fille. La jeune X***. Elle était petite, plus petite que Martin, plus petite que Philip. Elle avait tapé avec un bâton sur le lac gelé et l'avait fait craquer, et elle avait vu où se cachait la nuit. Le mari de Grace s'appelait Michael. Il avait ramassé la jeune fille, il l'avait mise à l'arrière de la voiture et il était revenu à la maison. Elle avait la main collée contre la vitre.

Ils se relevèrent. Est-ce qu'elle avait vraiment si mal fait ?

Suffisamment mal en tout cas.

O'Connell Street. La statue. Ida tenait Grace par le coude. Elle sentit la présence de Philip à son côté, elle sentit combien il était tendu et elle glissa son autre bras sous le sien.

Les slogans s'éteignirent peu à peu. Ils étaient revenus à leur point de départ. Grace entendit dans le silence le son de sa propre respiration et constata avec étonnement qu'on l'avait laissée suivre la manifestation d'un bout à l'autre sans essayer de l'arrêter. Elle avait pu sculpter une promesse avec du ciment et de l'air froid. Elle avait pu faire sa prière.

Elle sourit et chercha son fils du regard.

Il était debout près du premier pilier de la poste, avec Brady et un autre homme. Il avait la même silhouette que son père, une forme sombre qui se détachait sur le gris de la pierre. Son visage était figé, vide de toute expression, mais elle voyait bien qu'il avait peine à respirer, qu'il s'était égaré de l'endroit d'où il pouvait comprendre le monde, et que, comme elle, il était maintenant précipité dans un lieu où c'était au monde de le comprendre.

Au moment où la foule commençait à ralentir, les policiers se rapprochèrent en une boucle qui la poussait vers son fils, les ramenait inexorablement l'un vers l'autre. Philip poussa un gémissement et Ida refusa d'aller plus avant.

— Grace, demanda-t-elle, c'est votre fils ?

— Oui.

Ida hocha la tête. Elle dévisagea longuement Martin, tendit le cou pour l'examiner comme s'il était tout petit et se trouvait plus bas qu'elle. Puis son cou se relâcha, elle se laissa aller, la colère quitta son visage et elle regarda Grace en souriant.

— Il est très beau. Il vous ressemble.

Grace lâcha son bras, puis celui de Philip, ressentit ce moment de séparation avec acuité, l'enregistra, le grava dans sa mémoire, le rangea bien à l'abri. Alors, très vite, pour que ça n'ait pas l'air trop grave, elle embrassa Ida en lui murmurant quelque chose, et elle serra Philip dans ses bras pour qu'il se sente moins étranger au monde.

Puis elle se retourna et continua à marcher, seule, sans quitter Martin des yeux. Il regardait par terre.

— Bonjour, madame Quinn.

— Inspecteur.

— Alors, vous êtes prête à nous accompagner ?

— Je suis prête. Vous allez laisser partir la jeune fille.

Elle ne l'avait pas dit comme s'il s'agissait d'une question, mais Brady lui demanda :

— Quelle jeune fille ?

— La jeune X***.

L'homme qu'elle ne connaissait pas se plaça derrière elle et une femme policier la prit fermement par le bras.

— Bien sûr, dit Brady, bien sûr que nous la laisserons partir.

Grace fut emmenée loin de Martin et conduite jusqu'à une voiture garée dans l'allée. Elle essaya de voir derrière elle, de le voir.

— Est-ce que mon fils est là, inspecteur ?

Tous s'arrêtèrent, et Grace fut autorisée à se retourner. Il n'avait pas bougé. Il était debout, adossé au pilier, et il la regardait. Il était trop loin pour qu'elle pût dire quoi que ce soit. Elle regarda son visage en relief sur la surface grise et bosselée du pilier grêlée d'impacts de balles. Elle vit la différence entre la peau et la pierre, entre la lumière et la terre, entre les hauteurs où l'on commence et l'endroit où, après le choc brutal de la chute, on recommence.

Elle crut, sans en être sûre, qu'il faisait un mouvement de la tête. Puis il se détacha de la pierre et se fondit dans la foule bariolée.

POSTFACE DE L'AUTEUR

Si *Mauvaise Pente* est un ouvrage de fiction, les faits relatifs à l'affaire X*** qui y sont relatés sont, eux, tout à fait réels. En voici un résumé qui pourra intéresser le lecteur :

Au mois de février 1992, Mr. Harry Whelehan, alors procureur général, introduisait une requête auprès des tribunaux en vue d'obtenir une ordonnance visant à empêcher X***, jeune fille âgée de quatorze ans, de quitter le territoire national pour se faire avorter en Angleterre. L'ordonnance lui fut accordée le lundi 17 février 1992 par Mr. Costello, juge au tribunal de grande instance. L'arrêt interdisait à X*** de procéder à une interruption de sa grossesse, par quelque moyen que ce fût, à l'intérieur ou à l'extérieur des frontières de son pays. Il était assorti d'une assignation à résidence de neuf mois pour X*** et ses parents.

Les parents de X*** interjetèrent appel quelques jours plus tard. Il s'agissait d'une action en constitutionnalité de la loi, aux frais du gouvernement.

La manifestation qui se déroule à la fin de l'ouvrage a eu lieu le samedi 22 février 1992 ; il y en eut beaucoup d'autres, tant en Irlande qu'à l'étranger.

L'ordonnance fut levée quatre jours plus tard, le mercredi 26 février.

La cour d'appel, par un jugement rendu le 5 mars, décida que l'avortement pouvait être autorisé par la loi dans certaines circonstances bien précises. Elle estima que la menace exprimée par X*** de mettre fin à ses jours constituait un « risque réel et important pour la vie » de la jeune fille que « pouvait seule éviter une interruption de sa grossesse ».

On apprit par la suite que, deux jours avant le jugement, X*** et ses parents s'étaient rendus au St. Mary's Hospital de Manchester, où l'adolescente avait subi une fausse couche spontanée.

Le jeudi 2 juin 1994, un homme âgé de quarante-trois ans était condamné à quatorze ans d'emprisonnement par la juridiction pénale du ressort du tribunal de Dublin ; inculpé de trois chefs d'accusation relatifs à des délits à caractère sexuel commis sur une mineure de moins de quinze ans, il avait plaidé coupable. La mineure était X***, ainsi qu'en firent foi les analyses d'ADN.

Sa peine fut réduite en appel.

Impression réalisée par

CPI
Brodard & Taupin

La Flèche (Sarthe), 52703

N° d'édition : 4146
Dépôt légal : mars 2009
Nouveau tirage : avril 2009

Imprimé en France